양 같은 늑대

양 같은 늑대

초판 1쇄 인쇄일 2016년 09월 21일
초판 1쇄 발행일 2016년 09월 27일

지은이 | 서소요
펴낸이 | 김기선
편집장 | 김은지

펴낸곳 | 와이엠북스(YMBOOKS)
출판등록 | 2012년 7월 17일 (제382-2012-000021호)
주소 | 서울시 도봉구 노해로 379, 1005호(창동, 대성빌딩)
전화 | 02)906-7768 / **팩스** | 02)906-7769
E-mail | ymbooks@nate.com

ISBN 979-11-322-3890-4 03810

값 9,000원

※파본은 구입처에서 교환하여 드립니다.

양 같은 늑대

YMBOOKS
ROMANCE
STORY

서소요 장편소설

차 례

프롤로그. 양 손에 늑대

"이직이요?"

당황한 주희의 반문에, 지헌은 고개를 갸웃하며 미소를 지어 보이고는 말없이 술잔을 기울였다. 너무 목소리가 높았던가 싶어, 주희도 괜히 민망한 기분이 되었다. 소주가 아직 반이나 남아 있는 술잔을 만지작거리다가, 입 안에 마저 털어 넣었다. 쌉싸름한 맛이 온몸에 퍼진다.

지헌에게서 전화가 온 건 졸업 후 3년 만이었다.

'그냥, 오랜만에 얼굴 좀 보고 싶어서.'

수화기 너머에서 들리는 지헌의 목소리는 여전히 젠틀하고 여유가 묻어 나왔다.

대학교 시절, 주희는 지헌의 그 느릿한 말투를 좋아했다. 어른스러운 느낌이 난다고 생각했었다. 성격도 어디 모난 구석이 없는 사람이었다. 모두와 잘 어울렸고, 모두에게 친절했고, 모두에게 인기가 있는 선배였다.

그런 지헌에게서 만나자는 연락이 왔을 땐, 너무 놀라서 비명을 지를 뻔했다.

영화에서 보던 그런 건가? 마음은 있었으나 이루어지지 못했던 남녀가, 성인이 되어 다시 만나 못다 이룬 사랑을 완성시키는, 뭐 그런 전개?

……일 리가 없지. 빈 소주잔에 소주를 채우며, 주희는 피식 실소했다. 애초에 지헌과 자신은 '서로에게 마음이 있었던' 적도 딱히 없었다.

"선배, 지금 울프미디어에 있지 않아요? 거기, 남성향 전문으로 알고 있는데."

"응. 그런데 올해 '블루캣'이라고, 여성향 레이블을 새로 런칭하거든. 주희 너, 졸업하고 한영 로맨스 레이블에서 편집자 했었지?"

"그렇긴 한데……. 한영은 진짜 소규모 출판사라서요. 아시잖아요."

"그게 무슨 상관이야? 주희가 능력 좋으면 된 거지. 너, 능력 좋잖아. 이번에 N사이트에서 홍보 엄청 하고 연재 들어가는 신작도 네가 맡은 작품 아니었어?"

"와, 그런 정보력은 어디에서 나오는 거예요?"

"너 데려오려고 조사 좀 했지."

지헌이 코를 찡긋하고 웃어 보였다. 술기운이 살짝 오른 모양이었다. 경계가 해제된 듯한 그 표정에 주희는 괜히 어깨가 조금 으쓱해졌다.

"음, 글쎄요. 새로 런칭하는 거면 솔직히 좀 부담스러운데요. 그러다가 엎어지면 저 괜히 낙동강 오리알 되는 거 아니에요?"

"벌써 엎어질 걱정부터 하는 거야?"

모험보다 안정적인 수입을 원하는 27세 솔로라서요.

오돌뼈를 와득와득 씹어 삼키며, 주희는 마음속으로만 그렇게 대답했다.

로맨스 레이블은 이미 시장이 꽉 찼다. 새로 뛰어들어서 보기 좋게 성공할 확률은 적다. 울프의 인지도가 있지 않느냐 싶지만 그거야 이쪽 바닥에 있는 사람들끼리의 얘기고, 로맨스 독자들이 남성향 전문 출판사를 알 리가 없지 않은가.

그야말로 맨땅에 헤딩인데, 그 고난의 원정대에 자신을 불러들인다…… 라.

"대우도 급여도 분명히 지금 회사보다는 좋을 거야. 오래 고민할 건 아닌 것 같은데."

"음……. 급여가 높을 거라는 건 좀 끌리긴 하네요."

"나도 처음 시작하는 일이라, 기왕이면 믿을 만한 사람 곁에 두고 하고 싶어서 그래."

"흐응, 선배 저 믿어요?"

"그러니까 연락했지."

가벼운 말투로 지헌이 대답했다. 정말 큰 의미가 없는 말투였지만, 그게 뭐라고 주희는 그 말 한마디에 또 괜히 설렌다. 선배는 대학교 시절이랑 달라진 게 별로 없구나 싶었다. 저 사람 녹이는 눈웃음이며, 사근사근한 말투며, 의도한 것인지 아닌지 알 수 없는 천연덕스러운 대사까지.

사실 다른 사람도 아닌 지헌이 제안했다는 것만으로도 이미 절반쯤은 혹한 상태였다. 그러나 주희는 괜히 한 번쯤 튕기고 싶은 마음에 조심스럽게 운을 띄워보기로 했다.

"작가는요? 작가진 괜찮으면 생각해볼게요."

"아직 섭외 중이긴 한데, 아, 그래도 간판 작가는 하나 확실하게 잡았지."

"간판 작가요? 누구?"

"마유라 작가."

지헌의 입에서 그 이름이 나온 순간.

따앙, 하고 주희의 소주잔이 깨질 기세로 테이블 위에 꽂혔다.

마유라. 그 이름 석 자를 듣는 순간, 주희의 머릿속에서는 천지창조가 다시 일어나는 듯한 기분이었다.

주희의 반응이 단박에 변한 것을 확인한 지헌이 의미심장한 미소를 지어 보였다.

"응, 역시. 이 이름 대면 놀랄 줄 알았어."

"어…… 어떻게 섭외했어요? 마유라 작가는 RT미디어 전속 작가 아니었나?"

"아, 몰랐어? 거기랑 일이 좀 있었어. 이번에 마유라 작가 작품, 영화화 됐잖아? 그 일로 출판사랑 트러블이 좀 있었거든. 덕분에 타이밍 좋게 우리가 데려왔지."

"그거라면 돌아 돌아 듣긴 했지만, 아무리 그래도 타이밍 좋게라니……. 우리 출판사도 최근에 찔러봤는데, 우린 거절 메일 한 번 받지 못했다고요! 그 사람, 진짜 철저하게 신비주의라서 직접 만나본 사람이 하나도 없잖아요? 왜 그 타이밍은 선배네 출판사에게만 먹힌 거죠?"

"아하하하."

"웃을 일이 아닌데!"

로맨스 장르의 베스트셀러 작가. 작품만 냈다 하면 히트를 칠 정도로 유명한 작가가 마유라였다. 섬세하면서도 유려한 문체와 따뜻한 온도의 스토리로, 로맨스 장르에 익숙하지 않은 독자들에게까지 이미 그 이름이 널리 알려져 있었다.

때문에 출판사들은 모두 어떻게든 마유라의 작품 한번 내보려고 수도 없이 컨택을 시도했었다. 그러나 성공 확률은 제로. 마유라는 거의 10년 가까이 RT미디어를 통해서만 출판을 해오고 있었다. 편집자들 사이에서는 그 정체불명의 작가가 RT미디어 사장의 딸이나 친인척이 아니겠느냐는 우스갯소리가 돌 정도였다.

마유라가 몇 살인지, 어디 사는지, 마유라라는 이름이 본명인지 필명인지조차 아는 사람이 전무했다. 정보가 전혀 없었다. 그나마 간간히 소소한 일상이나 단편 정도를 올리는 블로그가 마유라 작가와의 유일한 소통 방법이었다.

블로그에는 언제나 팬들의 수많은 댓글이 달리지만, 댓글에는 절대로 답하지 않는다. 심지어 블로그에 올리는 글조차, 정체를 가늠할 수 있을 만한 단서는 스스로 철저하게 필터링하는 모양이었다.

그런데 '그' 마유라를 잡았다고?

그것도 이제 막 런칭을 시작하는 레이블에서?

"음……. 솔직하게 말하면, 사실 개인적 친분을 좀 이용하긴 했지."

"뭐야, 선배! 마유라랑 알아요?"

더 경악할 만한 얘기가 나왔다.

"어쩜, 지금껏 그런 얘기 한 번도 안 했었잖아요? 제가 마유라 광팬이라는 거 알면서!"

"맞다…… 너 마유라 광팬이었지, 참."

흥분한 주희의 태도에, 지헌이 미안한지 눈초리가 처진 특유의 쓴웃음을 지어 보였다. 그러고는 애꿎은 소주잔 입구만 만지작거린다.

"근데 말이야. 말하기 좀 그렇잖아? 일부러 정체를 안 밝히고 있는 건데, 아는 사이라고 얘기하면 분명히 여기저기서 그게 누구냐고 꼬치꼬치 캐물을 사람이 늘어날 테고."

음……. 부정할 수가 없다.

아마 둘이 아는 사이라는 걸 알았다면, 주희도 지헌을 붙잡고 늘어지며 어떻게든 마유라의 정체를 알아내려 했을 거다. 정체뿐이랴. 소개시켜달라고 조르지 않으면 그나마 다행이었을까. 편집자로서의 직업의식을 떠나, 그저 한 명의 팬으로서라도 말이다.

"유라가 사람을 좀 많이 가리거든. 나쁜 애는 아닌데, 워낙 겁이 많다고 해야 할지……. 성격도 까다로워서 계약을 하긴 했어도 원고 제때 받으려면 골치 좀 아플 판이야."

"……되게 친하신가 봐요?"

"음, 초등학교 때부터 동창?"

"헛, 그렇게나?"

그렇다는 건, 마유라 작가는 지헌과 같은 서른 살이라는 얘기인가.

어떤 사람일까. 주희는 처음으로 마유라 작가의 실재를 꼼꼼하게 상상해보기 시작했다. 지헌 선배와 오랜 친구였다고 하니, 그 사람도 분명 지헌 선배처럼 나긋하고 예의 바른 성격일 것 같았다.

하긴, 그런 건 마유라 작가가 쓴 글만 보아도 쉽게 상상할 수 있다. 조용하고, 여성스럽고, 번잡한 걸 싫어하는 요조숙녀 같은 사람. 흰 원피스에 레이스 장갑 같은 것을 끼고, 새하얀 양산을 쓴 채 그늘에 앉아 시집을 읽고 있어도 전혀 어색하지 않을 것 같은 인종.

잠깐, 뭐야. 지헌 선배랑 나란히 세워두면 엄청나게 잘 어울릴 것 같은데.

설핏 떠오른 이 질투와도 같은 감정은 지헌 선배를 향한 것일까, 마유라를 향한 것일까. 주희는 머리를 가볍게 흔들어, 떠오른 이미지를 지우고 다시 현실로 되돌아온다.

"……저기, 선배. 제가 만약 블루캣으로 이직하면요. 마유라 작가 담당은 저 주시면 안 돼요? 저, 그럼 그쪽으로 갈게요."

"응? 로비하는 거야? 이런 일에 사적인 감정은 개입하면 안 되는데."

"에이, 이게 무슨 로비예요? 솔직히 울프에 저만큼 로맨스 잘 아는 편집자 있어요? 그렇죠? 네? 네? 제가 마유라 작가 담당으로 딱이죠?"

마유라의 이름을 듣는 순간, 주희는 결심을 굳혔다. 이것저것 재고 따질 정신이 아니었다. 만약 지헌이 마유라를 맡기지 않겠노라 해도, 일단 이직한 후에 조르고 졸라 어떻게든 마유라의 담당이 될 각오였다.

주희에게 마유라는 그런 작가였으니까. 마유라 때문에 이쪽 업계에 발을 들여놓았다고 해도 과언이 아니니까.

그런 주희의 적극적인 태도에, 지헌은 조금 웃고 말았다.

“마유라 작가, 그 정도로 좋아해?”

“당연하죠! 제가 아직까지 이 일 안 때려치고 버티는 게 누구 때문인데요. 언젠가는 마유라를 만날 수 있겠다는 희망으로 하루하루 버티는 거라니까요, 진짜.”

“그러고 보니 너, 대학교 때 마유라 작품으로 비평 레포트 쓴 적 있었지. 생각난다.”

“문장 한 줄만으로도 그게 마유라의 어느 작품에 나오는지 맞출 수 있을 정도예요. 논문을 쓰라고 하면 써낼 수 있다니까요, 저? 그런데 저 말고 달리 누가 마유라 편집자를 맡겠어요?”

고등학교 때 서점에서 우연히 집어 든 마 작가의 처녀작을 읽었던 그 순간부터, 주희는 이미 마유라의 팬이었다. 마치 연애하듯, 주희는 마유라의 작품을 열애했다. 단 한 번도 그 애정이 식었던 적이 없었다.

마유라가 어떤 사람일지 늘 궁금했지만, 마유라가 누구라도 주희에게는 상관없었다. 알고 보니 괴팍한 인상의 노인이라 해도, 입 거칠고 난폭한 성격이라 해도, 설령 외계인이었다고 해도 주희는 받아들일 각오가 되어 있었다. 마유라와 실제로 만나볼 수만 있다면, 그리고 마유라의 작품을 함께 만들어갈 수만 있다면 그런 건 전혀 문제가 안 된다.

주희의 반짝거리는 눈을 마주 보며 지헌은 조금 웃고 말았다. 마유라의 팬인 건 진작 알았지만 이렇게까지 열렬한 반응을 보여올 줄은 몰랐기 때문이다.

'그 마유라가 널 지목해서 스카우트하려는 거야……. 라는 말은, 지금은 안 하는 게 나을지도.'

아마도 너무 놀라서 기절하지 않을까.

물론 그것보다 더 충격적인 사실이 더 남아 있지만 말이다. 과연 온주희는 마유라를 실제로 마주쳤을 때, 기뻐하게 될까 절망하게 될까.

그리고 마유라는, 과연 어떨까. 언제나 세상만사 불만인 듯 뚱하기만 한 그 얼굴이 온주희를 보고 나면 조금쯤은 변하게 될까.

"두고 보라고 해요. 마유라가 쓸 수 있는 최고의 작품을 '블루캣'에서 내게 만들어준다고, 내가."

주희가 한껏 들뜬 목소리로 허공에 주먹을 휘두르며 말했다. 이미 의욕이 한가득이다.

'재미있어 보이니까, 일단은 모르는 척하고 좀 더 두고 볼까.'

그런 생각을 하며, 지헌은 의뭉스런 미소와 함께 빈 소주잔을 내려놓았다.

그 후 며칠, 주희는 마유라와 만나게 된다는 기대감으로 구름 위에 있는 기분이었다. 당연히 일이 손에 잡히지 않았다. 블루캣으로의 첫 출근 날을 셈하며, 심지어 마유라와 처음 만나면 어떻게 인사를 해야 하나 머릿속으로 몇 번이나 리허설을 하기까지 했다.

그러나 언제나 만남의 시간은 예고 없이 갑자기 닥쳐오는 법.

점심시간이 끝난 오후. 책상 정리를 하고 있는데 전화벨이 울렸다. 지헌이었다.

-저기, 지금 시간 괜찮으면 내려올래? 지금 나, 너네 회사 근처인데. 유라한테 가봐야 할 것 같아.

목소리가 전에 없이 다급했다. 세계 종말이 찾아와도 여유를 부릴 것 같은 지헌답지 않았다. 불길한 예감이 들어, 주희는 적당히 핑계를 대고 회사를 나섰다.

회사 문 앞에 지헌의 검은색 세단이 대기하고 있었다.

조수석 문을 열고 탑승하자마자, 지헌은 일단 액셀부터 밟았다. 꽤 급박해 보였다.

"무슨 일이에요?"

"유라가 연락 두절이야."

"네? 서, 설마 잠수?"

"아닐 거야. 갠 슬럼프, 그딴 거 없는 애야. 그보다는 먹을 거 없는데 귀찮아서 굶고 있다가 쓰러졌을 확률이 높아. 내가 요즘 바빠서 식료품 조달을 못 해줬거든."

"……네엣?"

"실은 내가 오늘 다른 작가랑 미팅이 잡혀 있어서 말이야. 유라를 돌볼 시간이 없어. 내가 유라네 오피스텔에서 내려줄 테니까, 좀 부탁해."

"넷? 아직 정식으로 인사도 안 했는데, 제가 어떻게요? 마유라 작가, 사람 가린다면서요!"

"유라한테는 말해뒀어. 네가 담당 맡게 됐다고. 음……. 이런 식으로 서로 인사시킬 생각은 아니었지만 상황이 상황이니만큼, 하는 수 없지."

"저…… 저 아직 이쪽 회사 정리도 다 안 됐는데?"

"어차피 다음 주면 '우리 사람'이잖아."

부웅, 하고 엔진이 요란하게 돌아갔다. 문득 아찔한 속도감에 계기판을 확인해보니, 속도가 140이 넘어가고 있었다.

이 남자, 속도감을 즐기는 성격으로는 안 보였는데?

일단 호들갑을 떨어봐야 소용없을 분위기라, 주희는 그냥 조용히 안전벨트를 확인하고 손잡이를 움켜잡았다.

그렇게 20여 분을 달려, 차는 한 오피스텔 건물 앞에서 멈춰 섰다. 떠밀리듯 차에서 내렸더니, 지헌이 창문을 열고 주희에게 소리쳤다.

"여기 11층 1106호야. 문 안 열어주면 부숴도 돼. 내가 책임진다."

"지, 진짜 괜찮은 거예요, 이거?"

"우리 주희, 이제 어디 사람?"

"……블루캣 사람."

"그럼, 부탁한다!"

부와아앙, 하는 엄청난 엔진음과 함께 차가 눈앞에서 사라지듯 빠져나가버렸다. 주희는 얼떨떨한 기분으로 한참을 그 자리에 서 있었다. 너무나 빠르게 모든 것이 진행되어버려서 머릿속이 멍했다.

"헛, 이럴 때가 아니지……!"

일단 맡은 임무를 해결하자.

그렇게 결정한 후, 주희는 건물 안으로 들어섰다.

주거용 오피스텔로, 지은 지 좀 된 듯한 건물 입구에는 잠금장치 대신 경비 아저씨가 앉아 있었다. 인테리어는 제법 중후한 분위기가 돌았다. 오래되어 낡았다기보다, 앤티크한 느낌이 감돈다. 오피스텔이라기보다 호텔의 느낌이 물씬 풍겼다.

'그러고 보니 이 동네, 땅값 엄청 비싸지 않았나.'

분위기에 어울리지 않는 스스로에게 머쓱한 기분을 느끼며, 주희는 엘리베이터에 올라 일단 심호흡을 했다.

처음 만나면, 뭐라고 인사해야 할까. 굶다가 쓰러졌다니, 상태가 많이 안 좋아 보이면 119같은 거 불러야 하나? 정말 문 부수고 들어가도 되는 걸까? 문을 부수고 들어갔는데 집에 없으면 그땐 어쩌지?

오만 가지 생각이 주희의 머릿속을 스쳐 지나갔다.

그렇게 불안한 심정으로 도착한 1106호실의 문 앞.

꿀꺽, 하고 마른침을 삼킨 후, 일단 초인종을 눌러보았다.

……반응이 없다. 마유라 씨, 하고 부르면 안 될 것 같은데.

마유라는 현재 정체를 아는 이가 없는 신비주의 작가다. 거기다 이름이 꽤 알려진 유명 작가였다. 함부로 이름을 불러대기에는 아무래도 조심스러웠다.

음, 그러고 보니 지헌 선배는 '유라'라고만 불렀지. 이름으로 부르면 될까? '마유라'라는 풀네임보다는 '유라' 쪽이 대상을 특정하기 어려운 흔한 느낌이다.

결심을 굳힌 주희는 초인종을 연달아 누르고 문을 두드리며 큰 소리로 외쳤다.

"저기, 유라 씨. 유라 씨, 계세요? 저, 온주희라고 하는데요. 유라 씨, 계시면 문 좀 열어주세요. 유라 씨? 안 열어주시면 부수고 들어갈게요!"

한참을 소리쳐보았지만 반응이 없다.

덕분에 주희의 갈등은 더욱 심화되었다. 문을 부수겠다고는 했지만 119를 불러야 할지, 열쇠공을 불러야 할지부터 판단이 서질 않았다. 아니 열쇠공을 부른다고 해도, 문을 따주기는 할까? 여기는 자신의 집도 아닌데?

……이런 작가는 난생처음이라고!

절망감에 얼굴을 감싸 쥔 그 순간.

철컥, 하는 소리와 함께 기적처럼 문이 열렸다. 그 순간의 심정을 말하자면, 정말 천국의 문이라도 열리는 듯한 기분이었다.

문이 열리는 그 짧은 순간, 주희는 안도와 기쁨과 호기심이 동시에 솟아났다.

마유라. 지금껏 그 정체를 아는 이가 없는, 신비주의 절정의 작가. 운영하는 블로그의 글을 보면, 랭보의 시를 즐겨 읽고, 화초 가꾸기를 즐기며, 비 오는 날엔 집에서 혼자 영화를 본다고 한다. 글을 쓸 때의 말투는 나긋하고, 예의가 바르고, 군더더기가 없이 담백했다.

주희 상상 속의 마유라는, 긴 생머리에 흰색 원피스를 입은 청초한 백합 같은 여성이었다. 물론 그런 여성이 밥 먹는 걸 잊어버리고 있다가 굶주려 쓰러질 것 같진 않지만, 뭐 이를 테면 식사를 거를 정도로 일에 열성적인 면이 있는 건지도 모른다. 슬럼프 없이 꾸준히 신작이 나오는 것만 봐도 그렇다.

자아, 그 마유라가 드디어 모습을 드러내는 것이다.

과연 어느 쪽이냐. 교양 있는 요조숙녀? 세상물정 모르는 순박한 아가씨? 새침하고 까다로운 커리어우먼?

드디어 문이 열리고, 어두운 집안에서 모습을 드러낸 사람은…….

……어느 쪽도 아니었다.

다크서클과 우울한 무표정, 다 늘어난 티셔츠, 무릎 나온 청바지, 빈약한 맨발. 신경질적으로 일그러진 미간. 헝클어진 까치집 머리. 이 고급스러운 오피스텔과 전혀 어울리지 않는, 차라리 영등포역이나 서울역 길바닥에 앉아 있는 편이 더 나을 것 같은 꼬라지.

주희가 '이미 아는', '최악의', '남자', '선배'.

"……율 선배?"

서율.

율이, 그 최악의 남자가, 통나무 쓰러지듯 주희에게로 쓰러졌다.

그리고 다 죽어가는 목소리로 주희의 귓가에 중얼거렸다.

"배…… 배가 고파……."

"……어째서?"

주희의 절망 섞인 비명이 건물에 쩌렁쩌렁 울려 퍼진다.

어째서. 대체. 왜. 이 무슨 운명의 장난이기에.

내 작가님이 이 남자냐고!

1화. 물지 마

그 남자.

그 최악의 인간.

첫 만남부터 최악이었다.

지금 다시 생각해도 어제 일처럼 생생하게 떠올라, 쪽팔려서 죽을 것 같다. 생각만으로도 팔에 소름이 오도도 돋는다. 새삼 화병이 도져 깊은 곳에서부터 뜨거운 분노가 끓어오른다. 자다가 이불을 걷어차게 된다.

주희는 그 남자를 3학년 개강파티에서 처음 만났다.

평소에는 감히 말도 못 붙이던 지헌의 옆자리에 앉게 된 날이었다. 다른 여학생들의 눈초리에 뒤통수가 좀 따끔거렸지만 개의치 않았다.

집에 돌아가면 다이어리의 오늘 날짜에 빨간 볼펜으로 별표라도 그려놓아야겠다고 생각할 만큼, 개강파티의 시작은 정말 들떠 있었다.

율은 주희의 대각선 자리에 앉아 있었다. 4인 테이블에서 가장 먼 거리였다. 당시 율은 3년이나 학교를 쉬었다가 돌아온 복학생이었다. 그다지 말도 없고 분위기에 어울리려 하지도 않았으므로, 주희도 크게 관심을 가지지는 않았다. 그다지 사교적이지 않거나, 이제 막 복학하여 친한 이가 없거나 둘 중 하나라고 막연히 추측했다. 어쨌든 당시엔 서로 아는 사이도 아니었고, 그다지 알고 싶은 사람도 아니었다.

지금 자신의 곁에 차지헌이 앉아 있는데, 이런 천재일우의 기회를 처음 보는 복학생 신경 쓰느라 놓칠 수는 없었다.

"선배, 올해 졸업반이면 수업 잘 못 들어오시겠네요?"

"2학기부터는 그렇게 될 것 같아. 그렇지만 뭐, 아직 1학기니까."

어떻게든 대화를 이어가려는 주희의 노력에 대한 보상처럼, 지헌은 테이블에 한쪽 턱을 괴고 앉은 채 미소를 머금고 주희를 바라보고 있었다.

약간 술이 올라서인지, 주희를 보는 눈빛이 꽤나 달달했다.

이 선배, 술에 약하구나. 그런 면마저 어쩜 이리 사랑스러울까.

"나 없어진다니까 아쉽지? 작년에 주희랑 비평 수업 들을 때 꽤 재미있었는데."

"재미있긴요, 거짓말도 참. 발표수업 때 태클 엄청 거셨으면서."

"다 주희를 아끼는 마음에서 그런 거지."

"선배 때문에 진땀 엄청 뺐었어요."

"에이, 잘 방어했으면서 엄살은."

사르르 녹는 미소와 함께 지헌이 말했다.

아니, 이 남자는 뭐 이렇게 사랑에 빠질 것 같은 눈으로 쳐다봐서 사람 심장을 들었다 놨다 한단 말인가.

고개를 아예 주희 쪽으로 돌려 앉은 채 한 번 시선을 떼지 않고 바라보는 통에, 주희는 속으로 몇 번이나 만세를 외쳤는지 모른다.

'역시, 눈칫밥 먹어가며 지헌 선배 옆자리 차지하길 잘했어.'

주희가 황홀함에 속으로 비명을 지를 때, 지헌은 맞은편에 앉아 연거푸 술잔을 기울이고 있던 율에게로 고개를 돌렸다. 그러고는 자랑하듯 말을 건다.

"작년 비평 시간에 말이야. 주희가 '시간 언덕'을 가지고 비평 레포트를 썼거든."

"……마유라의 '시간 언덕'?"

그림자처럼 앉아 있던 율이, 그제야 태엽 감긴 장난감처럼 고갤 들더니 그렇게 중얼거렸다.

그 대답에 주희는 처음으로 그에게 시선이 향했다. 남자가 로맨스 작가인 마유라를 알고 있다는 것도, 최신작의 제목을 알고 있다는 것까지, 다 놀라웠다.

"응, 그거. 근데 진짜 신기하더라. 마유라 아는 애들이 꽤 됐어."

"그럼요, 마유라가 얼마나 유명한데요."

"발표 내용도 재미있었는데 말이야. 그런데 그거 결국 교수님이 다시 써오라고 하셨지?"

"아하하……. 네, 뭐."

그 당시가 떠올라, 주희는 쑥스러운 듯 웃었다.

국문학 전공 수업에 장르 소설을 발표 소재로 가지고 나온 학생은 주희밖에 없었다. 아마도 전무후무한 일일 것이다. 교수님의 어이없어하던 표정이 지워지지 않는다. 정작 교수님도 마유라 작가를 알고 있었으면서도, 장르소설이란 이유로 인정되지 않아 학기가 끝나기 전까지 순문학 작품으로 레포트를 다시 써서 제출해야만 했다.

"주희가 마유라 팬이래. 그거 말고도 비출간작까지 다 알고 있더라?"

"네, 맞아요. 웹 연재 시절부터 빠짐없이 봤거든요. 저 팬카페도 가입했어요."

"장르소설이라고 해도 어지간한 비평문보다 제대로 된 비평이었는데. 장단점 잘 갖춰서 집어냈고, 대안점도 제시하고. 난 괜찮았어, 네가 쓴 '시간 언덕' 비평문."

"정말요? 후후, 제가 특히 좋아하거든요, 그 작품. 뭐랄까, 마유라 작품 중에서도 더욱 꾸밈이 없다고 해야 할까? 솔직한 느낌이랄까? 다른 작품에 비해 별로 인기는 못 끌었지만요."

"하!"

신이 나서 말하는 주희를 향해, 율의 노골적인 비웃음이 날아왔다. 주희와 지헌이 동시에 고개를 돌려 율을 바라보았다.

그때. 그 순간. 그곳에서.

주희는 처음으로 율과 눈이 마주쳤다.

눈을 가리는 앞머리 사이로, 옅은 갈색이 도는 눈동자가 빛을 머금고 있었다. 조명 탓인가? 하고 고갤 갸웃하게 될 정도로 옅은 색소다. 사람의 눈동자 같지가 않았다. 한참이나 빨려 들어가듯 보게 되는 그런 색이다.

그저 눈이 마주쳤을 뿐인데, 주희는 흠칫하고 어깨가 떨렸다. 기묘한 압박감이 느껴지는 시선이었다.

고요했고, 차가웠으며, 단단했다. 가면 같은 무표정이나 노골적인 거리감과는 달리, 그 눈빛은 자신의 명확한 서열을 확인시키듯 폭력적이었다. 적어도 주희는 그렇게 느꼈다.

뭐랄까. 초식동물에게 경고하는 맹수의 눈빛이랄지.

"너, 바보냐?"

그것이.

율이 주희에게 건넨 첫마디였고.

"서, 선배가 더 바보 같거든요?"

이것이.

발끈한 주희가, 당시엔 이름도 몰랐던 율에게 건넨 첫마디였다.

거국적인 두 사람의 첫 인사가 끝나자마자 지헌은 가게가 떠나가라 배를 잡고는 큰 소리로 웃어대기 시작했다. 만화에서 '푸하하하하!' 하고 웃는 사람처럼 말이다. 얼마나 웃었는지, 나중에는 눈물까지 훔쳤다. 지헌의 그 웃음이 자신 때문이라고 생각하니, 주희는 창피해서 어디론가 숨고만 싶었다.

후에 다른 선배에게 들은 이야기로는, 지헌이 그렇게 폭소하는 모습은 보기 드문 일이었노라고 했다. 마찬가지로 율에게 시비를 건 용기 있는 사람도 주희 자신이 처음이었다고.

덕분에 이날의 발언은 두고두고 놀림감이 됐다.

그다지 뿌듯하지 않은 성과만을 남긴 채, 주희는 한 손으로 달아오른 얼굴을 감싸 쥐었다.

그 후로는 무슨 대화를 했는지도 잘 기억이 나지 않는다.

더구나 율과는 중간에 낀 지헌의 제안으로 통성명을 했을 뿐, 다시 한마디도 섞지 않았다. 선배들을 통해 간간히 주워들은 이야기를 종합해보면, 언제나 접근 금지의 기운을 풍기며 다니는 사람인 모양이었다.

그런 이야기까지 듣고 보니, 주희는 바보라고 소리치고도 싸움이 나지 않은 것만으로 천만 다행이라는 생각이 들었다. '응, 역시 그 사람에게는 접근하지 않는 게 좋겠다' 하는 결심도 함께.

혼란스러운 정신을 수습하기도 전에 1차 모임은 끝이 났다. 2차로는 근처 호프집으로 이동을 한다는데, 이동 도중에 절반 정도는 은근슬쩍 이탈하여 귀갓길에 올랐다.

주희도 그 절반의 무리에 끼어 집에 돌아가기로 했다.

목적을 달성했으니, 2차까지 갈 이유가 없었다.

'지헌 선배랑 번호 교환, 드디어 해냈다……!'

파장 분위기로 어수선한 가게를 빠져나온 주희는 사람들을 피해 가게 뒤편으로 가 소리 없는 환호를 질렀다. 소기의 목적을 달성했으니, 다른 이들의 눈을 피해 여기서 좀 더 버티다가 빠져나갈 작정이었다.

손에 쥐고 있는 휴대폰의 액정에는, 지헌에게서 얻어낸 그의 전화번호가 또렷하게 입력되어 있었다. 그걸 보고 있자니 표정 관리를 하려고 해도 자꾸만 입꼬리가 올라갔다. 톡의 친구 명단에 띠링 하고 추가된 지헌의 프로필을 보는 것만으로도 온몸이 간지러워질 정도로 행복했다.

잘했다, 온주희! 훌륭하다, 온주희!

'헤헷. 내일 자연스럽게, 숙취 괜찮으세요? 하고 톡을 보내봐야지.'

흐뭇한 마음으로 소소한 계략을 꾸미고 있는데.

주희는 갑자기 시야에 그림자가 드리워진 것을 깨달았다.

이게 무슨 일인가 싶어 고갤 든다. 당황스럽게도, 자신보다 머리 하나는 더 큰 남자가 고개를 쭉 내밀고 주희의 폰을 들여다보고 서 있었다. 오늘 처음 본 남자이지만 주희는 그 남자의 얼굴도, 이름도 분명하게 기억하고 있었다. 워낙 첫인상이 강했으니까.

서율.

그가 한껏 불만스러운 표정으로 주희의 앞에 서 있었다.

"뭐…… 뭐예요?"

정말 깜짝 놀랐다. 비명을 지를 뻔했다.

주희는 얼른 폰 화면을 끄고 등 뒤로 감췄다. 설마 인적 드문 가게 뒤편에 자신 말고 다른 사람이 찾아올 거라고는 생각도 못한 터였다.

쭈뼛대는 주희의 행동 하나하나를, 율은 굉장히 느린 시선으로 좇았다. 어쩐지 위험한 느낌에 주희는 저도 모르게 뒤로 몇 걸음 물러나야 했다. 그나마도 건물 벽에 부딪쳐 얼마 못 가 멈춰 서긴 했지만 말이다.

본의 아니게 주희를 벽에 몰아세운 율이, 멀어진 거리만큼 다시 성큼 하고 주희에게 다가오더니, 띄엄띄엄하지만 정확한 발음으로 읊조리듯 질문했다.

"좋아해?"

"에, 에엑?"

여, 역시 본 건가? 바보 같은 미소를 지으며 지헌 선배의 톡 프로필을 확인하고 있던 자신을?

얼굴이 새빨갛게 달아오른 주희를 보며, 율이 미간을 찌푸렸다. 저 불만 가득한 표정은 이 남자의 기본 사양 같은 건가.

"그러니까…… 마유라 말이야, 마유라."

"……아아."

이번엔 주희가 미간을 찌푸렸다. 마유라 이야기를 듣고선 자신을 '바보'라고 우습게 보던 율의 얼굴이 떠올랐다. 굳이 다시 그 화제를 끄집어내는 그를 이해할 수 없었다.

"그건 왜요?"

"왜 좋냐?"

"네?"

"'시간 언덕' ……그거 읽어보면, 막, 어우, 설명은 못하겠는데, 하여튼 그거 왜 망했는지 진짜 몰라? 그런 작품은 그냥, 쓰레기지. 장작이야, 장작. 나무야 미안해, 하고 사과해야지."

양손을 주먹 쥐었다가 폈다가 하며 율이 말했다. 말하는 내내 시선은 우왕좌왕한 데다 막판엔 어깨를 부르르 떠는 모양새가, 어지간히도 싫은 모양이었다.

"저기요, 제대로 읽어나 보고 하는 말인가요? 유라 님 문체가 얼마나 섬세하고, 내용이 얼마나 탄탄한지 알아요? 장르소설이라고 우습게 보시는 모양인데, 유라 님, 작년에 순문학 잡지에 단편도 실리고 그랬거든요?"

유치한 줄 알면서도 주희는 금방 열을 내고 말았다.

뭐, 어쩔 수 없는 거다. 자신이 좋아하고 존경하는 작가가 비난받는 상황에서 냉정하고 이성적일 수 있다면 팬이라고 할 수 없지.

"하! 뭐? 유라 님? 갈수록 가관이네, 진짜. 뭘 안다고……."

"아니, 근데 선배는 왜 가만히 있는 사람 건드려서 시비예요? 선배 갈 길 가세요!"

"야."

씹어뱉듯 위협적인 단 한 글자의 음성.

……딸꾹.

으르렁대는 듯한 그 낮은 목소리에, 열을 내던 주희는 갑자기 피가 싹 식는 기분이 들었다. 너무 놀란 나머지 딸꾹질이 나와버렸다.

순식간에 정신이 확 들었다. 눈앞에 서 있는 사람이, 자신보다 머리 하나는 더 큰, 그것도 술에 취한 남자라는 사실을 깨달은 것이다.

그제야 주희는 재빨리 주변을 둘러보았다. 가게 뒤쪽인 데다 가로등도 없는 곳이라, 주희와 율이 서 있는 곳은 으슥하기 짝이 없었다. 비명을 지르면 누가 구하러 와줄까 하고 머릿속에서 시뮬레이션을 해보았다.

……와줄 리가 없다. 죄다 꽐라가 됐으니.

'망했다!'

"야, 대답 안 해?"

"네, 넵?"

"너 이름이…… 그러니까, 뭐더라? 온순히? 완전히?"

온주희요, 이 짜증 나는 선배님아. 라는 말이 목구멍까지 올라오는 것을 가까스로 삼켰다. 분노보다는 생존이다. 이성이 제발 입을 다물라고 비명을 지르고 있었다.

주희가 대답이 없자, 율은 고개를 설레설레 젓더니 혀를 찼다.

"아니, 됐어. 뭐가 됐든 너, 되게 시끄러워."

"네? 그게 무슨…… 꺅!"

턱 하는 소리가 왼쪽 귀에서 들렸다.

율이 주희의 얼굴 옆으로 손을 뻗어 벽을 짚은 것이다.

'뭐, 뭐야? 뭐야? 이 상황 뭔데, 지금? 이거 설마, 말로만 듣던 벽치기?'

이걸, 내가, 지금, 여기서, 왜 당신이랑 하는데?

"아니, 저기, 선배님! 제가 좀 버릇없이 굴긴 했지만, 저기, 내일 술 깨고 다시 얘기하면 안 될까요? 서, 선배님? 이건 좀 치우시고, 저기, 저기요!"

더듬더듬, 횡설수설, 주희는 자신이 뭐라고 말하는지도 모른 채 떠들어댔다. 머릿속이 백지장같이 하얘져서 뭘 어떻게 해야 할지 알 수가 없었다. 피가 머리로 다 쏠려서 사고회로가 홀랑 타버린 것만 같았다.

유감스럽게도 꿈에 그리던 벽치기의 실상은 낭만적이지도, 설레지도 않았다. 자신을 바라보는 남자의 시선이 그윽하기는커녕 너를 씹어 먹겠다는 느낌이었으니까. 두근거림을 논하자면, 최대치다. 그 두근거림이 공포에서 비롯된다는 게 문제이지만.

이 장르는 분명 로맨스가 아니라 스릴러다. 살려면 여기서 당장 탈출해야만 한다.

그런 주희의 심정은 아랑곳없이, 율은 서서히 주희에게로 얼굴을 가져갔다. 주희와 눈을 마주치고 있던 율의 시선이, 떨어지듯 천천히 아래쪽으로 이동하여 주희의 입술과 쇄골 근처를 향하고 있었다. 살짝 감은 눈꺼풀 너머의 갈색 눈동자가 어둠 속에서 안광을 머금었다. 좁아진 동공이 위협스럽다. 영락없이 굶주린 맹수의 눈빛이다.

마치, 늑대처럼.

'아냐! 정신 차려, 이 거지 같은 선배야! 이건 개연성이 없어도 너무 없어!'

점점 다가오는 율의 얼굴에, 주희는 '히익' 하고 기겁하는 소리를 내며 눈을 질끈 감아버렸다. 목덜미에서 소름이 오도도 돋아났다. 얼굴이 화끈거리고 귀가 간지러웠다.

왜 자신은 여기에서 오늘 처음 본 선배와 키스를…… 키스를…… 키스…… 키…….

털썩.

"……헉!"

묵직한 무게감에 주희는 다시 눈을 떴다. 동시에, 주희는 무게감에 떠밀려 건물 벽에 등을 부딪치고 말았다.

율이 주희의 목에 얼굴을 파묻은 채, 주희에게 기대어 쓰러진 것이다.

"엇, 저기…… 서, 선배?"

주희가 율을 밀쳐내려 애써보았지만 율은 꿈쩍도 하지 않았다. 주희를 벽에 완전히 밀어 넣듯 쓰러진 탓에, 주희는 율과 벽 사이에 끼이는 꼴이 되고 말았다. 꼼짝도 하기가 힘들었다.

"설마, 취한 거였어?"

발음이 워낙 정확한 데다 눈빛도 풀어지지 않아서 취했다고는 생각도 못했는데!

"으으……. 선배! 정신 차려요! 아, 진짜! 일어나보라고요, 좀! 야, 서율!"

흔들어보고, 때려보고, 밀어봤지만 꿈쩍도 하질 않았다. 주희는 절망했다. 망상에 가까운 최악의 상황이 머릿속에 그려졌다. 설마 이렇게 단둘이 내일 아침까지 여기에 화석처럼 박혀 있어야 하는 건 아니겠지, 하는 것.

그 절망의 순간, 주희의 뇌리에 지헌의 이름이 스치고 지나갔다. 생각해보면, 술자리에서 율과 대화를 나눈 유일한 사람이 지헌이었다. 아니, 그런 이유가 아니라도 주희는 지헌을 불러냈을 것이다. 그 남자는 어떤 곤란한 일에도 친절한 미소를 지으며 해결해줄 것 같은 사람이니까.

초조한 마음으로, 주희는 율의 무게에 깔려 있던 팔을 어찌어찌 꺼내어 지헌에게 전화를 걸었다. 다행히 지헌은 원콜에 전화를 받았다.

-여보세요? 주희야, 어디야? 다들 호프집으로 이동했는데.

"아……. 선배, 지금 서율 선배가 취해가지고……."

-응? 율이? 지금 같이 있어? 어디야? 아까 그 가게?

"네. 가게 뒤쪽이요. 지금 완전히 뻗으셨는데, 저한테 기대고 계셔서 저도 못 움직이겠어서요."

술기운이 가져다준 용기를 빌어, 약간 애교 섞인 목소리로 말해보았다. 수화기 너머가 일순 잠잠해졌다.

답지도 않은 애교는 뺄걸 그랬나.

주희는 순간 빠르게 후회했다.

잠깐의 간격 후에야 다시 지헌의 목소리가 들려왔다. 목소리가 꽤나 심각했다.

-내가 당장 갈게. 주희야, 아직 별일 없지?

"별일이요? 네, 아직은……."

별일이라고 해봐야 슬슬 어깨와 팔에 피가 안 통해 저리기 시작했다는 것 정도랄까.

-그래, 다행이다. 걔가 술버릇이 좀 안 좋아서 걱정했는데…….

"술버릇이요?"

-율이, 술 마시면 완전히 개 되거든.

개? 멍멍 짖는 그 개?

그게 무슨 뜻이냐고 물으려는데, 율이 몸을 비틀었다.

율의 입에서 으으, 하는 얕은 신음 소리가 새어 나왔다. 머리가 아픈지 주희의 목덜미에 자기 이마를 부비적댔다. 전해져오는 체온이 제법 달아올라서, 주희는 저도 모르게 몸을 떨었다. 그래도 한편으로는 드디어 정신을 차린 건가 싶어, 그 순간에는 조금 안도했다. 어리석게도.

율이 몸을 좀 일으키는가 싶더니, 몸을 지탱하려는 듯 주희의 양팔을 꽉 움켜쥐었다. 악력이 제법 강해서 아픔이 느껴질 정도였다. 좀 떨어지란 의미로 비명이라도 지르려는데, 귀에 대고 있던 수화기에서 지헌이 말했다.

-율이 술 마시면, 막 물어.

"네? 그게 무슨……."

그 말이 끝나기가 무섭게, 지헌의 말을 증명하듯 율은 주희의 목덜미를.

"……아!"

덥석.

……주희와 율의 악몽 같은 인연의 시작을 알리는, 기념비적인 첫 사건이었다.

하아, 정말이지. 서율.

이 개 같은 자식.

기억에서 지워버리고 싶은 그 첫 만남 이후. 미친개에게 물렸다고 치부해버리고 상종조차 하고 싶지 않았던 서율과의 인연은 어째서인지 그 이후에도 지긋지긋하게 이어졌다.

우연인지 계획적인 건지, 수업은 계속 겹쳤고, 심지어 그룹 과제를 한 적도 여러 번이었고, 결정적으로 율이 주희에게 계속해서 간섭해오기 시작한 것이다.

차지헌 외에는 어느 누구와도 얽히지 않으려는 태도를 고수하던 율이 주희에게만큼은 먼저 다가와 말을 거는 것이, 다른 사람들에게는 꽤나 화젯거리였다.

덕분에 주희는 종종 그 두 사람과 한데 얽혀 사람들 입에 오르내리며 화제의 중심이 되곤 했다. 평탄하고 조용한 캠퍼스 라이프는 서율 그 인간 때문에 진작에 글렀고, 그렇다고 율을 정색하고 밀어내자니, 그의 친구인 지헌에게 밉보이기 싫지 않은 마음 때문에 여의치도 않았다.

결국 주희는 좋든 싫든 어영부영 남은 2년의 대학 생활을 율과 이러쿵저러쿵 얽혀서 보내게 되고 말았다.

졸업식 때, 드디어 서율 그 인간에게서 벗어나 한 명의 자유로운 인간으로 돌아갈 수 있음에 얼마나 기뻐하였던가. 앞으로 다시는 만날 일 없을 거라는 사실에 또 얼마나 환호하였던가.

설마 이런 식으로 다시 재회하게 되리라고는 정말 꿈에도 생각지 못했다.

아, 지금 이게 꿈이었으면.

주희는 율의 집 소파에 앉아 깊은 한숨을 토해냈다.

"……목구멍으로 그게 넘어가요?"

첫 만남의 아찔했던 추억을 잠시 접어두고, 주희는 맞은편에 앉은 율에게 비꼬듯이 물었다.

현재, 율은 주희가 근처 죽집에서 사 온 죽을 그릇까지 핥아먹을 기세로 먹고 있는 중이다. 주희의 질문에, 그제야 율이 수저를 잠시 멈추고 주희를 쳐다보았다.

헝클어진 머리카락 사이로 보이는 옅은 갈색의 눈동자가 꽤나 차분했다.

"아사 직전의 사람에게 맛을 논하라는 건가?"

"아뇨, 선배의 뻔뻔함을 논하는 건데요."

"맛이 아니라 살려고 먹는 거지. 이 집 죽은 너무 짜. MSG도 엄청 사용한다고. 죽인데 건강해질 것 같지 않은 느낌이랄까. 하여튼 넌 맛집 선택의 센스가 부족해. 여기 말고 역 앞에 있는 죽집이 진짜 맛있으니까 참고하도록."

"하아……. 진짜 말도 안 돼……."

율에게서 고개를 돌리며 주희는 깊은 한숨을 내쉬었다. 차마 저

뻔뻔한 인간의 얼굴을 마주 보고 있을 자신이 없었다. 주희는 율을 잠시라도 잊기 위해, 집안의 풍경이나 재차 확인해두기로 했다.

거실과 침실이 분리된 형태의 집은, 예상대로 상당히 고급스러운 분위기가 풍겼다. 부엌은 냉장고부터 드럼 세탁기까지 깔끔한 붙박이형인 데다, 검은색 대리석으로 마감한 일체형 조리대까지, 흡사 드라마에나 나올 법한 고급스러움이었다. 너무 반듯반듯해서 인간미가 떨어져 보이기까지 한다.

거실에는 둘이 누워도 넉넉할 정도의 소파와 원목 테이블이 자리하고 있다. TV는 한쪽 벽면의 절반을 차지할 정도로 거대해서, 저런 TV를 보다가는 시력이 나빠지지 않을지를 걱정해야 할 판이다. 침실은 들어가보지는 않았지만, 안 봐도 비디오겠지.

'그럼에도 진짜 살고 싶다는 생각이 안 드는, 이 쓰레기통 같은 집안이라니……!'

도무지 정돈되지 않은 방 안에 현기증까지 느끼며, 주희는 이마를 짚었다.

바닥과, 책상, 심지어 식탁 위에까지 널브러진 책들. 아무렇게나 쌓아 올려둬서 탑을 이루고 있었다. 그 밑에 마구잡이로 흩어진 책은 분명히 무너진 책 탑의 흔적이리라.

싱크대에는 레토르트와 컵라면 쓰레기가 한가득이고, 테이블 위에는 빈 컵들이 아슬아슬하게 쌓여 곡예를 하고 있었다. 클리어 파일과 A4용지들도 아무렇게나 바닥에 흩어져 있다. 노트북 앞에 유일하게 말끔한 저 자리는 분명 서율 저 인간이 앉아 있던 자리렷다. 그나마 담배 냄새가 안 나는 게 다행이라고 해야 하나.

"이런 데서 글이 써지긴 해요? 이런, 쓰레기통 같은 곳에서."

한심함이 극에 달한 주희가 혀를 찼다.

"남의 작업 방식에 태클 걸지 마."

"이건 작업 방식의 문제가 아니라…… 이래가지고 사람이 살 수 있나?"

"네 눈앞에 앉아 있는 나는 사람 아니냐?"

"전부터 의심스럽긴 했는데, 그렇게 물으니까 더 의심스럽네요."

"어이……."

사람 취급도 받지 못하게 된 율이 미간을 찌푸리며 주희를 쳐다보았다. 조금 전까지만 해도 다 죽어가던 몰골이, 죽 두 그릇을 양껏 해치워버린 지금은 조금 살아나 있었다. 그 얼굴을 보고 있자니, 주희는 괜히 더 신경질이 났다.

그렇게 한참 주희와 시선을 마주치던 율이, 한참 만에야 뜨문뜨문 다시 입을 열었다.

"어, 그런데 너…… 왜 여기 있냐?"

……딱 한 대만 때리면 안 될까.

주희는 진지하게 고민했다.

"당신 담당 편집자인데요."

"엇, 그래? 진짜로?"

"왜요? 너무 꿈같아요? 하하, 저도 그런데. 확인차 주먹으로 한 대 쳐줄까요?"

"작가를 패는 편집자라니, 첫 회의를 유치장에서 할 셈이냐. 그나저나 너는 작가네 집에 일단 쳐들어가고 보는 스타일인가 보지?"

"아뇨. 보통은 아닌데, 일단 죽어가는 사람 살려야 하지 않겠냐고 지헌 선배가 부탁해서."

"죽어가는 사람이라니, 멀쩡하게 살아 있는 사람에게 너무하는군."

"그러게요. 너무 멀쩡하게 살아 있어서 죽여보고 싶네요."

"폭행 다음엔 살인이냐. 오랜만에 만났는데 성격이 굉장히 거칠어졌구나. 예전에는 남에게 싫은 소리 잘 못하던 성격이었는데. 내 기억이 맞지, 지구온난화?"

"온주희! 온난화가 아니라 온주희라고! 이름 좀 제대로 외우라고, 이 구제불능 선배님아!"

과거에 자신이 너무나 싫어했던 별명이 율의 입에서 터져 나오자 주희는 폭발했다. 이성의 끈이 툭 하고 끊어지는 소리가 마음속에서 들려왔다.

율은 주희가 집어 던진 쿠션에 얼굴을 정면으로 맞고 '억' 소리와 함께 쓰러졌다. 고작 쿠션인데도 코가 내려앉는 것 같은 충격이 느껴졌다. 그나마 주희의 바운더리에 있던 것이 꽃병이나, 컴퓨터나, 식칼 같은 게 아니었다는 걸 감사하게 여겨야 하는 걸까.

멋진 포물선을 그리며 날아가는 쿠션을 보고 한참을 식식대던 주희는, 이내 아랫입술을 깨물더니 단호하게 잘라 말했다.

"……아니, 됐어요. 외울 거 없어요. 나, 회사 그만둘 거니까."

"응? 왜?"

한 손으로 얼굴을 부여잡고 일어나 앉은 율이 얼빠진 목소리로 되물었다.

"저는 마유라의 편집자가 되고 싶은 거였지, 율 선배의 뒤치다꺼리를 하고 싶은 게 아니었거든요."

"뭐가 다른 거야? 그 마유라랑 그 율 선배가 동일 인물인데."

"누구 마음대로 동일 인물이래! 믿기 싫어!"

믿을 수 없어, 보다 한 단계 강력한 말이 튀어나왔다. 설령 마유라의 정체가 서율이라는 게 진실이라고 해도 절대 믿지 않겠다는 강한 의지가 느껴졌다.

"네가 믿고 안 믿고 간에 그게 사실인 걸 어떻게 해. 그러는 너야말로 마유라 팬이라면서, 어떻게 아직까지도 눈치를 못 챌 수가 있냐."

"어떻게 알겠어요! 마유라의 글이 얼마나 섬세하고 따뜻하고 부드러운 줄 알아요? 그 아름다운 서정과 심리 묘사에 대해 당신이 아냐고! 하긴, 알겠지! 본인이 썼으니까! 그런 글을 써놓고 실물은 이 모양이라니, 마유라 님께 죄송한 마음이라도 가져요! 적어도 내 마유라 님은 이런 쓰레기통에서 사실 분이 아니야!"

"왜 내가 마유라한테 사과를 해야 하냐! 내가 본체인데!"

"필명도 그래! 왜 '마유라'인 거죠? 누가 들으나 여자 이름이잖아요!"

"이젠 하다 하다 필명까지 불만이냐? 그거 내가 지은 거 아니고 허니가 지어준 거거든?"

"……누구요? 허니?"

이 구제불능에게도 애인이 있었어? 주희의 한쪽 눈썹이 꿈틀거렸다. 갑자기 식어버린 분위기에 율이 언뜻 당황하는 기색을 보이더니, 손을 내저으며 정색했다.

"아, 이상한 오해는 하지 마. 지헌이 말하는 거니까."

"그게 더 이상한데?"

대체 왜 동성 친구를 '허니'라고 부르는 거야?

그러나 경악도 잠시, 주희는 지헌의 이름을 몇 번 읊조려보다가 그 이유를 깨달았다.

"설마…… 지헌이, 헌이, 허니, 뭐 이런 변천사?"

"오오, 과연 내 편집자. 통찰력이 뛰어나군."

"유치해……!"

남자들의 센스란!

주희는 고개를 절레절레 흔들며 자리를 털고 일어났다. 여기 더 앉아 있어봐야 생산성도 없고, 점점 불쾌해지기만 하는 대화를 이어가기만 할 뿐이다. 서둘러 율에게서 멀어지는 것이 상책이었다.

주희가 자리에서 일어나자, 율이 눈썹을 으쓱하며 앉은 자리에서 주희를 올려다보았다.

"가려고? 저녁은 안 해주고 가나?"

"스스로 하세요. 내가 선배 엄마예요?"

"다음 주에 다시 올 거지?"

"아뇨. 정~ 말 다행스럽게도 아직 근로계약서에 도장을 안 찍었거든요."

소파 위에 던져두었던 겉옷을 주섬주섬 챙겨 입으며 주희가 이죽거렸다. 너도 한번 약올라봐라 하는 심정이었지만 의외로 율의 표정은 평온했다.

"이미 저쪽 회사에 사표 제출한 거 아니었어?"

소매에 오른팔을 꿰어 넣던 주희의 움직임이 그 말에 움찔, 멈춘다.

율의 말을 듣고서야 새삼 그 사실이 떠올라버렸다.

맞다. 자신은 이미 이전 회사에 사직 의사를 밝힌 후였다. 심지어 인수인계도 한창 진행 중이다. 이제 와서 사표 물리겠다는 말은 할 자신이 없었다.

주희는 '으음' 하고 낮게 신음했다.

그런 주희를 바라보며 율이 피식 웃고는 거만하게 고갤 기울였다. 이렇게나 쉽게 낚이고 마는 주희의 모습에 소리를 내어 웃고 싶을 지경이었다.

"사표 물릴 배짱은 안 될 테고……. 백수 하려고?"

"내가 왜 선배 때문에 백수가 되어야 해요?"

"그게 왜 나 때문이냐."

"회사 안 그만둬요! 담당 작가 바꿔달라고 하면 되지, 뭐!"

"마유라 팬이라더니, 너의 팬심은 한낱 그 정도였군."

"아니거든요? 마유라 님을 향한 제 마음은 한결같거든요?"

주희는 발끈해서 소리쳐놓고선, 뒤늦게 자신이 한 말의 모순을 깨닫고 '합' 입을 다물었다. 아무래도 머릿속에서는 마유라와 율이 좀처럼 연결되지 않았다. 이러지도 저러지도 못하는 상황에 속만 타들어갈 뿐이었다.

그리고 그 틈을 파고들듯이, 율이 가늘어진 눈으로 주희를 응시하며 피니시를 날렸다.

"마유라의 갓 나온 따끈따끈한 원고를 가장 처음 확인할 수 있는 기회를 자기 발로 걷어차겠다?"

"크윽……!"

틀렸다. 이길 수 없다. 저 남자의 손에 마유라의 원고가 쥐어져 있는 한, 이 싸움은 처음부터 승패가 결정되어 있었다.

주희는 분한 마음에 이를 갈았다.

마치 사악한 악마인 율이, 너무나 약하고 아름다운 마유라 공주를 인질로 잡고 자신을 협박하고 있는 것만 같았다. 원고로 협박을 하다니, 악랄하기가 이를 데가 없다.

그러나 패배를 인정하고 싶지 않다. 다른 사람도 아니고 저 인간에게, 서율에게 고개를 숙이고 싶지는 않았다.

얄밉게도, 율은 놀리듯이 히죽히죽 웃으며 주희를 더욱 보채기 시작했다.

"왜 대답을 못해? 이번에는 어떤 작품이 나올지 궁금하지 않아? 아, 참. 아직 근로계약서에 도장을 안 찍었다고 했던가? 그러면 시놉시스도 못 받았겠군."

"시, 시놉시스……!"

"이번 작품은 여교수와 그 제자의 사랑 이야기인데 말이야. 굉장히 농밀하고 어두운…… 끈적끈적하고 배덕한…… 아, 참. 이런 걸 말해주면 안 되지. 지구온난화는 아직 내 편집자도 아닌데 말이야."

"헉, 농밀? 배덕? 마유라가 쓰는 배덕감이라니……!"

주희는 순간 손끝이 차갑게 식는 것을 느꼈다. 현기증이 들 정도로 심장이 급작스럽게 뛰기 시작했다. 사랑에 빠진 것 같은 기분이다. 마유라가 쓰는 농밀함. 마유라가 표현하는 배덕감. 그 섬세한 문체로 또 얼마나 헤어 나올 수 없는 이야기를 만들어낼 것인가.

안절부절못하는 주희의 모습에, 율이 천천히 자리에서 일어났다.

"그뿐만이 아니지. 미발표 원고가 장편, 단편 골라보는 재미로 수십 편은 이 안에 들어 있어. 오로지 내 편집자만이 확인해볼 수 있는 원고가 말이야."

그러고는 테이블 위에 놓여 있던 노트북을 집어 들어, 그 화면을 주희가 볼 수 있게끔 들었다. 워드 프로그램이 띄워져 있는 화면에는 깨알 같은 폰트들이 빼곡하게 줄을 짓고 있었다. 지근거리였으나, 주희가 선 곳에서는 글자가 뭉개져서 보일 뿐이다.

주희가 그 내용을 확인하려 홀리듯 한 발 앞으로 나아간 순간, 율이 재빨리 노트북을 그만큼 뒤로 빼어 거리를 벌렸다.

"보고 싶냐."

보고 싶다고 외치고 싶다.

"읽고 싶지?"

정말 간절하게, 읽고 싶다고 외치고 싶다.

"자아, 대답해보시지, 지구온난화. 넌 이제 누구의 사람이냐."

그렇지만, 자신의 이름도 아직 제대로 못 외우는 이 인간의 사람이라고 고백하는 굴욕은 차마……!

주희가 악마가 내민 손을 잡을 것인지 말 것인지에 대한 고뇌로 괴로워하는 그 순간. 마치 구원의 나팔처럼 주희의 가방 안에 있던 폰이 요란하게 울려대기 시작했다.

아마 회사일 거라고 생각했다. 얼렁뚱땅 변명을 둘러대고 나와 놓고 아직까지 돌아오질 않고 있으니 말이다. 뭐라고 추가 변명을 덧붙여야 하나 하고 폰을 확인해보았으나, 예상과 달리 전화를 건 사람은 지헌이었다.

"일단, 전화부터 받고 와서 얘기하죠."

빠져나갈 구멍이 생긴 것을 기뻐하며, 주희는 재빨리 집을 빠져나갔다. 율이 없는 복도에서 통화를 할 요량이었다.

아슬아슬 이어지던 줄다리기가 전화 한 통으로 뚝 끊어지고 말았다. 뒤도 돌아보지 않고 쌩하니 빠져나가는 주희의 뒷모습을 바라보며, 율이 아쉬움에 혀를 찼다.

"칫, 허니 전화로군. 하여튼 눈치 없는 녀석."

투욱, 하고 노트북을 소파에 던져놓으며 율이 진심으로 투덜거렸다.

주희는 배신감으로 약이 잔뜩 올라 있었다.

이건 어떻게 생각해봐도 지헌이 자신을 놀린 거라고밖엔 납득할 수가 없었다. 자신이 율을 얼마나 싫어했는지 지헌도 잘 알고 있었다. 아무리 자신이 지헌을 좋아하고 존경한다 해도, 이번 일은 결코 간과할 수가 없다.

강력하게, 단호하게, 모질다고 해도 좋을 만큼 확실하게 따지리라.

그렇게 결심하며 주희는 통화 버튼을 터치하고 전화를 받았다.

"지헌 선배애~"

……틀렸어!

자신은 아무래도 이 남자에게 화를 낼 수가 없다!

올해 들어 가장 애교 넘치는 콧소리로 전화를 받으며, 주희는 자괴감에 빠져들었다. 그동안 까다로운 작가들을 상대하면서 스스로 독해졌다고 자부해왔는데, 어째서 이 남자 앞에서는 그 모든 것이 소용없어지는 것일까.

-여보세요? 주희야, 괜찮아? 유라는 어때?

수화기 너머에서 걱정이 담긴 지헌의 목소리가 들려왔다. 주희는 그것이 자신을 걱정하는 것인지 마유라를 걱정하는 것인지 일순 고민했다.

"네, 괜찮아요. 죽 먹고 지금은 쌩쌩해요. 그보다 선배, 저한테 미안한 거 없어요?"

-아하하, 미안, 미안. 다 들통났네. 너, 율이 엄청 싫어하잖아. 그래서 근로계약서 도장 찍고 나면 알려주려고 했거든.

"예에? 왜요?"

-안 그러면 너 도망갈까 봐.

"그거 완전히 사기 아니에요?"

-그렇게 해서라도 주희를 잡고 싶은 걸, 어떻게 해.

으……. 또다.

이 대사를 이런 어리광 섞인 달콤한 목소리로 들으면 어느 여자가 안 넘어갈까. 어쩐지 살짝 처진 눈초리로 미소를 머금은 지헌의 얼굴이 눈앞에 아른거리는 것 같아 주희는 가볍게 한숨을 내쉬었다.

-주희한테 단단히 혼날 각오로 저지른 짓이니까, 대신 나한테 원하는 거 있으면 다 말해. 내가 다 들어줄게.

"그 말 후회할 텐데……. 제가 대뜸 결혼이라도 해달라고 하면 어쩌시려고요?"

-하하, 니야 좋지.

농담인 줄 아는 건지, 농담으로 답을 해온다.

하긴, 이런 이야기를 이런 상황에서 진지하게 하는 게 문제가 있는 거지. 주희는 농담인 양 은근히 상대방의 마음을 떠보려고 한 얄팍한 자신에게 자조했다.

"됐어요. 좀 충격받긴 했지만, 마유라의 원고는 사수할 수 있게 됐으니까."

-그렇게 생각해주면 나야 고맙고. 어쨌든 주희 덕분에 살았어. 나 오늘 진짜 어쩌나 싶었거든. 당장 약속 시간은 촉박한데, 그 자식, 연락이 통 돼야 말이지. 저번에도 그렇게 쫄쫄 굶다가 응급실 실려 간 적이 있어서 말이야.

'아니, 무슨 엄마냐고요.'

주희는 속으로 투덜거렸다. 응급실에 실려 갈 때까지 밥도 못 챙겨 먹는 저 팔푼이도 그렇거니와, 나이 서른에 친구의 섭식 습관까지 관리하려드는 이 남자도 언뜻 이해가 안 되긴 했다.

도대체 뭐람, 이 두 남자.

-아, 그래, 유라도 이 기회에 마음껏 부려먹도록 해. 빡세게 굴려도 돼. 걔도 양심이 있으면 군소리 못하겠지.

"네? 왜요?"

-음, 유라가 아무 말 안 해?

"무슨 말이요?"

-너 빼오자고 한 게 걘데?

……이, 뭣.

-최근에 잘나가는 작품들 다 네 담당이었잖아. 그 녀석, 그거 줄줄이 꿰고 있었더라고. 진작부터 마음에 두고 있었던 건지, 뭔지. 어쨌든, 마유라 신비주의 때문에라도 아무 편집자나 못 붙이는 거 알지? 그러니까 마구 다뤄도 돼. 너 아니면 이제 유라한테 붙여줄 마땅한

편집자도 없어. 자기도 그 사정 뻔히 아는데 잘 하겠지, 설마.

이건 또 무슨 맑고 고운 소리람.

주희의 머릿속이 분주하게 계산을 시작했다.

그러니까 뭐야. 자신을 스카우트한 건 지헌이 아니라 율의 의견이었다는 건가? 순전히 본인에게 필요해서? 반대로 말하자면, 자신이 거절하면 안달이 날 사람은 서율이라는 건가?

"쉽게 말하자면 그 말은…… 갑을관계로 따지자면 제가 갑이라는, 뭐 그런?"

-그럼, 슈퍼 갑이지.

유레카. 역시 신은 존재하는구나!

십년 묵은 체증이 훅 내려가는 기분이 들었다. 어두웠던 하늘에 광명이 비추기 시작한다. 주희는 감격스러운 기분으로 복도 차창 너머를 바라보았다. 늦겨울의 꾸물거리는 하늘이 상당히 어두웠지만 그마저도 아름답게 보였다. 그야말로 역전 홈런이다. 반전의 대서사시다.

주희는 마유라의 편집자 자리를 포기할 수 없었다. 조금 전 율의 깐족거림을 고스란히 당하는 수모를 겪으며 절실히 깨달았다. 아무리 율이 꼴 보기 싫다고 해도, 마유라의 원고를 포기할 자신이 없었다. 마유라와 함께 작품을 만든다는 기쁨을 버릴 수가 없는 것이다. 그 사실을 자신이 알고 율이 아는 이상, 자신은 '슈퍼 을'일 수밖에 없었다.

그러나 방금, 그 지위는 역전되었다.

사실 냉정히 따져보면 마유라의 담당 편집자가 되지 않아도 마유라의 원고를 출간 전에 볼 수 있는 방법은 얼마든지 있었다.

그러나 서율은 아니다. 직접 자신을 편집자로 지목했을 만큼, 그 남자에게는 자신이 필요하다. 만약 지금 자신이 담당 편집자의 자리를 거절한다면, 곤란해지는 건 그 남자다. 지금까지는 그 사실을 서율만 알고 있었지만, 이젠 아니다. 자신도 안다. 고로 이제 자신은 '슈퍼 갑'이 된다.

슈퍼 갑이라니, 이 얼마나 달콤한 명칭이란 말인가.

"……선배."

-응?

"제가 선배 정말 존경한다고 말씀드렸던가요?"

음흉한 미소를 지으며 주희가 말했다.

그녀의 머릿속에서는 이미 파라다이스가 펼쳐지고 있는 중이었다. 지금껏 그 제멋대로인 인간에게 휘말려 곤란했던 시절만도 얼마던가. 이것은 기회다! 이번에야말로 자신이 그 남자를 마구 휘둘러주리라! 폭풍 속에서 미친 듯이 춤을 추는 주유소 풍선처럼!

-와아, 내가 주희에게 도움이 된 건가?

"물론이죠. 생명의 은인이라고 해도 부족하지 않을 정도예요."

-그러면 말이야. 나 여기 마무리할 때까지 시간 좀 더 걸릴 것 같은데, 봐줄 수 있지? 최대한 빨리 정리하고 데리러 갈 테니까.

지현의 말을 들으며 주희는 굳게 닫혀 있는 1106호의 문을 흘끗 쳐다보았다. 불과 몇 분 전만 해도 저 문이 지옥문 같았는데, 지금은 빨리 저 집 안으로 들어가고 싶은 기분이었다.

주희가 입꼬리를 한껏 올려 미소 지으며, 지현에게 대답했다.

"그럼요, 물론이죠. 여긴 저에게 맡기시고, 천천히 오셔도 돼요. 천~ 천히요."

자, 그러면.

어디 한번, 천천히 '슈퍼 갑'의 권리 좀 만끽해볼까.

대체 무슨 이야기를 나누고 있는 것일까.

현관문에 귀를 바짝 대고 쪼그려 앉은 채 율은 생각했다. 도무지 신경이 쓰여서 견딜 수가 없었다. 오늘처럼 이 집의 방음이 완벽하다는 사실이 이렇게 안타까울 수가 없었다. 하다못해 침실이나 화장실에 들어가서 전화 통화를 했다면 무슨 대화를 나누는 것인지 엿들을 수 있겠는데, 설마 복도로 나가리라고는 생각도 못했다.

과연, 지구온난화. 대학 시절과는 차원이 다르게 성장한 모양이다.

율은 주희가 옛날부터 지헌을 짝사랑하고 있었다는 것을 이미 알고 있었다. 때문에 주희를 편집자로 불러들이자 할 때, 자신의 이야기는 빼고 오로지 지헌의 의사로만 이직을 제안하는 것으로 하라고 신신당부를 해두었더랬다. 사실 아무리 지헌이 제안한다고 냉큼 넘어오리라고는 기대하지 않았지만 놀랍게도 냉큼 넘어왔다는 점에 율은 뒤늦게 속이 뒤틀렸다.

그렇게 지헌이 좋냐. 차지헌이 좋은 거냐.

온주희를 원한 건 차지헌이 아니라 자신이었는데.

'……라고 이야기하면 엄청나게 싫어하겠지, 저 녀석.'

버림받은 아이처럼 현관문 앞에 쪼그리고 앉아 율은 그렇게 생각했다. 아무리 둔감한 사람이라고 해도, 저렇게 노골적으로 싫은 티를 팍팍 내면 모를래야 모를 수가 없었다.

하지만 어떻게 해야 미움 받지 않을 수 있는지 아직도 모른다. 뭘 해야 관계가 회복될 수 있는 것인지 감도 잡히지 않는다. 그는 사람을 어떻게 대해야 하는 건지 전혀 모르는 것이다. 가만히 서 있기만 해도 주변에 사람이 몰려드는 차지헌 같은 인종과는 유전자 단위로 달랐다.

문득 율은 고개를 들어 거실 쪽을 쳐다보았다. 프린트해둔 원고 더미가 엉망으로 널브러져 있는 게 보인다. 소파 위에는 화면이 꺼지지 않은 노트북이 아무렇게나 놓여 있었다.

"……그래도 내가 마유라라서 다행이군."

율이 자조 섞인 혼잣말을 내뱉었다. 어쩐지 씁쓸한 기분이 들었다.

그 순간 현관문이 벌컥 열렸다. 고갤 들어보니, 문을 열고 들어오려던 주희가 현관에 쪼그리고 앉아 있는 율을 발견하고 깜짝 놀란 표정을 지었다.

"여, 여기서 뭐 해요?"

"나쁜 짓."

"엿들었어요?"

"걱정 마, 하나도 안 들렸어. 이 집, 빌어먹게 방음이 잘되어서."

자리를 털고 일어난 율이 현관문을 똑똑 노크하며 심드렁하게 말했다.

"어휴, 정말. 엿듣지 마요. 무례하잖아요?"

"지은 죄가 많아서 말이야. 너랑 허니가 얼마나 날 씹어댈까 생각하니 불안해 앉아 있을 수가 없어서……."

"세상에, 지은 죄가 많은 줄은 알고 있군요?"

“날 씹었다는 사실은 변명하지 않는 거야?”

“음, 미안해요. 기억은 안 나지만 분명히 욕을 하긴 했겠죠.”

“차라리 변명을 해.”

경악하는 율을 내버려둔 채 주희는 다시 방 안으로 성큼성큼 들어갔다. 어딘가 기세등등한 그녀의 걸음걸이에 율은 내심 불안해하며 그 뒤를 따랐다.

뭐냐. 대체 지헌이와 통화를 하며 무슨 얘기를 들은 거냐.

거실로 들어선 주희는 노트북 옆자리에 털썩 앉았다. 그러고는 기선제압이라도 하려는 듯 우아하게 다리를 꼬고서 콧대를 높여 율을 쳐다보았다. 율은 불안한 속내를 감춘 채 테이블 끄트머리에 걸터앉아 주희와 얼굴을 마주했다.

몇 초간 말없이 율과 시선을 마주하던 주희가 꽤나 강직한 표정으로 말했다.

“편집자, 할게요.”

그럼 그렇지.

이변은 없었다. 율은 속으로 콧방귀를 뀌었다. 갑자기 주희의 태도가 돌변해서 괜히 쫄았다 싶다. 하지만 역시 마유라의 원고를 포기할 수 있을 리가 없지. 다른 사람도 아닌 온주희가.

그러나 이야기는 거기서 끝이 아니었다.

“대신 확실하게 해두어야 할 게 있어요.”

“뭔데?”

“내가 갑. 선배가 을.”

……응?

율이 코를 찡그리며 고갤 옆으로 기울였다.

“계약서에는 분명히 내 쪽이 갑으로 표시되어 있을 텐데……?”

“그건 출판사와 선배 관계고요. 이건 선배랑 나 사이의 문제를 말하는 거예요.”

“구체적으로 어떻게 하라는 건데?”

“일단 내 허락 없이 원고 수정, 일정 변경, 잠수 일절 금지. 내가 하라는 일에는 군소리 없이 따를 것. 팥으로 메주를 쑤라고 해도 쑬 정도로요. 그리고 난 선배 심부름꾼이 아니니까 나한테 밥 차려 달라, 뭐 그런 건 입도 뻥긋하지 말아요. 수틀리면 편집자고 뭐고 확 그만둬버릴 테니까.”

끅, 하고 목 자르는 시늉을 하며 주희가 으름장을 놓듯 말했다. 그 내용이 전혀 예상도 못한 수준이라 율은 잠시 멍해졌다.

어째, 한 방 맞은 것 같다.

“지금, 협박하는 건가?”

“네.”

“그게 협박이 될 거라고 생각해? 네가 마유라의 원고를 포기할 수 있다고?”

“어머나, 제가 왜 그걸 포기할 거라고 생각해요? 마유라 담당을 그만둬도 원고를 볼 수 있는 방법은 얼마든지 있거든요? 선배의 담당자를 회유해서 원고에 간섭할 수도 있고요. 번거롭긴 해도 못할 건 없다고요.”

여유만만하다 못해 어딘가 이죽거림이 느껴지는 주희의 말에 율의 미간이 꿈틀한다.

“그런데, 선배는 안 되죠?”

“뭐?”

"담당 편집자로 내가 필요하잖아요."

……지헌이 이 자식, 다 불었구나!

율의 얼굴에 노골적으로 낭패감이 드러났다. 이거 아무래도 일이 이상하게 돌아가고 있었다. 어째서인지 자신이 꼼짝없이 온주희에게 끌려다녀야 할 판이다.

율의 표정에 그늘이 드리워질수록, 주희의 얼굴에는 빛이 감돌았다. 주희는 자리에서 일어나 율의 앞으로 다가가 선심 쓰듯 오른손을 내밀어 악수를 청했다.

"뭐, 이상한 걸 시키고 그러진 않을 거니까 걱정 말고요. 전 어디까지나 상식선에서 선배를 다뤄줄 생각이거든요. 제가 좀 상식적인 인간이라서요. 누구랑 다르게."

마지막 말에 유독 힘이 들어가 있는 건 아마도 율을 향한 분노가 서려 있어서 그럴 것이다.

"자, 어떻게 할래요? 나랑 같이 작업 할래요, 말래요?"

눈앞에서 주희의 손가락이 얄밉게 파닥파닥 움직이는 것을 보며, 율은 크윽 하고 신음을 삼켰다.

"콜?"

재촉하듯 주희가 한 번 더 물었다.

그 말에 율의 손이 부들거리며 위로 올라왔다. 율의 움찔거리는 손등 근육과 경직된 손가락이, 그가 얼마나 고뇌하고 있는지를 대변하고 있었다.

주희는 그런 율의 심정을 깊이 이해했다. 왜냐하면 불과 몇 분 전 본인의 기분이 딱 그랬으니까.

"……젠장."

욕지거리와 함께, 결국 율은 주희의 손을 잡고 말았다.

그 굴욕에 찌든 표정이 가관이었다. 나라를 잃어도 지금만큼 슬퍼했을까 싶다.

그리고 그와는 반대로, 이 순간 주희가 느끼는 쾌감은 나라를 되찾은 기쁨만큼이나 짜릿했다. 오로지 이 순간을 위하여 지난 27년을 견디고 살아왔던 건가 싶다.

복수의 서막은 올랐다.

마음껏 휘두르고, 통제하고, 굴리고, 유린해주마. 서율.

"자, 그러면 기념비적인 첫 명령을 내려볼까요, 작가님?"

2화. 슈퍼 갑께 충성을

바닥에 무릎을 꿇고 엎드려 있던 율은, 아무리 생각해보아도 자신이 왜 이 일을 해야만 하는지 의문이 들었다. 이 집은 자신의 소유였고, 이 집안에서 벌어지는 모든 것은 자기 마음대로일 터였다.

그런데 왜, 어째서 지금.

자신은 바닥에 널브러진 책을 줍고 있어야 한단 것인가.

"……이해할 수 없어."

율이 건축 화보집을 집어 들며 나지막이 중얼거렸다. 책에는 갈피마다 인덱스가 붙어 있었다. 현재 집필 중인 소설에 등장하는 집 구조를 참고하기 위한 자료였다.

TV 위의 먼지를 걸레로 훔치고 있던 주희가 콧방귀를 뀌더니 오만하게 율을 쳐다보았다.

살면서 저 남자가 자신의 앞에 무릎을 꿇고 초라하게 웅크린 채 앉아 있는 꼴을 보게 될 거라고는 생각도 못했다. 그러잖아도 키도 크고 덩치도 큰 사람이라, 웅크리고 있는 꼴이 더 처량해 보인다. 그런 율의 모습을 보고 있자니, 주희는 지금 세상이 멸망해도 후회가 남지 않을 것 같은 기분이었다.

"벌써 반역인가요? 뭐, 담당 편집자 바꿀 생각이라면 언제든 반기를 들어도 상관없지만."

"아니, 이건 불합리하다는 거야. 너는 이 집의 규칙을 전혀 몰라."

"알고 싶지 않은데요."

"이게 어질러져 있어도, 그냥 어질러져 있는 게 아니라고? 다 나름의 규칙과 필요에 의해 최적의 상태로 배치되어 있는 거란 말이야. 네가, 응? 창작자의 인스피레이션을 알기나 해?"

"적어도 쓰레기 소굴에서 밥 굶어가며 버티는 게 창작자의 인스피레이션과 일절 관계가 없다는 것 정도는 알 것 같네요."

"아무리 생각해도 이건 아냐. 시키는 대로 따라야 하는 입장에서 할 말은 아니지만, 그런 무시무시한 조건을 걸어놓고 고작 청소나 시키겠다는 건가? 어이, 시키는 대로 다 해주겠다니까? 좀 더 건설적이고 보람찬 명령은 없는 거야?"

"예에, 예에. 없습니다. 그러니까 거기 책 다 정리하고 나면 이쪽에 있는 종이 뭉치들도 좀 치우시죠?"

율의 말을 가볍게 무시하며 주희가 건성건성 대답했다. 그런 주희의 반응에 율은 속이 부글부글 끓어올랐으나, 결국은 제대로 된 반항은 꿈도 꾸지 못한 채 긴 한숨과 함께 다시 고갤 떨구었다.

남의 말에 순순히 따르는 서율이라.

주희는 흘끗 율을 확인했다. 연신 투덜거리면서도, 율은 주희가 시킨 대로 얌전히 널브러진 책들을 주워 정리하는 중이었다. 그 모습이 신기하고, 통쾌하고, 고소한 한편, 이 정도로 순순하게 자신의 명령을 따르는 그가 조금 기특해졌다.

서율이 어떤 사람이었던가.

도통 다른 사람과 섞이거나 소통하지 못하는 자기중심적인 인간이었다. 노골적으로 말하자면 아주 '제멋대로'였다. 어딘가에 얽매이거나 길들여질 만한 인간이 아니었다. 그리고 주희는 그런 그의 성격에 휘말려 크고 작은 피해를 입게 된 불의의 피해자였다.

개강 모임 이후, 율이 주희에게는 스스럼없이 다가가 말을 걸거나 먼저 알은체를 하기도 했기 때문에, 율을 피하는 다른 사람들이 자연스레 그의 치다꺼리를 주희에게 떠맡겼던 것이다.

어째서 온주희에게만? 하고 누군가 묻는다면, 글쎄, 어째서일까. 오히려 되묻고 싶어진다.

왜 그는 자신에게만큼은 -비록 주희에게는 달갑지 않은 것이었다고 해도- 먼저 다가와 말을 걸거나 했던 것일까?

왜 그는, 자신을 담당 편집자로 지목했을까?

"그러다가 TV가 닳아 없어질 것 같은데."

"……헛!"

골똘히 생각에 잠기다 보니, 주희는 닦던 곳만 닦고, 닦고, 또 닦고 있었다. 율의 말을 듣고 나서야 퍼뜩 정신이 들어, 반복 작업 중인 걸레를 얼른 떼어냈다. 어쩐지 창피한 기분이 들어 얼굴이 조금 붉어진다.

"이, 이쪽 신경 쓰지 말고 책 정리나 마저 끝내시죠?"

"바닥에 있던 책은 거의 다 정리했어. 이건 책장에 꽂아 넣을 것들이고."

열댓 권쯤 되는 책을 품에 안아 들고 선 율이 대답했다. 주희는 '책장?' 하고 고갤 갸웃한다.

"방 안에 책장이 있어. 들어가볼래?"

"그래도 괜찮아요?"

"별로 볼 건 없어. 이사한 지 얼마 안 되어서."

남의 침실에 함부로 들어가도 되는 걸까.

주희는 짧게 고민했다. 그러나 생각해보니, 거실 상태가 이 모양이라면 침실 상태도 썩 훌륭할 것 같지는 않아서, 어차피 청소를 위해 들어가야겠다는 결론에 도달했다.

"문 열어줄게요."

방에 들어가겠다는 긍정의 의미로 그렇게 대답하며 주희가 먼저 침실방 문을 열었다. 책을 들고 있느라 양손이 부자연스러웠던 율이 열린 방 안으로 앞장서서 성큼성큼 들어갔다. 주희도 그 뒤를 따라 뒤늦게 침실 안에 발을 들였다.

'……깨끗하네?'

거실과 달리, 침실은 깔끔하게 정돈 되어 있었다.

먼지 한 톨 없이 깨끗한 데다 가구도 몇 개 없어, 마치 호텔방 같은 분위기가 났다. 좋게 말하자면 모든 것이 각 잡혀 정리되어 있었다는 뜻이고, 나쁘게 말하자면 생활감이 전혀 느껴지지 않았다는 의미이다. 그러고 보니 문을 열었을 때 서늘한 공기의 흐름이 느껴졌던 것도 같다.

율이 탁, 하고 전등을 켰다. 그제야 주희는 이 방 창문 블라인드가 전부 내려져 있었다는 것을 깨달았다.

'이 방, 정리가 되어 있다기보다는…….'

"안 써, 여기."

주희의 의문에 대답하듯, 율이 말했다. 주희가 '네?' 하고 반문하며 율을 쳐다봤다.

"거실에서 거의 생활하니까. 여긴 그냥 책 보관용 정도?"

"그러면 잠은 어디에서 자요?"

말로 대답하는 대신, 율은 턱짓으로 거실 소파를 가리켰다. 그 대답에 주희의 표정이 굳었다. 이렇게 좋은 집을 놔두고 그런 불편한 생활을 감수하는 걸 도무지 이해할 수가 없었다.

"침대, 좋아 보이는데. 아깝네요."

"응, 그렇지. 필요하면 가져갈래?"

"됐어요. 이동비가 더 들 것 같은데."

"아니면 내킬 때 여기서 자고 가도 되고."

농인지 진담인지 모를 말에 주희가 피식 웃었다. 지헌에게 방금의 말을 들었다면 조금쯤 설레었을지도 모르겠다. 그러나 율의 입에서 나오니 작업멘트라기보다, 여기서 밤새워 야근이나 하라는 악담같이 들렸다.

"거실에서 책이나 마저 가져와요. 내가 꽂아 넣고 있을 테니까."

그런 실없는 농담이나 주고받을 시간에 청소나 빨리 끝내는 게 이득이다. 그렇게 생각하며 주희는 율의 품에서 책 더미를 받아 들었다. 그리고 율이 다시 거실로 돌아가 방금 가져온 분량만큼의 책을 추려 갖고 올 동안, 책장에 책을 하나하나 꽂아 넣기 시작했다.

한 권 한 권, 종류와 크기를 생각하여 책장에 꽂던 주희의 시선이 문득 위쪽에서 멈추었다. 책장 위 칸 두 줄은 그간 마유라가 낸 신작들로 채워져 있었다. 작품마다 서너 권씩은 된다. 그중에는 대학 시절 주희가 비평문을 썼던 『시간 언덕』도 포함되어 있었다. 딱 한 권이긴 했지만.

그리고 책장 가장 위 칸의 공간에는 사진 액자가 하나 놓여 있었다.

'가족사진인가?'

아래쪽에서 올려다보려니 사진이 제대로 보이질 않았다. 주희는 문득 호기심이 들었다.

생각해보면 주희는 율의 가족관계에 대하여 하나도 모른다.

대학 시절, 지헌의 부모님에 대해서는 알음알음 들은 것들이 조금 있지만, 율에 대한 정보는 전무하다시피 했다. 율과 친한 사람이 없는 이유도 있었겠지만, 가끔 율과 말을 섞곤 했던 자신도 그가 자신의 가족에 대해 이야기하는 걸 들어본 적이 없었다.

'살짝 봐볼까.'

딱히 실례되는 행동은 아니겠지. 그렇게 생각하며, 주희는 팔을 뻗었다. 그러나 액자는 손끝에 아슬아슬하게 스칠 뿐, 제대로 닿질 않았다. 집 구조가 천장이 높은 편인 데다, 그 높이에 맞춰 짜여진 책장이라 주희의 키로는 버거웠다. 더구나 손끝에 스칠 때마다 액자는 더 안쪽으로 밀려 들어가기만 했다.

"읏, 조금만 더……. 다, 닿을 것 같은데……!"

아슬아슬하게 손끝에 닿는 점이 도무지 포기를 할 수 없게 만든다.

주희는 책장에 거의 매달리다시피 하여 액자를 꺼내려 낑낑거렸다. 까치발을 들어보고, 콩콩 제자리 뛰기를 해보고, 별 방법을 다 써보았다. 그러나 얄밉게도 액자는 닿을 듯 말 듯 도무지 주희의 손에 들어와주질 않는다.

'와, 어쩜. 물건마저 제 주인을 똑 닮아가지고서는.'

어쩐지 괜히 심통이 나서 속으로 그렇게 투덜거려본다.

"으으, 닿는다……. 닿는다……. 닿는다……!"

온몸이 부들거릴 정도로 안간힘을 쓰며 책장에 매달려 있는 그 때.

갑자기 시야가 어두워졌다.

"……?"

무슨 일인지 인지하기도 전에, 하얀 손이 쑥 하고 주희의 얼굴 옆을 지나쳐갔다. 그 손은 그대로 책장 위쪽으로 향하더니, 너무나 손쉽게 액자를 집어 들었다. 주희가 애쓰던 것이 허무해질 정도로 손쉽게.

뒤를 돌아보니 율이 주희의 등 뒤에 바짝 붙어 선 채 주희를 내려다보고 있었다.

그 큰 키에 위에서 내려다보는 옅은 눈동자가 어둠 속에선 미묘하게 안광을 머금고 있어서, 어쩐지 주희는 자신이 잡아먹힐 것 같다는 착각마저 들었다.

더구나 율이 양팔로 책장을 지지하는 자세로 서 있었기 때문에, 영락없이 율의 품에 주희가 갇힌 꼴이었다.

엇? 어라? 뭐지, 이 기시감.

이 남자에게 불시에 목덜미라도 콱 물어뜯길 것 같은 이 기묘한-

"기껏 이상한 조건을 걸어놓고선 제대로 써먹을 줄을 모르는구만."
"……네?"
"그러니까, 이런 건 그냥 나에게 꺼내달라고 명령하면 되잖아."
율의 나지막한 목소리.
이 남자, 원래부터 이렇게 부드러운 음성이었나?
순간 주희는, 당황했다. 다급해졌다. 이유는 모른다. 여기서 벗어나야겠다는 강박이 들었다.
주희가 율의 좁은 품 안에서 재빠르게 몸을 돌려세웠다. 바르작거리는 주희의 몸짓에 율이 한쪽 팔을 책장에서 내려 길을 열어주었다. 서둘러 그 품에서 벗어나려다가 스텝이 꼬여, 몸이 약간 휘청거렸다.
그뿐이었다면 약간 쪽팔리고 말았을 것이다.
'엇, 쥐, 쥐 났나?'
종아리에서 느껴지는 급격한 통증. 책장에 매달려 한참이나 까치발을 하고 있던 탓에 근육이 잔뜩 긴장해 있었던 모양이었다. 중심을 잡으려 내딛은 다리가 힘없이 미끄러지더니, 주희의 몸 전체가 그대로 고꾸라졌다.
"으, 꺄악!"
"엇, 야!"
쿠쾅. 쨍그랑.
요란한 소리와 함께 두 사람이 동시에 바닥으로 내동댕이쳐졌다. 주변에 쌓여 있던 책들과 함께.

최대한 일을 빨리 마무리 짓고 최고 속도로 차를 몰아 왔다지만, 그래도 꽤 늦고 말았다.

11층으로 올라가는 엘리베이터 안에서, 지헌은 초조한 심정으로 1106호실 안의 풍경을 추측해보았다. 조금 전 전화 통화를 했을 땐 별문제가 없는 것 같았지만, 모를 일이다.

주희는 율을 싫어하고, 율은 도대체가 어디로 튈지 모르는 시한폭탄 같은 놈이니, 율이 주희의 신경을 살살 긁어서 주희가 폭발했을 수도 있다. 부디 율이 마유라 작가라는 사실이 주희의 이성을 유지하게 해주기를 바랄 뿐이다.

이 오래된 오피스텔은 복도식이다. 엘리베이터에서 내린 지헌은 1101호 문 앞에서부터 빠른 걸음으로 복도를 지나 1106호 문 앞에 도착했다. 그러고는 익숙한 손놀림으로 버튼식 도어록의 비밀번호를 눌렀다. 차가운 기계음이 규칙적으로 몇 번 울리더니, 띠리링 하는 경쾌한 소리와 함께 잠금장치가 해제됐다.

'둘이 싸우지만 않았으면 좋겠네.'

그렇게 생각하며 지헌은 문고리를 돌려 문을 열었다.

"얘들아, 나 왔……."

쿠쾅. 쨍그랑.

문을 열자마자, 집 안쪽에서 요란한 파열음이 들려왔다. 무언가 떨어지고 깨지고 하는 소음이 분명했다. 꺄악 하는 주희의 비명과, 신경질적으로 소리치는 율의 외침은 덤이다.

그 소리를 듣고 지헌이 생각할 만한 결론은 하나뿐이었다.

아차, 이미 저질렀구나.

지헌은 신발을 던지듯 벗어놓고 서둘러 집 안으로 뛰어 들어가, 소리가 들린 침실 쪽으로 향했다. 침실 문은 활짝 열려 있었다.

"무슨 일이야! 왜 그래! 설마 싸우……!"

다급한 지헌의 외침은 방 안의 풍경을 확인한 후 끝까지 마무리되지 못했다.

방 안은 쓰러진 책들로 난장판이었다. 그 책 더미 한가운데, 방바닥에 율이 벌렁 쓰러져 있고, 그 위로 주희가 올라타듯 앉아 있다. 심지어 둘 다 옷매무새가 흐트러져 있는 데다 끙끙거리는 신음소리까지 내뱉고 있었다.

뭘까, 이건. 예상 안에 없던 풍경이다.

대체 몇 시간 사이에 무슨 일이 벌어진 걸까!

"엇, 선배?"

"……허니?"

주희와 율이 차례로 문 앞에 서 있던 지헌을 발견했다. 그러나 지헌은 어떤 말부터 꺼내야 할지 모르겠다는 표정으로 두 사람을 번갈아 쳐다볼 뿐이었다.

주희는 지헌의 표정이 의미하는 바를 얼른 깨닫지 못했다. 자신이 아는 지헌 선배라면, 자신들을 일으켜 세워주고 다치진 않았는지 물어봐줄 사람이었으니까. 그러나 주희도 눈치가 없는 편은 아닌지라, 이내 지헌의 애매모호한 표정이 의미하는 바를 깨달았다.

"앗, 선배! 아니에요! 생각하시는 그런 거 아니에요! 절대로 아니에요!"

당황한 주희가 자신이 무슨 말을 내뱉는지도 모르는 채 횡설수설 아무 말이나 떠들어대며 다급히 양손을 저었다.

하지만 지금 주희의 변명은 지헌에게 그다지 와 닿지 않았다. 그러기에는 시각적인 충격이 너무 컸다.

"어…… 음……. 그러니까…… 사, 사이가 좋아져서 다행이네?"

지헌이 약간 떨리는 음성으로 고르고 고른 말을 간신히 꺼냈다. 주희는 그야말로 환장할 노릇인데, 정작 율은 한발 더 나아가 주희의 허리를 감싸 안으며 천연덕스럽게 대꾸했다.

"그럼, 내가 충성을 다해 모셔야 할 편집자님인데."

"으아악, 어딜 만져!"

"컥!"

미끄러지듯 허리춤을 스치고 지나가는 율의 손길에 주희는 등줄기에 식은땀이 흐를 지경이었다. 어떻게든 이 오해를 풀고 싶다는 생각과 율의 손아귀에서 벗어나야겠다는 의지가 합쳐져, 주희는 결국 거의 폭력에 가까운 수준으로 율의 얼굴을 사정없이 밀어버렸다.

그리고 까득, 하는 소리가-

"……어?"

"……아."

주희와 율이 동시에 짤막한 감탄사를 내뱉으며 같은 곳을 쳐다보았다.

율의 손바닥에 유리 파편이 박혀 있었다. 주희에게 밀려나지 않으려던 율이 바닥을 짚을 때, 금이 간 액자 위를 힘껏 눌러버린 탓이었다.

얼굴에 점점 핏기가 가시는 주희와 달리, 율은 태연하게 손바닥을 들어 상처를 확인했다. 박힌 유리 파편이 꽤 컸음에도, 개의치 않고 다른 손으로 쏙 뽑아냈다. 파편이 뽑히자마자 선홍빛 피가 손목을 타고 주르륵 흘러내렸다.

"어, 피 나네."

율이 남의 일 대하듯 그렇게 말했고.

"어휴, 바보가."

지헌이 얼굴을 찡그린 채 혀를 차며 율을 비난했다.

아무도 이 사태를 심각하게 받아들이지 않는 이 분위기에서, 오로지 주희만이 최선을 다하여 경악했다.

"으아아아, 다들 뭘 쳐다만 보고 있는 거예요! 빨리 구급상자 갖고 오라고요, 구급상자!"

결국, 주희의 '슈퍼 갑 횡포'는 피를 보고 나서야 끝이 났다.

어쩐지 결과적으로 자신만 제일 손해였다는 씁쓸한 기분이 들지만 말이다.

한바탕 소동을 수습하고 나니 어느새 해가 떨어진 시각이었다.

주희는 뒤늦게 팀장에게 전화를 걸어, 이 미지의 외근에 대하여 연신 사과와 변명을 해야만 했다. 결국엔 회사로 돌아가지 않고 곧장 퇴근을 허락받았지만 '퇴사할 때 됐다고 너무 막가는 거 아니야?'라고 비아냥거리는 팀장의 목소리를 들어야 했다. 어째 내일 출근이 두려워지고 말았다.

더구나 등 뒤에 서서 주희의 통화를 듣고 있던 원인 제공자가, '그렇게 건성건성 일하면 쓰나, 지구온난화' 따위의 말을 내뱉으며 이죽대는 바람에, 주희는 그야말로 돌아버릴 지경이었다.

"왜 따라 나와요?"

귀가를 위해 집을 나섰을 때, 자연스레 지헌과 주희를 뒤따라 나오는 율을 보며 주희가 투덜거렸다. 신발을 구겨 신으며 율이 '

핫' 하고 콧방귀를 뀐다.

"배웅을 나가줘도 불만이냐?"

"율 선배, 이런 친절을 베풀 만한 사람 아니잖아요?"

"나도 가끔은 해. 그리고 '율 선배'는 안 해도, '마유라'라면 했겠지. 안 그래?"

"비꼬는 것처럼 들리네요."

"그럴 리가. 네가 원하는 대로 해주고 있는 것뿐이잖아? 절대 복종하라는 거. 해주겠다고, 그거."

엘리베이터 앞에 다다른 율이 차례차례 높아져가는 엘리베이터 숫자를 쳐다보며 중얼거리듯 답했다. 이제는 체념해버린 듯한 목소리였다.

율과 주희의 대화를 듣고 있던 지헌이 고개를 쑥 내밀며 두 사람에게 물었다.

"응? 절대 복종? 뭐야, 그게?"

이크.

지헌의 말에 율과 주희가 동시에 흠칫 어깨를 떨었다. 이유는 조금 달랐지만 두 사람 모두, 둘 사이에서 나눈 약속을 지헌이 알게 되는 걸 원하지 않았다. 주희는 지헌에게 약아빠진 이미지를 심어주고 싶지 않았고, 율은 평생 놀림감이 되고도 남을 굴욕을 알려주고 싶지 않았다.

모처럼 두 사람의 생각이 일치하는 순간이었다.

"아아, 별거 아니에요. 로, 로맨스 쪽에서 쓰는 농담, 뭐 그런 거예요. 그렇죠, 선배?"

"물론이지. 판타지 레이블에서 건너온 너는 모르겠지만 말이야.

어쨌든 중요한 건 네가 신경 쓸 일이 아니라는 거야. 안 그래, 지구온난화?"

"그렇죠, 지헌 선배가 신경 쓰실 일이 아닌…… 잠깐만요. 대체 그 '지구온난화'는 언제까지 불러댈 작정이에요?"

"왜, 입에 착착 감기는 게 너한테 잘 어울리는 호칭 같은데."

"어떤 면이?"

"금방 뜨거워지는 거?"

율이 피식 웃으며 내뱉은 말에 발끈하며 반박하려는 때, 엘리베이터가 도착했다. 타이밍을 놓친 주희가 율을 찌릿 노려보았더니, 율이 천연덕스럽게 어깨를 으쓱 하고선 먼저 엘리베이터에 올랐다.

엘리베이터가 지하 주차장으로 내려가는 동안, 지헌은 자신을 사이에 두고 양옆에 서서 으르렁대는 주희와 율을 번갈아 흘끗 쳐다보았다. 자신은 안중에도 없는 둘을 보고 있으니, 둘이 사이가 좋은 건지 나쁜 건지 이제는 슬슬 알 수 없게 된다.

확실한 것은, 주희는 몰라도 율은 이 상황을 꽤 즐기고 있다는 사실이었다. 저 올라가서 내려올 줄 모르는 입꼬리로 증명 가능하다.

'뭐야, 갑자기 소외감 드네.'

불현듯 그런 생각이 들어서, 지헌은 쓰게 웃고 말았다.

율이 누군가와 이렇게 적극적으로 감정을 소비하는 것을, 지헌은 지난 20년간 본 적이 없었다. 편집자로 온주희의 이름을 정확하게 집어 제안할 때부터 놀라움의 연속이다.

율답지 않은 모습에 조금 불안한 마음이 드는 것도 사실이지만,

두 사람의 만남이 긍정적인 결과를 가져다준다면 그보다 더 좋을 수는 없을 것 같았다.

흔히들 말하는 '성장'을 할 수 있는 계기가 된다면-

이걸로 마유라가 '다시' 글을 쓸 수 있다면, 그걸로 됐다.

엘리베이터는 빠른 속도로 지하 주차장에 당도했다.

앞서 내린 지헌이 두 사람을 돌아보며 점잖게 웃었다.

"여기 출구 쪽이니까 따라올 거 없이 그냥 기다려. 차 가지고 올게."

"네, 선배."

주희가 방싯방싯 웃으며 지헌에게 대답했다. 그 미소가 율에게는 너무나 낯설었다. 자신을 향해서는 단 한 번도 그렇게 웃었던 적이 없었으니까.

지헌이 멀어진 후에야, 주희 곁에 팔짱을 끼고 서 있던 율이 입을 열었다.

"허니 앞에서는 잘도 웃는군. 자신에게 복종하라면서 사람을 협박하는 네 실체를 허니가 알아야 하는데."

"후후, 말하면 죽일 거예요."

웃으며 거친 멘트를 날리는 주희의 반응에 율은 '으음' 하는 신음과 함께 입을 꾹 다물었다. 입은 다물었지만 표정은 불만이 한가득이다. 단단하게 팔짱을 껴서 그 불만을 한껏 어필하며, 율은 주차장 안쪽에 시선을 고정했다.

주희는 그가 심통 난 어린애 같다고 생각했다. 그리고 그와 재회하고 처음으로 조용하고도 차분하게 그의 옆얼굴을 관찰했다.

학교를 졸업하고 3년 만, 아니 이렇게 가까이서 그를 차분히 살

펴보는 건 첫 만남 이래 처음일지도 모르겠다.

큰 키에 선이 뚜렷한 얼굴, 긴 속눈썹. 부스스한 머리만 정돈하면 확실히 여자들에게 인기가 많을 타입이었다. 뭐, 성격이 개차반이라는 게 문제라면 문제겠지만, 이런 성격이 취향인 사람도 세상에 한두 명쯤은 있겠지.

지금처럼 말없이 무표정으로 서 있으면, 어쩐지 다가가기 어려운 분위기가 감돌았다. 그러고 보면 이 남자에게는 어떤 '압도력' 같은 것이 있다. 카리스마와는 조금 다른, 원초적인 포식자의 서열에서 너무나 당연하게 상위를 차지하고 있을 것 같은 그런 느낌 말이다.

'그런데 이 남자가 그 섬세하고 다정다감한 글을 쓰는 본인이었단 말이지.'

문득 주희는, 개강 모임 때 마유라의 『시간 언덕』을 '쓰레기'라고 칭하며 진심으로 혐오하던 율의 얼굴이 떠올랐다. 그러고 보면 그때 율은 자신의 작품에 왜 그렇게까지 민감하게 반응하며 싫어했던 것일까.

"……손, 병원 안 가봐도 되겠어요?"

침묵이 길어지자 어쩐지 어색한 기분이 들어, 주희는 일부러 화제를 만들어냈다. 그제야 율이 고개를 슬쩍 움직여 주희 쪽을 쳐다보았다. 워낙 키가 커서, 나란히 서 있는 지금도 위에서 짓누르듯 내려다보는 시선이 된다.

아, 또다. 포식자의 시선.

순식간에 자신을 초식동물로 만들어버리는 육식동물의 권위.

"됐어. 네가 응급처치 했잖아. 크게 찢어진 것도 아니고."

"그래도 유리 파편이었는데……. 파상풍 같은 거 걸릴지도 모르잖아요."

"그러면 잘라내지, 뭐."

"헉, 뭘요? 손을? 손을 자른다고?"

율의 표정이 워낙 한결같이 진지해서, 그게 농담인지 진담인지조차 모르겠다. 주희는 미간을 한껏 찡그리며 진지하게 중얼거렸다.

"엇……. 손 자르면 타자 치기 힘들 텐데?"

"……걱정되는 부분은 그쪽이었냐."

이번에는 율의 표정이 질렸다는 듯 일그러졌다.

"그럼 편집자가 그거 말고 뭘 걱정해요? 내가 블루캣에 왜 왔는데."

"그러고 보니 궁금하군. 왜 왔냐."

"네?"

"네가 블루캣에 온 거 말이야. 정말 마유라 때문이었어?"

질문의 의도를 알 수 없어, 주희가 고개를 갸웃했다.

주희의 반응에 율은 '쯧' 하고 혀를 차더니 한 손으로 목뒤를 쓸어내리며 시선을 피했다. 자신이 내뱉은 질문이 너무 유치해서 어쩐지 민망했다. 결국은 답지 않게 변명처럼 말이 길어졌다.

"네 말 잘 듣겠다는 거, 진지하게 결정한 일이야. 너 아니고 다른 편집자면 곤란해. 뭐, 이미 허니에게 다 들었겠지만 말이야. 누군가의 말에 따라야 한다는 게 내키지는 않지만…… 그래도 너라면 괜찮겠지 싶었어."

눈빛도, 표정도, 목소리도 한없이 진지했다. 적어도 이 말이 진심이라는 것을 주희도 느낄 수 있었다. 더듬더듬, 마치 고해성사라도 하듯 그렇게 변명을 늘어놓던 율이 얕은 한숨과 함께 주희를 다시 돌아보았다.

"그러니까 내가 얌전히 네 말에 복종하는 한, 너는 내 편집자인 거지?"

'……응? 어라?'

율의 눈빛이 부드럽게 펴지는 것을 보고 주희의 눈이 조금 커졌다.

뭘까, 지금 이 표정은. 언제나 사람을 경계하던 맹수는 어디로 사라지고, 웬 순진한 대형견이……?

"얌전히 내 말에 복종할 자신은 있고요?"

조금쯤은 도발하듯 주희가 되물었다. 율이 '아아' 하고 잠시 생각하는 듯하더니 크게 고개를 끄덕였다.

"죽으라고 하면 죽을게."

"누굴 살인자로 만들려고."

"그러니까 블루캣에 온 데 다른 이유가 있다고 해도, 지금은 그냥 마유라 때문이라고 대답해줬으면 좋겠어. 거짓말이어도 상관없으니까."

거짓말이어도 상관없다.

말미에 붙은 그 단서가, 이 남자는 자신이 다른 이유를 가지고 블루캣에 왔다고 믿고 있다는 것을 반증하는 듯했다. 그리고 그 이유는 '차지헌'으로 예상하는 모양이었다.

아예 아니라고는 못하겠다. 마유라에 대한 이야기가 없었어도 주희는 이직을 오랫동안 진지하게 고민했을 것이고, 차지헌과 함께 일하고 싶다는 이유로 결국엔 이직하게 됐을 것이다.

하지만 주희는 이번에 이직을 오래 고민하지 않았다. 그 자리에서 단번에 결정을 내렸고, 그 이유는 분명히 차지헌 때문은 아니었다.

"마유라 때문이에요."

주희가 단호하게 말했다.

"거짓말 아니고, 진짜 마유라 때문에 블루캣으로 온 거예요. 저 마유라 광팬인 거, 선배도 잘 아시잖아요."

주희의 대답에 그제야 안도한 듯 율의 입가에 엷은 미소가 번졌다. 그리고 그의 안도하는 모습에, 주희도 덩달아 안심했다.

"그렇게나 좋아하는 작가가, 알고 보니 세상에서 제일 싫어하는 사람이라서 실망한 건 아닌가 모르겠군."

"세상에서 제일 싫어할 정도는 아니에요. 안심해요."

"싫어하지 않는다는 소리는 안 하는구나."

"그러니까 앞으로 나한테 잘해서 점수 좀 따봐요."

"그럼, 누구 말씀이시라고."

장난처럼 말하며 율이 작게 소리 내어 웃었다. 그 웃음소리에 분위기가 조금 부드러워졌다. 주희는 고개를 옆으로 빼딱하게 기울인 채 말을 이었다.

"그리고 실망 안 했어요. 뭐, 갭이 워낙 커서 놀라긴 했죠. 사실 지금도 별로 안 믿기고."

"실망 안 했다고?"

"마유라가 누구인지는 사실 별로 중요하지 않잖아요. 그런다고 마유라가 쓴 글이 로맨스에서 호러로 둔갑할 것도 아니고."

주희의 목소리는 한없이 가벼웠다. 그다지 진지하게 내뱉은 말은 아니었을 것이다.

그러나 그 말에 율은 적잖이 놀랐다. 사실 그는 온주희를 편집자로 강력하게 원했으면서도, 그게 실현되리라고는 일말의 기대도 하지 않았었다. 주희가 자신을 얼마나 싫어하는지 잘 알고 있었으니까. 오히려 그녀가 마유라의 정체를 알고 마유라마저 싫어하게 되지는 않을까 내심 고민하고 염려했던 터였다.

하지만 방금의 대답으로, 그건 결국 노파심에 불과했음을 알게 됐다. 마유라를 향한 주희의 생각은, 마유라 뒤에 있는 율의 존재를 알아채고도 삐끗조차 하지 않았다. 그 굳건한 팬심에 히려 율은 굉장히 지지받고 있다는 것을 깨달았다.

"잘됐네."

잘됐다. 그녀가 자신의 편집자여서, 정말 잘되었다.

이것만큼은 차지헌에게 열렬히 감사를 표하게 된다고 해도 좋을 듯싶다.

주희가 그 '잘됐다'는 말의 의미를 제대로 알아채기도 전에 지헌의 차가 두 사람 앞에 미끄러지듯 들어왔다. 율이 얼른 타라는 표시로 차를 향해 고갯짓을 했다. 주희는 차에 오르기 전, 율에게 권하듯이 한 번 더 물었다.

"진짜로 병원 안 가봐도 괜찮아요?"

"그렇다니까. 문제없어."

율이, 주희가 붕대를 감아둔 오른손을 휘휘 저어 보이며 말했다. 주희는 영 찜찜한 표정이었지만, 본인이 괜찮다는데 계속 억지로 권할 수는 없어서 결국은 체념하고 차에 올랐다.

주차장을 빠져나가는 지헌의 검은 세단을 시야에서 사라질 때까지 배웅한 후에야 율은 집으로 올라가기 위해 다시 엘리베이터 앞에 섰다. 엘리베이터는 그사이 건물 꼭대기 층에 닿아 있었다. 느리게 떨어지는 숫자는 확인할 생각도 않고, 율은 엘리베이터 문에 비친 불투명한 자신의 모습만을 뚫어지게 쳐다보았다.

날카로운 눈매나 눈에 띄는 옅은 색소의 눈동자가 반사되어 보였다. 며칠의 밤샘으로 몰골은 엉망이었다. 잔뜩 헝클어진 머리카락을 손끝으로 매만져보지만, 당연히 소용이 없다. 이런 몰골이 될 정도로 글에 몰두했지만, 사실 요 며칠 그는 한 글자도 쓰지 못한 상태였다.

그래도, 쓸 수 있을 것 같다.

그런 막연한 확신이 든다.

얼른 컴퓨터를 켜고 뭐든 쓰고 싶다.

그런 기분으로 가득해져, 엘리베이터가 도착하고 문이 열리자마자 율은 서둘러 엘리베이터에 올라 11층을 눌렀다.

"율이랑 만나보니까 어땠어?"

두 번째 신호에 걸렸을 때 지헌이 물었다.

차창에 이마를 대고 복잡한 심경으로 앉아 있던 주희는 그제야 퍼뜩 정신을 차렸다. 지헌의 옆자리에 앉아놓고서도 다른 생각에 빠져 있었다는 사실이 믿기지 않아, 주희는 뒤늦게 얼굴이 달아올랐다.

"하하, 무슨 생각을 그렇게 골똘히 해?"

"네? 아니…… 좀 변했나 싶기도 하고, 아닌가 싶기도 하고. 뒤숭숭해서요."

"율이 말이야?"

"여전히 제멋대로고, 남 생각 안 하고, 자기 하고 싶은 대로만 다 하려고 하고……. 그런데 뭐랄까, 예전처럼 마냥 싫은 느낌은 아니네요. 마유라라는 걸 알아서 그런가?"

"그럴지도 모르겠네. 사람이라는 게 쉽게 변하는 게 아니거든."

신호가 빨간색에서 다시 초록색으로 바뀌었다. 부웅 하는 엔진 소리가 높아진다.

"그래도 유라를 보면 말이야. 그렇게 하고 싶은 대로 사는 게 주변 사람은 피곤할지 몰라도, 본인은 속 편하지 않나 하는 생각도 들어서 좀 부러워."

"율 선배 때문에 어지간히 피곤하셨나 보네요."

"하핫, 티 났나?"

"그런 게 부러우세요? 그렇게 엉망진창으로 사는 게?"

"하하하, 듣고 보니 그러네. 걔 인생, 꽤나 엉망진창이지."

하고 싶은 대로 산다. 속 편한 인생이다.

정말 그런가, 하고 주희는 차창 너머로 고갤 돌렸다.

차는 한강 다리 위를 진입하고 있었다. 강 너머는 온갖 색으로 물든 건물의 네온사인들로 눈이 시렸다. 어딘가 비현실적이다.

그렇게 마냥 속 편하게만 사는 사람이 『시간 언덕』같은 글을 쓸 수 있었을까. 주희는 자신이 너무나 사랑했던, 그러나 대중들에게는 그리 사랑받지 못했던 그 비운의 작품을 떠올려보았다. 밝고 톡톡 튀는 마유라의 소설이라고 하기엔 어둡고 무거웠기 때문에, 그 책은 마유라에게 흑역사로 꼽힐 만큼 판매율이 저조했었다.

그럼에도 주희는 그 작품이 좋았다. 결코 가볍지도, 유쾌하지도 않은 그 이야기는, 지나칠 정도로 솔직해서 오히려 불편한 느낌이었다. 마치 가슴에 커다란 말뚝이 박혀 있는 사람이 피를 토해내며 써내려간 자기 고백 같다고, 늘 생각해왔었다.

'그런 글이, 단지 상상력만으로도 나올 수 있는 건가.'

콩, 하고 창가에 머리를 기댄다.

서율과 마유라. 아직도 도무지 겹쳐지지 않는 두 사람이 머릿속에서 어지럽게 빙빙 돌고 있는 기분이었다. 어느 쪽을 잘못 알고 있었던 것인지, 양쪽 모두 자신의 왜곡된 판단이었던 것인지, 그것도 아니면 양쪽 모두 그냥 그 사람의 모습인지. 어느 것도 확신이 들지 않았다.

"주희도 조심해."

"……네?"

"주희는 의외로 마음이 약한 것 같아서 말이야. 유라에 대해서 이것저것 다 양보하고 봐주다가, 또 걔한테 휘말리면 안 되잖아. 똑같이 엉망진창이 되면 곤란하니까."

"와아……. 그런 사람한테 밀어 넣으신 분께서 그런 말 하시는 거예요?"

"당연히 편집자로서의 온주희는 믿지. 내 말은, 사람 대 사람으로서의 관계를 말하는 거야. 거리감 말이야."

정면을 응시한 채로 지헌이 말했다. 그의 옆얼굴로 불야성의 도시가 내뿜는 인공 조명이 얼룩을 남겼다. 미소 띤 표정이 디폴트인 지헌치고는 드물게, 지금 그는 어딘지 낯선 무표정이었다.

"그러니까, 너무 걔한테 깊이 얽히지 말라고."

이 또한 뜻밖의 반응이었다.

그의, 서율의 유일하다고 해도 좋을 친구에게서 들을 만한 이야기인가, 이게. 결국 주희는 머뭇거리며 대답을 망설였다. 그런 주희의 반응에 민감하게 반응하듯, 지헌이 평소의 미소를 머금은 얼굴로 주희에게 고갤 돌렸다.

"핫, 나 방금 말은 좀 질투하는 것처럼 보일까?"

농담으로 얼버무리려는 것 같아서, 주희는 대답 대신 그냥 웃었다. 차가 속도를 올려 빠른 속도로 거리를 빠져나갔다.

그 후로 집에 도착할 때까지, 율에 대한 이야기는 다시 나오지 않았다. 마치 무언의 약속이라도 한 것처럼.

3화. 기다려

블루캣으로의 출근 첫날 아침.

알람 소리가 울리기도 전에 전화벨이 울렸다.

이불을 푹 뒤집어쓰고 자던 주희가, 이불 밖으로 팔만 간신히 뻗어 침대 옆 엔드테이블 위를 더듬거렸다. 이렇게 오래 안 받으면 끊어질 만도 하건만, 휴대폰은 방 안을 뒤흔들며 한참이나 요란하게 울려댔다. 주희는 손끝으로 더듬어 간신히 휴대폰을 찾아, 이불 속으로 쑤욱 갖고 들어갔다.

비몽사몽간에 발신자를 확인해볼 정신도 없이, 일단 통화 버튼부터 누른다.

"……여보세요."

잠결에 받아, 목소리가 잔뜩 잠겨 형편없었다.

그러나 전파를 타고 저 너머에서부터 전달되어오는 목소리는 한없이 경쾌하고 밝은 하이톤이다.

-안녕하십니까, 고객님! 저희 SLK텔레콤을 오랫동안 이용해주신 고객님들께 보답하고자, 이번에 새로 나온-

툭, 하고 종료 버튼을 누르고.

몇 초간의 정적으로 어떻게든 이성을 되찾으려 애써보지만, 결국에는 퍼억, 하고 휴대폰을 침대 밖으로 내동댕이.

"아오 진짜, 꼭두새벽부터!"

죄 없는 베개를 주먹으로 팡팡 두드리며 주희가 버럭 소리를 내질렀다. 한참 단꿈을 꾸고 있었는데, 전화 때문에 홀랑 깨버렸다.

꿈에서는 지헌이 나왔다. 그토록 한 번쯤 입어주었으면 했던 슈트 차림으로, 한 손에는 교양 있게도 책을 들고 있었다. 고른 치열이 드러나는 환한 미소가 눈부실 정도였다. 그 반짝임에 질식하는 거 아닌가 싶을 만큼 멋있었다. '우리 주희, 같이 인쇄소 외근 갈까?' 하고 물어오는 지헌의 모습은 비현실적으로 잘생겨서, '아 이건 꿈이구나' 하고 꿈속에서도 알아버릴 정도였었다.

뭐 어떠랴. 꿈인데. 어쨌든 깨지 않았으면 좋았을, 그런 꿈이었건만.

"안 돼……. 다시 잘 거야. 다시 자야 해. 선배랑 인쇄소 갈 거야."

잠을 깨고 나서도 꿈 내용이 선명한 것을 보면, 이 꿈은 보통 꿈이 아니다. 분명히 무언가의 예시일 것이다. 그래, 예지몽 같은 것. 앞으로 지헌과의 관계를 암시하는 것일지도 모른다. 그러니 다시 자야 한다. 다시 자서 이 꿈의 결말을 확인해야만 한다.

알람이 울리기까지는 아직 20여 분의 시간이 남아 있었다. 그사이 어떻게든 다시 잠이 들어야만 한다.

좋아, 할 수 있어. 힘내자.

하지만 그 희망 사항은 재차 요란하게 울리는 전화벨 소리에 산산이 부서지고 말았다.

방구석에 처박혀 있던 휴대폰이 다시 울어대기 시작했다. 무시하기에는 그 소리가 너무 요란했고, 전화를 그냥 끊어버리기에는 휴대폰이 너무 멀리 있어 조작할 수가 없었다. 주희는 불과 몇 분 전의 행동을 후회했다. 이럴 줄 알았으면 집어 던지지 말걸.

'또 광고 전화이기만 해봐.'

결국 주희는 침대에서 일어나야만 했다. 허탈하고 아쉬운 마음으로 터덜터덜 방구석으로 걸어가, 바닥에 떨어진 휴대폰을 주워 들었다. 주인의 거친 손길에도 휴대폰은 액정 하나 금 간 데 없이 멀쩡했다.

번호는 평범한 휴대폰 번호다. 그러나 발신자의 이름은 표시되어 있지 않았다. 저장되어 있지 않은 번호라는 뜻이다.

의아함을 느끼며, 주희는 통화 버튼을 눌렀다.

"……여보세요."

그리고 수화기 너머에서 들려오는, 중저음의 남자 목소리.

-야.

그 한 마디. 딱 한 글사로, 주희는 그게 누구인지를 파악했다.

파악함과 동시에 속에서 울컥하고 울화가 치밀어 올랐다. 치미는 짜증에 윗입술을 파르르 떨며, 주희는 헝클어진 머리카락을 손으로 쓸어 넘겼다.

서율, 이 매너라고는 약에 쓸래도 없는 인간 같으니라고.

“왜요.”

-뭐 물어볼 게 있는데.

“물어볼 거요?”

-옛날에 권 교수님 말이야. 이혼 사유가 뭐더라?

……정말 걷어차버리고 싶다, 이 인간.

그러나 주희는 최대한 이성을 발휘하여, 나긋한 목소리로 대꾸했다. 물론 목소리 끝에 분노가 실려 살짝 떨리긴 했지만.

“아침부터 전화를 걸어서 사람 깨워 물어볼 내용이에요, 그게? 진짜?”

-너 권 교수님 스터디였지 않았어? 그 밑에 있던 애들은 알음알음 다 안다고 하던데?

“알아요. 아는데, 그걸 이 아침에 물어봐야 하냐고요.”

-생각났을 때 바로바로 물어봐야지, 안 그러면 답답해서 잠이 안 온다고. 나는 잠 방해받고 그런 거 되게 싫어해.

“저도 싫어해요. 근데 선배가 내 잠을 방해하고 있잖아요. 지금 전화가 아닌 면 대 면의 대화였다면, 선배는 내 손에 이미 죽어 있는 상황이야.”

-왜 동사가 ‘과거 완료’인데? 벌써 죽였어?

“저, 오늘 첫 출근이라고요!”

-아, 벌써 날짜가 그렇게 됐나? 축하해.

“그런 뜻이 아니라, 첫 출근부터 선배 전화로 잠에서 깨어나고 싶지 않았단 말이에요! 아침 일찍부터 전화하는 건 예의가 아니라는 거, 몰라요?"

-왜? 더 늦게 전화하면 출근 준비나 업무 방해로 더 불편한 거 아니야? 지금이 딱 좋을 때라고 생각했는데. 넌 슬슬 일어나야 할 시간일 테고, 난 슬슬 자야 할 시간이니까.

"그건 선배 생각이고! 아, 진짜, 앞으로 아침에 전화하면 가만 안 둘 거예요!"

-엇, 방금 그 말은 그건가. 절대 복종.

"절대 복종? 그게 무슨 개뼈다귀 뜯어먹는 소리……!"

거기까지 말했다가, 주희는 율과 만났던 며칠 전을 새삼 떠올렸다.

아, 맞다. 그러고 보니 그런 게 있었다. 앞으로 무슨 일이 있어도 자신의 명령에는 절대 복종하라고 했던 모종의 계약이.

"그, 그래요. 그거예요. 앞으로는 아침에 전화하지 말라고요. 알았어요?"

-뭐, 그래. 알았어.

율이 너무나 가뿐한 목소리로 그렇게 대답했다. 제대로 알아들은 게 맞긴 한 걸까. 주희의 안에서 슬금슬금 의심이 번져가는 그때, 율이 너무나 가벼운 목소리로 한마디를 더 덧붙였다.

-그래서 권 교수님 이혼 사유가 뭐라고?

못 알아들었어.

못 알아들었다. 분명해. 아침에 전화 거는 게 왜 매너 없는 행동인지에 대해 사고할 노력을 1초도 하지 않은 게 틀림없다.

결국 가까스로 유지하던 이성의 끈은 끊어져버렸다.

"그게 그렇게 궁금하시면 회사로 와서 직접 듣든지!"

그 말을 마지막으로, 주희는 미련 없이 통화 종료 버튼을 눌렀다.

"뭐야, 화난 거야?"

통화가 끊어진 것을 확인한 율이 눈썹을 꿈틀거리며 휴대폰 액정을 확인했다. 통화 종료를 알리는 화면이 짧은 통화 시간을 깜빡거리며 표시하고 있었다.

"아니, 왜?"

따지듯 그렇게 소리 내어 말해보았지만, 당연하게도 대답해줄 사람은 여기에 없다.

율은 한숨을 내쉬며 거실 소파에 벌러덩 드러누웠다. 어쩐지 이해할 수 없는 사유로 '싫어 포인트'가 하나 더 쌓여버린 것 같다. 잔뜩 약이 올라 버럭 소리를 내지르던 주희의 목소리가 귓가에 쨍하게 남았다.

휴대폰으로 입술을 툭툭 건드리는 장난을 치며 주희의 통화를 곱씹어본다. 자신이 잘못한 게 무엇인지 차근차근 고민해보았다.

"잘 잤냐는 인사를 안 해서 화가 난 건가? 아니면 권 교수님이랑 사이가 안 좋았나?"

그러나 진지하게 생각해보아도, 피차 영원히 이해할 수 없을 것 같은 이유만 줄줄이 떠오를 뿐이다. 그러나 한껏 심각했던 율은, 방금 나눈 주희와의 대화를 생각하면 생각할수록 슬금슬금 미소가 번졌다.

"큰일이네. 화내는 것도 귀여워서."

아마 주희가 들었다면 뜨악할 소리를 내뱉으며, 율이 한껏 풀어진 표정을 짓는다. 그리고 휴대폰을 들어 현재 시각을 확인했다.

이른 아침. 보통의 사람들은 하루를 시작할 시각이겠지만, 어제 밤을 새워 집필에 몰두했던 율은 이제부터 비로소 잠이 들 시각이었다. 그러나 오늘은 어쩐지 정신이 쌩쌩했다. 잠이 올 것 같지가 않다.

"회사로 직접 오라고 했겠다……."

그러면 가야지.

자신은 지금 주희의 말에 복종하는 '착한 양'이니까.

누가 보아도 악당의 미소라고 여길 만한 미소와 함께, 율은 소파에서 몸을 일으켰다.

"출근 첫날인데 얼굴이 별로네."

엘리베이터에서 마주친 지헌이 아침 인사 대신 조그마한 목소리로 주희의 안부를 물어왔다. 목소리에 걱정이 묻어났다.

당황한 주희가 양손으로 뺨을 가리고선 심각하게 되물었다.

"왜요? 화장 잘못됐나요?"

"그런 뜻은 아니고, 표정이 좀 안 좋아 보여서. 무슨 일 있어?"

표정이라. 주희는 굳은 얼굴의 근육을 풀어주듯이 양손으로 양 뺨을 가볍게 문질렀다.

"무슨 일…… 있기는 있었죠. 아침부터 전화해서 쓸데없는 일로 사람 괴롭히는 데다, 너무 천연덕스러운 태도라 어쩐지 더 얄미워서."

"누구? 서율?"

“달리 또 누가 있겠어요.”

주희가 쓰게 웃으며 지헌을 쳐다보았다. 눈이 마주치자, 둘은 서로의 고충을 알 만하다는 듯이 같은 타이밍에 깊은 한숨을 내뱉었다. 우울한 공감대다.

“율 선배한테 제 전화번호는 언제 알려준 거예요? 저는 업무 전이라 아직 율 선배 전화번호 못 받았는데.”

“응? 나도 아직 가르쳐준 적 없는데?”

“네? 그럼 율 선배, 제 전화번호는 어떻게 안 거죠?”

주희가 커다래진 눈으로 그렇게 반문했다. 당연히 지헌이라고 그 이유를 알 리가 없었다. 지헌이 쓰게 웃으며 어깨를 으쓱했다.

“그러고 보니 두 사람, 대학 때 수업 꽤 겹치지 않았어? 그룹과제 한 적도 있었잖아? 그때 전화번호 교환한 적 있다던가?”

“그랬던 적이 있었긴 한데…….”

주희가 말끝을 흐렸다. 출석부 이름순으로 그룹이 묶인 적이 있어서, 그때 딱 한 번 전화번호를 교환한 적이 있기는 했다.

기억난다. 잊을래야 잊을 수가 없다. 주희가 발표 담당이어서 밤새 대본까지 만들어가며 연습했는데, 율이 발표 당일 프레젠테이션이 마음에 안 든다며 완전히 다른 프레젠테이션을 만들어 왔었다. 물론 훌륭한 프레젠테이션이었지만, 주희 입장에서는 그럴 거면 발표도 네가 하지 그랬냐며 멱살이라도 잡고 싶은 심정이었다.

결국 우왕좌왕 발표가 끝나고, 과제 점수는 C+.

학기가 끝남과 동시에 제일 먼저 율 선배와 마주 보고 서로의 전화번호부터 지웠던 기억이 난다. 함께해서 더러웠고, 다시는 만나지 말자는 심정이었다.

'그때, 전화번호 지웠던 거 아니었나……?'

하지만 분명히 톡 명단에서도 이름이 사라졌던 걸로 기억하는데.

'점점 더 알 수가 없네, 그 인간.'

혼란만 더해져가는 동안 띵 하는 경쾌한 기계음과 함께 엘리베이터가 7층에 멈춰 섰다.

문이 열리자, 막 엘리베이터에 오르려던 남자가 두 사람을 발견했다. 그러더니 한껏 반가운 표정을 지었다. 지헌과 주희가 차례로 엘리베이터를 내렸지만, 남자는 엘리베이터에 오르지 않았다.

"이제 출근하십니까?"

곱슬머리를 가진 상당히 동안인 남자였다. 눈에 장난기가 가득하다. 푸른색 셔츠에 베스트를 갖춰 입고 있는 게 꽤 의외였다. 출판사는 보통 정장 차림보다는 캐주얼한 복장으로 일하는 사람이 더 많았기 때문이다.

"어, 팀장님. 옆에 분은 혹시……."

장난스레, 남자가 양손을 들어 주희를 가리키며 눈썹을 으쓱 했다.

"아, 인사해, 주희 씨. 이쪽은 신영호라고, 판타지 레이블에서 나랑 같이 넘어온 편집자. 영호 씨, 이쪽은 새 팀원 온주희 씨."

조금 전 엘리베이터 안에서 나누던 말투와는 사뭇 다른 사무적 어투로, 지헌이 주희를 소개했다. 호칭이 '주희야'에서 '주희 씨'로 바뀌어 있었다. 그 과정에 너무나 위화감이 없어서, 주희는 묘하게 씁쓸한 기분을 느껴야만 했다.

“처음 뵙겠습니다. 온주희라고 해요.”

“아아, 역시 그러셨구나아~ 어휴, 반가워요. 생각보다 미인이시다아~ 그나저나 두 분 사이 좋으시네요~ 첫날부터 동반 출근을 다 하시고~”

영호가 말끝을 늘려 말하며 음흉한 미소를 지어 보였다. 반쯤은 장난인데, 나머지 반쯤은 떠보려는 의도가 명백하다. 정갈하고 반듯한 차지헌 팀장이라도 사생활이라는 게 있겠지 하는 눈치다.

평소의 지헌이라면 상큼하게 웃으며 깔끔하게 무시해버렸을 놈이었다. 주희 역시 그런 반응을 예상하고 있었다. 예전부터 지헌은 누구에게나 친절하면서도 공사 구분이 무서울 정도로 확실해서, ‘인간미가 없다’라는 평가를 받던 사람이었으니까.

그런데 이번엔 무슨 바람이 불었던 것일까.

지헌이 자신 쪽으로 주희의 어깨를 안아 끌어당겼다.

“내 비밀 병기거든.”

‘……엥?’

주희가 대번에 입을 쩍 벌리고 지헌을 올려다봤다. 같이 장단을 맞춰줬어야 할 타이밍이었지만, 도무지 표정 관리가 안 됐다.

“그러니까 텃세 부리지 마.”

“어휴, 팀장님도 참. 사람 뭘로 보시는 거예요? 주희 씨, 저 절대 그런 사람 아니거든요?”

억울한 누명을 쓰게 됐다고 생각했는지, 영호가 손사래를 치며 지헌의 말을 결사적으로 부정했다. 자신이 표적이 되었기 때문일까, 영호는 더 이상 지헌과 주희의 관계를 캐물을 생각은 하지도 못한 채, 그대로 다시 도착한 엘리베이터에 올라 사라졌다.

문이 닫히는 순간, 문틈으로 주희를 향하여 '저만 콱 믿으세요!' 같은 소리를 하며 실실 웃는 모양새를 보니, 주희는 저 남자가 좀 실속은 없어도 나쁜 사람은 아닌가 보다 하고 결론 내렸다.

"그럼, 가볼까?"

영호가 엘리베이터에 오른 직후, 지헌이 주희의 어깨에 올렸던 손을 내리고 사무실 쪽으로 걸음을 옮겼다. 어쩐지 좀 아쉬운 기분이 남은 주희가 지헌과 속도를 맞춰 따라가며 물었다.

"조금 전에 왜 그러신 거예요?"

"뭐?"

"제 어깨 잡은 거요. 괜히 오해 사는 거 아니에요?"

물론 선배하고와의 오해라면 좀 사도 괜찮아요. 완전히 괜찮아요. 같은 속내는 꾹 집어삼켰다.

"기분 나빴어?"

"전혀요!"

"우리 출판사, 남자들만 득시글거리잖아. 뭐, 대부분은 괜찮은 녀석들이긴 한데 가끔씩 쉽게 치근덕대는 녀석들도 있거든."

……아아, 그러니까 '예방주사' 같은 건가.

"나랑 친한 줄 알면 아마 못 그럴 거야. 내가 데려온 비밀 병기인데, 당연히 내가 보호해줘야지."

배시시 웃으며 지헌이 말했다. 결국 단순한 '배려'였던 모양이다. 이유를 듣고 보니 지극히 차지헌다운 행동이었다. 감정 하나 없이 철저하게 이성적인 판단하에 내려진 행동 말이다.

괜히 설레발 칠 뻔했다. 주희는 작게 한숨을 내쉬었다.

"아까 그 영호 씨라는 사람이 좀 그런가 보죠?"

"아니, 영호 씨는 괜찮아. 가벼워 보여도 눈치도 빠르고 일도 잘하는 편이거든. 나한테 묻기 어려운 일 있으면 영호 씨한테 물어보거나 부탁해도 돼."

"엇, 그런데 왜 굳이 영호 씨 앞에서……?"

사무실 입구에 도착했을 때, 지헌은 도어록 위에 손을 얹어놓은 채 잠시 멈추어 섰다. '으으음' 하고 무언가 한참 고민하더니, 사뭇 진지한 표정으로 주희에게 대답했다.

"영호 씨 별명이 '구명용 마우스'야."

"구명용 마우스?"

"구명보트, 구명조끼 할 때 그 구명 말이야."

보충 설명이 붙었음에도 주희는 그 별명의 뜻을 이해하지 못했다. 순진한 얼굴로 눈을 깜빡거리고 서 있으니, 지헌이 괜히 주변 눈치를 한번 보았다. 그러고는 허리를 숙여, 주희에게만 들리도록 귓속말을 했다.

"물에 빠지면 입만 동동 뜬다고."

"……아아."

그러니까, 나와 선배의 관계를 온 출판사에 열심히 퍼뜨리라는 지명을 내린 거로군요.

큰 깨달음을 얻은 주희가 천천히 고갤 끄덕이자, 지헌이 만족스럽게 웃으며 도어록에 카드키를 갖다 댔다. 경쾌한 기계음과 함께 문이 열렸다.

열린 문 안쪽으로는 꽤 넓은 공간이 파티션으로 이리저리 나뉘어져 있는 것이 보였다. 벌써 출근한 직원 몇 명이, 새로 온 여자 직원에 대한 호기심을 감추지 않는 표정으로 고갤 들어 입구 쪽을 쳐다보고 있었다. 파티션 위로 쏙쏙 튀어나온 머리들이 꼭 미어캣 같다.

'와, 진짜 남자들만 득시글……. 완전히 남탕이네, 여기.'

"그럼, 들어갈까?"

자신을 쳐다보는 수십 개의 시선에 약간 기가 죽은 주희에게 지헌이 응원하듯 가볍게 말을 걸었다. 눈초리가 살짝 처진 눈웃음. 그 편안한 표정을 보고 있으니, 긴장감이 조금 녹는다.

두려움과 기대가 뒤엉키는 기분으로, 주희는 드디어 사무실 안으로 첫발을 내딛었다.

그리고 불과 반나절 후.

주희는 사무실 전체에 지헌과 자신이 엮인 소문이 돌고 있다는 것을 알게 되었다. 출판사 사람들답게, 주희와 지헌의 관계는 우정 이상 사랑 이하의 미묘하면서도 구체적이고, 몽상적이면서도 그럴듯한 스토리로 구축되어 떠돌았다.

말도 안 되는 그들의 망상을 내버려둬도 좋은 걸까 싶었으나, 며칠 만에 그것마저도 노파심이었음을 깨달았다. 이내 흥미가 떨어진 데다 월말 마감이 끼어 일에 시달리던 사람들이 더 이상 주희와 지헌의 관계에 관심을 갖지 않게 되었기 때문이다.

어찌 되었든 구명용 마우스의 파급력에 감탄하며, 첫날 일정이 흘러가고 있었다.

온주희.

대형 포털 사이트에서 연재되는 인기 소설이나, 최근 마니아 팬층을 만들고 있는 로맨스물 중에는 그녀의 손이 닿아 있는 작품들이 상당했다. 수완이 뛰어나거나 마케팅이 훌륭한 것도 아닌데, 그렇다고 운이나 타이밍으로 치부하기에는 그녀의 손을 타서 잘된 작품이 상당했다. 결국엔 좋은 작품을 고르는 안목이 있다는 뜻이다. 그것은 타고나는 '재능'이다. 작품을 본능적으로 가리고 꿰뚫어보는 것 말이다.

지헌은 처음 주희에 대한 활약을 전해 들었을 때, 흔한 이름이 아니었음에도 자신이 알고 있는 온주희가 아닐지도 모른다고 생각했었다. 대학교 시절의 그녀는 그리 눈에 띄는 성적도 아니었고, 모든 일에 적극적으로 나서는 느낌도 없었다. 특출난 재능이 있는 아이라고 생각해본 적도 없었다. 분명히.

전면 유리창으로 되어 있는 울프의 회의실 안.

지헌은 태블릿 PC로 자료를 넘겨보며 쉴 새 없이 떠들어대는 주희를 앞에 두고, 진심으로 대학 시절 주희에 대한 자신의 판단을 철회하고 싶어졌다.

"강 작가님은 낯가림 심해요. 저랑 작품 같이한 적 있으니까, 제 쪽에서 맡을게요. 유 작가님은 다른 데서 연재 중인 거 있으시던데, 런칭 날짜 맞춰서 마감하기 힘들 거예요. 손이 빠르신 분도 아니고, 멘탈 약해서 쫄리면 잠수 타버리는 편이라. 아, 이 작가님도 있네? 이분, 판타지로맨스 한대요? 이쪽으로 좀 약하던데, 괜찮나?"

이 애, 물건이다. 제대로 들어왔다.

하루 이틀은 적응 기간으로 보내겠거니 싶었는데, 설마 자리에 앉자마자 업무 모드로 들어갈 줄이야.

태블릿 PC를 확인하는 주희의 눈빛은 전에 없이 예리했다. 내뱉는 말마다 손이 베일 것처럼 날카로웠다. 가끔 가다 아랫입술을 잘근 씹으며 고민하는 표정마저도 지헌은 상당히 이채롭다고 생각했다. 어제 만난 온주희와 오늘 눈앞의 온주희는 완전히 다른 사람 같다.

"이 작가는 어떻게 알아? 정식 출간한 적 없을 텐데."

"동인 쪽에서 꽤 유명하거든요. 글이 뭐랄까, 구성은 평범한데 하이라이트 부분 묘사가 엄청나게 몰입도가 높아요. 연재보다는 단권 출간이 더 나을걸요?"

아마추어 작가들까지 파악하고 있는 건가.

지헌은 내심 감탄했다. 율이 그 녀석, 살면서 처음으로 기특한 짓을 했다는 생각이 든다.

태블릿에 시선을 고정해두던 주희가 한참을 떠들어대고 나서야 겨우 고개를 들고 지헌 쪽을 쳐다보았다. 지헌은 턱을 괸 채 무표정한 얼굴로 주희를 빤히 바라보고 있었다. 미동조차 없어서, 꼭 시간이 멈춘 것인가 착각이 들 정도다. 반응이 너무 없으니, 괜히 불안해진 주희가 코를 살짝 찡그리며 목소리를 낮춰 말했다.

"아니 뭐, 이건 개인 소견이라, 꼭 그렇게 하자는 건 아니고요……."

"으응."

"그, 의견 물으셔서 일단 생각나는 거 다 말한 거긴 한데요……."

"응, 그래."

"……저, 너무 나댄 건가요, 지금?"

"……어엉?"

주희가 하는 말에 예스맨이던 지헌이, 얼이 빠진 반응을 보였다. 깜짝 놀라서는 턱을 괴고 있던 손까지 테이블 아래로 주륵 미끄러져버렸다.

"아닌데? 전혀 아냐. 딱 좋아. 왜 그렇게 생각해?"

"반응이 너무 없으셔서."

"뭐, 나무랄 데가 없어서 그렇지. 역시 데려오길 잘했다 하고 순수하게 감탄하고 있는 중이었어."

날카롭게 작가들에 대해 조목조목 따지던 사람은 온데간데없이, 주희는 상사의 눈치를 살피며 주눅이 든 모양새였다. 지헌이 그런 거 아니라고 열성적으로 어필을 하고 나서야 안심한 듯, 어깨를 크게 들썩이며 한숨을 내쉬었다.

와, 뭐지. 방금 그 갭은.

지헌은 주희가 '일하는' 모습을 한 번도 본 적이 없어서, 솔직하게 감탄했다. 이제야 비로소 그는, 풍문으로 듣던 그녀의 실력에 대해 인지하게 되면서도, 불과 몇 시간 전까지 그녀를 '귀여운 후배'로만 생각하고 있음을 깨달았다.

"다른 작가들은 그렇고, 마유라는 어때?"

"아, 율 선…… 마 작가 말이죠."

율의 이름을 입에 올리려던 주희가 재빨리, 자연스럽게 말을 돌렸다. 회의실에는 둘뿐이긴 했지만, 조심해서 나쁠 건 없었으니까. 다만 율의 이름을 입에 담을 때 얼굴이 노골적으로 찡그려지는 걸 보면, 역시 아직 속내를 숨기는 데에는 익숙하지 않은 모양이다. 아니면 숨기는 게 불가능할 정도로 율이 싫든지.

주희는 다른 작가들과 달리 태블릿 PC로 자료를 확인하지도 않고 이야기를 시작했다.

"시놉 확인했는데, 솔직히 그동안의 마 작가 소설이랑은 노선이 다르지 싶어요. 저희 레이블이랑 맞을지도 잘 모르겠고요. 원고가 안 나왔으니 아직은 반신반의하네요."

"의외로 혹평이네. 마 작가에 대해서라면 뭐든 OK일 줄 알았는데."

"그럼 편집자 못해먹죠. 물론 이건 편집자 입장이라는 거고, 팬의 입장에서라면 뭐든 OK이긴 해요."

솜사탕을 입 안 한가득 문 것 같은 행복한 얼굴로 주희가 대답했다. 마유라의 소설은 생각만 해도 좋은가 보다.

"이번 소설, 교수랑 제자의 사랑이잖아요? 마유라의 간질간질한 문체로 표현하는 배덕감이라니, 그 갭이 보고 싶어 미치겠어요. 이건 반드시 출판되어야 해. 기록으로 남겨놔야 해. 분명히 '낯설게 하기' 기법의 표본으로 나중에 교재 같은 데 실릴 거니까."

"으음, 그러니까, 그건 팬의 입장?"

"그렇죠. 콩깍지가 제대로 씐 의견이라, 팀장님께 드릴 의견으로는 완전히 부적합하지만요."

"풋."

참으려는데, 그만 웃음이 터지고 말았다. 주희의 주변에서 반짝반짝 아우라가 눈에 보이는 것 같아서 참을 수가 없었다.

"우, 이상해요? 막 빠순이 같고 그랬어요, 방금?"

지헌의 웃음에, 이번엔 주희의 얼굴이 대번에 달아올랐다. 소설 이야기가 나오니 흥분해서 자제하지 못하고 떠들은 탓에 비웃음을 샀나 싶어 덜컥 걱정이 들었다. 지헌의 앞에서는 멋진 커리어우

면의 모습만 보여주고 싶었는데, 정신이 들고 조금 전의 자신을 돌이켜보니 영락없이 철없고 가벼운 빠순이 같았던 것이다.

"음, 조금?"

"헉."

"그렇게 좋아하는데도 용케 혹평할 수도 있구나 싶어서 놀랐어. 존경스러워."

"윽, 놀리지 말아요. 원래 이렇게까지 흥분 안 해요. 오해하지 마세요."

"왜? 계속 흥분해도 돼. 귀여운데?"

지헌이 눈을 가늘게 뜨고 싱글싱글 웃는다. 원래도 잘 웃는 사람이긴 했지만, 주희는 그 미소가 어쩐지 낯설었다. '예의상'이라는 게 배제된, 정말 즐거워서 나오는 표정이었다.

'조금 선전한 건가, 나?'

자신이 지헌을 그렇게 웃게 만들었다고 생각하니, 조금 부끄러웠던 건 감수할 수 있을 것 같았다. 빠순이 같던 자신의 모습에 후회했던 것을 철회하기로 한다.

잘했어, 나!

그때 노크 소리와 함께 회의실 문이 열렸다. 아침에 엘리베이터 앞에서 만났던 영호가 머쓱한 표정을 지으며 문 안쪽으로 상체를 쑥 내밀었다.

"말씀 아직이세요?"

"아니, 다 끝났어. 무슨 일 있어?"

지헌이 의자를 뒤로 밀며 고개를 내밀었다.

"그게 저기…… 로비에 사람들이 우글우글 몰려와서요. 경비실에서 빨리 처리 좀 해달라고 연락이 왔는데.”

응? 사람?

주희가 미간을 슬쩍 찌푸린 채 지헌을 쳐다보았다. 지헌 역시 영문을 알 수 없다는 표정으로 주희에게 시선을 보내고 있었다. 두 사람이 마주 보고 있는다 한들, 당연히 이 의문에 대답은 나오지 않는다. 지헌이 다시 영호 쪽으로 고갤 돌렸다.

“사람들이 우글거리는데 왜 우리가 처리해?”

“마유라 팬들이래요.”

“아아…….”

영호의 대답에 주희와 지헌이 동시에 한탄했다. 심지어 지헌은 괴로운 듯 양손으로 머리를 감싸 쥐고 책상에 고갤 처박기까지 했다.

마유라는 신비주의 컨셉의 작가다. 그 어마어마한 인기로 팬도 상당한데 만날 수 있는 통로가 전혀 없으니, 자연스럽게 팬들은 출판사를 찾아와 어떻게든 한 번이라도 작가님의 존안을 뵐 수 있을까 하는 것이다. 그러나 이 빌딩에 울프미디어만 있는 것도 아니고, 이런 일이 잦아지면 곤란해지는 건 당연했다.

게다가 그렇게 열성적으로 찾아와봐야 만날 수도 없을뿐더러, 정작 작가와 만나게 되면 환상이 와장창 깨지다 못해 불에 타 사라져 재만 남게 될 텐데.

주희는 자신이 1106호의 문을 처음 열었던 그 순간을 떠올렸다.

“제가 내려가볼까요?”

주희가 괴로워하는 지헌을 향해 말했다.

지헌이 엄청난 반사 속도로 팟, 하고 고갤 들더니, 튀어나올 것 같은 눈으로 주희를 바라보았다.

“엇, 괜찮겠어? 상대해주기 힘들 텐데?”

“어차피 이제 제 담당이잖아요. 괜찮아요. 제가 내려가볼게요.”

“앗, 저도 같이 가볼게요.”

“그럴래요? 고마워요, 영호 씨.”

지헌이 무언가를 정리할 틈도 없이 모든 일이 착착 정리되어버렸다. 주희는 일말의 미련도 없이 태블릿을 손에 들고 자리에서 일어났다. 팬들을 오래 기다리게 해서 좋을 게 없었으므로, 서둘러 로비로 내려가볼 참이었다.

그러나 회의실을 빠져나가기 직전, 지헌이 일어나 주희의 팔을 붙잡았다.

뭔가 더 할 말이 있는 건가 싶어 얼굴 가득 의문을 띄운 채 지헌을 돌아보았다.

그러나 지헌은 가타부타 말을 늘어놓는 대신, 주희의 잔머리를 손으로 쓸어 귀 뒤로 넘겨주었다. 지헌의 손가락이 뺨을 스쳐 지나가, 머리카락 사이를 가볍게 헤집었다.

‘어? 응? 엇? 왜, 왜 이렇게 가깝지?’

당황한 주희의 목이 새빨갛게 달아올랐다. 숨을 쉬면 자신의 호흡이 닿을 것 같아, 저도 모르게 숨을 헙 하고 들이삼켰다. 시선을 피하면 더 이상해질 것 같아 눈에 힘을 팍 주고 지헌을 쳐다본다. 그러나 동공이 사정없이 흔들리고 있어서 속내를 감추긴 애초에 글렀다.

그 당황한 표정이며, 뻣뻣하게 굳은 주희의 몸이 느껴져서, 지헌이 가볍게 웃었다.

"머리, 헝클어졌길래."

어깨 아래까지 찰랑거리는 주희의 머리카락을 쳐다보며 지헌이 말했다.

"자, 그러면 잘 부탁해. 무슨 일 있으면 전화해. 내려갈게."

"아, 네. 으음, 다, 다녀오겠습니다."

주희가 자신의 머리카락을 양손으로 다시 매만진 후 허둥지둥 회의실을 빠져나갔다. 지헌은 주희를 향하여 가볍게 손을 흔들어 배웅했다. 투웅, 하고 회의실의 유리문이 소리 없이 다시 닫혔다.

지헌은 주희의 머리카락을 쓸어 넘겨주었던 자신의 손가락 끝을 물끄러미 내려다보았다. 당황하던 주희의 표정이 떠오른다. 그 자그마한 머릿속에 얼마나 복잡한 추측과 상상을 하고 있었을지 생각하니, 웃음이 비죽 흘러나왔다.

머리카락이 헝클어져서. 정말로, 그것뿐이었나?

스스로의 행동에 스스로조차 확신이 없는 질문을 던지며, 지헌은 힘껏 주먹을 쥐었다.

이전 출판사에서 일할 때에도 출판사로 찾아온 작가의 팬을 만나본 적이 있었다.

작가가 출판사로 출퇴근할 것이라 착각을 한 팬이었는데, 작가님을 꼭 뵙고 싶어서 지방에서 올라왔다고 했지만 안타깝게 만날 수는 없었다. 어쩐지 안타까운 마음에 돌려보내는 길, 출판사에 있던 여분의 사인본을 한 권 선물했더니, 굉장히 감격해했다. 그것도 노하우라면 노하우겠지.

그러니까 마유라 팬들도 잘 달래어서 돌려보내면 되겠…… 지, 하고 생각했던 10분 전의 자신에게 욕이라도 해주고 싶어졌다.

엘리베이터에서 내린 주희는, 로비에 모여 있는 10여 명의 사람들을 보고 잠시 말을 잃고 말았다.

"어제는 문학지 기자라는 사람도 왔다가 갔다니까요. 어휴, 인기 작가는 뭐가 달라도 다른가 봐요. 저 판타지 쪽에 있을 땐 이런 거 한 번도 못 봤는데."

함께 내려온 영호가 주희의 옆에서 계속 조잘거렸다.

"로맨스 팬들은 확실히 팬심도 남다르네요."

아뇨. 로맨스라도 이 정도는 저도 처음 본답니다.

그 길고 긴 말을, 주희는 '하하' 하고 어색하게 웃는 것으로 대신했다.

'하여튼 서율, 그 인간 때문에 내가 별짓을 다 겪지……!'

새삼 그가 원망스러워진다. 따지고 보면 '마유라'의 팬들인데, 왜 '서율'이 원망스러워지는 것인지는 모르겠지만.

좋아, 일단 부딪쳐보자. 인원수가 늘어난 것뿐, 대처 방법은 비슷할 테지.

"실례합니다. 여러분, 여기서 이러시면 출판사 업무에 방해가 돼요."

로비에 마련된 소파를 다 차지하고 앉아 조잘거리던 무리가 일제히 주희 쪽으로 고갤 돌렸다.

헉, 무섭다. 마치 먹잇감을 발견한 독수리의 눈빛이었어, 방금!

"어디서 어떤 정보를 듣고 오신 건지는 모르겠는데, 여기서 이러고 계셔도 마유라 작가님은 못 봅니다. 출판사로 안 오세요. 그리고 이 건물에는 저희 출판사만 있는 게 아니라서, 이렇게 계시면 다른 분들께도 폐가 됩니다."

무리를 쭈욱 둘러보며 주희가 최대한 차분하고 조심스러운 말투로 설명했다. 무리는 연령대도 다양하고, 저들끼리 떠드는 말을 들어보니 심지어 외국인도 섞여 있는 것 같았다.

일행 외의 사람으로 보이는 로비 구석 자리의 한 남성이, 흥미롭다는 듯 이쪽을 쳐다보고 있는 게 느껴졌다. 쓰고 있는 야구 모자 때문에 얼굴은 잘 보이지 않지만, 자신의 손에 들고 있는 책보다 이쪽 상황이 더 재미있다고 생각하는 건 분명하다.

"마 작가님께 전할 말이 있으시면 제게 말해주시고, 모두들 해산하시는 것이……."

"관계자세요?"

다부진 표정의 여성이 자리에서 톡 일어나더니 주희에게 물었다. 갑자기 말이 끊기는 바람에 당황한 주희가 얼빠진 표정으로 '넷?' 하고 되물었다. 그리고 그것을 시작으로, 다른 사람들까지 주희에게 와아악 달려들더니 한마디씩 내뱉기 시작했다.

"마유라 님, 왜 여기 출판사로 옮기신 거죠?"

"담당자세요? 마 작가님, 여기서 차기작 낸다는 소문이 확실한가요?"

"마 작가님 무슨 요일에 출판사 나오세요?"

"유라 님 사인 받아 갈 수 있어요?"

"신간 언제 나와요?"

"会える? マユラさんと会えますか?"

"아, 진짜 팬인데, 한 번만 만나게 해주시면 안 돼요?"

"저 닉네임 대면 아실 텐데. 진짜 친한데."

'뭐야, 이 다중채널은!'

"저, 저기요. 한 사람씩 말씀해주시면……."

주희가 양손을 들어 보이며 애처롭게 중얼거렸다. 머릿속이 혼란스러워 아무 생각도 나질 않았다. 도움을 구하려 영호를 찾아보았으나, 그는 다섯 걸음 저쪽으로 나가 서 있었다. 주희와 눈이 마주치자, 도와주러 오긴커녕 괜히 주먹만 불끈 쥐고선 '파이팅' 하고 입 모양으로 말할 뿐이었다.

그런 말뿐인 응원, 필요 없어요!

"이봐요, 저, 저번 주에도 왔다가 허탕 치고 그냥 갔어요."

그 순간, 무리 틈에서 손이 쑥 나오더니 주희의 오른팔을 강하게 붙잡았다.

맨 처음 주희에게 말을 걸었던 여자다.

"아야!"

주희가 짧게 비명을 질렀지만, 사람들의 목소리에 묻혀 들리지도 않았다. 여자는 주희의 팔을 잡고 강하게 흔들어대며 화가 난 듯 언성을 높였다.

"저희가 뭐 해코지하게요? 걱정되어서 온 거잖아요. 10년 넘게 있던 출판사를 관두고 나온 게 걱정돼서, 유라 님, 얼마나 여리고 섬세하신 분인데. 팬으로서 무슨 일이 있으신 건지 정도는 알아야 하지 않나요?"

그걸 아는 데 왜 자신의 팔을 잡고 늘어지는지 모르겠다.

"저기, 좀 빼주세요. 아파요."

주희가 인상을 찌푸리며 말했다. 그리고 그런 주희의 표정에, 상대방은 울컥 더 화를 냈다.

"지금 저희한테 짜증 내시는 거예요?"

"……네?"

"저희 여기서 몇 시간 기다렸는 줄 알아요? 독자를 이렇게 무시해도 되냐고!"

'사생팬, 너무 무서워!'

"그러니까, 얘기를 하시더라도 이건 좀 놓고-!"

탁, 하고 주희가 강하게 팔을 빼냈다. 아니, 주희가 빼냄과 동시에 상대 여자가 주희의 팔을 놓아버렸다. 당연히 관성의 법칙에 의해 몸이 뒤로 튕겨나가듯 넘어가게 되었다.

……헉?

비틀거리며 몸이 뒤로 밀려나는데, 잔뜩 약이 오른 사람들의 표정이 보였다. 누구도 걱정하는 얼굴이 아니었다. 원망 어린 시선들이 자신을 향하고 있었다. 저들에게 손을 잡아주길 기대하는 건 무리다.

'이게 다 율 선배 때문이야.'

그렇게 생각하며 눈을 질끈 감은 그 순간.

턱, 하고 등 뒤에서 누군가 주희의 몸을 받았다. 널찍한 품이 안전하게 주희를 끌어당겨 안는다. 덕분에 주희는 뒤통수부터 바닥에 추락하는 화를 면할 수 있었다.

"앗, 영호 씨?"

상대방에게 몸의 중심을 완전히 맡겨놓은 채, 주희는 고개를 뒤로 꺾으며 말했다. 큰 키에 체격이 좋은 사람이 너무나 가뿐하게 자신을 붙잡은 채 내려다보고 있었다.

'영호 씨, 아침에 봤을 땐 덩치가 커 보이지 않았는데. 남자는 다르구나' 하고 생각하며, 주희는 남자의 얼굴을 확인했다.

"와아악, 주희 씨, 괜찮아요?"

영호가 거의 울 것 같은 목소리로 소리쳤다.

주희의 오른쪽, 세 걸음 정도 저쪽에서.

……어?

자신을 받아준 사람은 영호가 아니었다.

그렇다고 아예 낯선 사람도 아니다.

주희는 남자와 눈이 마주쳤다. 야구 모자 챙의 그늘 밑으로 서늘한 눈동자가 깜빡임도 없이 주희를 내려다보고 있었다. 그, 색소 옅은 갈색의 눈동자가.

"괜찮아?"

저음의 목소리.

"엇?"

여기에, 가장 있어서는 안 될 문제 인물.

서율이 너무나 뻔뻔하고 태연한 얼굴로 주희의 안부를 묻고 있다.

"……으어어어어어어어어억?"

경악으로 꽉 채운 주희의 비명이 로비에 쩌렁쩌렁 울려 퍼졌다.

"목소리가 우렁차네. 다친 곳은 없나 보지?"

경악하는 주희의 안부를 확인한 후, 율은 모여 있는 사람들을 향하여 고갤 들었다. 마치 농담하듯 주희에게 말을 걸었던 것과는 달리, 모인 이들을 바라보는 율의 시선은 상당히 차가웠다.

"당신들에게는 다행이네. 얘가 다치지 않은 게 말이야."

목소리는 낮고도 고요했으나, 충분히 위협적이었다. 조근조근 억양은 부드러웠지만, 거기 모인 모든 사람들이 그 말의 이면에 담긴 의미를 직감적으로 깨달았다. 만약 주희가 다쳤다면 어떤 식으로든 되갚아주었을 거라는 뜻을 말이다.

율은 눈 한 번 깜빡이지 않고 주희를 밀친 여성을 노려보았다. 그뿐이었으나, 여성은 주춤거리며 뒤로 물러나야만 했다. 주희를 신경질적으로 몰아붙이던 기세는 더 이상 찾아볼 수가 없었다.

"사과는?"

율의 말에 여성이 움찔 어깨를 떨었다. 그러고는 곧장 주희를 바라보며 더듬더듬 사과했다.

"미…… 미안해요. 일부러 밀친 건 아니에요."

"아니…… 괜찮습니다. 실수였고."

제대로 바닥을 딛고 선 주희가, 여성이 낚아챘던 오른팔을 주무르며 중얼거렸다.

주희에게는 자신이 다치느냐 안 다치느냐보다, 지금 자신의 곁에 서 있는 이 남자가 더 신경 쓰였다. 혹시라도 율이 마유라라는 게 밝혀졌다가는 더 수습하기 어려운 참사가 벌어질 거라고 생각하니, 도무지 안정이 되질 않았다.

"자아, 자, 이제 다들 그만 돌아가시죠? 이렇게 무작정 찾아온다고 마 작가를 만날 수 있는 것도 아니고, 업무방해만 될 뿐이거든요? 문의는 출판사 메일로 주세요. 이렇게 찾아오지 마시고."

다행히 멀찍이서 이 사태를 관전만 하던 영호가 시기적절하게 끼어들어 상황을 마무리했다. 절대 물러서지 않고 밀어붙일 기세였던 무리는, 주희가 다칠 뻔했던 사건과 율의 등장으로 기가 죽어, 영호의 저지에도 순순히 물러났다.

한껏 분기탱천했던 처음과 달리, 그들은 주섬주섬 자신들의 짐을 챙겨 든 후 빠르게 건물을 빠져나가버렸다.

아마 당분간은 안 올 거다. 그런 확신이 든다.

특히 자신을 잡고 흔들던 그 여자는, 절대 다시 못 올 거다.

그렇게 확신하며, 주희는 자신의 옆에 서 있는 남자를 흘끗 쳐다, 아니, 노려보았다.

"왜 여기 있어요?"

"네가 회사로 직접 오라며."

"네? 내가 언제요!"

버럭 화를 내뱉은 순간, 불현듯 아침의 통화 내용이 뇌리에 스쳐 지나갔다.

주희가 '아차' 하는 표정을 짓자, 율이 피식 하고 입꼬리를 올려 웃었다.

"이제야 기억난 모양이네."

"기억이고 뭐고…… 진짜 오다니……!"

"말 잘 듣지?"

놀리는 건지, 아니면 진심인 것인지, 율이 순진하게 웃으며 그렇게 물었다. 모자를 푹 눌러쓴 채 배시시 웃는 그 표정은 어쩐지 본인 나이보다 몇 살은 어리게 보인다.

자신이 하는 말은 무조건 따르라고 못 박아 말하긴 했지만, 이런 식으로 잘 들으라는 의미는 아니었다. 이걸 화를 내야 하는 건지, 따져 설명해야 하는 건지, 아니면 그냥 칭찬을 해줘야 하는 건지, 주희는 도통 가늠할 수가 없었다.

더구나 지금은 이러고 둘이서 태평하게 대화를 나누고 있을 상황도 아니었다.

“엇, 저기, 주희 씨……. 이분은 누구?”

‘헉, 맞다! 영호 씨가 있다는 걸 까먹고 있었어!’

율의 정체는 담당 편집자인 자신과 지헌, 그리고 출판사 대표를 제외하고는 비밀로 되어 있었다. 즉 같은 출판사, 같은 레이블의 편집자인 영호에게도 마유라의 정체는 비밀이었다.

말을 하지 않으면 알아챌 리가 없다. 주희 본인만 해도, 마유라의 광팬이라 자부하면서도 율과 지냈던 몇 년 간 단 한 번도 의심해본 적이 없지 않았던가.

그러나 도둑이 제 발 저린다고, 주희는 저도 모르게 율을 제 등 뒤로 밀어 넣어 영호로부터 숨기려 했다. 물론 그 큰 키가 아담한 주희의 등 뒤에 선다고 가려질 수준은 아니다.

“아, 저, 저기, 이 인간, 아니, 이분은 그러니까…… 서, 선배님이세요! 학교 선배님!”

“우엑, 선배님…….”

율이 주희의 대답을 비꼬듯 헛구역질 흉내를 낸다. 재학 시절부터 지금까지 율은 주희가 자신에게 ‘님’이라는 극존칭을 붙여 말하는 걸 들어본 바가 없었다. 율의 반응에 당황한 주희가 뒷발로 ‘선배님’의 발을 콱 밟아버리자, 등 뒤에서 ‘컥!’ 하는 신음 소리가 터져 나왔다.

“엇, 그러면 차 팀장님이랑도 아는 사이이신가?”

“빙고! 그러쳐! 지헌 선배, 가 아니라 팀장님과 절친이시랍니다! 팀장님 보러 오신 거예요! 아하, 아하하하!”

혀까지 꼬이는 발음으로 영호의 추측에 격한 찬동을 보이며 주희가 호쾌하게 웃었다. 등에서는 식은땀이 줄줄 흐를 정도였다.

"어쨌든 영호 씨, 미안한데 먼저 올라갈래요? 전 여기 이분과 대화를 좀……."

뒷말을 흐리는 주희를 보며 영호가 수상쩍다는 듯 한쪽 눈을 찡그렸다. 완전히 의심을 하는 눈빛이었다. 주희는 마른침을 꿀꺽 삼켰다.

다른 사람에게 들킨 거라면 그래도 수습할 방법이 있을 수도 있다. 그러나 신영호, 이 사람에게만은 안 된다. 지헌에게 전해들은 영호의 별명은 '구명용 마우스'.

영호에게 율의 정체가 탄로 나는 순간, 신비주의는 거기서 끝난다고 봐야 한다.

다행히 영호는 더 캐물을 생각은 없는지, 끝내 입맛만 다시고 뒤로 물러났다.

"뭐…… 알겠어요. 그럼 먼저 올라갈게요."

율을 향해 꾸벅 인사를 한 후, 영호는 엘리베이터 쪽으로 걸어갔다. 가는 중에도 무슨 미련이 그리 남는지, 두 걸음에 한 번씩은 꼭꼭 뒤를 돌아보았다. 영호가 돌아볼 때마다 주희는 꽃처럼 방긋방긋 웃으며 '우린 아무것도 속이지 않았습니다'라는 표정을 어필하려 애썼다.

그렇게 영호가 엘리베이터에 올라 시야에서 사라지고.

뺨에 경련이 일 정도로 억지웃음을 짓던 주희가 휙 하고 몸을 돌렸다. 영호가 탄 엘리베이터 쪽을 쳐다보던 율이, 주희를 물끄러미 내려다보았다.

"저 사람, 회사 동료?"
"미쳤어요?"
"아니야? 그럼 누군데?"
"아니, 그쪽이 아니라! 진짜 회사로 오면 어떻게 해요!"
주희의 말에 율이 미간을 찌푸렸다. 말 잘 들었다고 칭찬을 받을 줄 알았는데, 도리어 그녀는 화를 내고 있다. 왜 혼나야 하는지 전혀 모르겠다.
"오라고 한 건 너잖아?"
"들키기라도 하면 어쩌려고 진짜 와요? 어휴, 글 쓰는 사람이 맥락도 못 읽어요?"
맥락을 못 읽었다기보다 핑계가 생겼다 하고 나온 거고, 그걸 전혀 눈치채지 못하는 주희 쪽이 너무 둔한 거 아닌가 싶지만 율은 '으음' 하고 신음을 삼키는 것으로 그 모든 생각을 대신했다.
생각해보니, 주희의 이 둔한 성격을 '귀엽다'고 몇 번이나 생각했던 시절도 있었다. 그 기분을 어떻게 표현해야 할지 몰라 한 번도 드러내본 적은 없지만 말이다.
"너랑 나만 입 다물면 되는데 어떻게 들킨다고 그래? 걱정 마. 내가 별짓 다 해도 절대 안 들켜. 너도 몇 년 동안 까맣게 몰랐잖아."
"그래도 그렇죠! 조심성 없어, 정말!"
"네가 그렇게 큰 소리로 떠드는 게 더 조심성 없어 보이는데……."
율의 지적에 그제야 주희가 '헙' 하고 양손으로 입을 틀어막았다. 슬금슬금 주변 사람들의 눈치를 보려고 또르륵 움직이는 눈동자가 어린애 같다.

율은 피식 웃으며, 조금 전 다툼으로 흐트러진 주희의 옷매무새를 만져주었다. 주희는 아직 뭔가 잔소리할 게 100가지쯤 남은 표정이었지만, 뜻밖에 율의 자상한 손길에 타이밍을 놓쳐 결국은 불만스레 입을 꾹 다물었다.

"팔, 괜찮은 거지?"

"괜찮아요."

"좋아. 그러면 업무로 복귀."

"네? ……아, 아앗!"

휘릭, 하고 주희의 어깨를 잡아 돌려세운 율이, 주희를 엘리베이터 쪽으로 가볍게 떠밀었다. 몇 걸음을 휘청거리며 나아간 주희가 코를 찡그리며 율을 돌아보았다.

"선배는요?"

"여기에 있지, 뭐. 애초에 너 끝날 때까지 기다릴 생각이었거든."

"헉, 계속 여기서요?"

"다른 더 좋은 장소가 있으면 추천해주든가."

"설마 제가 정시 퇴근할 거라고 생각하고 있는 거예요?"

그건 미처 예상하지 못했던지, 율이 '아' 하고 짧은 감탄사를 내뱉었다. 그럼 그렇지. 샐러리맨의 일상 따위와는 거리가 먼 이 한량 프리랜서의 반응에 주희는 짧게 한숨을 내쉬었다.

그러나 율은 포기하는 대신, 주머니에서 폰을 꺼내 들었다.

"나는 늦게까지 기다리는 거 별로 문제 안 되는데, 넌 좀 곤란하겠지."

“당연하죠. 전 내일도 출근해야 될 사람이라고요. ……저기, 그런데 지금 뭐 하는…….”

“허니한테 협박.”

엥?

한껏 일그러진 주희의 얼굴 앞에, 율이 자신의 폰을 슥 내밀어 보여주었다. 폰 액정에는 방금 오고 간 지현과의 톡 내용이 찍혀 있었다. 보낸 내용은 허무할 정도로 간단했다.

[내 편집자는 오늘 일찍 퇴근.]

그 무례할 정도로 짧고 간단한 말에 대한 지현의 답은 더 간단하다.

[ㅇㅇ.]

뭐야, 이 남자들.

주희는 코앞에 놓인 율의 폰을 손으로 잡아 내리며 율에게 훈계조로 말했다.

“저기요, 이거 완전히 월권 남용인 거 알아요? 제정신이에요?”

“그래? 그럼 그냥 취소해?”

“……아뇨. 아주 잘했어요.”

이 남자가 이렇게 기특한 짓도 다 할 줄 아는구나!

주희가 정색하고 엄지를 척 들어 올렸더니, 율의 얼굴에 흐뭇한 미소가 떠올랐다.

언제나 사람 찌를듯이 쳐다만 보던 눈빛이 한결 부드러워진다. 스스로가 한 일에 대한 자부심과, 그 일에 대해 칭찬받고 싶다는 열망에 한데 섞인 눈빛이다.

‘이런 표정도 지을 수 있구나.’

덩치는 산만 해가지고, 꼭 어린애 어르듯 칭찬해줘야 할 것 같은 기분이 들게 만드는, 이런 표정도.

"자, 그럼 돈 많이 벌어와, 지구온난화. 기다릴게."

기다릴게.

그 말을 몇 번이고 곱씹으며, 주희는 뒷걸음으로 율에게서 멀어져 엘리베이터에 올랐다.

4화. 양 같은 하루

정시 퇴근. 그 꿈같은 일상.

마유라 작가의 케어를 이유로, 주희는 그 꿈같은 대업을 성사해냈다. 마 작가의 네임드를 생각하면 어떤 편집자도 그 이유에 토를 달 수 없었다.

무엇보다 지헌이 허락한 일이었다. 허락뿐이랴, 측은한 표정으로 주희의 어깨를 토닥이며 '고생이네'라고 말하는 것을 사무실 내 모든 편집자들이 목격했다. 어느 누구도 주희를 비난할 수 없었다.

그야말로 완전범죄. 꿈의 직장 생활. 퇴근의 바람직한 모델.

프리덤!

"일찍 퇴근하는 게 그렇게 좋아?"

"당연하죠! 출퇴근하는 모든 직장인의 꿈이라고요. 와, 봐요! 내가 이 계절에 회사 밖에서 해 지는 모습을 볼 수 있게 될 줄이야!"
"오버하긴."
"후우, 역시 모든 인간은 그 쓸모가 있는 법이로군요. 이제야 선배의 쓸모를 찾아낸 기분이에요."
"나의 쓸모는 고작 네 녀석을 퇴근시키는 용도냐?"
노을에 온통 붉게 물들어가는 도시의 거리.
율은 콧노래까지 흥얼거리며 한껏 들떠 있는 주희를 보곤 피식 웃음을 흘린다.
"어쨌든 다행이군. 자주 애용해줘. 명령만 내리면 언제든 퇴근시켜줄게."
"와아, 그거 완전 좋네요! 라고 말하고 싶지만……."
"싶지만?"
"너무 자주 써먹어도 다른 편집자들에게 눈치가 보일 것 같네요. 흐음, 한 달에 한두 번 정도면 괜찮으려나?"
"아예 노는 것도 아닌데, 뭐. 말 그대로 작가 케어잖아?"
"후후, 지금 이게?"
주희가 몇 걸음 앞서 나아가더니, 율을 향하여 양손을 들어 보이며 장난스럽게 웃었다. 두 사람은 회사에서 나온 직후 지금까지 그저 하염없이 걷고만 있었다.
"오리엔테이션이라고 생각해. 작가와 편집자가 한 걸음 더 가까워지기 위한 워밍업. 아, 그리고 볼일이 아예 없는 것도 아니잖아."
"볼일? 뭐요?"
"권 교수님의 불륜 스토리라든지."
율이 어깨를 으쓱한다. 그 순간 주희의 머릿속에 아침에 통화했던 내용이 떠올랐다. 아침부터 무슨 뜬금없는 소리냐 싶어서 버럭 소리를 내질렀었다. 지금도 저 질문이 이해되지 않는 건 마찬가지라, 주희는 한껏 눈살을 찌푸렸다.

"아니, 그런데 갑자기 그게 왜 궁금해졌어요?"

"하아. 이봐, 편집자 씨. 내 시놉시스, 읽어보긴 했어?"

"당연히 읽어봤죠! 회사 가자마자 제일 먼저 읽었거든요! 날 뭘로 보고!"

이번 블루캣에서 출간할 마유라의 첫 작품은 여교수와 제자의 사랑 이야기였다. 묵직하면서도 배덕한 이야기가 아슬아슬하게 전개될 느낌이라, 주희는 시놉시스만 읽고도 당장 원고를 읽고 싶어서 안달이 났었…….

"아."

"이제야 알겠어?"

율이 눈을 살짝 찌푸렸다 뜨며 웃었다. 긴 속눈썹이 펄럭거릴 정도로 감겼다가 떠진다.

그렇구나. 율은 쓸 소설의 자료를 얻고 싶었던 것뿐이었구나. 대학 시절 율에게 '괴롭힘당했다'는 기억이 너무 강력한지라, 그저 출근 첫날부터 자신을 놀리기 위해 쓸데없는 전화를 걸었다고만 생각했었다.

주희는 가장 자신 있어 하던 '편집자'로서의 일에 허점을 보인 것 같아 말도 못하게 부끄러워졌다. 화끈거리며 얼굴이 달아오르는 게, 체온으로 느껴진다.

"앗, 그렇지만 아침부터 전화한 게 절대 매너라고 볼 수는 없죠! 정말 급한 일 아니고서는 보통 그 시간에 전화 안 한다고요."

"난 급했어."

"급하다고 대답이 막 튀어나오는 것도 아니거든요? 사실 저도 가물가물해요. 으음, 친구들에게 전화해서 물어보면 되겠지만, 아마 다른 애들도 떠도는 소문만 들은 정도일 거예요."

"떠도는 소문은 어떤 내용이었는데?"

"권 교수님 부인이 바람을 피워서 맞바람으로 졸업생 선배랑 눈이 맞았다든가 하는 얘기였어요. 질척질척하죠?"

"원래 사랑이라는 건 질척질척한 법이야."

"사랑에 대해 되게 잘 아는 것처럼 말하네요."

"로맨스 소설 작가잖아."

아, 맞다. 잊고 있었다. 자꾸 잊어버리게 된다.

이 남자는 자신이 가장 사랑하는 소설을 쓴 '마유라' 작가였다. 그 유리같이 투명하고 섬세한 이야기에 주희는 몇 번이나 홀렸었다.

그렇구나. 그러고 보면, 결국 자신은 이 사람이 만들어낸 수많은 '사랑'을 지식으로 삼아 이만큼 나이를 먹었다. 우습게도 자신이 가장 싫어하던 남자에게서 지금까지 '사랑'을 배워왔던 셈이다.

어쩐지 단단히 속은 기분이 들어, 주희는 괜히 심통 부리듯 입을 열었다.

"그럼 뭐해요? 다른 것을 아는 게 하나도 없는데. 권 교수님 이야기가 그렇게 궁금했으면 다른 사람들한테도 전화해서 물어보면 됐잖아요?"

"다른 사람 누구? 허니?"

"그 외에도, 대학 동기라든지."

"있을 것 같아?"

"……아뇨. 생각해보니 의미 없는 소리였네요."

짧게 한숨을 쉬며 주희가 덧붙여 말했다.

"세상 물정도 몰라, 주변에 도움을 구할 사람도 없어……. 그런데 사랑에 대해서 안다고 말하는 게 되게 아이러니하네요."

주희의 대답에 한참이 지나, 율이 갑자기 '하하' 하고 짧게 웃었다.

"아니, 생각해보니 나도 잘 모르겠군."

사랑. 증오. 분노. 질투. 동경. 애통.

인간이 인간과 관계하여 얻을 수 있는 그 수많은 감정에 대하여, 율은 단 한 번도 고민해본 적이 없었다. 집에 틀어박혀 줄창 글만 써온 지난 3년이었다.

학창 시절은 달랐던가 하면, 그렇지도 않았다. 언제나 고립되어 있었고, 누구와도 소통하지 못했다. 관계해야 할 필요를 느끼지 못했던 인생이었다.

그래서 이렇게 틀려먹은 인간이 된 거겠지.

자조가 그치질 않는다.

그 순간, 주희가 율의 손을 덥석 움켜잡았다.

율은 실로 노골적으로 흠칫했다. 마치 온몸의 털이 곤두선 고양이같이. 오히려 손을 잡은 주희 쪽이 당황할 정도의 격렬한 반응이었다.

그 옅은 눈동자에 혼란과 당혹과 의문이 한꺼번에 빙글빙글 도는 것을 확인하고 주희는 속으로 웃었다.

오호라, 그야말로 의문의 1승. 이 인간에게는 이런 게 먹히는구

나. 양껏 괴롭혀줄 테다.

"일단, 밥 사요."

"……엉?"

"아니 퇴근 후에 따로 만나서 케어해주는 편집자가 세상에 어디 있어? 그러니까 밥 사시라고요. 실은 저쪽에 새로 생긴 밥집이 엄청나게 맛있대서 한번 가보고 싶었는데, 거긴 혼밥이 안 되거든요."

"혼밥? 그건 뭐야."

"어머, 정보가 어두우시네. 혼자 먹는 밥 말이에요."

그렇게 말하며 주희는 율을 끌고 앞장서서 걷기 시작했다. 그 씩씩한 걸음걸이에 터벅터벅 끌려가던 율이, 한참 만에 잠에서 깬 사람처럼 느릿느릿 다시 입을 열었다.

"지금, 나한테 밥 사달라고 하는 거야?"

"왜요, 싫어요? 절대 복종하기로 해놓고선?"

주희가 도발하듯 그렇게 말했다. 율을 향해 돌아서서 뒷걸음으로 걷는다. 율은 주희와 이어져 있는 자신의 손을 확인했다. 그러다가 갑자기 눈을 빛내는가 싶더니, 엄청난 보폭으로 주희를 앞질러 걷기 시작했다. 속도가 가볍게 역전됐다. 율이 주희를 끌고 가는 모습이 되고 만다.

"엇, 서, 선배?"

"가자. 먹고 싶은 거 다 먹어. 내가 다 사줄게."

목소리에 힘이 딱 들어가 있다. 목소리만이 아니다. 주희와 마주 잡은 손에도 힘이 들어갔다. 마주 잡은 손에서 잔뜩 들뜬 그의 기분이 고스란히 전해졌다. 여전한 무표정인데도, 이 남자는 지금 주희와 함께 밥을 먹을 생각에 굉장히 들떠 있었다.

뒤따라가던 주희의 입가에 저도 모르게 웃음이 비집고 나왔다.

'뭐야, 어린애 같아.'

어쨌든 '절대 복종'은 착실하게 지키고 있으니 기특하다고 해야 하나. 그렇게 생각하며, 주희는 조금 더 속도를 올려 율과 나란히 걷기 시작했다.

가게는 최근 TV 방송까지 탄 유명한 이탈리아 음식점이었다. 오랫동안 줄을 서야 들어갈 수 있었고, 가게 안은 사람들로 붐볐지만, 정작 식사는 소문만큼 맛있지는 않았다. 주희는 주변에 앉은 사람들을 둘러보았다. 대체로 커플들이 많이 앉아 있는 것을 보면, 분위기를 먹으러 오는 가게일지도 모른다는 생각이 든다.

"기대가 크면 실망이 큰 법인 건가."

포크를 입에 문 채 그렇게 중얼거렸더니, 맞은편의 율이 고갤 들어 주희를 쳐다보고는 픽 하고 실소를 흘렸다. 어쩐지 사뭇 어른스러운 미소다.

율은 주희의 말뜻을 이해한 것인지 아닌지, 자기 접시 위에 덜어둔 리조또를 숟가락으로 파헤치듯 장난을 치며 말했다.

"그 말, 어쩐지 용기가 생기는군."

"용기요?"

"사람에게도 적용되는 말이라면 말이야."

기대감이 제로를 넘어 마이너스로 치닫고 있는 지금의 자신이니만큼, 기대가 없으니 적어도 실망은 하지 않으려니 하는 자조적인 말이었다.

"하하, 뭐예요, 그게."

주희는 가볍게 웃는 것으로 대꾸했다. 좋은 말도 싫은 말도 몇 가지 정도가 떠올랐지만, 별다른 대답은 고르지 못했다. 결국에는 대답할 타이밍이 지나쳐, 결국은 아무 말 없이 다시 식사로 돌아와야 했다.

주희는 식사 내내 율을 관찰했다. 여전히 심드렁한 무표정에, 말투도 다정하지 않았고, 주변에서 일어나는 일에 무관심했다. 마침 바로 옆 테이블에서는 한 쌍의 커플이 사람들의 시선을 온통 빼앗을 정도로 큰 소리를 내며 말다툼을 하고 있었다. 드라마의 한 장면 같은 격렬한 다툼에 주희도 잠시 정신을 빼앗겼으나, 얼마 지나지 않아 자신을 향한 다른 시선을 느껴 고개를 돌려야 했다.

모두가 호기심을 채우려 그 커플의 말다툼에 눈과 귀를 기울이고 있는 그 상황에서도, 그는 턱을 괴고 앉아 맞은편 자리의 주희만 뚫어져라 쳐다보고 있었던 것이다. 마치 잠시라도 다른 데 눈을 돌리면 주희가 사라져버리기라도 할 것처럼.

어쩐지 그 옆 좌석에 귀를 쫑긋 세우고 있던 자신이 너무 주책맞아 보여서, 주희는 머쓱한 기분을 감추려 율에게 핀잔하듯 물었다.

"선배는 저런 거 보면 궁금하지 않아요?"

"응, 안 궁금해."

즉답이 돌아왔다. 그는 자신의 빈 접시에 고기를 집어 덜어놓더니, 문득 생각이 난 듯 고쳐 말했다.

"하지만 네가 궁금해하라고 하면, 관심 가져보도록 할게."

꼭 육성 게임 같네.

이 남자는 무엇이 변한 걸까. 자기밖에 볼 줄 모르던 사람이 이렇게 순순히 남의 말을 따르게 될 줄은 몰랐다. 지난 3년간 무슨 일이 있었던 걸까.

아니면 자신이 변한 걸까.

그를 마냥 싫어하기만 했던 과거의 자신과 지금의 자신은, 인식하지도 못한 사이 다른 사람이 되어버린 걸까.

주희는 스멀스멀 떠오르는 그 의문을 의식 깊은 곳에 묻어버리며, 율이 덜어준 고기를 입 안에 밀어 넣었다.

"차를 살까."

집으로 돌아가는 버스 안.

두 사람은 2인석에 자리를 잡고 앉았다. 두 정거장 정도 지나갔을까, 멍하니 창문 밖을 쳐다보던 율이 혼잣말처럼 중얼거렸다.

"차 타고 다닐 일 많아요?"

"없어. 그런데 버스로 집에 바래다주는 남자는 좀 별로잖아."

그러더니 주희 쪽으로 고갤 돌려서 순진한 얼굴로 순진하지 않은 질문을 던진다.

"차종은 뭐가 좋겠냐. 벤틀리? 벤츠? 페라리?"

"차도 없는 사람이 차 종류는 줄줄 나오네."

"자료 수집했으니까. 로맨스 소설 남자 주인공이면 자차 정도는 있어야지."

"하긴, 그렇죠. 남자 주인공 하면 당연히 대출 끼지 않은 중형 세단으로."

"대출이라니, 쓸데없는 데서 현실적인 요소 집어넣지 마. 낭만이 깨지잖아."

"그러고 보니 지헌 선배 차, 그거 대출 없이 뽑은 건가? 그 차 승차감 좋던데."

"젠장, 역시 차를 사야겠어."

율이 쯧, 하고 혀를 차더니, 다시 차창 너머로 고개를 돌려버렸다. 뭐야, 왜 이상한 부분에서 삐치는 걸까. 주희는 슬그머니 고개를 빼고 차창에 비치는 율의 표정을 살폈다.

뭔가 대화를 이어가야만 할 것 같은 심리적 압박이 느껴져서, 주희는 율의 허벅지를 쿡쿡 찔러 부른 후에 질문했다.

"그러고 보니 선배, 지헌 선배랑 초등학교 동창이라면서요?"

창밖을 응시하던 율이 주희 쪽으로 고갤 돌렸다.

색유리를 끼워 넣은 듯한 갈색의 눈동자와 시선이 마주쳤다. 그 색이 너무나 옅고 투명해서, 이국적인 분위기가 풍긴다.

"뭐, 어쩌다 보니."

"둘이 성격도 전혀 다른데, 용케 지금까지 친구로 잘 지내고 있네요."

"친구……. 응, 뭐. 친구라고 하지, 보통."

"뭐예요? 그 애매한 대답은."

친구라는 거야, 아니라는 거야.

주희가 인상을 찌푸렸더니, 율이 목운동을 하듯 고개를 이쪽 저쪽으로 움직인 후 다시 입을 열었다.

"나랑 할 얘기가 허니 얘기밖엔 없어?"

"일 얘기를 하긴 그렇잖아요."

"차라리 일 얘기가 낫지, 너랑 허니 얘기 하긴 싫어."

잔뜩 부루퉁한 표정이다.

음, 질투? 남자끼리의 경쟁의식, 뭐 그런 걸까.

실로 눈치 없는 생각을 하며, 주희는 얼른 다른 화제를 떠올렸다. 실은 처음 만났던 때부터 물어보고 싶었던 질문을.

"음, 그럼……. 왜 하필 나였어요?"

"편집자 말이야?"

"인기 많은 소설가고, 여러 출판사에서 탐내던 작가잖아요. 나 말고 베테랑 편집자들도 제안만 하면 분명히 선뜻 나섰을 거라고 생각해요. 아니, 선뜻 정도가 아니지. 선배가 출판사나 편집자를 고르겠다고만 선언해도 줄을 설 정도였을 거잖아요. 근데 왜 하필 나였어요? 그냥, 아는 사람이라서?"

율은 주희에게서 시선을 거둔다. 한참 멍하니 허공을 바라보고 있더니, 혼잣말을 하듯이 조용히 중얼거렸다.

"……그는 울지 않는 것으로 복수하기로 했다."

뜬금없이 무슨 말인가 싶어 주희의 미간에 세로줄이 생긴다. 그러나 그 문장을 여러 번 곱씹어보던 주희는 '아아' 하고 짧게 감탄했다.

"'시간 언덕'의 마지막 구절."

"역시 알고 있군."

율이 웃었다. 복잡 미묘한 그 표정에, 주희는 그가 조금 낯설어졌다.

"너, 그걸로 비평 과제 썼다고 했지? 그거 읽어봤어."

"……그래서요?"

"응, 그게 다야."

"그게 다? 날 편집자로 선택한 이유가요? 정말 그게 전부?"

"응. 그게 끝."

천진하게 눈을 깜빡거리며 율이 말했다. 어쩐지 대답을 듣고 나서도 주희는 뭔가 찜찜하다. 분명히 다른 무언가가 더 있는 것 같은데, 그걸 모르겠다. 하지만 지금은 재촉해도 대답 안 해주겠지.

그렇게 생각했는데-

"그거, 그 비평문 읽고 나서 네가 좋아졌어."

"……엑?"

방심한 틈을 타서 크리티컬 어택.

너무 놀라서, 순간적으로 이명까지 들렸다. '좋아한다'는 말이 이렇게 쉽게 내뱉을 수 있는 말이었나 혼란스러웠다. 정작 율은 뻔뻔한 얼굴을 하고선 오늘의 날씨를 읊는 것처럼 너무나 아무렇지 않게 말을 이어갔다.

"그 작품, 나한테는 좀 특별한 의미였거든. 그 작품이 누군가에게 제대로 읽히고 있구나 하는 느낌이 들어서 좋았어. 네가 어떤 사람인지도 궁금해졌었고. 음, 그 후로 졸업할 때까지 내가 꽤 이런 기분을 어필했었는데, 전혀 몰랐나?"

주희는 고개를 절레절레 저었다. 목이 떨어져나갈까 걱정될 정도로 세차게.

금시초문이다. 처음 듣는 얘기다. 감히 상상도 못해본 전개다.

아니 그렇지만 당신, 나 엄청 괴롭혔잖아?

"그래? 난 내가 널 좋아한다는 걸 꽤 직접적으로 표현했다고 생각했는데."

"괴롭히겠다는 의지를 직접적으로 표현했던 건 아니었고요?"

"뭐어, 좀 서툴렀던 건 인정해."

"조옴~?"

언성이 높아졌다. 뻔뻔스러운 율의 태도에 기가 찼다.

툭툭 던지듯 귀찮게 말을 걸어오질 않나, 기가 막히게 수업이 겹치지를 않나, 눈에 띄었다 하면 졸졸 쫓아오질 않나, 심지어는 주희와 이야기를 나누던 남자 선배를 대뜸 후려쳐서 사람 곤란하게 만들고, 덕분에 이상한 소문까지 나서 일일이 변명하게 만들고, 와중에 본인은 둔해터진 건지 관심이 없는 건지 그 사태에 조금도 신경 쓰지 않는 바람에 자신만 발을 동동 굴렀던 3년 전의 악몽 같은 기억.

그런데 그게, 좋아한다는 어필? 이 인간이 죽으려고, 진짜!

"어쨌든 그런 감정은 처음이라 말이야. 나도 혹시 착각인가 싶기도 했는데……. 3년이라는 공백이 있었음에도 널 다시 만나고 나니 확신이 들더군. 그 시절 네가 쓰던 샴푸 향기가 뭐였는지까지 선명하게 다시 떠오를 정도였어. 보통 이런 걸 '좋아한다'고 하지 않나?"

"내가 어떻게 알겠어요? 난 선배를 전혀, 네버, 눈곱만큼도 좋아하지 않는데."

"단호하군. 고민하는 척이라도 좀 하지 그래."

진지함이라고는 1그램도 느껴지지 않는 그 태도가, 좋아한다는 말을 도무지 신뢰할 수 없게 만들었다. 주희는 도무지 어떻게 반응해야 할지 알 수가 없었다. 이 인간의 뇌 속에 있는 '좋아한다'는 말의 뜻이, 아무래도 자신의 뇌 속에 있는 '좋아한다'는 말의 뜻과 완벽하게 다른 것 같다. 제발 그랬으면 좋겠다.

아니, 뭐가 됐든 가장 큰 문제는.

"그래. 말 나온 김에, 너 나랑 사귈래?"

이 따위로 고백하는 남자 그 자체다.

다음 내릴 역을 안내하는 방송이 들려왔다. 곧 내려야 할 역이었다. 율은 그동안 시선을 돌리지 않은 채 주희를 바라보았다. 대답을 재촉하는 듯한 눈빛이었다. 그것은 가벼웠던 태도와 달리 뜻밖에 고요하고 진중했다.

주희는 온몸이 떨리고 심장박동 수가 올라갔다. 장난이든 아니든 너무나 오랜만에 누군가로부터 들은 고백이었다.

두근, 두근, 두근.

박동 소리가 관자놀이에서 들린다. 이성과는 상관없이, 호르몬은 그 좋아한다는 말에 즉각적으로 반응이라도 하는 것처럼. 귀가 뜨거워지는 것은, 그 고백에 대한 설렘일까, 아니면 열이 받은 탓일까.

한참을 멍하니 율을 응시하던 주희는, 마른침을 삼킨 후 가까스로 입을 열었다.

"닥쳐요."

라고.

빈 사무실에 전화벨이 요란하게 울린다.

사무실 소파에 기대 앉아 캔커피를 홀짝거리던 지헌이, 마치 그 소음에 깨어나는 고대 석상처럼 부스스 움직인다. 주머니에서 폰을 꺼내 확인하니, 발신자는 율이었다.

받기 귀찮은데 그냥 넘길까.

진지하게 고민했지만, 생각과 달리 손은 이미 통화 버튼을 누르고 있었다.

"뭔데."

퉁명스러운 지헌의 목소리에, 저쪽에서 단박에 반응이 돌아왔다.

-차였어.

얼른 이해가 되지 않아, 지헌은 한참 동안 대답하지 않는다.

"……부릉부릉 차?"

-그래, 나 차를 사야 할 것 같아. 차가 필요해졌어. 아니, 그건 일단 차치하고, 나 차였다고.

"새로운 소설 내용이야?"

-죽을래?

"차인다는 게, 누군가에게 고백을 하든 사귀든 해야 하는 전제조건이 있다는 건 알지?"

-시비 거냐?

"아니, 도무지 이해가 안 되어서……."

그러다 문득, 주희를 일찍 퇴근시키라던 명령조의 톡 내용이 떠올랐다. 아마도 주희와 볼일이 있었던 모양인데, 그렇다면 이 녀석을 찬 건 온주희라는 의미일까.

으음, 이 녀석이 또 어떤 이상한 짓을 했을지 감도 안 잡힌다.

지헌은 깊게 심호흡을 하는 것으로 스스로의 마음을 정리한 후에 다시 입을 열었다.

"차근차근 말해봐. 뭐 어떻게 했는데 누구한테 차였다는 거야?"

-오늘 지구온난화한테, 말 나온 김에 사귀자고 했더니 나더러 닥치랬어.

"야, 이 미친놈아."

대체 이 상식이 부족한 녀석에게 뭘 어디서부터 설명을 해줘야 하는 걸까. 예상은 했지만, 역시 온주희가 크게 고생하는구나 싶다. 그 가엾은 편집자를 어찌하면 좋을까. 마유라 팬이라는 죄로 이 골칫덩이를 상대하고 있으니.

-뭐가 문제냐. 난 숨기는 거 하나 없이 내 감정, 내가 느낀 것들, 다 말했어. 이 정도 단계에서는 여주가 남주의 마음을 받아주고 꽁냥거리는 연애 파트로 넘어가야 정상 아니냐?

"소설 쓰냐? 아니 그 전에, 무슨 자신감으로 네가 남주인데."

-잘생겼으니까.

"네가 그러니까 차이는 거야."

거기까지 말한 지헌이 갑자기 떠오른 듯 미간을 찡그리며 다시 입을 연다.

"그나저나 갑자기 차? 면허도 없는 놈이 차는 무슨 차야."

-밤중에 지구온난화 집에 데려다주려면 아무래도 차가 필요할 것 같아서.

"얼씨구. 온주희가 그렇게 좋냐?"

그 질문에 한참 대답이 없다. 전화가 끊겼나 하는 생각이 들 만큼 한참이 지나서야, 수화기 너머로 묵직하고 단호한 대답이 되돌아왔다.

-응, 좋아.

고민도 의문도 한 점 서리지 않은 목소리.

-미치겠다. 왜 내가 좋아하는 사람들은 다 날 싫어하는 거냐.

사무실은 불이 꺼져 온통 어둠에 싸여 있었다. 자신 외에는 아무도 없었지만, 지헌은 지금 사무실 안이 어둡다는 것에 안도했다. 아마 지금 자신의 표정은 스스로도 못 봐줄 만큼 꼴 보기 싫을 것이다.

"그걸 내가 어떻게 알아."

꾸깃. 캔 커피 쥔 손에 힘을 주며 지헌이 답했다.

밤에서 새벽으로 기울어져가는 시각.

노트북 타자 치는 소리만 방 안에 가득하다. 불도 켜지 않아, 모니터 불빛만이 희미하게 반짝거렸다. 탁탁탁 하는 소리와 함께 무수히 많은 활자들이 의미를 이루며 새하얀 화면 위를 달리기 시작한다.

[나, 해랑 씨를 좋아하는 것 같아요. 그러니까 그 사람한테 가지 마요. 내 옆에 있어요.]

소설 속 가상의 인물이 뜨거운 고백을 늘어놓았다. 감정에 북받쳐 터져 나오는 고백은 제대로 된 미사여구도 없이, 그저 처절할 정도의 호소만 남았다. 그 고백은 솔직하고, 담백하다.

그래, 요즘은 이런 게 대세지. 이제는 독자들도 사랑을 꾸며대는 것에 지쳤으니 말이다. 그러니까 마음에 담은 날것 그대로의 감정을 그냥 전부 털어놓으면 되는 거다.

좋아해요, 사랑해요, 그렇게.

그리고 그 고백에 여주인공은 감격하여 닫혀 있던 마음을 활짝 열고 이렇게 외치겠지.

'닥쳐요.'

"……젠장."

풀썩, 하고 율이 책상 위로 얼굴을 처박은 채 엎드렸다.

한글 프로그램의 새문서 위엔 커서만이 애처롭게 깜빡거리고 있다.

생각해보면 대학 시절에도 온주희와는 늘 이런 식이었던 것 같다. 무언가 맞물리지 못한 채 삐걱대기만 했다. 자신은 그녀를 위해 한 일이라고 생각했지만, 언제나 그녀의 미움을 샀다. 점점 더 뭘 어떻게 해야 할지 몰랐고, 관계는 더욱 나빠졌다. 하지만 그렇게 하면 안 된다거나, 이렇게 해야 한다는 걸 가르쳐줄 사람이 율의 주변엔 아무도 없었다.

정말 아무도 없었다.

그때에도, 지금도, 살아오던 시간 어디에도.

때문에 그때도 지금도, 율은 아무것도 알지 못한다.

아마 이 무지(無知)야말로, 그녀가 자신을 혐오하는 가장 큰 이유가 아닐까.

율은 책상에 엎드린 채 고개를 돌렸다. 책상 끝에 놓여 있는 액자가 눈에 들어왔다. 얼마 전 유리가 깨져 틀만 남은 액자다. 율은 팔만 뻗어서 액자를 눈앞에 가져왔다.

모니터의 불빛으로 액자 안의 사진이 간신히 보였다. 어린 두 명의 소년을 양쪽 팔로 안고 있는 젊은 여성의 사진이다. 소년 중 한 명은 율이었고, 다른 한 명은 지헌이었다.

"뭘 어떻게 해야 날 좋아해주는 걸까."

율이 사진에 대고 물었다. 당연히 대답은 돌아오지 않는다.

주희의 얼굴이 떠올랐다. 온갖 다양한 감정을 여과 없이 드러내는 그녀였기에, 자신을 싫어하는 감정도, 때로 두려워하는 감정도 율은 고스란히 받아들이고 있었다.

오늘도 그랬다. 율의 고백을 단번에 쳐낼 때의 그 혐오 어린 표정. 실은 익숙한 눈빛이다. 대학 시절 주희는 율을 줄곧 그런 시선으로 쳐다보곤 했었다. 익숙해졌다고 생각했는데, 너무 오랜만에 보아서인지 어쩐지 가슴이 미어지는 것같이 괴로웠다.

누군가에게 미움 받는다는 게 이렇게 충격적인 일인 줄 미처 몰랐다. 누군가에게 미움 받고 충격 받을 정도로 누군가를 좋아하거나 소중하게 여겨본 적이 없었으니까.

아, 그런가.

"진짜 좋아하는 거구나."

몰랐던 감정들이 아로새겨진다. 새 공책 위에 쓰는 첫 글자처럼.

"무슨 짓을 해야 미움 받지 않을 수 있는 거냐."

인간의 마음이란, 참으로 허망하구나.

율은 자신의 한심함에 한숨을 내쉬며 액자를 탁 하고 책상 위에 엎어놓았다.

'말 나온 김에, 너 나랑 사귈래.'

"웃기고 자빠졌네, 진짜! 사람 갖고 노는 것도 유분수지!"

퍼억, 소리와 함께 주희의 침대 위에 앉아 있던 곰 인형이 사정없이 폭행을 당하기 시작한다. 죄 없는 곰인형이 주희의 손에서 이리저리 유린당한다. 주희는 커다란 곰인형의 복부를 중점적으로 매서운 펀치를 날려대기 시작했다.

"아주 고단수 다 되셨어! 3년 사이에 그런 것만 발전했나? 아니, 그런 식으로 사람 놀리면 '어머, 그래요, 좋아요' 하고 받아줄 줄 알았나 보지?"

퍽, 퍽, 퍽.

"으아아아, 이 개율 자식아아아아아!"

주희가 곰인형 배에 얼굴을 파묻고 목청껏 비명을 질러댔다.

한참을 식식대며 분을 삼키던 주희는, 자신이 두들겨 패던 인형을 꽉 끌어안은 채 침대에 풀썩 하고 드러누웠다.

뻔뻔한 얼굴로, 심지어 시선 한 번 흐트러지지 않고 자신을 바라본 채 사귀자는 말을 해오던 율의 얼굴이 다시 스멀스멀 떠올랐다.

"아, 진짜……. 완전히 착각할 뻔했잖아……."

뭔가 변했다고 생각했다.

회사 로비에서 넘어질 뻔한 자신을 받아주었을 때, 왜 자신을 편집자로 선택했냐는 물음에 사뭇 진지하게 대답해줄 때, '좋아하게 됐다'라고 말했을 때…….

솔직히 설레지 않았다고 하면 거짓말이다.

설레었다. 거짓말처럼 설레었다. 사실 옛날 일 접어두고 생각해보면 그만한 허우대에 재력 있어, 능력 있어, 뭐 빠질 건 없지 않은가. 심지어 자신이 가장 존경하고 좋아했던 작가의 본체.

갑자기 뿅 반한다거나 하는 극적 변화는 아니라도, 좀 두근거리고 그럴 수는 있잖아? 풋풋한 관계로 한걸음 나아갔다고 생각할 수는 있는 거잖아?

그걸 어떻게 한 방에 열 걸음 뒤로 퇴보를 시키냐고!

"대체…… 대체 그 뻔뻔한 거짓말쟁이 머릿속에서 어떻게 그런 소설이 나오는 거냐고……! 두근거렸던 거 다 물어내!"

침대 시트에서 퍽퍽 소리가 나게 발을 굴리며 주희가 다시 몸부림친다. 생각해보니 자신이 너무 속을 내보인 게 아닌가 싶어 창피하다. 율의 품에 안겼을 때 조금은 두근거렸던 게 율에게 보였고, 그래서 자신을 쉽게 생각했던 것일지도 모른다. 과연, 얼마나 얼빠진 표정이었을까.

하지만 한편으로는, 예를 들어 그가 그렇게 메뉴판에서 음식 고르듯 좋아한다는 말을 쉽게 하지 않았더라면.

'조금쯤은 진지하게…… 생각하긴 했을까?'

율의 가벼운 감성이야 그렇다치고, 정작 자신은 어떤 걸까.

그 잠깐의 두근거림을 좋아한다고 착각할 만큼, 혹은 다른 사람도 아니고 '율'을 보며 두근거림을 느낄 만큼, 자신은 지금 애정에 굶주려 있나?

'내가 그 인간을 좋아할 가능성이 있긴 한가?'

그때, 협탁 위에 올려두었던 폰이 요란하게 진동하기 시작했다.

발신자는 집으로 되어 있었다. 그러고 보니 최근 직장을 옮기느라 정신이 없어서 연락을 못 했던 것 같다. 주희는 한참을 머뭇거리며 통화 버튼을 누르지 못하다가, 전화가 거의 끊길 즈음에야 간신히 전화를 받았다.

"여보세요."

-여보세요. 주희냐?

익숙하지만 친근하지 않은, 낮은 남성의 목소리가 돌아왔다.

"어, 오빠. 무슨 일 있어?"

-무슨 일 있어야 전화하냐. 엄마가 하도 걸어보라고 성화셔서 해봤다.

"엄마가?"

-응. 바꿔줄까? 기다려.

"응? 아니, 괜찮은데. 저기, 오빠?"

피차 나눌 만한 대화가 없기 때문일까. 오빠는 주희가 말리는데도 불구하고 서둘러 수화기를 다른 사람에게 넘겨버렸다. 수화기 너머가 분주해지는가 싶더니 금세 목소리가 여성의 것으로 바뀌었다. 약간 쉰 목소리의 여성이 주희의 이름을 불렀다.

-그래, 주희야. 별일 없지? 잘 지내고 있지?

엄마다.

그 목소리를 들으니 거짓말처럼 울컥했다. 오늘 하루만 해도 바이킹을 타는 것 같았던 기분과 사건들이 한꺼번에 쏟아져 나와, 당장이라도 고자질하고 싶어지는 억울한 기분이 들었다.

눈물이 찔끔 나오려는 것을 소매 끝으로 닦아내고, 목소리가 떨리는 것을 간신히 진정시키며 주희가 웃었다.

"응, 괜찮아."

-너는 어떻게 된 애가 통 연락도 없어. 집에도 한번 안 오니, 얘.

"미안, 바빴어. 실은 나 오늘 첫 출근이라 정신 하나도 없었거든. 있잖아, 오늘 무슨 일이 있었는 줄 알아? 글쎄, 옛날에 알던 선배가 나한테-"

-얘, 그나저나 너 언제 내려오니? 내려올 때 전에 사다준 그 옷 있잖아? 위에 입는 그거, 네 오빠 것도 한 벌 좀 사 와라, 얘. 그거 좋더라.

엄마의 목소리가 채 끝나지도 않은 주희의 말을 비집고 들어왔다. 주희는 멍한 표정과 얼빠진 목소리로 그 말에 반문했다.

"……옷?"

-네 오빠가 워낙 감기에 잘 걸리잖니. 네가 전에 나한테 사준 거 입고 다니랬더니, 색이 여자 옷이라 싫다지 뭐야. 하여튼 까다로워 가지고…….

수화기 저편에서 '그런 소리 뭐하러 해!'라고 소리치는 남자의 목소리가 얼핏 들렸다. '그런 소리'라니, 옷 사오라는 소리를 타박하는 건지, 여자 옷이라 싫다 어쩐다 하는 소리를 타박하는 건지 모르겠다.

그저, 주희는 그냥 멍했다.

"엄마 사준 걸 왜 오빠를 줘."

-네 오빠가 혼자 챙기고 그런 성격이니? 네가 이런 건 똑 부러지잖아. 넌 애, 하나뿐인 여동생이 되어서는 네 오빠 신경 좀 써. 먼데 산다고 귀찮아하지 말고.

엄마. 나 오늘 첫 출근했어. 옛날에 내가 짝사랑했던 선배랑 같이 일하게 됐어. 그 선배가 누군지 알아? 내가 정말 싫어하던 선배랑도 같이 일하게 됐어. 그 선배 이름이 뭔지는 알아, 엄마? 오늘 사생팬들이 출판사에 우루루 몰려와서 하마터면 싸움 날 뻔했어. 혹시 내가 어디 다쳤는지, 욕을 먹지는 않았는지, 새 직장에서는 잘 적응했는지…….

그런 거 진짜 하나도 안 궁금해, 엄마?

"알았어. 나 지금 바빠. 나중에 내가 다시 걸게."

-뭐? 얘는, 엄마가 모처럼 전화 걸었는데 정 없게 진짜. 얘! 주희야, 얘!

수화기 너머에서 격앙된 엄마의 목소리가 흘러나왔지만, 주희는 고민 없이 통화 종료 버튼을 눌렀다. 그걸로도 마음에 차지를 않는 것 같아, 아예 배터리도 빼버렸다.

털썩, 침대에 도로 눕고 보니, 설명하기 어려운 허무함이 밀려왔다.

전화 통화를 하기 전보다 지금이 훨씬 더 외롭다.

'기다릴게.'

율 선배의 그 별것 아닌 말이 왜 그렇게 오랫동안 마음에 남았는지, 주희는 이제야 새삼 깨달았다.

누군가가 오로지 자신만을 위해 자기 시간을 전부 할애해주는 경험을, 주희는 살면서 해본 적이 없었다. 율에게는 별것 아니었을지 모를 그 말이, 주희에게는 자신의 삶 전체를 통틀어 어쩐지 새삼스러운 것이었다.

누군가의 목적이 오로지 자신 하나만이 된다는 것.

그래서 더 궁금했던 걸지도 모른다.

그가 다른 모든 사람을 제치고 오로지 자신을 편집자로 지목했던 이유.

"엄마, 누가 나 좋아한대. 사귀고 싶대."

정작 통화를 할 땐 꺼내지 못했던 말을, 주희는 침대에 누워 허공에 던져본다.

당연히 대답은 돌아오지 않았다. 긴 한숨과 함께 주희는 눈을 감는다. 침대에 빨려 들어가듯 몸이 노곤했다.

허망하구나.

그렇게 한탄하며, 주희는 이불을 머리끝까지 끌어올렸다.

5화. 밤의 개의 주인님

먹을 게 없다.

텅 빈 냉장고를 확인한 율은 짧게 한숨을 내쉬었다.

지헌이 냉장고 한가득 채워놓았던 식료품은 바닥이 난 지 오래였다. 저장식품이라도 남아 있지 않을까 싶어서 찬장도 확인해봤지만 텅 비었다.

블루캣 런칭 날짜가 다가옴에 따라 지헌은 율의 집을 찾아오는 횟수가 부쩍 줄어들었다.

물론 율이 지헌에게 식료품 조달을 부탁했던 적은 한 번도 없다. 굳이 논하자면, 율은 지헌이 헌신적으로 자신의 생활을 뒷바라지하는 것이 영 못마땅했다. 그러나 한편으로는 지헌이 도와주지 않는다면 자신이 어느 날 시체로 발견되어도 이상할 것이 없다는 것 역시 자각하고 있다.

결국 이런 순간, 지헌의 소홀함을 아쉬워하게 되는 자신의 모습에 율은 자조했다.

"엄마 소맷자락 붙잡고 늘어지는 애도 아니고."

가끔, 아니 너무나 자주. 율은 지헌이 자신의 '엄마'가 되기를 바란다고 느끼곤 했다. 처음에는 그게 마냥 싫었는데, 어느새 자연스레 그의 엄마 노릇에 의지해가는 자신을 발견한다. 우습다 못해 무서울 정도로.

"다 큰 아들이 말이야. 독립해야지, 독립."

탕, 하고 가볍게 밀어 냉장고 문을 닫으며 율이 중얼거렸다.

부스스한 머리는 내버려두고, 위에 가볍게 후드만을 걸친 채 율은 집을 나섰다.

로비를 가로질러 가는데, 경비실에서 꾸벅꾸벅 졸고 있던 경비원이 율을 발견하고는 반색하며 손짓을 했다. 평소 경비원과 돈독한 관계는커녕 인사도 살갑게 나눈 적 없던 터라 율은 의아해하며 경비실로 걸음을 옮겼다.

"1106호 맞지? 우편함 대체 언제 비울 거야?"

우편함?

율의 시선이 로비 한쪽에 줄과 열을 맞추어 늘어선 우편함으로 이동했다. 은색으로 통일되어 정갈하게 늘어선 우편함 중에 유독 한 우편함이 눈에 들어왔다. 꽉꽉 들어차다 못해서 입구에까지 우편함이 삐져나오기 시작하는, 본인 호수의 우편함을.

이 오피스텔로 이사한 지 이제 겨우 세 달째였다. 아무리 방치했다고 해도 저렇게까지 우편이 많이 날아올 일은 거의 없다. 대부분의 공과금은 자동이체에 이메일로 영수증을 받고 있었고, 광고 우편이 날아올 만큼 현실에 능동적인 생활을 한 적도 없었으며, 팬레터 같은 건 출판사로 오도록 해두고 있었으니까.

"다 쓸데없는 우편일 텐데요. 그냥 버려주셔도 됩니다만."

"우리 오피스텔 우편함은 비밀번호 걸려 있는 거 몰라? 더구나 내가 함부로 버렸다가 중요한 우편이라도 있으면 나중에 무슨 원망을 들으라고."

이전 오피스텔에서는 우편함이 넘치도록 쌓이면 경비 아저씨가 알아서 버려주셨기 때문에 전혀 신경 쓰지 않았었다. 우편함에 비밀번호라니, 아마도 보안 문제 때문이겠지만 이렇게 귀찮은 상황이 벌어질 줄이야.

어쨌든 이런 잔소리까지 듣고도 모르는 척할 수는 없다. 식량 조달도 시급하지만, 일단은 우편함부터 처리해야겠다. 경비 아저씨에게 머쓱하게 꾸벅 인사를 하는 것으로 사과한 후, 율은 우편함 앞으로 다가갔다.

'비밀번호, 설정한 적 없으니까 번호는 아마도…… 0000인가.'

키패드 번호를 누르니 '띠릭' 하는 기계음과 함께 우편함이 열렸다. 열렸다기보다는 터졌다는 표현이 맞을지도 모르겠다. 판도라 상자라도 열린 듯, 우편함 비밀번호를 풀자마자 왈칵 입구가 열리더니 엄청난 양의 우편함이 우루루 바닥으로 쏟아져 내렸기 때문이다.

음, 이건 경비 아저씨에게 잔소리를 들어도 할 말이 없겠구나 싶다. 우편물의 양이…… 지나치게 많았다.

'색색깔의 봉투.'

바닥에 흩어진 편지 봉투를 보고 질려 있던 율이 멍하니 그렇게 생각했다. 지로나 광고 우편이 아니라, 따로 봉투를 구입한 것으로 보이는 우편이 대부분이었다. 그 색깔도 가지각색인데, 크기는 모두 같다.

발신인은 분명, 한 명.

아마도 익숙한 이름일 거다. 아니, 그걸 이름이라고 표현해도 될지는 모르겠다. 닉네임? 아이디? 뭔가 적당한 단어가 있을 텐데.

그렇게 생각하며, 율은 바닥에 떨어진 편지 봉투 중 하나를 집어 들었다.

"이사 온 주소는 또 어떻게 안 거야, 이 자식."

손으로 꾹꾹 눌러쓴 글씨가 낯이 익다. 발신자에는 '스페이드A'라는, 무슨 만화 캐릭터 같은 이름이 적혀 있었다.

당장 마유라의 블로그만 찾아가도 이 닉네임으로 올라온 글이 수십, 수백 개는 된다. 그리고 그 대부분의 글은 마유라에게 몹시…… 적대적이다.

율은 바닥에 한쪽 무릎을 꿇고 앉아 편지 봉투를 긁어모았다. 모두 모아보니 품에 한아름이다.

'분리수거 버리는 곳이 어디더라.'

단 하나의 편지도 뜯어 읽어볼 생각 없이, 율은 그렇게 생각하며 오피스텔을 나섰다.

"마 작가한테 남자가 생긴 게 분명해."

"푸흡!"

"쿨럭!"

출판사의 느즈막한 오후.

발매일을 앞두고 영혼이 탈출한 상태인 다른 레이블 편집자들의 눈치가 보였던 블루캣 편집자들은, 은근슬쩍 사무실을 빠져나와 건물 옥상에 옹기종기 모였다. 궁상맞게 넓은 옥상 한구석에 좁게 좁게 모여 있는 것은, 바쁜 사무실을 버리고 빠져나온 양심의 찔림 때문이리라.

언제쯤 내려가야 귀찮은 일을 떠맡지 않게 될까 하는 눈치 싸움이 계속되고 있는데, 폰으로 인터넷을 뒤적거리던 영호가 마 작가에 대해 건성으로 툭 말을 내뱉었다.

그리고 그 말을 들은 동시에 주희와 지헌은 약속이라도 한 듯 마시고 있던 음료수를 내뿜고 말았다.

"헉, 뭐예요. 두 사람, 뭐 알아요?"

"오오, 그러고 보니 둘 다 마유라랑 아는 사람들이잖아요. 뭔가 있어, 뭔가 있어."

담배를 꺼내 물려던 다른 편집자, 동석까지 고개를 디밀며 관심을 보인다. 그 아끼는 담배에는 불도 아직 안 붙였다.

신비주의 작가 마유라의 남자 친구라. 사실이라면 누구라도 관심을 가질 만한 일임에는 분명하다. 마치 연예인의 사생활을 엿보는 가벼운 기분으로 말이다. 하지만 그 인간에게 남자가 생길 리도 없고, 그 전에 '친구'라는 게 생길 것 같은 성격도 아니다.

'남자 친구……. 하긴, 생각해보면 없는 것도 아니네. 지헌 선배 있잖아.'

서로 '허니', '유라'라고 애칭까지 지어 부르며 닭살 돋는 배틀 커플 분위기를 조장하고 있기는 하지. 주희는 턱에 맺힌 커피를 손

수건으로 닦으며 우울한 관계도를 그려보았다.

"뭐야, 편집자들끼리는 정보 좀 공유하고 그래야지. 남자 생긴 거 맞죠?"

"작가 사생활까지는 저도 잘……. 아니, 그런데 그 뜬금없는 결론은 어디서 도출된 거예요?"

"며칠 전 블로그에 자신이 몇 년 만에 만난 사람 얘기를 썼는데, 분위기가 딱 그래요. 지인 얘기, 블로그에 잘 안 했잖아요?"

"대체 뭐라고 썼는데……."

"고집 세고, 우악스럽고, 둔하고, 화도 잘 내고, 자길 별로 안 좋아하는 사람이라던데."

서율 그 인간에게 달리 만날 만한 사람이 있나 싶어서 주의 깊게 귀를 기울이던 주희의 표정이 서서히 변해간다. 고집 세고 우악스럽다는 말에 고갤 갸웃하다가, 둔하다는 말에 무언가 깨달음을 얻은 듯 눈빛이 흔들리기 시작하더니, 그 후로는 점점 뒷목이 붉게 달아오르기 시작했다.

이윽고 영호의 말이 끝났을 때, 주희는 새빨개진 얼굴로 손사래를 치며 목소리를 높여 말했다.

"어머, 허허허, 표현이 굉장히 주관적인 묘사네요. 호호호. 마 작가님, 요즘 컨디션 안 좋으시나. 하하하."

죽인다. 죽일 거다. 찾아가서 멱살을 잡고 흔들어주리라.

부글부글 끓는 속을 억지 미소 속에 감춘 채 주희는 생각했다. 그런 주희의 속내를 아는 유일한 한 사람, 지헌만이 측은하다는 시선으로 주희를 바라보았다.

"근데 귀엽대. 마 작가님, 취향 독특하다니까. 하여튼 그래서 독자들은 원하는 남자 스타일이 어떤 거냐고 물어보는 내용이었는데, 딱 봐도 남자 생긴 거죠, 이거?"

"자료 조사겠지. 차기작 남주 설정 참고 조사 그런 거."

지헌이 어떻게든 무마해보려 거들었지만, 당연하게도 씨알도 먹히지 않았다.

"아니 무슨 10년 동안 소설 쓴 작가가 이런 식으로 참고 자료를 수집해요. 댓글에도 남자 생긴 것 같다고 하는 독자들 꽤 있던데……. 엇, 주희 씨?"

"미안해요. 잠깐 좀 볼게요."

마음이 다급해진 주희가 영호의 손에서 폰을 가져가 댓글을 클릭했다. 수백 개의 댓글이 촤라락 하고 정체를 드러냈다. 휙휙 넘기며 대충 읽어보니, 영호의 말대로 대여섯 중 하나는 남자가 생긴 게 아니냐는 추측성 글이었다.

어휴, 이 인간. 블로그 쓰는 것도 단속을 하든가 해야지, 뭐 이렇게 줄줄 흘리고 다니는 건지.

'……응?'

한참 분주하게 움직이던 주희의 손가락이, 문득 한 지점에서 멈췄다.

거의 한 페이지를 가득 채울 정도의 댓글이 하나 달려 있었다. '작가님 팬이에요~' 느낌의 아기자기한 다른 댓글들과 달리, 내용이 상당히 험악하고 무례했다. 온갖 욕설은 기본이고, 상대방을 깔아뭉개는 말투와 억지 폄훼가 난무하는 그런 댓글.

마유라의 블로그는 종종 확인하긴 했지만 댓글까지 확인한 적은 없었기 때문에, 주희는 적잖이 충격을 받았다.

"뭐, 마유라 정도로 유명하면 악플러 한둘 정도는 붙기 마련이잖아요."

멈칫하는 주희의 반응을 본 영호가 폰 액정을 확인하며 변명하듯 그렇게 말했다. 고개를 들어보니 다른 이들도 영호의 말에 동감하듯 '그렇지', '마유라 정도면 연예인급이잖아'라며 고갤 끄덕거리고 있었다.

주희는 마치 피신이라도 하듯 지헌에게로 시선을 옮겼다.

눈이 마주치자 지헌이 빙긋 웃는다. 눈꼬리가 처지는 그 단골 표정 말이다.

"슬슬 내려갈까? 너무 농땡이 피우다간 다른 애들한테 원망 살라."

앞선 대화를 지워버리듯, 지헌의 차분한 목소리가 그렇게 말했다.

"선배. ……아니, 팀장님."

계단을 내려가던 지헌을 주희가 붙잡아 세웠다. 막상 지헌이 뒤를 돌아보고 무슨 일이냐는 듯 눈썹을 으쓱하니, 어떤 말을 해야 할지 알 수가 없어졌다.

그냥, 방금 전 이야기에서 지헌이 아무런 코멘트도 하지 않았다는 게 마음에 걸렸다.

주희가 알기로, 다른 사람과 말도 섞지 않고 관심도 없는 서율 그 인간이 유일하게 '친구'로서 지금까지 관계하고 있는 사람이 지헌이었다. 그런 지헌이 율의 악플러에 대한 이야기에 별다른 반응을 보이지 않다니, 주희는 도무지 이해가 되질 않았다.

"알고 계셨어요?"

"악플러 얘기 말이야?"

대답은 질문으로 되돌아왔지만, 그 말로 주희는 그가 이미 알고 있었다는 사실을 확신했다.

"어쩔 수 없잖아. 괜찮아. 네가 신경 쓸 거 없어."

"네? 어떻게 신경을 안 써요? 마유라 작가가 그런 글을 본다면……."

"너도 알잖아. 유라는 그런 거 일절 관심이 없어. 글에 대한 비판도 아니고, 그런 인신공격성 악플에는 신경도 안 쓸걸?"

사람이 그럴 수가 있나.

하지만 달리 생각해보면, 지헌은 자신보다 율과 더 많은 시간을 더 친밀하게 보낸 사람이었다. 주희보다 율에 대해 더 자세히 알면 알았지, 부족할 사람이 아니었다. 그럼에도 주희는 어쩐지 마음 한 구석이 까슬까슬해지는 기분을 참을 수가 없었다.

'친구. 응, 뭐. 친구라고 하지, 보통.'

지헌과의 관계에 대해 물었을 때 애매한 표정으로 주희의 시선을 피하던 율의 모습이 떠올랐다. 그때 주희는 율의 그런 반응이 꽤 이기적이고 제멋대로라고 생각했었다.

먼저 계단을 내려갔던 일행들이 어서 안 내려오냐고 아래층에서 소리를 질렀다. 지헌이 '금방 갈게' 하는 말로 그들을 보낸 후, 목소리를 낮춰 주희에게 말했다.

"그거, 걔가 글 쓰는 데 아무런 영향도 못 끼쳐. 걱정할 것 없어."

그거면 되는 건가?

그저 '글 쓰는' 일에 영향을 끼치지 않는다면, 그걸로 정말 괜찮은 것일까?

주희는 아무런 대답도 하지 못했다. 지헌은 그런 주희의 머리를 슥슥 쓰다듬어준 후 먼저 앞서서 계단을 내려갔다.

한참 만에야 주희는, 지헌이 만졌던 자신의 머리를 다시 만져 확인했다.

'……하나도 안 설레.'

계단 난간을 힘주어 잡으며, 주희는 지헌을 향한 복잡한 기분을 집어 삼켰다.

출판사가 바쁘게 돌아가는 와중에도 아직 정식적으로 런칭되지 않은 블루캣은 할 일이 그리 많지 않았다.잘 알지도 못하는 다른 파트의 사람들을 도와주는 것도 한계가 있어서, 결국 주희는 지헌에게 퇴근 명령을 하달받았다. 아니, 정확히는 '외근'에 가까웠다.

"오늘 가서 플롯 수정 끝내줘. 그 녀석한테만 맡기면 일이 한정없이 늘어지니까."

지헌이 주희에게 신신당부하듯 말했다. 저 말만 오늘 세 번은 들은 것 같다. 그렇다. 주희는 퇴근하여 집으로 귀가하는 게 아니라, 율의 오피스텔로 가야 한다.

"연락은 미리 했지?"

"문자 보냈는데 답이 아직 없어요. 지금 통화는 안 되는 것 같고."

"걔네 집 비밀번호 가르쳐줄까?"

"윽, 비밀번호까지 아세요?"

"원래는 굳이 물어보지 않았는데, 저번의 '그 사태' 이후로 깨달은 바가 커서. 문 부수고 들어가는 것보다야 이쪽이 인도적이잖아."

지헌이 폰 문자로 율의 오피스텔 비밀번호를 주희에게 전송하며 그렇게 말했다.

아무리 둘이 친하다고 해도 남의 집 비밀번호인데, 이렇게 쉽게 자신에게 알려줘도 괜찮은 것일까. 주희는 조금 망설였다. 하지만 이내, 자신에게 비밀번호를 가르쳐준다는 건 또 지난번의 '그 사태' -서율이 고급 오피스텔에서 홀로 아사할 뻔했던- 와 같은 일이 발생하면 자신을 출동시킬 작정이구나 싶어 쓴웃음이 나왔다.

"그럼, 유라 좀 잘 부탁해."

마치 자신의 하나뿐인 아들을 이제 막 어린이집에 보내게 된 어머니 같다고 생각하며, 주희는 웃음으로 대답했다.

그리하여 성사된 정시 퇴근길.

함께 퇴근권을 획득한 영호가 한껏 들뜬 표정으로 주희와 함께 엘리베이터에 올랐다. 영호는 사무실을 나온 직후부터 쉴 새 없이 떠들어댔다. 요 며칠 관찰해본 바로는, 단 10분도 조용히 있지 못하는 타입인 것 같다. 침울해 있을 땐 그 침울한 이유를 설명하기 위해 쉴 새 없이 떠드는 타입이었다.

"역시 남들 일할 때 퇴근하는 게 제일 신나지 않아요? 으, 그렇지만 직업병이라고 해야 하나……. 퇴근해도 퇴근한 것 같지 않은 찝찝함이 좀 있다니까요."

"예를 들면 어떤 거요?"

"야행성 작가들은 이쪽 사정 안 봐주고 수시로 메시지 보내오지, 뭔가 일 터졌다 하면 당장 뛰쳐나와야 하지. 아주 폰 알림 소리만 들어도 심장이 막 벌렁벌렁 뜁니다요."

그 말에 주희가 웃었다. 꽤나 공감이 가는 이야기다.

영호가 자기 휴대폰을 손에 쥐고 흔들며 쯧쯧 혀를 찼다.

"스마트폰 이거, 아주 족쇄야, 족쇄. 문명의 발달로 우린 시간제 노예에서 종일제 노예로 전락한 거라고요."

"뭐야, 왜 우울하게 그런 소릴 해요."

"노예……. 노예의 인생……. 난 근로계약서에 사인한 게 아냐. 노예계약서에 사인한 거야."

사방에 우울함을 풀풀 뿌리며 영호가 중얼거렸다. 이 남자는 정말 감정 기복이 심한 것 같다. 다행히 영호가 우울의 밑바닥으로 더 가라앉기 전에 두 사람을 태운 엘리베이터가 1층 로비에 도착했다.

영호가 어깨를 축 늘어뜨린 채 엘리베이터에서 내리며 중얼거렸다.

"사표……. 사표 쓰고 싶다. 세 번째 서랍의 봉인을 풀고 싶다……."

영호의 사표는 아마 세 번째 서랍에 들어 있는 모양이다.

응, 누구나 언제든 꺼낼 수 있는 곳에 사표를 대기해두는 법이니까.

"사표 쓰고 일 그만두면 뭐 하게요?"

"으음, 치킨집?"

"어휴, 우리나라 직장인의 모든 엔딩은 왜 치킨집이야."

"크으, 치킨집 하니까 치킨 땡기네. 어때요, 주희 씨? 일찍 끝난 기념으로 저녁 먹으러 갈래요? 저기 지하철역 근처에 새로 치킨집 하나 생겼다던데. 치맥 어때요, 치맥!"

"음, 가고 싶기는 한데 전 들러야 할 곳이 있어서……. 헛?"

걸음이 느린 영호와 마주 보느라 반쯤은 뒷걸음으로 걷던 주희는, 갑자기 등 뒤에서 자신을 와락 끌어안는 팔에 짧게 비명을 내질렀다. 뒤를 돌아 확인하려 했지만, 워낙 단단하게 자신을 끌어안고 있는 탓에 몸을 돌릴 수가 없었다.

심지어 자신을 끌어안은 누군가는 너무나 당연스럽게 주희의 목덜미에 자기 머리를 부비적대기까지 했다. 그야말로 개 같은…… 잠깐만.

개? 개 같은 인간이라면, 한 명밖엔 안 떠오르는데, 설마.

"율 선배?"

"정답."

"세상에, 여기서 뭐 해요?"

율의 손아귀에서 벗어나려 주희가 몸을 비틀었지만, 율은 그럴수록 주희를 더욱 강하게 끌어안았다. 눈을 마주치고 이야기하고 싶어도, 이런 자세라면 얼굴 표정도 확인할 수가 없다.

이 인간은 백허그가 취미인가. 정말 고약한 취미다.

율은 그 상태로 속삭이듯 주희에게 말했다.

"문자 확인하고 데리러 온 건데."

이 인간이 언제부터 이렇게까지 행동력 있는 인간이었던가. 무작정 오지 말고 답문을 해주면 좋겠다, 제발.

"아오, 이것 좀 놔봐요."

"쉬이……. 가만히 있는 게 좋을걸."

율의 목소리는 상냥한 듯 단호하다. 고요하고 부드러웠지만, 어째서인지 섬뜩한 느낌이 들었다. 일순 주희는 물론이고 이 모든 상황을 지켜보던 영호까지 움찔하게 만드는 목소리였다.

아니, 영호가 움찔한 건 다른 이유 때문일지도 모르겠다.

자신을 바라보는 율의 시선. 얼음 같은 무표정에 반해 살기등등한 그 눈빛에, 영호는 그만 기가 눌렸다.

"여기까지 뛰어와서 울렁거려 죽겠어. 지금 움직이면 토할지도."

"토하면 가만 안 둬요, 진짜!"

진심인지 농담인지는 모르겠지만, 서율 이 인간이라면 진짜 토할지도 모른다. 주희는 자신의 목덜미를 물던 과거의 율을 떠올렸다. 새삼 귀가 뜨거워진다.

회사 로비에서 웬 남자에게 안기는 것과 웬 남자가 어깨에 토하는 것 둘 중에 어느 쪽이 더 최악일까.

'아니……. 이 광경을 영호 씨가 본 게 제일 최악이야……!'

장담한다. 울프의 '구명용 마우스' 신영호가 이 광경을 목격한 이상, 내일 오전 중에 울프에서는 '온편이 로비에서 웬 남자에게 안겼다'라는 내용을 주요 골자로 한 소문이 열두 바퀴쯤 퍼지리라는 것을.

울 것 같은 심정으로 주희는 영호를 바라보았다.

그러데 뜻밖에도 영호는 특유의 능글맞은 미소 대신 어딘가 굳은 표정을 짓고 있었다. 주희와 눈이 마주치자, 영호는 주춤주춤 게걸음으로 자리를 피해 갔다.

"엇, 그, 저번에 뵈었던 선배분 맞죠?"

"네? 아, 네. 학교 선배인데요……."

"아하하. 서, 선약 있었구나, 주희 씨. 얘기를 하지. 음……. 그러면 주희 씨, 치킨은 다음에……. 아니, 내일 회사에서 봐요."

"저기, 잠깐만요! 영호 씨! 오해하지 마요!"

영호에게 다가가려는데, 율이 그런 주희를 옴짝달싹 못하게 더 욱 끌어안는다.

"어허, 움직이지 말라니까?"

"아, 진짜, 이거 못 놔?"

"컥!"

용과 호랑이가 맞붙는 기세로 싸움을 시작한 두 사람을 남겨두고, 영호는 도망치듯 잰걸음으로 회사 건물을 빠져나갔다.

"와……. 방금 뭐였지."

건물 밖으로 나온 영호가 몸을 부르르 떨며 중얼거린다.

어두운 거리의 사람들 틈에 합류하는 그의 머릿속에는 방금 전 율의 얼굴이 청사진처럼 남아 좀처럼 지워지질 않았다.

막 뛰어서 울렁거린다고? 토할 것 같다고?

새빨간 거짓말이다.

영호는 분명 봤다. 그가 건물 밖이 아닌 로비의 카우치에 앉아 있다가 주희에게 다가오는 모습을 말이다.

다른 건 차치하고라도, 그 눈빛.

멀미를 걱정하는 사람의 눈이 아니다. 영호를 명백하게 '적'으로 인식하고 있는 인간의 눈빛이었다. 아니, 인간이라기보다는 무언가 다른 종류임에 틀림없다.

수컷끼리의 직감이랄까. 그건 아마 길들여지지도 않았고, 길들여질 생각도 없는 맹수의 눈빛.

"지난번 사생팬들 쳐들어왔을 때도 느꼈지만 말이야. 으으, 대체 어떤 인간이랑 얽혀 있는 거야, 주희 씨…….”

뭐 하는 사람일까. 그 험악한 분위기를 보면 주먹계 사람이라고 해도 믿을 수 있겠던데.

“와……. 치킨 먹으려다가 죽을 뻔했네.”

다시금 몸을 부르르 떨며 영호는 걸음을 재촉했다.

그리하여, 그 길들여지지도 않았고, 길들여질 생각도 없는 맹수는 지금.

온주희에게 팔꿈치로 명치를 가격당해 바닥에 주저앉아 있다.

어찌 보면 주먹계에 얽혀 있다고 볼 수 있을지도.

물론 거기서 끝날 리가 없다. 회사 로비에 널브러져 있다가 다른 사람들에게 들키면 곤란하다고 판단한 주희에 의해, 멱살이 잡힌 채 건물 밖으로 질질 끌려 나가는 신세로 전락했다.

“야, 야. 잠깐, 이건 좀 놓지? 야!”

율의 처절한 외침에도, 주희는 쉽사리 율의 멱살을 놓아주지 않았다. 사람들의 시선도 무시한 채 회사 건물에서 한참을 떨어진 후에야 주희는 율의 멱살을 놓아준다. 율을 노려보는 주희의 표정이 그야말로 야차에 견줄 만했다.

“느그 흐스으 으즈 믈르그 흐쓸튼드!”

“뭐야, 뭔 소리야, 그게.”

어금니를 너무 꽉 깨물어서 발음이 다 뭉개져버린 주희의 말에 율이 천연덕스럽게 대꾸했다. 그리고 그의 태연함은 주희의 화를 더 돋울 뿐이었다.

“하여튼, 부주의한 것도 정도가 있지! 정체가 탄로 났다간 내 손에 죽을 줄 알아요!"

"이미 오늘 죽을 위기를 한 번 넘긴 기분인데."

명치를 쓰다듬으며 율이 인상을 찌푸렸다.

"아무나 덥석덥석 끌어안으니까 그렇죠!"

"아무나라니, 실례잖아. 덥석덥석 끌어안는 건 너한테만 그러거든?"

"뭐야, 그거. 더 싫어……!"

"응? 이상하군. 이건 여주인공이 두근, 하고 넘어와야 할 포인트 대사인데."

그렇게 말하며 율이 웃었다. 보기 드물게 굉장히 청량한 미소였다. 그에게는 그저 지금 주희와 나누고 있는 이 대화와 이 시간과 이 순간 모든 것이 기적 같은 기분이었으니까.

아직도 심통이 나 볼이 빵빵한 주희의 머리카락을 쓸어 넘겨주며, 율이 나지막한 목소리로 사과했다.

"곤란하게 했다면 미안해. 그런데, 보고 싶어서 그랬어."

그 말에 주희의 표정이 조금 누그러졌다. 율을 바라보는 눈동자에 의문과 의심이 가득했다. 그 말을 믿어야 할지 정색을 해야 할지 구분이 가질 않았다.

"또 날 갖고 노는 거라면 사양할래요."

"음, 얼마 전의 그 돌직구 고백이라면 사과하지. 이후로 반성 많이 했어."

"진짜요?"

"그래. 기, 승, 전을 뛰어넘어 결에 도달하려는 건 너무 성급한 짓이었음을 깨달았거든."

무슨 사랑 고백을 문학 이론에 대입해야 깨달음을 얻는단 말인가. 심지어 그게 끝이 아니었다.

"그래서 말이야, 내 나름대로 깊이 생각하고 작가적 관점에서 분석도 해보고, 여러 사람에게 물어보기도 했어. 들어봐. 로맨스 소설에서 인기 있는 남자 주인공들은 말이야. 엄청나게 출중한 능력이 있거나, 로맨틱한 성격이거나, 돈 많은 재벌이거나 하거든."

어라, 잠깐.

주희의 눈썹이 꿈틀한다. 그러고 보니 아까 낮에 영호가 보여준 마유라의 블로그에서 이 비슷한 글을 본 기억이 있는 것 같다.

설마 팬들을 상대로 설문조사를 벌인 게…… 이거였어?

당혹스러운 주희의 기분은 아랑곳없이, 율은 자신이 콜럼버스에 버금가는 대발견을 한 사람처럼 눈을 빛내며 말을 이어갔다.

"능력이라는 건 개인 차와 선호도가 있으니까 일단 젖혀두고, 로맨틱한 성격도 당장은 무리라고 생각했어. 뭐, 이건 차차 노력하면 나아질 거라 생각하지만. 어쨌든 그럼 남은 건 하나잖아."

"돈 많은 남자요? 그게 쉽다고?"

"어제 계좌 확인해보니 잔고는 넉넉하던데."

"와아, 욕하고 싶다. 진짜."

"그래서 하는 말인데, 오빠가 가방 사줄까?"

놀랄 만큼 단순한 결론 도출이다. 주희가 코웃음을 쳤다.

"그 가방으로 맞고 싶어서?"

"뭐야. 이것도 아니냐? 대체 뭐가 문제냐."

나름 진지하게 고민하고 준비했던 말이 싸늘한 표정 앞에 싹둑 잘려버리자 율이 울상을 지었다. 한껏 시무룩한 표정이 되어버렸다.

그는 자신이 이 말을 하면 주희가 분명 화를 풀고 좋아할 거라고 생각했었다. 여자 주인공을 백화점에 데려가 '여기서부터 여기까지 싹 다 주세요' 하며 재력을 과시하는 남자는 로맨스 소설의 유구한 역사 속에 자주 등장했고, 그만큼 스테디한 인기가 있었기 때문이다.

그런데 왜 자신은 그게 먹히지 않는가. 어째서 현실은 그렇게 만만하지 않느냔 말이다.

"너한테 잘 보이는 거, 왜 이렇게 어려운 건데."

한층 풀이 꺾인 율의 목소리에 주희는 잠시 말문이 막혔다. 그저 장난으로 여겨왔던 그의 모든 말과 행동들이, 어쩌면 그동안 자신이 잘못 해석해왔던 것일지도 모른다는 의문이 들었다.

그저 이 남자는, 모른다. 무지했다.

다가오는 모든 것을 물어 죽일 것 같은 얼굴을 하고 있지만, 사실은 그냥 어떻게 대해야 할지를 모르는 것뿐이다. 어떻게든 관계를 가지려 서툴게 먼저 손을 뻗어보아도, 그 날카로운 발톱에 사람들이 상처 입고 놀라 달아나게 하는 것이다.

주희, 자신이 그러했듯이.

그런데도 이 남자는 어떻게든 그 발톱을 뽑고, 송곳니를 감추고, 밀가루를 뒤집어쓴 채 자신에게 다가오려 하고 있다. 그 어설픈 행동에 정체 따위 금방 들통 나버릴 텐데도, 그는 끊임없이 자신에게 다가와 어떻게든 관계를 이어가려 하고 있었다.

'나는 이 남자를, 동정하고 있나?'

"……가방은 됐고, 따라와요. 그렇게 돈 쓰고 싶어 안달이면, 써야지, 뭐. 어디 오늘 내가 원하는 대로 그 돈 좀 팍팍 써봐요. 겸사

겸사 나도 스트레스 풀게."

손을 내밀며 주희가 짧게 한숨을 내쉬었다.

율이 물끄러미 그 손을 쳐다보다가, 순순히 자기 손을 주희의 손바닥 위에 포개어놓는다.

"가요. 돈 쓰는 게 어떤 건지 제대로 보여주겠어."

이 남자를 동정하는 것일 수도 있다. 아니, 이마저도 자신의 착각일지도 모른다. 어쩌면 동정 아닌 다른 감정일지도 모른다. 미처 깨닫지 못해 정확하게 명명할 수 없는 그런 감정 말이다.

그러나 주희는 지금 자신의 마음이 어떤 것인지 명확하게 하는 것보다, 그저 이 남자를 어떻게든 해주고 싶다는 욕구가 더 컸다.

언제나 제멋대로였고, 손에 잡히지 않는 사람이었고, 사람들에게서 몇 발자국쯤 홀로 나가떨어져 있던 남자였다. 그러나 사실은 그 모든 것이 단지 서툴고 무지했기 때문이라는 걸 알아버리고 나니, 주희는 그가 얄밉거나 싫다기보다 어떻게든 손을 잡고 제대로 된 방법으로 이끌어주고 싶다는 생각이 간절해졌다.

자신에게 절대 복종하고 따라와주기를 바란다.

자신이 마음껏 이 남자를 휘두를 수 있기를 바란다.

그렇게 이 남자를 조금씩 조금씩 바꾸어나갈 수 있었으면 좋겠다.

얼빠진 표정의 율을 끌어당기며, 주희가 오만하게 미소 지었다.

"남자라면 말이야, 쪼잔하게 가방 같은 거 말고 차라도 한 대 뽑아줄 수 있는 배짱이 있어야지. 안 그래요?"

툭툭, 하고 조수석 쿠션을 두드리며 운전석에 앉은 주희가 말했다. 그러나 율은 조수석에 앉지 않고 어딘가 불편한 얼굴로 팔짱을 낀 채 허리를 숙여 주희를 쳐다볼 뿐이었다.

"운전할 줄 알아?"

"이래 봬도 면허 있거든요? ……장롱 면허지만."

뒷말은 안 들리도록 얼버무린다. 뭐 어차피 율은 면허 자체가 없지만 말이다.

"너한테 내 목숨을 맡겨도 되나 조금 불안해졌어."

"선배 목숨 같은 건 저도 맡기 싫은데요."

"이거, 보험에 가입은 되어 있는 건가?"

"되게 말 많네, 진짜. 선배, 절대 복종!"

"큭……!"

율의 얼굴에 낭패가 스친다.

그렇다. 자신은 주희의 말이라면 팥으로 메주를 쑨다고 해도 무조건 믿고 따르기로 약속을 한 몸이었다. 이미 돌이킬 수 없다. 이제 와 후회해도 늦었다. 결국 율은 좁아터진 조수석에 그 큰 몸을 꾸역꾸역 밀어 넣었다.

정확하게는 오락실의 레이싱 게임기 안에.

실제 자동차와 비슷하게 만들어진 게임기는, 플레이하면 차체가 통째로 움직여 꽤 실감나는 게임이 가능했다. 그러나 아무리 진짜 차와 비슷하다고 해도 내부는 상당히 좁아서, 그러잖아도 키가 큰 율은 다리를 접다 못해 구겨 넣어야만 간신히 들어갈 수 있었다.

"자, 출발합니다."

율이 자리에 앉은 것을 확인한 후, 주희가 코인을 투입했다. 찰랑찰랑하는 기계음이 들리더니, 전면의 거대한 화면에 레이싱 코스를 선택하는 창이 떠올랐다.

율은 뻣뻣한 얼굴로 그 화면을 응시한 채 불만이 잔뜩 담긴 목소리로 말했다.

"돈 쓰자는 게 고작 오락실이냐. 유치하네, 진짜."

"스트레스 푸는 데는 이게 진짜 최고거든요."

"차라리 진짜 차를 뽑아달라고 했어도 이렇게 황당하지는 않지."

"뭘 모르시네. 원래 오락실에서 몇 시간 동안 아무 생각 없이 투자하는 돈이야말로 '돈 낭비'의 최고봉이라고요. 자고로 돈이 차고 넘쳐서 주체를 못하는 사람이라면, 이런 데 돈을 써야지!"

주희가 액셀러레이터를 밟자 '부웅' 하는 효과음이 앉은 자리 전체에서 들렸다. 진동까지 세세하다. 꽤 디테일하다고 율은 생각했다.

그래, 쓸데없이 디테일하다. 너무 실감이 나서 미칠 것 같다. 제기랄.

"자, 갑니다!"

정작 주희는 굉장히 신이 나 있었다. 이런 류의 게임을 좋아하는 것일지도 모른다. 집에 틀어박혀 책 읽고 영화 보고 화초를 가꾸는 것이 유일한 인생의 즐거움인 율과는 안 맞아도 너무 안 맞는다.

율은 광기와 열정으로 일렁이는 주희의 표정을 흘끗 쳐다보고 결국 체념했다.

"이런 데 취미가 있는 줄은 몰랐군."

등받이에 몸을 바짝 기대어 앉은 율이 투덜거렸다.

"누구에게나 자신에게 맞는 스트레스 해소법이 있는 법이잖아요?"

"그게 자동차 운전이야?"

"레이싱이나 사격 게임 같은 거 좋아해요. 아, 새로 생긴 저격 게임도 재미있던데, 끝나고 해볼래요?"

"앞, 앞을 보고 운전해, 앞."

율이 하얗게 질려서 화면을 가리켰다. 주희와 율이 탄 차는 수십 대의 차를 이리저리 피해 엄청난 속도로 도로를 주행하고 있었다. 앞에 있던 노란색 스포츠카가 부딪칠 만큼 가까이 다가오자 율이 저도 모르게 의자의 쿠션을 힘껏 움켜잡았다.

"소, 속도를 줄여야 하지 않을까."

"레이싱물에서 속도를 줄이면 어쩌라고요?"

"아니 그렇지만, 앞에 차가! 표지판이! 그, 급커브가!"

"안 죽어요, 좀!"

이 코스 주행만 몇백 번을 했는데.

주희는 더 힘껏 액셀러레이터를 밟았다. 브레이크 같은 건 존재하지 않는 것처럼 달렸다. 물론 게임이니까 가능한 일이다. 만약 진짜 차를 운전하라고 했다면, 핸들에 양손을 올려놓은 채 앞으로도 뒤로도 못 가고 꼼짝 않고 벌벌 떨었을지도.

"우워어억!"

"아, 자꾸 이상한 소리 낼래요?"

옆자리의 율에게 신경을 쓰다 보니, 그만 실수로 커브길에서 차가 빙글빙글 돌고 만다. 결국에는 요란하게 다른 차들과 충돌했다.

다른 차들이 밀려나거나 문짝이 날아가거나 폭발하는 효과 이미지가 화면에 한가득이다. 쿵쾅쿵쾅 하는 효과음도 진동으로 느껴질 정도로 생동감이 넘쳤다.

"으아아, 뭐야! 게임 오버잖아!"

몇 대나 되는 차량과 충돌하는 사이, 다른 차들이 주희의 차를 추월해 갔고, 결국은 랩타임에 맞추지 못해 게임은 끝이 났다. 주희는 계속하겠느냐며 코인 투입을 재촉하는 화면을 보며 아쉬움에 입맛을 다셨다.

"1등 할 수 있었는데. 어휴, 옆에서 호들갑 떠니까 결국 이렇게 됐잖…… 서, 선배?"

율이 하얗게 질린 얼굴로 앉아 있는 것을, 주희는 그제야 발견했다. 한 손으로 입을 틀어막은 채 고개를 떨구고 있었다. 당황한 주희는 그런 율의 어깨를 가볍게 쓰다듬으며 물었다.

"왜 그래요? 설마 진짜 멀미한 거 아니죠? 네?"

몰입해도 정도가 있지, 누가 게임을 하다가 멀미를 한단 말인가.

"괜찮아요?"

"괜찮지가…… 않아……."

"일단 나가요. 나가서 바람이라도 쐐요. 네?"

그렇게 말하며 주희는 율의 뺨에 손을 가져가 대다가 흠칫 놀랐다. 차갑게 식은 체온과, 턱 선을 타고 흘러내리는 식은땀에 엉망이었다.

'뭐야, 진짜 게임 때문에 이런 거야……?'

율이 비틀거리며 게임기에서 내려갔다. 몸을 지탱하려 게임기를 잡고 있는 손이 부들부들 떨리는 게 보였다. 힘들게 오락실을 빠져나가는 율의 뒤를, 주희가 서둘러 뒤따라갔다.

오락실을 나와 두 사람은 근처 공원의 벤치에 앉았다. 택시를 타고 바로 집에 돌려보내려 했지만, 율이 '이 상태로 자동차를 또 타고 싶지는 않다'라고 극구 반대했기 때문이다.

주희는 근처 자판기에서 뽑은 차가운 음료수를 들고, 벤치에 앉은 율에게 되돌아와 그 곁에 앉았다.

"괜찮아요?"

"응……. 찬바람 쐬니까."

"뭐야, 몸 상태 안 좋았던 거예요? 전혀 몰랐네."

"그건 아니고……."

치익, 하고 율이 캔음료의 뚜껑을 땄다. 탄산이 보글거리며 올라오는 소리가 들린다.

약간의 간격 후에 율이 다시 입을 열었다.

"정신적으로 좀…… 차 사고 공포증이 심해서."

"차 사고요?"

설마 아까 게임에서 다른 차와 부딪친 거 때문에 그런 건가?

그러고 보니 운전하는 내내 사고가 날까 봐 안절부절못했었던 것 같다. 게임기에 오르기 전에도 온갖 안달을 다 하던 그의 모습이 떠올랐다.

주희는 괜히 율에게 미안해졌다.

"그 정도로 못 타는 거였으면 말을 하지."

"절대 복종."

"아무리 그래도 그렇지, 몸 상하게 하면서까지 내가 우겼을까 봐. 뭐예요, 나만 이상한 사람 됐네."

괜히 미안한 마음에 오히려 책망하는 말이 나가버렸다. 율은 몸을 잔뜩 웅크린 채 고개만 움직여 옆자리의 주희를 바라보았다.

"그렇지만 하고 싶었던 거잖아, 그거."

"그건 그런데……."

"그럼 됐어. 오늘은 너한테 잘 보이려고 나온 거니까. ……별로 멋진 마무리는 아니지만."

정말 그거면 충분하다는 듯, 미련이라고는 하나 없는 목소리였다. 그가 그런 반응이니 주희는 어쩐지 더 미안해지고 말았다.

본인의 상태는 상관없이 주희를 모든 일의 기준으로 삼아버리는 이 남자에게, 자신은 대체 얼마만큼의 우선순위를 차지하고 있는 것일까. 주희는 새삼 맥락도 없이 자신에게 사귀자며 고백해오던 율의 모습을 떠올렸다. 마냥 장난으로 생각해서 오히려 화를 내버렸던 그 말이, 어쩌면 장난만은 아닐지도 모른다는 의구심이 밀려왔다.

자신은 살면서 누군가에게 이렇게까지 우선순위의 상위권을 차지해보았던 적이 있었던가. 기분이 묘해진다.

어쩌면 이 남자는, 정말로 자신을 좋아하는 건가?

"뭔가 내가 더 해줄까요? 더 필요한 거 있으면 말해요."

"나한테 미안하긴 한가 보지?"

"응. ……사실, 조금은."

시선을 옆으로 피하며 주희가 중얼거렸다. 입을 비쭉거리는 게, 어쩐지 억울한 심정도 좀 있긴 한 모양이다. 율은 그 표정에 덧없이 웃는다. 와중에도 주희의 그런 반응 하나하나가 즐겁고 유쾌했다.

"그러면 잠깐만 어깨 좀 빌려줘."

"아, 그런 거라면 얼마든지요. 자."

해줄 수 있는 일이 생기자 주희의 표정이 반짝 살아난다. 주희는 자신의 어깨를 툭툭 두드리며 자신 있게 율에게 말했다. 율은 기운 빠진 표정으로 피식 웃더니, 순순히 주희의 어깨에 고개를 기울여 기댔다.

한쪽 어깨에 닿은 율의 무게가, 주희는 어쩐지 싫지 않다.

기운 없이 자신에게 완전히 의탁하고 있는 이 남자가, 어째서인지 사랑스럽다는 생각이 들었다. 지금이라면 자신을 좋아한다고 말했던 율의 말을 사심 없이 받아들일 수도 있을 것 같다. 적어도 본인의 나약한 모습을 감수하면서까지 주희를 따르고 맞춰주려 했던 그 노력만큼은 거짓이라고 할 수 없을 테니까.

지금껏 자신이 보아온 그의 불성실한 태도가 단순히 서투름이었다면, 무지였다면, 오해였다면. 어쩌면 차근차근 그를 다시 알아가며 그를 좋아하게 될 수도 있겠다는 확신이 들었다. 무엇보다도 그의 안에는 분명 자신이 너무나 사랑했던 '마유라'가 있을 테니까.

누군가가 자신을 좋아한다는 건 이런 기분이구나.

주희는 모든 것이 낯설고 새삼스럽다. 좋아했던 사람이, 혹은 좋아해주던 사람이 율 하나만도 아니었을 텐데, 지금 느끼는 모든 감정이 간지럽고 신기했다. 그 기분이 금방 증발해버리기라도 할까, 주희는 슬그머니 율의 한쪽 손에 깍지를 끼워 넣었다.

율이 그에 반응하듯, 주희의 손을 단단하게 옭아 잡았다. 체온과 체온이 뒤섞인다.

"옛날에 차 사고 당한 적 있어요?"

물어도 될 만한 것인지 망설였지만, 딱히 떠오르는 화제가 없었으므로 주희는 조심스럽게 그렇게 물었다. 얘기하지 않겠다고 하면 재빨리 다른 얘기로 돌릴 생각이었다만, 율은 약간 간격을 두긴 했으나 주희의 질문에 순순히 대답했다.

"내가 아니고, 우리 어머니."

아. 뭔가, 실수한 기분이 든다.

주희는 율의 집에 처음 찾아갔던 날, 책장 가장 위 칸에 있던 액자를 떠올렸다. 그 후에 넘어지고, 엎어지고, 책이 무너지고, 율이 다치면서 까맣게 잊고 있었지만 와중에도 얼핏 보았던 사진이 머릿속에 청사진처럼 남아 있었다. 분명, 젊은 여성과 두 명의 남자애가 함께 찍혀 있던 사진이었다.

'어머니였던 걸까, 그분.'

남자애 두 명은 누구였을까.

자세히 보진 않았지만 한 명은 율이었겠고, 다른 한 명은?

"실은 나 오늘 아침부터 기분 안 좋은 일이 있었거든. 그런데 너한테서 먼저 만나자는 문자가 와서, 일 때문인 줄은 알았지만, 어쨌든 거짓말처럼 회복되더라. 기분이."

"아아, 그래서 회사까지 쫓아오셨군요. 오피스텔에서 얌전히 기다리시지."

농 섞인 비꼬는 말투로 말하며 주희가 웃었다. 율도 따라 짧게 웃는다. 들썩거리는 몸짓이 어깨를 통해 고스란히 서로에게 전해졌다.

"어린 왕자 같군."

"어린 왕자요?"

"너와는 퇴근 후에 만나기로 정해져 있었던 걸 텐데, 난 오후 2시부터 설레서 참을 수가 없었어."

아아.

주희는 잠시 말문이 막혔다. 너무나도 담담하고 고요하게 흘러나온 그 말은, 절대로 보이고 싶지 않았던 주희의 가장 '나약한' 마음을 건드린다. 알 수 없는 파문이 일었다. 율은 그 고요한 목소리로 계속해서 말을 이어갔다.

"너 때문에 질투도 하고, 초조해하기도 하고, 어떻게 하면 좀 덜 미움받을까 밤새워 고민하고, 애쓰고……. 감정이 오르락내리락하는 거, 귀찮고 피곤해. 사람과 알아간다는 건 진짜 거지 같은 일이더군."

꾸욱, 하고 주희와 마주 잡은 율의 손에 힘이 들어갔다. 율의 긴 손가락이 주희의 튀어나온 뼈마디를 만지작거렸다.

"거지 같은데, 그래도 꼭 나쁜 것만도 아닌 것 같아."

"그런데 오늘 마무리가 별로여서 어떻게 해요. 괜히 자동차 게임을 해가지고."

"별로였다고 생각 안 해. 네가 좋아하는 게 뭔지 하나 알았으니까, 그걸로 됐어."

율이 몸을 일으켜 앉는다. 눈이 마주쳤다. 주희는 빨려 들어갈 것 같은 율의 갈색 눈동자를 가만히 응시했다.

아아, 그래. 갈색 눈동자.

위에서부터 떨어지는 가로등의 조명 아래 완전히 모습을 드러낸 율의 눈동자는, 예전과 변함없이 옅은 갈색을 머금고 있었다.

꼭 녹인 설탕을 얇게 발라놓은 것처럼 반짝거렸다.

'신기하다. 그땐 저 시선이 무섭다고 생각했었던 것 같은데. 지금은…… 무섭지 않아.'

"이제 나한테 화났던 건 풀린 건가?"

주희의 감정을 살피듯 조심스러운 그 질문에 주희가 웃었다.

"화 안 났어요."

"진짜?"

"진짜로."

"내가 지금 너한테 이상한 거 물어보면 짜증 낼 거지?"

"네."

율의 커다란 손이 주희의 뺨을 감싼다. 작은 주희의 얼굴이 율의 손에 다 들어가 폭 하고 감싸였다. 그 손길이 뺨을 어루만지다가, 주희의 목덜미로 내려왔다. 조금만 힘을 줘도 주희의 목을 가볍게 부러뜨릴 수 있을 것 같은 손.

그의 눈동자는 여전히 고독하고, 고요하고, 날카롭게 빛났다.

이상하게도 주희는 그것이 아름답다고 생각했다. 처음으로.

그렇게 수십 번 마주 보아왔을 텐데. 지금 이 순간 처음으로, 눈물이 날 만큼 아름답다고.

이 남자는 아마도, 정말 자신을 사랑하고 있는 것 같다.

그렇다면 자신은 지금 어떤 걸까. 이 남자가 너무나도 싫었던 자신의 마음은, 지금 어디쯤에 멈춰 있는 것일까. 자신은 이 남자를 동정하고 있나? 세상에 연결된 이 하나 없이 감정에 서툴러 실수하고, 부딪치고, 그런 주제에 자신에게는 한없이 약해지기만 하는 이 남자를.

정말, 동정뿐인가?

"응, 그러면 안 물어볼게."

율이 순한 양과 같이, 순진하고 공손한 목소리로 그렇게 말한다.

그러고는 사나운 늑대와 같이, 집어 삼키듯 주희에게 키스했다.

애타게, 애달프게, 두 개의 호흡이 엉켜 들어갔다. 숨조차 쉬기 힘들 만큼 율의 키스는 압도적이고 폭력적이다. 주희를 온통 헤집는다.

아무런 생각도 들지 않았다. 주변의 소리마저 고요했다. 쿵쿵쿵, 자신의 심장 소리가 관자놀이에서 들려왔다. 온 세포 하나하나가, 그와 스치는 모든 부위에 반응한다. 시간이 분자 단위로 쪼개어져 한없이 느리게 흘러가는 것 같았다.

이 모든 것이, 그의 '서사'와 같이-

'나는 이 남자를…… 좋아하는 걸까.'

거짓말처럼. 말도 안 되게.

이 순간 자신은 무엇을 포기했고, 무엇을 손에 넣은 것일까.

주희는 율의 목에 자신의 팔을 감았다. 온몸이 뜨겁게 타올라, 재가 되어 사라져버릴 것 같은 기분이 들었다.

지헌의 직장 상사는 퇴근길에 부하 직원을 우연히 만나면 그저 잘 가라고 인사를 하고 보내줘야 하는 것이 미덕이라는 걸 잘 모르는 듯싶다. 하물며 다 큰 성인 남자 둘이 술집도 아니고 커피숍에 간다는 것이 얼마나 피곤한 일인지 고민조차 하려 하지 않는다.

190센티미터가 넘는 신장에 수상쩍어 보이는 검은 슈트까지 갖춰 입고, 딸기 프라푸치노에 허니브레드 같은 거 주문하지 말라고요, 대표님. 하고 따져 묻고 싶은 것을, 지헌은 꾹 눌러 참았다.

그렇다. 환한 조명 아래 정갈한 자세로 앉아 딸기 프라푸치노를 빨대로 마시고 있는, 이 조직계 같은 인상의 남자.

이 사람이 바로 울프미디어의 수장, 이현서 대표다.

“블루캣 진행은 어떻게 되어가고 있나?”

고로로로, 진지한 얼굴에 어울리지 않게 빨대로 음료를 빨아 마시며 현서가 물었다.

지헌은 한쪽 눈을 찡그려 이 상황에 대한 불편함을 최대한 어필한 후 사무적인 어투로 대답했다.

“아직 별다른 문제는 없어요. 작가들도 이제 막 원고 시작한 사람이 태반이라서.”

“라인업은?”

“전에 드렸던 리스트에서 변동된 것 없습니다. ……읽긴 읽으셨죠?”

“읽긴 했지. 아는 작가가 없어서 문제지.”

남성향 출판사 하면 ‘울프미디어’가 꼽힐 만큼, 울프는 남성향 작품에 특화되어 있는 출판사였다. 당연히 대표인 현서도 여성향 장르에는 아는 바가 없었다.

애초에 로맨스 레이블을 만들자는 제안은 지헌에게서 나온 얘기였다. 때문에 현서는 그쪽 부분에 대해서는 아예 지헌에게 전부 일임하고 맡겨버렸다고 해도 과언이 아니었다. 신뢰가 아닌 방임 수준이라고 해도 할 말이 없을 정도다.

그러나 애초에 울프가 지금만큼 성장한 데에 지헌의 영향력이 컸다는 사실을 아는 사원들 중에는, 그것에 대하여 싫은 소리를 할

이가 없었다.

"마유라 한 명 알겠던데."

"로맨스를 아예 안 읽는 건 아니셨군요."

"읽은 건 아닌데, 워낙 유명해야지. 업계 쪽 사람 만날 때마다 그 작가 묻더라. 울프로 간 거 확실하냐고, 어떻게 잡은 거냐고."

"그래서 뭐라고 하셨습니까?"

"레이블을 만들어서 마유라를 부른 게 아니라, 마유라 때문에 레이블을 만든 거라고 했지."

"엄청난 발언을 하셨군요."

"틀린 것도 아니잖아."

그래, 틀린 소리도 아니다.

현서가 지헌이 하는 일을 '방임'하고 있다고는 하나, 그가 뭘 하고 있는지, 어떤 일을 꾸미는지 아예 모르고 있는 건 아니었다. 그가 뜬금없이 로맨스 레이블을 제안했던 게 아니라는 것쯤은 눈치로도 알 수 있다.

"네가 블루캣 얘기한 게, 시기적으로 마유라가 RT미디어랑 문제 터지고 나서였잖아. 그러고 바로 마유라 데려오고. 솔직히 그땐 좀 반신반의했지. 딱 보니까 이제 글이고 뭐고 못 쓸 지경이던데, 얘가 정에 눈이 멀어서 자선사업을 하려는 건가 싶었거든."

"공사 구분은 합니다. 글 쓰게 만들 자신이 있었으니까."

"그 새로 뽑은 편집자가 그렇게 유능한가?"

포크로 빵을 집으려던 지헌의 손이 잠시 멈췄다. 그 질문에 대한 답을 고민한다. 고민하면서, 이것이 고민해야 할 정도의 문제인가에 대해서도 새삼 고민한다.

"마유라가 그 여자 편집자한테 마음이 있는 모양이지?"

"글쎄요."

"넌 어떤데? 너한테도 후배 아니야?"

"대체 어떤 얘길 듣고 싶으신 겁니까?"

"아니, 혹시 이상한 삼각관계가 시작되는 거 아닌가 싶어서."

"공사 구분은 할 줄 안다니까요."

"네가 마유라한테 신경 쓰는 거 보면 그것도 못 믿을 소리지. 난 뭐, 천하의 차지헌이 숨겨놓은 다 큰 아들인 줄 알았잖아?"

지헌은 반박하지 못했다.

현서는 지헌에 대해서 너무 많이 알고 있다. 지헌을 크게 신뢰하는 것은, 그를 속속들이 알고 있기 때문이기도 했다. 결코 우습게 볼 수 없다. 젊은 나이에 자본도 얼마 없이 출판사를 이만큼 키워낸 수완가였으니.

"조심해라. 당장은 그 편집자가 마유라한테 처방약이 될지 모르겠는데, 오히려 그 편집자 때문에 글 못 쓰게 되는 경우도 있어. 감정이라는 게 그런 거거든. 그래서 일에 사적인 관계자 끌어들이는 것만큼 위험한 게 없다고."

"온 편집자, 일 잘합니다. 마유라를 떼어놓고 봐도 스카우트할 만해요."

"그거야 모든 일이 착착 잘 진행되고 있으니까 나오는 소리고. 만약에 일 틀어지면, 넌 단호하게 잘라낼 수 있겠냐? 아는 애를?"

이 남자라면 할 수 있다. 이현서 대표라면.

그리고 그런 현서의 뒤를 따라가며 배운 지헌도.

"잘라내야죠. 마유라가 글을 쓰는 데 방해가 된다면."

아마 현서보다 더 독한 짓도 할 수 있을 거다.

마유라가 계속해서 작품을 쓰게 하는 것. 오로지 그 목적만 달성된다면, 지헌은 무슨 짓이든 할 수 있었다.

현서가 입술을 비틀어 웃었다. 영화 속 악역에게나 어울릴 법한 미소다. 옆자리에 앉아 있던 젊은 커플이, 현서가 웃는 모습을 보고선 흠칫 놀라더니 자리를 옮길 정도로.

“공사 구분은 개뿔.”

와작와작, 음료의 얼음을 씹어 먹으며 현서가 중얼거렸다.

귀가는 택시가 아닌 버스로 하기로 했다. 그 언젠가 차를 사야겠다며 진지하게 말하던 율의 모습이 떠올라 주희는 조금 웃었다.

본인은 운전은커녕 자동차에 탑승하는 것조차 꺼린다면서 차를 사겠다니. 주차장에 얌전히 모셔둘 생각이었던 걸까. 아니면 결국 운전은 자신이 했어야 했던 걸까. 그것도 아니면 그 정도로 자신 말고 다른 걸 고려할 여유조차 없었던 걸까.

‘어머니에 대한 걸 묻는 건 실례겠지.’

막연히 주희는 그렇게 생각했다. 차 사고에 대한 이야기를 할 때, 율은 어머니가 회복되었다든가, 지금은 잘 계시다든가 하는 말을 굳이 첨언하지 않았다. 사교술도 빵점인데 그런 걸 배려할 화술이야 오죽 하겠느냐마는, 주희는 굳이 묻지 않기로 했다.

하지만 마음에 걸리는 게 있었다.

마유라가, 그가 쓴 작품 중 유일하게 해피엔딩이 아니었던 작품. 어딘가 어둡고 무겁고 평이했기 때문에 사람들에게 외면 받았던 유일한 작품.

"'시간 언덕'의 여주인공도 교통사고로 죽었었지, 아마.'

"그러고 보니 오늘 일 얘기는 전혀 하지 않아도 괜찮았던 건가?"

생각에 잠겨 있던 주희가 율의 목소리에 화들짝 고개를 들었다. 율이 말끔한 얼굴로 주희를 쳐다본다. 시선이 마주치자, 주희는 조금 전 공원에서 있었던 일이 떠올라 저도 모르게 귓불이 뜨거워졌다.

"아, 으음……. 뭐, 아직 여유가 있으니까요. 내일 얘기해도 될 거예요."

"수정할 부분이 많아서?"

"그런 건 아닌데, 의견 조율이라는 것도 필요할 테니까요."

"조율 필요 없어. 네 생각에 지적이 필요한 부분만 알려줘. 다 수용할 테니까."

"글에 관해서는 그렇게까지 절대 복종할 필요 없어요. 뭐, 물론 무조건 고집을 피워도 곤란하지만."

"약속 때문이 아니라, 믿는 거야. 네 안목을. 그러려고 편집자로 널 요구했던 거니까. 그러니까 네가 듣고 싶은 이야기를 말해줘. 지금이라면 얼마든지 쓸 수 있을 것 같아."

절대적인 신뢰를 숨김없이 보이며 율이 말했다.

주희가 뭐라고 답해야 할지 몰라 '아아' 하고 입만 벌리고 있으니, 율이 피식 웃는다.

"이거, 칭찬받을 만한 일 맞지?"

'응? 응?' 하고 물어오는 듯한 시선에 결국 주희도 웃고 만다. 주희는 손을 뻗어 율의 부스스한 머리를 쓰다듬어주며 장난스럽게 말했다.

"네에, 네에. 율 어린이, 참 잘했어요. 훌륭해요."

사락사락, 머리카락이 주희의 손가락 사이사이로 빠져나갔다.

율은 주희가 쓰다듬어주기 쉽도록 고개를 살짝 숙였다. 표정이 자못 만족스러워 보인다. 손끝에 닿는 율의 머리카락이 굉장히 부드러워서, 주희는 멈추지 못하고 몇 번이나 그의 머리카락을 쓰다듬었다.

'와아, 이거 습관 될 것 같네.'

이렇게 얌전히 자신의 손에 저를 내맡기는 남자.

절대 길들여지지 않을 것 같던 맹수를 자신이 길들여버린 것 같은 으쓱함이 든다. 자신이 원했든 원하지 않았든, 주희는 이제 율을 어떻게 다뤄야 하는지를 알아가고 있었다. 그리고 아마 그녀 자신도, 절대로 뒤섞일 것 같지 않았던 이 남자와 시간을, 감정을, 마음을 뒤섞어간다.

신기하게도.

"자, 칭찬 잔뜩 해줬으니까 어깨 좀 빌려줄래요? 졸려서 죽을 것 같아."

율이 말없이 자신의 어깨를 툭툭 두드렸다. 주희는 '그럼 실례' 하고 짧게 인사한 후 율의 어깨에 고갤 기댔다. 율이 자연스럽게 주희의 어깨를 감싸 안아, 주희가 편하게 쉴 수 있도록 배려했다. 얼마 지나지 않아 어깨에서 규칙적인 숨소리가 들려오는 것을 율은 확인한다.

주희가 완전히 잠든 걸 확인한 후에야 율은 주희에게서 시선을 거두었다. 무의식중에 옆으로 고갤 돌리자, 밤의 필터가 끼워진 듯한 까만 차창 위로 자신의 모습이 거울처럼 비치고 있는 것이 보였다. 그 차창에 비친 남자의 표정이 제법 부드러워서, 율은 진심으로 놀랐다.

그것이 자신의 얼굴이라는 느낌이 들지 않았다. 자신도 이런 표정을 지을 줄 알았던가 싶다. 아니, 생각해보면 한 번도 자신의 얼굴을 제대로 들여다본 적이 없었던 것도 같다.

그렇구나. 이런 얼굴을 하고 있었구나.

마유라가 아닌 서율이라는 남자는.

'이제야 겨우 이어졌다.'

자신이 가장 바닥에 떨어져 있는 순간, 거짓말처럼 온주희가 나타났다.

과거 자신의 무지와 서투름으로 결국 주희와 단 하나의 인연도 연결하지 못한 채 헤어졌을 때, 율은 그것을 두고두고 후회했었다. 처음으로 스스로의 고립된 삶을 후회했다.

죽는 순간까지 그렇게 살아도 괜찮을 거라는 아집이 얼마나 어리석었는지를 깨달았다. 그러니 망가져 있던 모든 것을 하나하나 뜯어내고 고치고 바꾸어서라도.

자신은 온주희의 곁에 계속 남아 있고 싶다.

율은 주희를 자신의 몸 쪽으로 더욱 끌어당겼다. 주희의 긴 머리카락이 율의 목덜미 사이를 파고들어 간질였다. 쿠우, 쿠우, 하고 주희의 낮은 숨소리가 어깨에 닿았다. 주희의 뺨이 닿아 있는 부위가 뜨거웠다.

두 개의 체온이 부대끼며, 차가운 계절의 밤공기도 무색하게 몸이 꽤나 달아올랐다. 버스의 라디오에서는 누군가의 신청곡이 흘러나오고 있었다. 홀로 어두운 방에서 몇 번이고 돌려보았던 수백 편의 영화 중 분명 포함되어 있었을 어느 영화의 OST였다.

무지개 너머의 찬란한 이상향을 꿈꾸는 어린 소녀의 청아하고 가는 목소리가 퇴근길로 빽빽한 버스 안에 울려 퍼졌다.

어떤 영화였는지는 잘 기억나지 않는다.

어떤 기분이었는지도 잘 기억나지 않는다.

그러나 중요하지 않다. 온주희가 없었던 모든 시간은. 그저 모든 세계로부터 유리되어 오로지 단둘만이 남아 있는 듯한 지금 이 시간만이 의미가 있다.

쿵, 쿵, 쿵, 쿵. 심장의 고동 소리가, 주희와 연결되어 있는 모든 피부에서부터 느껴졌다. 깜깜한 어둠에 싸여 있는 밤의 도시가 거짓말처럼 다채로워진다.

쿵, 쿵, 쿵, 쿵.

아아, 그래.

살아 있구나.

그렇게 생각하며, 율은 어깨에 기댄 주희의 머리에 자신의 고개를 기대고 눈을 감았다. 온몸으로 전해지는 주희의 심장 고동 소리에 맞추어 율의 심장 소리가 속도를 늦추어갔다.

6화. 마음의 빈틈

악의란 무엇인가.

율은 넘칠 정도로 꽉 들어찬 자신의 우편함을 물끄러미 바라보며 생각했다. 가까이 다가가는 것조차 싫은 듯, 그는 열 걸음 정도 이쪽에 서서 팔짱을 낀 채 우편함을 응시했다.

그 안에 담겨 있는 욕설, 혐오, 모멸, 비난, 협박, 희롱, 증오, 결코 올바르다고 할 수 없는 감정의 오물을, 그동안 율은 문자 위에 적힌 활자 그 이상으로 취급해본 적이 없었다. 그는 타인의 감정을 받아들이고 이해하고 납득하고 되돌려주는 작업보다 경계하고, 무시하고, 모르는 척하고, 단절시키는 일에 더 익숙한 사람이었다.

그러나 이제는 그럴 수 없다. 아마도.

한 번 알아버린 누군가와의 교감은, 또 다른 이의 감정에도 눈을 뜨게 만들었다.

대응할 것인가. 지나갈 것인가.

"난데."

우편함에 시선을 고정해둔 채, 율은 휴대폰에 저장되어 있는 몇 안 되는 번호 중 하나로 전화를 걸었다.

"시간 내서 좀 만나도 될까, 대표님."

지난 10년 동안을 저장해두고 있었으면서도 단 한 번도 먼저 걸어본 적 없었던 번호. 유쾌하지 않은 만남의 예고에, 율은 가만히 어금니를 사리물었다.

예를 들어 한 강의실에 100여 명 정도의 인간이 질서 정연하게 앉아 있다고 가정해보자.

오랜 시간이 흘러 그 강의실을 되돌아보면, 우리는 그중 절반도 제대로 기억해내지 못하는 것이 정상이다. 특히 존재감 없는 이들이 한 명 이상씩은 꼭 있었다. 자의적이든 타의적이든, 무리에게서 한걸음 떨어져 있는 아웃사이더들.

율은 그런 인간이었다. 다만 다른 점은, 그럼에도 그는 시간이 흘러 되돌아보면 누구든 '아, 맞아. 그런 애가 있었지' 하고 기억하게 될 만큼 존재감이 컸다는 것뿐이다.

어딘가 위험해 보이니까, 가까이 가면 안 돼.

학교 내에서 서율이라는 인간에 대한 평가는 으레 그러했다. 크게 문제를 일으키거나 심각한 폭력 사태를 빚었던 적이 없었음에도 그는 '위험 인물'이었다. 그리고 주희는 그 분위기를 깊이 이해했다. 아마도 약자의 본능처럼, 맹수를 경계하고 무리에서 분리시켜놓은 것이라 생각한다.

그러나 사람들이 그를 굳이 무리에서 분리시켜놓지 않아도, 그 자신이 굳이 타인과 섞이려 하지 않았다. 자신에 대한 소문을 아예 모르는 것도 아닐 텐데 변명하려 하지도 않았다. 때때로 허세를 피우고 싶어 하는 남자애들이나, 그의 허우대에 혹한 여학생들이 그에게 접근하는 때도 있었다. 그러나 대개는 잡아먹을 듯한 그 눈빛과 기세에 밀려 맥도 못추고 물러났다.

그런 그가, 주희에게만큼은 스스로 다가와 관계의 고리를 걸려고 하는 것이, 주희는 물론 그를 아는 모든 사람들이 품고 있는 미스터리였다. 그것이 긍정적인 의미였든 부정적인 의미였든, 어쨌든 그는 주희에게 끊임없이 접근했다.

방법을 몰라, 노골적이리만큼 솔직하고 저돌적으로.

'율 선배 말이야. 꼭 고고한 한 마리 늑대 같지 않니? 늑대는 말이야, 평생에 오로지 한 명의 반려자에게만 사랑을 바친대.'

낭만 좋아하는 일부 여학생들의 그 말에도, 주희는 그저 코웃음을 쳤을 뿐이다. 그런 인간에게는 누군가에게 사랑을 바칠 마음 따위도 없을 거야, 라고 비웃으면서.

카페의 문을 열고 들어서며, 주희는 새삼 지리멸렬하게 떠오르는 생각들을 애써 지워버렸다. 북적거리는 카페의 입구에 잠시 서 있으니, 창가 쪽에 앉은 곱슬머리의 또래 여성이 먼저 일어나 주희를 향해 격렬하게 손을 흔들어 보였다.

"주희야! 여기야, 여기! 어머, 어머, 진짜 오랜만이다, 얘! 계산해 보니까, 우리 졸업하고 처음인 거 있지?"

회사 근처의 한 카페.

점심시간 중 잠깐 짬을 내어, 주희는 대학교 시절 친구인 민영과 만났다. 먼저 연락을 한 건 주희 쪽이었고, 직접 만나자며 회사까지 찾아온 건 민영이었다. 어디서 정보를 얻었는지, 마유라의 차기작이 울프에서 나오리라는 얘기를 듣고선 주희와 만나자며 호들갑을 떨었다.

대학 시절 주희가 마유라에 대해 이야기할 때 '로맨스 소설 같은 거 읽는 거야? 국문학도가'라는 소리를 할 만큼 순문학 자존심이 높은 아이였다. 그런 아이가 어쩌다 마유라의 광팬이 되었는지는, 주희도 의문이다.

"어우, 난 네가 결국 이쪽 일 할 줄 알았어, 얘. 너네 출판사에 남자들 되게 많다며?"

"응, 원래 남성향 소설 위주로 내던 출판사라."

"좋겠다! 우리 회사 남자 직원들은 죄다 유부남인 거 있지? 괜찮은 사람 있으면 소개팅 좀 시켜줘. 나 작년에 남자 친구랑 헤어졌잖아. 너도 알지? 대학교 때부터 사귀던 그 선배."

지헌 선배가 울프에 있다는 건 모르는 건가.

대학 시절, 지헌을 좋아한다며 따라다니며 극성을 부리던 무리에 언제나 민영이 끼어 있었다는 사실이 새삼 떠올랐다.

선배를 위해서라도 절대로 말하지 말아야겠다.

주희는 그렇게 생각하며 커피를 한 모금 삼켰다.

슬쩍 가게 벽에 걸린 시간을 확인해보니, 점심시간이 끝날 때까지 얼마 남지 않았다. 얼른 본론으로 들어가지 않으면 남녀상열지사에 대한 이야기만 1시간은 떠들어댈 것 같아, 주희는 재빨리 본론으로 넘어가기로 했다.

"그보다 너, 요즘 권 교수님 뭐 하시는 줄 알아?"

"권 교수님? 아아, 그 제자랑 바람난 교수님? 아직 학교에 계실걸? 어머, 맞아. 후배한테 들었는데, 그 바람났다는 제자 말이야. 그 제자를 과 조교로 앉혀놨대, 글쎄."

"헉, 진짜? 이혼하신 거야?"

"이혼한 것도 아니라나 봐. 부인이랑은 별거만 하는 건지……. 하여튼 그 교수님 좀 이상했어. 왜, 병철 선배 알잖아. 여자애들 성희롱하고 다니던. 여자애들이 참다못해 학생부에 그 선배를 신고했는데, 권 교수가 학교 먹칠하지 말라고 여자애들에게 화를 냈었다니까?"

"병철 선배?"

"에이, 기억 안 나? 그, 좀 또라이 같던 선배. 너도 안줏거리로 삼았다가 난리 났잖아."

그 말에 주희의 표정이 굳었다.

기억난다. 한병철.

허세 잔뜩 들어서 떠벌떠벌 돌아다니던 나이 많은 선배였다. 그러나 친하다고 할 만한 사이는 아니었다. 고작 수업 하나가 겹쳐서 함께 그룹 과제를 했던 것이 전부였으니까. 자신을 안줏거리로 삼았다니, 그런 얘긴 금시초문이었다.

그럼에도 그 이름을 기억하고 있는 것은 서율이, 자신과 대화를 나누고 있던 병철에게 다가와 다짜고짜 주먹을 날린 일이 있었기 때문이다.

"그래서 율 선배가 그 얘기 듣고 병철 선배 완전히 박살냈었잖아. 진짜 몰랐어?"

"엇……. 몰랐어……."

몰랐다. 생각도 못했다.

하지만 이유도 말해주지 않았으니까. 그 남자, 서율이, 왜 내 인생에 자꾸 끼어들어서 일을 벌이냐며 화내고 소리치는 자신에게, 이렇다 할 설명조차 해주지 않았으니까.

"그러고 보니 율 선배, 다른 애들이랑은 한마디도 말 안 섞으면서 묘하게 너랑은 잘 지내더라. 너도 그랬고."

"나도? 무슨 소리야?"

"어머, 몰랐니? 너, 되게 사람한테 거리 두는 성격이잖아. 꼭꼭 예의 차리고, 화 한 번 안 내고."

아이스커피의 얼음이 녹아, 유리잔에 부딪쳐 딸랑 하고 소리를 내며 무너졌다.

"그런데 너도 그 선배한테는 할 말 못할 말 다 했었잖아."

화내고, 짜증 내고, 밀어내고, 원망하고.

그야 그 사람이, 그럼에도 자신을.

……미워하지는 않을 거라는 걸 알고 있었으니까.

"그보다도 마유라 말인데, 넌 만나봤어? 몇 살이야, 그 사람? 혹시 사인 같은 거 받아줄 수 있어?"

민영이 평소의 밝고 호들갑스런 말투로 화제를 바꾸었다. 주희만큼이나 이 만남의 목적이 명확했다는 게 느껴질 정도로.

그러나 주희는 한동안 아무런 대답도 해줄 수가 없었다.

'난 뭐, 천하의 차지헌이 숨겨놓은 다 큰 아들인 줄 알았잖아.'

일을 하다가 말고 갑자기, 정말 갑자기 지헌은 며칠 전 현서에게서 들었던 말이 떠올랐다. 아마 별생각 없이 지나가듯 하는 말이었을 텐데도, 지헌은 그 말을 곱씹을수록 불쾌했다. 그 말에 담긴 비꼬는 감정이 어디를 향하고 있는지, 지헌도 잘 알고 있었다.

생각해보면 옛날부터 그랬다. 마치 자신을 율의 뒤치다꺼리조로 여기는 사람들이 있었다. 더러는 율의 문제적 성격에 대하여 지헌의 과보호를 이유로 들기도 했다.

이해할 수 없었다. 그나마 율이 '글'이라는 것을 쓰며 간접적으로나마 세상과 소통하게 만들어준 건 다름 아닌 자신이었으니까.

'다들, 아무것도 모르면서 말은.'

아무것도 모른다. 율과 자신이 겪어야 했던 과거, 그 사건, 감정, 간신히 버텨내야 했던 시간 전부를.

"좀 쉬셔야 하는 거 아니에요?"

얼굴을 쓸어내리던 지헌은 머리 위에서 들리는 목소리에 퍼뜩 정신이 들었다. 주희가 걱정스러운 낯으로 지헌의 안색을 살피고 있었다.

그래, 아무것도 모르지. 온주희 역시.

"무슨 일이야?"

"말씀하셨던 파일이요. 급하다고 하셨잖아요. 그런데 반응이 없길래."

컴퓨터 모니터를 가리키며 주희가 말했다. PC와 연결된 메신저에는 조금 전 주희가 보낸 파일과 메시지를 확인해달라는 재촉이 서너 개쯤 올라와 있었다.

"아……. 그러네. 미안, 못 봤어."

"요즘 바빠 보이시던데, 일 나눌 수 있는 거면 나눠주세요. 도와드릴게요."

"아냐, 거의 내가 처리해야 하는 거라. 괜찮아."

어색하게 웃으며 지헌이 주희의 말을 거절했다. 주희는 뭐가 불만인지, 슬쩍 구겨진 얼굴로 비죽 내민 입술을 이리저리 움직였다.

"그러고 보면 선배도…… 차 팀장님도 거리감을 좀 두는 성격이시네요."

"거리감?"

"아까 만난 친구한테 그런 얘길 들어서요. 생각해보니 선배도 남에게 싫은 소리 굉장히 못하는 편이구나 싶어서."

그렇게 말한 주희는, 다시 지헌의 모니터 쪽을 손가락으로 가리켰다.

"거기, 한 작가님 원고 윤색 작업한 파일도 있어요. 아직 못 하셨을 것 같아서 제가 먼저 봤어요. 그래도 한번 훑어보긴 하셔야겠지만요."

"엇, 주희 씨도 바쁘잖아?"

"제가 원래 오지랖이 좀 넓어서. 자주 하는 서비스는 아니에요."

씨익 웃는 표정이 순박해 보였다. 전혀 기대도 못했던 일이었기 때문에 지헌은 적잖이 놀랐다. 다른 사람에게 도움을 구하는 성격도 아니었을뿐더러, 언제나 혼자 어떻게든 일을 해결하는 유능한 이미지였기 때문에, 누군가 나서서 자신의 일을 분담해주었던 적이 없었다.

주희는 지헌에게 가볍게 목례를 한 후에 자리에서 돌아섰다.

그녀는 그녀대로, 스카우트되어 온 자리인데 뭐라도 하나 도움이 되고 싶다는 생각이었다. 늘 스스로 해결해야 했고, 도움을 받거나 도움을 주거나 하나를 택해야 한다면 도움을 주는 사람이 되는 쪽이 심적으로 편했기 때문에, 실상 주희에게는 새삼스러울 일도 아니었다.

지헌의 자리에서 몇 걸음 정도 멀어졌던 주희가, 문득 생각난 것이 있는지 다시 몸을 돌려 지헌에게 다가왔다.

"음, 그런데 팀장님……. 혹시 병철 선배라고 기억하세요?"

"한병철? 알지, 동기였잖아. 왜?"

"율 선배가 병철 선배 때려눕혔던 거 기억하세요? 혹시 그때 왜 그랬던 건지 알고 계셨어요?"

새삼 옛날 이야기다. 지헌은 '으음' 하고 시간을 벌다가, 은근슬쩍 대답을 우회했다.

"뭔가 들었어? 갑자기 그때 얘기가 왜 나와?"

"나만 몰랐던 건가 해서요. 나만 몰랐나……. 그 선배가 저 성희롱 발언 하고 다녔대요. 그래서 율 선배가 화냈던 거라고."

"그래?"

사실, 몰랐다.

병철이 주희에 대하여 안 좋은 소리를 뿌리고 다녔다는 것까지는 알고 있었다. 직접 듣기도 했고, 다른 이의 입으로 옮겨 듣기도 했다. 병철의 얘기는 대체로 지저분하고 음란하고 찌질한 것들뿐이었고, 주희만이 아니라 같은 과 여학생들, 여교수들, 심지어 학교 근처 고등학교의 여고생들까지도 대상이 됐다. 사실 지헌은 크게 신경 쓰지도 않았었다.

생각해보면 이야기를 건너 듣던 그때 율과 함께 있었던 것 같다. 율을 의식하지 못하고 자신에게 말을 옮기는 후배들의 이야기에, 율이 굉장히 심기 불편해하던 게 이제 와 새삼 기억났다. 그랬던가. 그때의 등장인물은 '온주희'였던가.

그 일로 주먹다짐까지 했던 건 전혀 모르고 있었지만.

온주희가 그렇게 좋냐? 라고, 얼마 전에 자신이 율에게 물었던 적이 있었다.

'응, 좋아' 율은 그렇게 대답했었다.

좋아한다는 것이, 율이 주희를 마음에 두고 있다는 것이, '편집자'로서의 '필요' 때문만은 아니라는 건가.

"그것도 모르고 전 율 선배한테 화냈었거든요. 하아, 모르겠어요. 이렇다 저렇다 이유를 말해줬으면 좋았잖아요. 괜히 저만 나쁜 애 됐지 뭐예요."

"……걔 성격 원래 그렇잖아. 남한테 자기 얘기 하나, 뭐."

얘기 못했겠지. 네가 남자애들 사이에서 성희롱당하고 있어, 라는 얘기를 할 수 있을 리가 없었겠지.

지헌은 주희를 향해 얼굴을 찡그려 웃으며 그렇게 생각했다.

지헌의 미세한 표정 변화를 미처 눈치채지 못한 주희가, 한숨과 함께 힘없이 웃는다.

"어쩐지 뒤늦게 알게 되는 게 많더라고요, 그 사람. 그때의 일을 이제야 알게 되다니, 그런 거 보면 저도 참 주변에 사람 없나 봐요."

'시간 잡아먹어서 죄송해요' 하고 꾸벅 인사를 한 주희는 다시 몸을 돌려 제자리로 돌아갔다.

주희가 자리에 앉자마자 영호가 주희에게로 쪼르르 달려가더니 일이 제대로 되네 안 되네 하며 도움을 구걸하기 시작했다. 주희는 어린애 다루듯 영호를 달래면서 차근차근 일을 알려주고 있었다.

대체 어느 쪽이 이 회사의 원멤버인지 헷갈릴 정도로.

'혹시 이상한 삼각관계가 시작되는 거 아닌가 싶어서.'

그런 주희를 물끄러미 바라보던 지헌은, 얼마 전 현서에게서 들었던 말을 새삼 떠올렸다.

……삼각관계.

현서의 말을 속으로 몇 번이나 웅얼거려본다.

불안감이 밀려왔다. 정말 무언가 시작되어버린 것일지도 모르겠다는 불안감. 삼각관계 같은 귀여운 레벨이 아니다. 아마 시작되려 하는 건 그것보다 더 골치 아픈 일일지도 모른다.

자신이 몇 년씩 시간을 들여 구축해두었던 규칙을 모조리 뒤엎어버릴 그런 일 말이다.

율이 카페에 들어섰을 때, 남자는 가게 가장 안쪽 구석진 자리에 앉아 있었다.

보풀이 일어난 검은 스웨터를 걸치고, 얼룩 무늬의 갈색 뿔테 안경을 쓰고 있다. 수염을 깎지 않은 탓에 40대의 나이임에도 족히 50세는 넘어 보인다. 구부정한 자세와 옹이처럼 패인 이마의 깊은 주름들이 전체적으로 신경질적인 인상을 안겨줬다.

그는 10년 전 처음 만났던 날과 달라진 것이 거의 없다.

나이 서른 넘어 남자는 완성품이야. 어디 하자가 있고 불량이 있어도 더 이상 되돌리거나 고쳐서 내놓기에는 글렀다는 거지. 만약 서른 넘어서도 네놈 성격이 그 꼬라지라면, 새로운 인생 같은 건 기대하지 마.

남자는 주문처럼 그런 말을 곧잘 했었다. 율은 그 말을 곧이곧대로 들으며 자라왔다. 그 말이 옳았다고 긍정했기 때문은 아니다. 그 말고는, 달리 그런 말을 자신에게 해줄 사람이 없었기 때문이다.

하지만 한 번쯤은 의심했었어야 했던 것일지도 모른다.

그에게도 자신에게도 최악의 결말이 찾아오기 전에.

율은 터벅터벅 걸어가 남자의 맞은편에 앉았다. 일회용 설탕을 찢어 테이블 위에 의미 없이 쌓으며 장난을 치던 남자가 고갤 들어 율을 확인했다. 흔들리는 동공과 좀처럼 펴지지 않는 미간이 어지간히도 편집증적인 성격을 드러내고 있었다.

"오호, 거 봐라. 결국엔 다시 기어 들어오지. 내가 그랬잖아."

턱을 치켜든 남자가 거만하게 꺼낸 첫마디.

율은 아무런 대꾸도 하지 않았다.

"너 내가 뭐랬냐. 책 좀 팔리고 이름 좀 나고, 그러니까 어딜 가도 받아줄 것 같지? 네 친구, 걔 뭐야. 차지헌? 걘 뭐 출판사 사장도 아닌데 널 어떻게 케어해줄 건데. 아니, 애초에 이 세상에 널 케어해줄 만한 인간이 있긴 하냐?"

"돌아가겠다는 거 아니야. 거기 다시 안 가."

RT미디어와 남은 계약을 모두 파기했을 때 이미 결정한 일이었다.

돌아갈 곳이 없더라도, 그곳으로는 다시 돌아가지 않기로 했다. 10년을 몸담아왔던 그곳이 자신을 한 명의 '사람'으로 보지 않았다는 걸 깨달아버렸기 때문이다.

RT미디어의 대표이사인 남두원 사장이 헛, 하고 콧방귀를 뀌었다.

"그런데 왜 보재. 바빠 죽겠는 사람한테."

"혹시 이 사람한테 내 정보 알려준 거 있나 싶어서."

율이 주머니에서 잔뜩 구겨진 우편물을 꺼내 테이블 위에 올려놓았다. 화려한 원색의 봉투 위에는 손으로 쓴 주소가 적혀 있었다. 두원은 이를 드러내며 입술을 실룩거리다가, 마지못해 그 봉투를 가져가 살폈다.

"이게 뭐."

"몰라? 그 인간, 몇 년 전부터 내 블로그에 악플 달던 악플러잖아."

"그런데 이걸 왜 나한테 갖고 와."

"내가 이사한 집 주소 아는 건 당신이랑 차지헌이랑, 지금 회사 사장밖에 없거든."

"그럼 그 둘을 의심해야지, 지금 날 의심해? 이 새끼가 돌았나. 너 이 새끼, 내가 10년 동안 널 거둬 키웠어. 알아? 사람 구실 못할 때, 그 거지 같은 소설 나부랭이 보고 책 내준 데가 RT였어!"

쾅쾅 테이블까지 내려치며 소리치는 두원의 행동에 주변 사람들이 수군대며 이쪽을 쳐다보기 시작했다. 율은 흘끗 시선으로만 주변을 살핀 후, 다시 조용히 두원에게 고갤 돌렸다.

"어디까지 알려줬어?"

"뭐 인마?"

"이 인간한테 뭐 어디까지 알려줬냐고."

두원은 자신이 불리해지거나 불안해지면 일단 큰소리부터 낸다. 상대방이 물어뜯기 전에 물어뜯어 공격한다는 것이 그의 행동 논리라는 걸, 10년 동안 그에게 가르침 아닌 가르침을 받아온 율은 너무나 잘 알고 있었다.

두원이 불안한 손놀림으로 안경을 고쳐 썼다.

안 되겠다 싶었는지, 작전을 바꿔 이번엔 목소리가 상당히 비굴해진다.

"너, 내가 너 몰래 영화 계약한 거, 그거 때문에 아직도 삐쳐서 애처럼 징징대는 모양인데……. 야, 나 남두원이야. 제작사랑 계약서 그렇게 썼다고 너한테, 응? 설마 진짜로 너한테 돈 한 푼 안 떨어지게 했겠냐? 네가 이 바닥 생리를 모르는 거야, 멍청아. 원래 계약서는 다아 그렇게 써."

"돈 상관없어. 알잖아. 돈 벌려고 글 쓴 것도 아니고, 지금 돈 궁할 정도로 없지도 않고."

"근데 아직도 뭐가 불만인데? 그래, 그 돈 다 내 덕에 번 거 아니야? 그러면 은혜 갚는다 생각하고, 응? 영화 한 편 정도는 할 수도 있지. 그래, 내가 실수했다 치자. 너 싫어하는 거 뻔히 알면서, 근데 그게 진짜 아까운 기회라 내가 그냥 계약했다. 그래, 씨, 내가 나쁜 놈이고, 돈에 환장한 놈이다. 그럼 된 거 아니냐? 그냥 거하게 욕하고 끝내면 될 거 아니냐고, 이 나쁜 새끼야."

마유라가 RT와 손을 놓은 후 RT는 매출에 큰 타격을 입었다. RT에게 법적 책임을 묻지 않기로 하는 대신 마유라 작품의 출판권을 모조리 블루캣에 빼앗겨버린 탓이었다.

두원은 그 일로 두고두고 지헌을 저주했다. 율이 그런 잔재주를 부렸을 리 없다는 건 10년을 보아온 그가 누구보다 잘 아는 일이었다. 배후에 그의 친구인 지헌이 있었다는 건 묻지 않아도 자명한 일이었다.

막심한 손해를 입게 되니, 어느새 가해자인 자신이 억울한 피해자처럼 느껴지고 만다. 아무래도 자신의 잘못은 정말 작고 사소했는데, 율이 키워준 은혜도 모르고 자신을 배신했다는 생각만 들었다.

그렇게 생각하지 않으면 도무지 버틸 수가 없었다.

"허튼 시위 그만하고 돌아와라. 형이 다시 잘해줄게. 우리가 하루 이틀 보냐? 기분 좀 상했던 거, 그거 술 한잔 먹고 털면 되는 거지, 남자끼리."

두원은 이미 저 혼자 모든 앙금과 문제가 해결되었다고 생각하는 모양이었다. 한결같은 그의 태도에 율은 짧게 한숨을 내쉬었다. 그리고 고개를 들어 두원을 똑바로 응시한 채, 조금 전보다 더 낮고 묵직한 목소리로 말했다.

"이 인간한테 어디까지 알려줬어."

"너 이 자식, 진짜 계속……!"

"어디까지, 알려줬는지, 말해."

한 글자 한 글자 힘을 실어 묻는 율의 태도에 두원은 순간 흠칫 몸을 떨었다.

매사에 관심 없고 심드렁하기만 한 그의 눈빛이, 여느 때와 달리 이채를 띠고 두원을 노려보고 있었다. 목소리는 고요했고, 표정도 차분했지만, 두원은 그가 화가 났다는 것을 절실하게 깨달았다. 그리고 지난 10년간의 시간으로, 두원은 절대로 화난 그를 건드려서는 안 된다는 것 역시 잘 알고 있었다.

그래, 이 인간은 인간이라기보다 짐승이다.

두원은 속으로 욕지거리를 씹어 삼키며 입을 열었다.

"너네 집 주소, 딱 그거 알려줬어. 팬레터 보낸다기에."

약간의 간격 후, 두원은 조금 억울한 표정으로 다시 언성을 높였다.

"그딴 게 신경 쓰이냐? 원래 너, 그런 거 눈 하나도 깜짝 안 하던 놈이야. 이런 거 신경도 안 썼다고. 출판사 옮기고, 다른 사람 좀 만나고, 그러니까 너도 뭔가 사람답게 살 수 있을 것 같아? 뭐 좀 바꿀 수 있을까 봐? 야, 꿈 깨. 아무리 발버둥 쳐도 넌 그냥 글 쓰는 것밖에 모르는 사회 부적응자야."

"나도 알아."

"근데, 뭔데. 지금 이런 거 되게 웃겨, 이 자식아."

모멸적인 말을 아무렇지 않게 내뱉는 두원을 보며 율은 자조했다. 그가 어떤 말을 내뱉든, 어떤 짓을 저지르든, 자신을 어떻게 생각하든, 늘 한 귀로 듣고 한 귀로 흘려왔다.

사람과 얽히는 게 싫었으니까.

하지만 그런 자신의 태도가 그를 이 지경까지 만들어버린 것일지도 모른다.

"그래도, 발버둥 쳐보려고."

"얼씨구."

"좀 제대로 살아보고 싶어졌거든."

"미친놈. 잘도."

편집증적으로 테이블 위를 손가락으로 따닥따닥 두드리며 두원이 말을 씹어뱉었다. 율은 더 이상 나눌 말이 없다는 양 그를 두고 미련 없이 자리에서 일어났다. 그러나 몸을 돌린 직후, 그는 문득 생각난 듯 다시 두원을 향해 돌아섰다.

"……그러고 보면 나 말이야. 그동안 당신을 내 아버지 같다고 생각했었던 것 같아."

"그 아버지를 망하게 만들어놓고 나간 소감이 어떠냐, 배은망덕한 자식아."

"응, 아주 속 시원해."

무표정한 얼굴로 율이 대답했다.

"우리 아버지, 만삭인 어머니 버리고 도망간 천하의 쓰레기였거든."

두원이 입을 떡 벌린 채 답이 없다. 율은 그의 얼빠진 표정을 꽤 오랫동안 확인한 후에야 가게를 나섰다. 방금의 말은 두원에게도 조금 충격이었을지도 모른다는 생각을 한다.

그렇다면 참 쌤통이다. 속이 후련했다.

터벅터벅, 율은 사람 많은 대낮의 대로변을 빠른 속도로 걸어갔다. 집으로 돌아가겠다는 생각과 달리, 가는 방향이 어디인지는 알 수가 없었다. 무작정 걸었다. 두원에게서 도망치는 기분으로.

지헌의 조언과 도움으로 RT와의 계약은 파기했었다지만, 어쩌면 자신은 오늘 이 순간까지도 두원에게 매여 있었던 것일지도 모른다는 생각이 들었다.

두원을 믿었다. 쓰레기 같은 인간이었다는 건 알았지만, 그래도 자신의 글을 알아보고 맨 처음 출판을 제의해준 사람이었다. 그러니까 믿었다. 그가 인세를 빼돌리고 있었다던지, 계약 조항을 조금씩 뜯어고치고 있었다던지, 자신의 작품으로 몰래 다른 수익을 내고 있었다던지 하는 걸 알고 있었어도, 그래도.

'……못 건겠다.'

엄청난 속도로 길을 건던 율은, 건널목을 건너다 말고 한가운데서 멈춰 섰다. 마치 배터리가 완전히 방전되어버린 것처럼, 이상하게 한 걸음도 움직일 수가 없었다.

보행 신호가 빨간색으로 바뀌고, 차들이 4차로를 쌩쌩 달리기 시작했음에도, 그는 건널목 한가운데 서서 한 발자국도 움직이지 못했다. 타인과 감정을 맞부딪친다는 것이 이렇게 피로한 것인 줄 처음 알았다. 그리고 그 끝은 너무나도 허망하다.

'그렇구나. 난 저 사람에게 배신당하고, 이용당하고, 버려져서…… 슬펐던 거야.'

벌써 몇 달도 더 지난 어느 날의 일.

그때 느꼈어야 했던 온갖 감정들이 이제야 물밀듯이 밀려와, 율은 양손으로 얼굴을 감싸 쥐었다.

전화벨이 울렸다.

발신인에 '개율'이라는 이름이 떴다. 새삼스럽지는 않았다. 또 뜬금없는 소리를 잔뜩 늘어놓겠지 하는 심정으로 주희는 전화를 받았다.

"네, 무슨 일이에요?"

약간 건성건성한 목소리로 주희가 말했다. 그러나 대답은 돌아오지 않았다. 대신 시끄러운 소음과 자동차 경적 소리만 멀리서 들려왔다.

"여보세요? 선배? 밖이에요? 여보세요?"

실수로 통화 버튼이 눌렸나 싶었다. 그러면서도 한편으로는, '이 인간이 지금 밖에 나와 있다고?' 하는 의문도 들었다. 혹시 또 회사에 찾아오려는 걸까 덜컥 걱정이 드는 그때.

-보고 싶어서.

율이 말했다.

어쩐지 잔뜩 지치고 갈라진 목소리였다.

"네?"

-그냥, 보고 싶어서. 목소리 듣고 싶어서. 위로받고 싶은데, 전화 걸 사람이 없어서.

목소리는 한없이 담담했고, 고요했다. 느린 말투였고, 높낮이가 거의 없었다. 왜일까. 그럼에도 주희는 그가 울고 있는 것 같다고 생각되었다.

-미안.

이 남자의 약한 모습 같은 건, 보고 싶지 않다.

"어디예요, 거기? 거기서 꼼짝 말고 기다려요."

겉옷을 챙겨 들고 자리에서 일어나며 주희가 말했다. 다급하게, 그러나 또박또박한 말투로.

"지금 내가 갈게요."

율에게 들은 띄엄띄엄한 정보만을 가지고 주희는 서둘러 길을 나섰다. 택시에서 내려 한참을 뛰어다닌 끝에, 주희는 4차로 건너편 화단에 그가 앉아 있는 것을 발견했다. 세계 멸망의 예언이라도 들은 사람처럼, 그는 축 처진 어깨로 짐짝처럼 앉아 있었다.

신호가 바뀌자마자 주희는 서둘러 율에게 달려갔다.

"선배, 괜찮아요?"

다가가며 가장 먼저 그의 안부부터 살폈다. 전화 통화만으로도 상태가 영 이상해 보였기 때문에 진심으로 걱정이 됐다. 그러나 고개를 들고 주희를 쳐다보는 그의 표정은 평소와 크게 달라진 것 없는 무심한 무표정이다.

"늦었어."

"택시 잡아타고 바로 왔거든요?"

"늦었어. 엄청 늦었어."

"아니, 왜 보자마자 유치하게 심통을 부리고 그런담."

주희가 툴툴거렸더니, 율이 그런 주희의 손목을 잡고 자신 쪽으로 끌어당겼다. 그리고 주희의 허리를 감싸 안고선 고갤 파묻는다. 율은 앉은 채로, 주희는 선 채였기 때문에, 율의 머리가 주희의 명치께에 폭 파묻혔다. 주희는 꼭 어린애가 달려들어 안긴 것 같다고 생각했다.

"왜요, 무슨 일 있었어요?"

"뭐, 여러 가지로."

"말하기 곤란한 일인가?"

"곤란하다기보다는 어려워. 복잡해. 기분이 질척질척해져서……. 실은 나도 잘 모르겠어."

이럴 땐 어떤 위로를 해줘야 하는 건지 잘 모르겠다. 주희는 어떻게 해야 할지 모를 양손을 한참 꼬물거리다가, 겨우 율의 머리 위에 살포시 안착했다. 그리고 가만가만히 그의 머리를 쓰다듬어 주었다. 그의 부드러운 머릿결이 주희의 손가락 사이사이로 흘렀다. 몇 번 쓰다듬어주다 보니 익숙해져서, 주희는 한 손으로는 그의 뒷덜미를 받치고, 다른 손으로 연신 머리를 쓰다듬으며 그가 진정하기를 기다렸다.

한참 후에야 율이 다시 입을 열었다.

"진짜 올 줄 몰랐어."

"그럼 그런 전화 받고 어떻게 안 와요."

"응. 엄청 늦었지만…… 왔으니까, 됐어."

3년이나 걸렸지만, 그래도.

지금 이렇게 눈앞에 있으니까 됐다.

율은 고개를 들어 주희를 올려다보았다. 주희가 눈을 동그랗게 뜨며 그런 율을 내려다본다.

"그나저나, 왜 온 거냐."

"……엑? 이 인간이, 기껏 와줬더니!"

"네가 지금 여기 온 거, 마유라 때문이야?"

어딘가 애처로운 시선으로 율이 주희를 응시했다.

주희는 그 질문이 너무나 어린애 같다고 생각했다. 솔직하다 못해 유치할 정도로 직설적이었고, 1차원적이다.

그 질문을, 주희는 마유라인 서율과 처음 만났던 때에도 들었다. 블루캣에 들어온 이유. 거짓말을 해도 좋으니, 마유라 때문이라고 대답해달라던 그의 간청.

그때 자신은 뭐라고 대답했었더라.

"……아니요."

주희가 차분한 목소리로 그렇게 대답했다.

"서율 때문에 온 거예요. 마유라 때문이 아니고, 선배 때문에."

율은 한참 말없이 주희를 올려다본다.

모든 것이 꿈만 같았다. 현실감이 없다. 혹시 숨을 크게 쉬면 깨어나버릴까 봐, 율은 숨마저 죽인다. 마음속이 더욱 소란해졌다.

모든 것이 뒤죽박죽이 되어 어지럽게 뒤엉켰다. 한없이 기쁘다고 생각하면서도, 왜인지 뜨거운 무언가가 울컥하고 치밀어 올랐다.

그래, 자신은 늘 이 말을 듣고 싶었다.

이 세상에 누군가 한 명쯤은 마유라가 아니라 서율을 보아주기를. 비록 엉망진창이고, 어설프고, 제대로 된 곳 하나 없는 그런 인간이라고 해도.

율이 웃었다. 자조가 섞여 있었지만, 그 어느 때보다 편안한 미소다. 율은 자리에서 일어나 주희를 다시 끌어안았다. 매달리듯 안는 게 아니라, 온몸으로 집어삼키듯 주희를 품에 가둔다.

"그래. 그거면 됐어."

발버둥 칠 이유는 그거면 충분하다.

잔뜩 잠긴 목소리로 대답한 후 율은 눈을 감았다.

포개어지는 심장 소리에, 거짓말처럼 온몸이 나른해지는 것이 느껴졌다.

띵, 하고 메시지 도착을 알리는 가벼운 소리가 들렸다.

습관처럼 폰을 꺼내 발신인을 확인해보았더니, 뜻밖에 율에게서 온 톡이었다. 원래 먼저 연락을 해오는 성격이 아니었기 때문에, 지헌은 무슨 일인가 은근히 걱정하는 마음으로 내용을 확인했다.

[이것 봐라.]

뜬금없다. 지헌의 미간이 절로 찡그려졌다.

곧이어 연달아 날아온 톡은 문자가 아닌 캡처 이미지였다. 불과 10분 전 율이 주희와 나눈 톡 내용이다. 율의 '나랑 허니랑 물에 빠지면 누구 먼저 구할 거야?'라는 질문에, 주희가 '율 선배요. 지헌 선배는 수영 잘한대요'라고 답한 게 전부였다.

이 녀석은 이걸 뭐 어쩌라고 자신에게 보낸 걸까. 지헌은 미궁에 빠졌다.

지헌이 답을 보내지 않으니, 얼마 지나지 않아 다시 띵, 하고 알림음과 함께 메시지가 도착했다.

[봤지?]

"무슨 소리를 하고 싶은 거야, 이 자식……."

그러잖아도 일에 치여 짜증 나 죽겠는데, 자신의 초등학교 동창은 쓸데없는 일로 신경을 긁는다. 지헌은 대답 없이 폰을 책상 위에 탁 엎어버렸다. 그리고 다시 일에 집중하기 위해 모니터를 응시했다. 그러나 화면에 뭐가 떠 있는지, 한 글자도 눈에 들어오지 않았다.

자연스레 그의 시선은 파티션 너머 주희의 자리로 향했다. 의식하고 쳐다본 건 아니었다. 정말로, 그저 시선을 조금 돌렸는데 마침 거기에 주희가 앉아 있는 게 보였을 뿐.

……이라고 스스로 변명 아닌 변명을 한다. 그래놓고선 그 변명이 얼마나 구차했는가를 깨달으며 지헌은 쓰게 웃었다. 그리고 다시 엎어두었던 폰을 들어 내용을 확인했다.

봤지? 라니.

그래, 사실 무슨 소리를 하고 싶은 건지 잘 알고 있다. 자랑하고 싶은 거다, 이 녀석은. 자신을 그토록 싫어하던 주희가 자신을 이만큼이나 챙기게 되었다는 것을.

봤지? 너 말고 날 구해줄 거래, 나를.

이런 유치찬란한 자랑 말이다.

'어떻게 옛날하고 바뀐 게 하나도 없냐, 너는.'

시간을 박제해놓기라도 한 것처럼.

율은 그 '건널목'에 아직도 서 있는 것 같다. 놀랄 정도로 성장하지 못했다.

지헌은 자리에서 일어나 주희에게 다가갔다. 지헌이 파티션에 기대어 서서 물끄러미 쳐다보는데도 눈치채지 못할 만큼, 주희는 일에 몰두하고 있었다.

"주희 씨."

나지막이 이름을 부르고 나서야 주희가 눈을 깜박하며 고갤 들었다. 뭐 시킬 일이라도 있냐고 묻는 듯한 표정이었다.

"나랑 유라랑 물에 빠지면 누구 먼저 구해줄 거야?"

미친 게 분명하다. 그래, 요즘 밤을 너무 많이 새웠다. 일도 적당히 쉬어가며 해야지, 참.

그렇게 생각하면서도, 지헌은 겉으론 마치 장난말을 거는 것처럼 싱글싱글 미소를 지어 보였다.

주희가 질문의 의도를 알아차린 듯 '아아-' 하고 말꼬리를 늘리더니, 이내 쓰게 미소 지었다.

"그 인간, 그새를 못 참고 일러바쳤나요?"

"응."

"혹시 삐치신 거 아니죠? 팀장님이 저보다 수영 더 잘하실 거잖아요."

"걔도 수영 잘해."

"아으, 둘 다 저한테 왜 그래요, 진짜."

"방금 주희 씨가 날 포기하는 바람에 난 물에 빠져 죽었어."

"죽지 마요. 아직 블루캣 런칭도 못했는데 팀장이 죽으면 어떻게 해요?"

"와아. 나보다 블루캣 런칭이 더 중요한 거구나, 주희 씨는……!"

"말했잖아요. 큰맘 먹고 이직까지 했는데 뒤집어져서 낙동강 오리알 되기 싫다고."

"그럼 유라는? 블루캣 간판 작가라서 구해주는 거야?"

"네?"

"응?"

"아. 음, 뭐, 그렇죠."

대화가 어색하게 끊겼다.

지헌은 주희가 어설프게 시선을 피하며 '하하' 하고 웃음을 터뜨리는 걸 아주 세밀하게 관찰했다. 그녀는 속내를 감추는 데 서툰 성격이었고, 지헌은 남의 속내를 읽는 데 훤한 재주가 있었다.

자신이 모르는 사이 자신이 모르는 곳에서 자신이 모르는 일들이 일어나고 있었다.

머릿속에 경보음 같은 것이 들려왔다. 지헌은 당황한 속내를 최대한 감춘 채 웃으며 주희에게 말했다. 그 언젠가 주희가 흐뭇하게 지켜보곤 했던, 눈초리가 살짝 처진 그 미소로.

"그러고 보니 주희 씨, 이직하고 회식 같은 것도 안 했네. 어때? 오늘 단둘이 술이라도 한잔할래?"

7화. 무지개 너머 어딘가에서

[오늘은 못 가요.]

지헌의 차 보조석에 앉아 율에게 그렇게 메시지를 보내며, 주희는 새삼 요즘 자신이 엄청나게 율의 집을 들락거리고 있었구나 하는 사실을 깨달았다. 물론 업무 때문이었고, 실제로도 그 집에서 업무 외의 무언가를 했던 기억은 없지만 -아마도 없는 것 같지만- 퇴근을 그 오피스텔로 할 정도였구나 생각하니, 스스로에게 조금 놀랐다.

답문은 예상대로 금방 돌아왔다. 내용도 짧고 간결하다.

[왜?]

'화가 난 건지, 삐친 건지, 정말 순수하게 되묻는 건지 하나도 모르겠네.'

지나치게 간결한 답문에 쓴웃음이 비집고 나온다.

[지헌 선배랑 볼일이 좀 있어서요.]

[업무?]

이걸 업무라고 해야 하나. 주희는 갑자기 대답이 궁색해졌다.

지헌은 농담처럼 '이직 기념'이라고 오늘의 약속을 설명했지만, 그렇다면 굳이 단둘이 술을 마실 이유는 없었다. 하지만 그렇게 곧이곧대로 설명했다가는 어쩐지 괜한 오해를 사고 말 것 같다. 아니, 잠깐. 괜한 오해? 무슨 오해란 말인가. 자신이 바람피우는 것도 아닌데.

"유라야?"

뭐라고 답을 보내야 하나 망설이는 사이, 운전을 하던 지헌이 고개를 돌리지 않은 채 주희에게 말을 걸었다. 깜짝 놀란 주희가 폰을 얼른 내려놓고선 지헌을 향해 웃었다.

"아, 오늘 오피스텔에 들를까 했었거든요. 그…… 프로모션 관련해서 얘기를 좀 할 생각이어서. 회사로 부를 수도 없고, 하하하."

'으으, 뭐야. 왜 꼭 변명을 하고 있는 것 같은 기분이 들지.'

지헌에게 굳이 변명해야 할 이유가 없음에도 불구하고 주희는 땀을 삘삘 흘리며 필요 없는 말을 구구절절 늘어놓았다. 지헌은 그저 '으응, 그래?' 하는 싱거운 반응으로 넘어갔을 뿐이었다.

"다 왔다. 저기, 저 가게야."

차는 가게에 딸린 주차장 안으로 미끄러져 들어갔다. 주차요원이 따로 배치되어 있을 정도로 규모나 퀄리티가 제법 있어 보이는 주점이었다.

가게 종업원의 안내를 받아, 두 사람은 준비된 방으로 향했다. 문을 닫으면 바깥과 완전히 분리가 되는 프라이빗 룸의 형식이었다.

테이블 위에는 '예약석'이라는 푯말이 서 있었다. 지헌이 오기 전에 이미 전화를 해둔 모양이었다. 이런 준비성마저도 완벽한 남자다. 자리에 앉기 전에는 의자를 빼내어주는 섬세함까지 발휘한다. 새삼 지헌이 어떤 사람이었는지가 떠올라, 주희는 감탄했다.

자리에 앉으며 주희는 괜히 몸을 부르르 떠는 시늉을 한다.

"으으, 이렇게 각 잡힌 곳이라니. 어쩐지 겁나는데요. 나 뭔가 잘못한 거 있나 싶고."

"하하, 왜? 혹시 죄진 거 있어? 있으면 지금 빨리 실토해."

"생각하는 중이에요. 영호 씨랑 선배 욕한 거라도 있나 없나."

"아, 그건 확실하게 없어."

"네? 어떻게 확신해요?"

"신영호랑 씹었으면, 그 내용이 아직까지 내 귀에 안 들어왔을 리가 없거든."

과연, 정확과 신뢰의 구명용 마우스. 퍼뜨리는 소문의 종류도 가리지 않는 모양이었다.

그사이 주희의 폰이 다시 요란하게 진동했다. 발신인은 안 봐도 명확하다. 주희는 투덜거리며 율에게서 온 메시지를 확인했다. 그는 조금 전 주희가 답을 보내지 않은 탓에 꽤나 초조해진 모양이었다. 내버려두면 엉뚱하게 회사로 찾아갈지도 모른다는 생각에, 주희는 지헌과 술집에 와 있다고 메시지를 보내두었다.

물론 보내놓고 짧게 후회했다. 술집이라는 얘기는 하지 말걸 하고. 폰을 아예 내려놓고 고개를 들어 보니, 지헌이 새하얀 사기로 된 술병을 들어 주희의 잔에 술을 채워 넣고 있었다.

"오늘 자리 말이야, 유라랑 잘 지내는지 물어보고 싶었어. 다른 편집자들 있는 자리에서는 말하기 좀 그렇잖아."

"중간 점검 같은 건가요?"

"으음, 그런가? 주희가 유라 싫어하는 거 모르는 것도 아니니까 사실 걱정이 좀 되긴 했지."

"어머, 저 개인적인 감정으로 일에 지장 주고 그런 거 싫어하거든요?"

마유라가 율이라는 걸 알자마자 일 때려치겠다고 한 건 이미 다 잊은 듯, 주희가 눈을 똑바르게 뜨고 그렇게 말했다.

"그리고 뭐…… 지금은 그렇게까지 싫은 건 아니에요. 싫은 게 아니랄지, 오히려 지금은 썩 나쁘지 않은……. 어, 어쨌든 선배가 걱정할 일은 없어요."

눈을 도록도록 굴리며 주희가 변명 아닌 변명을 했다. 주희는 아직 지헌에게 자신과 율의 관계를 어떻게 설명해야 할지 자신이 없었다. 그렇게 싫다고 으르렁대던 둘이었기 때문에, 더더욱 말하기가 민망했다.

주희는 그 민망함을 감추려는 듯 소리 내어 웃으며 손사래를 쳤다.

"아하하, 그나저나 뭐예요. 그런 걸 왜 선배가 걱정하는데요? 정말이지, 가만 보면 선배 은근히 율 선배네 엄마 같아요."

지헌은 그 말에 미소를 지어 보였다.

"응, 그런 소리 많이 들어."

한 시간쯤 주거니 받거니 술을 마시며 두 사람은 대화를 나눴다. 시시껄렁한 잡담과 업계 이야기가 대부분이었고, 율에 대한 화제도 나왔지만 대개는 피상적인 것들뿐이었다. 주희는 율과의 관계를 들키게 될까 봐 조심스러워했고, 지헌은 그런 주희를 눈치챈 것인지 모르는 척하는 것인지 용케 대화가 끊길 무렵엔 다른 화제로 이야기를 돌렸다. 그는 그런 것에 능숙한 사람이었다.

주희는, 이 남자에게 뭔가 모자란 부분이 있기는 할까 하는 생각을 해보던 시절도 있었다. 잘생겼지, 매너 좋지, 눈치도 있고, 유능하고……. 인기는 하늘에 치솟을 정도였고, 그 기세에 주희도 가담했었다. 그와 같은 사람이 되고 싶었다.

그러나 그 완벽한 남자가 주희와 겨루어 이길 수 없는 것이 딱 하나 있는데, 바로 술이었다.

세 병째, 따뜻한 술이 테이블 위에 새롭게 올라왔을 무렵, 지헌은 이미 술에 잔뜩 취해 있었다. 그 고집스러운 성격 덕분에 취한 티가 안 나기는 했지만 말이다.

하지만 취하지 않고서는 지헌이 이런 질문을 단도직입적으로 던지지는 않았을 것이다, 분명.

"율이랑 어떤 관계야?"

"푸흡!"

맥락도 없이 갑자기 툭 튀어나온 질문에, 주희는 마시던 술을 뿜고 말았다.

이건 그야말로 공격이다.

급소를 찌르는 명백한 실효성 공격이었다.

주희는 턱을 타고 흘러내리는 술을 티슈로 허둥지둥 닦아냈다. 귀가 홧홧하게 달아올랐다. 술 때문인지, 지헌의 질문에 당황한 것인지 모르겠다.

"그, 그, 그, 그, 그게 무슨 말씀이세요?"

목소리의 마지막이 삐쳤다. 이래선 누가 봐도 '어떤 관계'가 있다고밖엔 생각할 수가 없다.

당황한 주희와 달리 지헌은 차분한 모습이었다. 살짝 처진 눈초리에 온화한 미소마저 변함이 없다.

"선후배 사이, 작가와 편집자 사이, 그거 말고 뭐가 또 있나 해서."

"그…… 게, 왜 궁금하세요?"

"뭔가 있긴 있구나."

"쿨럭쿨럭."

아무래도 온주희는 거짓말에는 소질이 없다. 그걸 노리고 돌려 말할 것 없이 직접 묻기 위해 불러낸 자리이긴 하지만 말이다.

지헌은 자기 잔의 술을 입 안에 털어 넣었다.

몇 잔째인지도 모르겠다. 슬슬 한계다. 목소리가 잠기고 혀가 둔해지기 시작했다. 그러나 어떻게든 눈에 힘을 풀지 않으려 기를 썼다.

"제가…… 그렇게 수상하게 굴었어요?"

"정확하게 말하자면 주희 네가 아니라 유라 그놈이 수상했던 거지. 틀어박혀 글만 쓰던 놈이 출판사 근처에 얼쩡대질 않나, 밖을 나다니질 않나……."

그뿐만 아니다. 거쳐 거쳐 들은 바로는, 최근엔 RT미디어 대표인 두원과도 직접 면 대 면을 했던 모양이었다. 자신에게는 말도 없이 혼자서 말이다. 어째서 그 이야기를 다른 사람을 통해 들어야 했는지도 화가 났지만, 무엇보다 그가 자신에게 도움을 청하지 않았다는 것이 더욱 화가 났다.

RT미디어에 뒤통수를 맞고 거의 시체처럼 집에 틀어박혀 글도 쓰지 않는 꼴이 되었을 때, 그를 그 지경에서 끄집어내준 건 다름 아닌 자신이었다. 혼자서는 두원에게 맞설 재간도 없고 생각도 없는 그를 대신하여, 자신이 법적인 모든 조치를 강구해 그를 빼내왔었다. 그런 그가 대체 무슨 심경의 변화를 겪었기에, 라고 생각해 보면 역시 이유는 한 가지밖에는 떠오르지 않는다.

"헉, 출판사 찾아왔던 건 어떻게……!"

주희가 입을 틀어막으면서까지 놀랐다. 지헌이 피식 웃더니, 검지로 자기 입술을 툭툭 두드렸다.

역시 울프의 '구명용 마우스!' 영호 씨가 자신이 목격한 것을 소문내지 않았을 리가 없구나. 좀 더 철저하게 입단속을 시켜뒀어야 했는데.

주희는 분한 마음에 술을 단번에 비워냈다.

크으. 술잔을 탕 하고 내려놓고 앞을 쳐다보니, 지헌은 이미 경계심이 다 풀린 눈빛을 하고 턱을 괸 채 주희를 쳐다보고 있었다. 몸이 축축 늘어지는 것이 주희의 눈에도 보였다. 지헌이 아무리 안 취한 척 애써봤자, 술주정뱅이는 그냥 술주정뱅이일 뿐이다.

"유라가 편집자로 너 부르자는 말 했을 때에도 수상쩍긴 했는데……. 네 얘기는 나도 종종 들었거든. 작가 푸쉬 잘해주는 데다 능력도 좋다고. 그래서 그냥, 그런 이유인 줄 알았지. 능력 좋은 마유라 열혈 팬. 딱이라고 나도 생각했으니까."

능력 좋은 마유라의 열혈 팬.

차지헌에게 온주희는 딱 그 정도구나.

주희는 새삼 깨달았다.

아무리 자신에게 친절하게 대해주고 상냥하게 말을 걸어와도, 지헌에게 온주희는 그 이상의 무언가가 될 수 없다는 걸, 실은 오래전부터 느끼고 있었다. 지헌의 지나친 상냥함에서 느껴지는 거리감은 그렇게나 차갑고 좁히기 어려운 것이었다.

주희는 술이 찰랑찰랑한 자신의 잔을 한참 동안 내려다보았다. 그러고는 천천히, 띄엄띄엄 지헌에게 대답했다.

“제가 좋대요.”

“유라 걔가 그래? 자기 입으로?”

“처음엔 장난이라고만 생각했는데, 그건 아닌 것 같더라고요.”

“네가 어지간히 편집자로 필요했나 보다.”

“아뇨, 선배. 그게 아니라요. 마유라가 아니라, 서율이 제가 필요하대요.”

주희의 표정이 단호했다.

덕분에 지헌은 잠시 기분이 멍해졌다.

그리고 한참 만에야 다시 입을 연다.

“넌 어떤데?”

“저요?”

“넌, 나 좋아하잖아.”

이번엔 주희가 멍해질 차례였다. 입이 벌어져서 쉽게 다물어지질 않았다.

솔직히 지헌이 자신의 마음을 모를 거라고는 생각 안 했다. 주희도 자신이 얼마나 속내가 훤히 들여다보이는 성격인지 잘 알고 있었으니까. 하지만 그에게서는 언제나 거리감을 느끼고 있었기 때문에, 마음을 고백할 생각은 하지 못했다. 주변에 득시글대는 여느 여자애들이랑 같이 취급받고 싶지는 않았던 것이다.

같은 회사에서 일을 하게 되고, 그에게 하나라도 도움이 될 수 있는 사람이 되고, 처음에는 그것만으로도 좋았다. 그렇게 조금씩 다가가면 지헌의 마음을 얻을 수도 있을 거라고 생각했던 시절도 있었다.

율을 만나고, 새삼 그를 다시 알게 되고, 배우게 되고.

함께 나란히 손을 잡고 걸을 수 있게 되고.

그 시간이 없었다면, 주희는 지금껏 지헌의 뒷모습만 좇고 있었으리라 생각한다.

"유라는 있잖아. 글 쓰는 거 말고는 모든 일에 무관심해. 왜, '천재'라는 말 있잖아. 걔는 좀 그런 분위기가 있단 말이지. 한 번 꽂히면 그것만 몰두해서는, 자기 자신도 안 돌봐. 난 결국 창작자는 못 됐지만…… 그런 건 부러워, 확실히."

지헌이 하하, 하고 허탈하게 웃었다. 어느 누구에게도 털어놓은 적 없던 말이, 술의 기운을 핑계로 지금 주체할 길도 없이 터져 나오고 있었다.

부럽다는 게 어떤 의미인지, 주희도 어렴풋이 알 것 같았다.

대학 전공을 국어국문으로 선택한다고 했을 때, 주변 사람들 모두 '돈 안 되는 직업'이라며 뜯어말렸다. 그럼에도 그 전공을 선택했던 것은, 글이 좋았고, 더 많이 읽고 싶었고, 알고 싶었고, 쓰고 싶었기 때문이었다.

만류에도 불구하고 선택한 길이었지만, 주희는 일찌감치 자신의 한계를 깨달았다. 자신은 아무리 노력해도 역사에 이름을 새길 수 있을 만한 명작을 쓸 재능이 없었다. 노력으로도 커버할 수 없는 분명한 선이 있다는 것을 깨달았을 때, 주희가 처음 느낀 감정은 열등감이었다. 타고난 재능을 가진 사람을 볼 때마다 물큰거리며 올라오는 패배감을 지우기란 힘든 일이었다.

율은 분명 그런 과였다. 천재의 아우라 같은 게 있었다. 세상에 글과 자신밖에 없는 사람처럼 살아가는, 뭔가 그런 것이.

"하여튼 그래서 갠 말이야. 걔는, 글만 쓸 수 있으면 사는 놈이야. 반대로 말하자면, 글을 못 쓰게 되면 죽을지도 모른다는 소리지."

빈 말이 아니다. 지헌은 이미 두 번이나 그것을 목격했다. 글을 쓸 수 없게 되었을 때마다 그는 죽어갔다.

"억지로 사회에 끄집어낸다고 살 수 있는 인종이 아냐. 물고기를 물 밖에 꺼내놓는 짓이라고. 갠 평생 자신이 좋아하는 글만 쓰면 돼. 내가, 그렇게 만들어줄 거거든."

자기 업적을 자랑이라도 하려는 듯한 말투였다.

주희는 무언가 반박할 말이 100가지쯤 떠올랐지만, 입을 다물었다. 지금은 그저, 드물게 자신의 앞에서 속의 뒷면까지 까뒤집어 보이고 있는 이 남자의 이야기를 들어야만 할 것 같았다.

"걔한테 네가 필요한 것도 그래서야. 뻔하잖아. '시간 언덕'이 거하게 망했을 때에도…… 그때도 네 덕분에 괜찮았으니까. 이번에도 되겠지. 다시 글을 쓸 수 있겠지. 그렇게 생각했으니까, 너를 불렀던 거야."

무슨 이야기를 하고 싶은 걸까.

『시간 언덕』에 대한 이야기라면 주희도 들어 알고 있다. 율이 자신을 선택한 건 자신이 쓴 『시간 언덕』의 비평문을 읽었기 때문이라고 했다.

『시간 언덕』이 망했고, 그래서 슬럼프였고, 아마도 자신의 비평문을 읽고 용기를 얻었다⋯⋯ 라는 전개 같았다.

그럼, 된 것 아닌가. 마유라가 주희 때문에 다시 글을 쓰게 됐다. 그때도 지금도. 그럼 충분한 거 아닌가.

"이번에도 무슨 일이 있었던 건가요?"

"말했지? RT미디어에서 유라를 속이고 영화 제작사랑 계약했던 거. 그 후에 아주 엉망이었거든. 너도 봤잖아. 밥도 안 먹고 처박혀서 굶어 죽어가던 거."

주희는 맨 처음 마유라의 오피스텔에 찾아갔던 그때를 새삼 상기했다. 엉망이 된 집과, 며칠씩이나 아무것도 입에 대지 않아 굶어 죽기 직전이던 서율.

글을 쓰느라 그랬다고 했다. 하지만 생각해보면, 그때의 율은 RT와 계약을 파기하고 블루캣에서는 시놉시스 확정도 안 난 상태였기 때문에, 그렇게까지 몰두해서 써야 할 작품이 없었다.

실상은 빈 공간이었던 것일지도 모른다. 그의 안이 텅 비어서, 도무지 써지지 않는 글을 쓰려고 쥐어짜내느라 살아가기를 포기했던 것일지도 모른다.

"마음이 상처 입어서 글이 써지지 않았던 거라면, 마음을 먼저 치료해줬어야죠."

주희가 겨우 입을 열었다. 목소리가 조금 상기되어 있었다. 그녀 역시 술기운에 평소보다 좀 더 솔직하게 감정이 앞선 걸지도 모르겠다.

"율 선배, 사람이에요. 글 쓰는 기계 같은 게 아니라. 그 사람 작품 못 읽어봤어요? 그런 감정이, 사고가, 그냥 글이나 줄창 쓰라고 하면 나오는 거라고 생각해요, 선배는?"

지헌은 대꾸하지 않았다. 고갤 푹 숙인 채 미동도 없다. 완전히 취해서 잠이라도 들어버린 걸까. 주희는 그를 흔들어 깨워야 하나 잠시 고민했다. 그러나 얼마 지나지 않아, 지헌은 잠꼬대하듯 다시 입을 열었다.

"주희야. 나는 유라가 너한테 관심 갖는 게, 지금 되게 불안하다. 만약 걔가 너 때문에 이리저리 휘둘리다가 또다시 글을 못 쓰게 될 상황이 올까 봐 걱정되어 죽겠어."

그 말이, 주희를 위한 염려가 아니라는 것을, 안다.

그 말은, 서율 때문이었다.

"선배, 취했어요."

"알아. 나 술 못해."

"대리 전화할게요. 그만 마셔요."

주희가 지헌의 자리에서 술잔을 빼앗아 치웠다. 지헌은 힘든 듯 테이블에 팔을 괴고 얼굴을 감싸 쥐었다. 원래 술이 약한 줄은 알고 있었지만, 주희는 지헌이 이렇게 취할 때까지 마시는 걸 본 적이 없었다.

'보통 포지션이 바뀌어야 하는 거 아닌가. 왜 난 멀쩡하고 선배가 취하는 건데.'

휴대폰으로 대리 기사의 번호를 검색하며 주희는 속으로 투덜거렸다. 그때 얼굴을 감싸 쥐고 이상한 소리를 웅얼거리던 지헌이, 긴 한숨과 함께 혼잣말을 하듯 중얼거렸다.

"너 데려온 거, 좀 후회해, 지금."

그 말에 주희의 손이 멈칫했다. 지헌을 쳐다보았더니, 그는 얼굴을 감싸 쥔 채 테이블에 몸을 기대어 앉아 있었다.

취했다. 완전히 취한 사람이다. 취객인데 무슨 말을 못하겠나 싶지만.

필요 없어, 너는.

꼭 그런 선언을 들어버린 것 같아서, 심장이 욱신 하고 아려왔다.

그간 자신이 애써온 것들이 한꺼번에 밀려왔다. 비단 블루캣에 와서의 일만이 아니다. 그간 자신이 살아오면서 겪어오고 참아오고 견뎌왔던 수많은 일들이 주희를 괴롭혔다. '필요하다'라는 말이 듣고 싶어서 발버둥 치던 지난 모든 시간들이 허망해진다.

이럴 땐 뭘 어떻게 해야 하나. 울컥 솟구쳐 오를 것 같은 눈물을 간신히 참고 있던 그때.

"얼씨구, 꽐라 다 됐네."

거짓말처럼 닫힌 문이 드르륵 소리 내어 열리더니, 율이 나타났다.

진심으로 깜짝 놀랐다. 열린 문 앞에, 율이 너무나 태연한 얼굴로 서 있었던 것이다. 빨려 들어갈 것 같은 그의 갈색 눈동자가, 거짓말 같은 차분함으로 주희를 내려다보고 있었다.

한참 말없이 주희를 바라보던 율이 말했다.

"넌 왜 우는 거야?"

"아…… 아하하."

그러는 당신은. 눈물이 떨어지지도 않았는데, 어떻게 그렇게 잘 아는 건데요.

'이런 사람이, 다른 사람한테 무관심하다니…… 거짓말.'

주희는 눈물이 흘러나오지 않도록, 양 손바닥으로 눈꺼풀 위를 힘껏 눌렀다.

"그런데 여기에서 술 마신다는 거 어떻게 알았어요?"

주점 밖 화단에 앉아 있던 주희가 문득 생각난 듯 고갤 들어 물었다. 술에 취하고 피곤에 절어, 목소리가 잔뜩 잠겨 있었다. 달아오른 몸에 찬 공기가 닿자, 말이 끝나기 무섭게 재채기가 터져 나온다.

율이 자신의 겉옷을 벗어 주희에게 걸쳐주며 주희의 질문에 대답했다.

"허니가 다니는 술집 리스트 정도는 나도 알아. 여기 와본 건 이번이 처음이지만."

"아니, 뭐 술집 리스트까지 공유해요? 징글징글하네."

추위에 몸을 부르르 떨며 주희가 투덜거렸다. 그 반응에 율이 피식 웃더니, 주희의 어깨를 감싸 안았다.

"질투해?"

"조금."

"어느 쪽을?"

"글쎄, 어느 쪽이려나."

지헌과 율의 관계는 주희가 생각하는 것보다 훨씬 기이하게 꼬여 있다는 느낌이 들었다. 단순히 서로를 애칭으로 부르는 문제가 아니라, 자신이 알지 못하는 둘만의 공통분모가 존재하는 듯했다.

그게 무엇일지, 아직은 주희도 모른다.

지헌은 율이 글을 쓰지 않으면 말라 죽을지도 모른다고 생각하고 있었다. 때문에 율을 살리기 위해 그가 글을 쓸 수 있게 만들어주는 것만이 자신의 사명인 것처럼 말 다.

마치 그러기 위해 살아 있기라도 한 것처럼.

왜 그렇게까지 율에게 집착하는지, 글에 집착하는지, 주희는 아무리 생각해봐도 알 수가 없다.

'내가 아직 모르는 퍼즐 조각이…… 있는 거겠지.'

주희는 고개를 기울여 율의 어깨에 살며시 기대었다. 술에 취해 어지러운 시야가 조금은 안정이 된다.

"지헌 선배한테는 내가 필요 없었나 봐요."

"어, 그래."

"뭐야, 그게 다예요?"

"무슨 상관이야. 내 앞에서 걔 얘기 하지 마."

"질투해서?"

"당연하지."

꾸욱, 주희를 감싸 안은 율의 팔에 힘이 들어갔다.

"걔 사정이 어떻든 그게 무슨 상관이야. 내가 필요하다는데."

"……진짜 나 좋아하나 보네."

"그러면 여태껏 다 농담인 줄 알았어?"

"그러게요. 하하, 뭐야. 뭐래, 이 남자. 진짜 나 좋아하나 봐."

누군가로부터 사랑받는다는 건 이런 기분인 걸까.

눈치를 보고, 애써 배려하고, 필요하다는 말을 듣고 싶어서 발버둥치지 않아도 되는 사람. 자신이 싫을 소리를 해도, 솔직하게 밑

바닥을 보여도, 자신을 절대 싫어하지 않을 사람.

주희는 그 사실이 지금 사무치게 고마웠다.

몇 분 정도 지났을까, 택시 한 대가 주점 앞에 멈춰 섰다.

지헌을 집에 데려다놓기 위해 사무실에 남아 있던 영호에게 전화를 건 참이었다. 지헌이 너무 인사불성이 되어 대리운전 기사에게만 맡겨놓을 수가 없었다. 그렇다고 율에게 부탁을 하자니, 율은 딱 잘라 거절했다. 다른 이도 아니고 자신이 술 취한 지헌을 배달하러 갔다간, 지헌의 부모님이 경을 치게 될 거라는 게 이유였다.

"앗, 영호 씨 왔나 봐요."

주희가 반짝 고개를 들어 택시 쪽을 바라보았다.

그러나 택시 문을 열고 내린 사람은 영호가 아니었다. 새까만 양복에 험악한 인상, 떡 벌어진 어깨를 가진 거구의 남성이, 앞좌석도 아닌 뒷좌석에서 어슬렁어슬렁 내려섰다.

주차장을 휘둘러보는 그 시선이, 마치 오늘 한 명 딱 걸려봐라 하는 듯한 표정이었다.

"흐익, 대, 대표님?"

왜 영호 씨가 아니라 대표님이 오는 건데!

주희의 목소리를 들은 현서가 고갤 돌려 그녀를 확인하더니 성큼성큼 이쪽으로 걸어왔다.

"아, 안녕하세요."

이직 첫날 인사했을 때를 제외하고, 주희는 현서와 이렇게 가까이 대면한 게 처음이었다. 현서는 '으음' 하는 소리로 주희의 인사를 받았다. 내려다보는 시선이 그야말로 고압적이다. 일부러 주희의 기를 죽이려는 의도였다기보다, 그냥 존재 자체가 고압적이었다.

"차 팀장은?"

"차 안에……."

주희가 주차된 지헌의 차를 손으로 가리켰다.

완전히 고꾸라진 지헌이, 앞좌석에 널브러져 있었다. 현서가 '쯧' 하고 혀를 찼다.

"영호 씨 불렀는데 어떻게 대표님이 오셨어요?"

"걔 장롱면허야. 맡길 사람한테 맡겨야지."

"아아……."

"저 정도일 줄은 몰랐네. 집에 데려다놔 봐야 내가 욕먹을 것 같은데. 완전히 내가 먹인 것 같잖아."

그렇게 말하며 현서가 율을 슥 하고 쳐다보았다.

잠시간, 둘 사이에 무언의 시선이 교차했다. 말은 없었지만, 참 많은 의미를 담은 시선이었다. 현서는 율이 자기 집에 지헌을 데려가라며 특유의 고압적인 압박을 가했지만, 율은 꿈쩍도 안 했다. 자기 여자 울린 놈은 친구라고 해도 재울 방이 없다는 완고한 고집이었다.

결국에는 현서 쪽에서 먼저 포기했다.

"……사무실 소파에서 재우는 수밖에."

"나중에 화내지 않을까요?"

"뭐, 쓰레기장에 버리고 가는 것보단 낫잖아. 차 키, 줘."

현서가 손을 내밀었다. 주희는 지헌의 가방을 뒤져 챙겨둔 차 키를 서둘러 그 손 위에 살포시 올려놓았다. 몸을 돌려 막 자리를 뜨려던 현서가, 막 생각이 났다는 듯 이번엔 주희가 아닌 율 쪽을 쳐다보았다.

"나중에 식사나 한번 합시다, 마 작가."

율은 말없이 고개만 끄덕였다. 그걸로 충분하다고 여긴 현서는, 그대로 몸을 돌려 지헌의 차에 올랐다.

시동이 걸리는가 싶더니, 차는 엄청난 속도와 박력으로 주차장을 빠져나갔다. 지헌도 운전을 얌전하게 하는 편은 아니었는데, 현서는 더했다. 어쩌면 자신을 오라 가라 일을 시킨 부하직원에 대한 원망이 섞여서일지도 모르겠다.

지헌을 보내고 나니, 주희는 기분이 조금 허탈해졌다.

'이래저래 피곤한 밤이네.'

내일 출근할 일을 생각하니 벌써부터 막막하다.

율이 그런 주희를 보며 물었다.

"버스는 이미 끊겼고, 택시 타자."

"괜찮아요?"

"뒷 자석 앉으면 괜찮아. 멀미는 좀 할 것 같지만. 그것보다도-"

율이 주희의 손을 잡았다. 차가운 주희의 손바닥에 율의 녹진한 체온이 번져갔다.

"우리 집 갈래?"

여기서 '왜요?'라고 묻는 건 너무 촌스러우려나.

아니, 얼굴이 달아오른 시점에서 이미 틀린 걸지도 모르겠다. 주희는 바짝 마른 입술을 슬쩍 핥았다. 더운 숨이 올라왔다. 주희가 꼼지락거리며 한참 동안이나 말이 없자, 율이 피식 실소를 흘렸다.

"클리셰대로 말해주는 편이 이해가 더 쉬워?"

"어떤……?"

"그러니까, '우리 집에 와서 라면 먹고 갈래?'라고."

능글맞게 웃는 이 늑대를 대체 어떻게 하면 좋단 말인가.

주희는 비어 있는 다른 손으로도 율의 손을 꾹 눌러 쥔 채, 떨리는 목소리를 애써 참으며 대꾸했다.

"라, 라면만 먹고 말 거 아니면 갈게요."

부끄러움을 무릅쓰고 꺼낸 말에, 율이 소리 내어 웃었다.

정말 해사하게 웃었다.

방 안의 조명을 모두 끈 채, 두 사람은 영화를 보았다.

거실 소파는 한없이 큰데도, 두 사람은 하나로 포개어져 앉아 TV에 집중했다. 율의 큰 품에 주희의 작은 몸은 그야말로 쏙 들어가 파묻힐 정도였다.

조명은 어둡고, 술기운이 남은 데다, 이미 다 아는 내용의 옛날 영화라는 게 겹쳐져, 주희는 도입부부터 슬슬 눈이 감기기 시작했다. 하지만 스피커에서 들려오는 영화의 소리를 걷어내면 바로 머리 위에서 율의 숨소리가 들릴 정도로 고요했던지라, 묘한 어색함이 몸을 긴장시켰다.

조금 부스럭거렸더니, 율이 주희의 목덜미에 코를 박은 채 말했다.

"졸리면, 잘까?"

"글쎄요, 그냥 자기엔 어쩐지 아까운데."

"뭐든 말만 해. 원하는 건 다 들어줄게."

"아아, 절대 복종 말이죠."

"그런 거 아니어도, 네가 원하는 거면 뭐든 다 들어줄 수 있어."

"좋네요, 그거. 잘됐다. 이상한 거 잔뜩 시켜야지."

"이상한 거?"

"으음, 일단…… 날 여왕님처럼 떠받들어보실까요."

"여왕님? 여왕님이라…… 어렵네, 그거."

그렇게 말하며 율이 쿡쿡 웃었다. 율은 주희를 품에서 풀어준 후, 소파 아래로 내려갔다. 그리고 주희의 앞에 한쪽 무릎을 꿇고 앉았다.

"이런 거?"

자신의 시야 아래에 앉아 말끔한 얼굴로 올려다보는 율의 얼굴에 주희가 피식 웃었다. 한쪽 발로 율의 어깨를 슬쩍 밀며 장난을 친다.

"뭐야, 날 떠받들라니까 자기가 멋있는 거 다 하고 있어."

"원래 멋있는 걸 어떻게 해."

"와, 진심으로?"

"이렇게 멋있는 남자가 다 네 꺼야."

그렇게 말하며 율이 장난을 치던 주희의 발목을 움켜잡았다. 희고 가는 발목은 율의 커다란 손아귀에 완전히 감싸였다. 율은 그대로 주희의 발등 위에 입을 맞췄다.

너무나 자연스럽게 이어진 그 행동에, 어떻게 말릴 틈도 없었다. 주희는 부끄러움에 온몸이 달아오르는 것을 느꼈다. 저도 모르게 신음이 터져 나오려던 것을, 손등으로 입을 가려 간신히 틀어막았다.

"발끝에 하는 키스는 '숭배'의 키스라던데."

"그…… 그런 건 어떻게 알아요?"

"소설 자료 조사."

율의 입술이 주희의 정강이를 타고 올라왔다. 살결과 입술이 맞닿으며 마찰음을 냈다. 영화 소리에 먹힐 만도 한데, 이상하게 주희는 그 소리가 온몸을 통해 들려왔다.

"여기에 하는 키스는 '복종'."

율이 무릎으로 일어나 주희를 소파 위로 넘어뜨렸다. 그의 손이 주희의 허벅지를 타고 올라가, 얇은 웃옷을 말아 올렸다. 그의 손길이 닿는 곳마다 '불에 데인 것처럼 뜨거웠다'. 소설에서만 보던 그 감각을, 실제로 온몸 세포 하나하나 말초까지 납득하며 느끼고 있다는 사실에 주희는 정신이 아득해졌다.

그의 입술이 이번엔 주희의 허리에 닿았다. 잇자국이 날 정도로, 그가 허리를 가볍게 문다.

"거기엔, 무슨 의미가 있는데요?"

호흡이 가빠와, 목소리가 다급하다. 반면 율은 여전히 느긋하기만 했다.

"속박이래."

율이 주희의 위로 올라왔다.

어둠 속에서 그의 갈색 눈동자가 희미하게 빛을 머금은 것을, 주희는 현기증이 도는 정신을 간신히 가다듬으며 확인했다.

'도망 못 가.'

처음 봤을 때부터 알고 있었다.

맹수 앞에 놓인 일개 초식동물의 공포.

'난 이 남자한테서, 벗어날 수 없어.'

목줄을 쥐고 있는 건 자신이라고 생각했는데.

주희의 손이 율의 뺨을 감쌌다. 율이 그녀의 손길을 느끼듯, 눈을 감고 고개를 치댄다. 마치 애정을 갈구하는 몸짓처럼. 내버려두면 손 안에 넣은 지금의 '행복'이 달아나버릴 것만 같아서, 주희는 그것을 가두듯 율을 끌어당겨 안았다.

"키스해요."

주희가 율의 귓가에 속삭였다. 명령에 복종하듯, 율이 주희의 목덜미를 물었다. 첫 만남의 기억이 아릿하게 되살아났다. 주희가 가볍게 몸을 떨자, 율은 고개를 들어 그런 주희의 입술을 집어 삼켰다.

모든 것을 다 빼앗겨버릴 것 같은 강력한 입맞춤.

분명 지금 이 순간 그가 무섭게 발산하고 있는 애정은, 영혼에 닿는다.

"나, 놓지 마요."

그것은 명령이라기보다는 애원이다.

그녀의 말에 부응하듯, 율은 힘껏 그녀를 끌어안았다.

열기가 채 지워지지 않은 소파에서, 두 사람은 한 개의 시트를 덮고 앉았다. 나른한 몸을 율에게 온통 내어맡긴 채, 주희는 고해성사를 하듯 자신의 이야기를 시작했다.

어느 누구에게도, 친한 친구에게조차 말한 적 없었던 이야기를.

"아빠랑 이혼하고 우리 엄마, 오빠에게 심할 정도로 집착했어요. 집안에 남자가 오빠밖에 없으니까, 자연스레 오빠에게 의지하고, 맡기고, 오빠 없으면 안 될 것처럼……. 모르긴 몰라도, 오빠도 꽤나 피곤했을 거예요."

"너는?"

"그땐 나이도 어렸고, 여자애니까, 아무래도 의지할 만한 대상이 못 되었겠죠. 그래서 그땐 뭐든 내가 혼자서 잘해야 한다고 생각했어요. 엄마를 힘들게 하고 싶지 않았거든요. 이제 와 생각해보면, 그냥 무서웠던 걸지도 모르겠고."

"뭐가 무서워?"

"내가 엄마를 힘들게 하면, 엄마가 정말 날 버릴지도 모른다는 거."

엄마에게는 아마, 오빠만 있어도 충분했다. 엄마의 마음속에서 자신은 그저 짐이었을지도 모른다. 당시 엄마는 아이 둘을 한꺼번에 돌볼 정도의 여력도, 재산도 없었다. 둘 중 하나를 선택해야 한다면 오빠를 선택하는 게 당연한 시기였다.

엄마는 평생 자기 딸이 제 아빠를 따라가지 않았던 것을 원망하고 있을지도 모른다. 비록 한 번도, 직접적으로 그런 걸 물어보거나 들춰본 적은 없지만.

미움 받기 싫으니까 매달리지 못했다. 이 집안에서 필요한 사람이 되지 못하면 언제든 버려질 수 있을 거라고 생각했다.

율은 한참이나 말이 없었다. TV에서는 의미도 없이 틀어놓은 영화가 빠르게 장면을 바꾸어가고 있었다.

정말 오랜 시간이 흐른 후에야, 율은 입을 열었다.

"내 이야기, 듣고 싶은 거구나."

주희는 대답하지 않는 것으로 대답했다.

율은 깊이 심호흡을 한다. 자신의 이야기를 하기 위한 각오인 듯했다. 주희는 재촉하지 않고 참을성 있게 기다렸다.

이윽고 율의 나지막한 목소리가 귓가에 흘러 들어왔다.

"'시간 언덕' 말이야."

주희의 어깨를 감싸 안은 율의 손이 살짝이지만 분명하게 떨렸다.

"그거, 내 이야기였어. 나랑, 내 어머니 이야기."

목소리도, 말투도, 표정도, 마치 제3자의 이야기를 하듯 담담했다.

『시간 언덕』은 성공하지 못했다. 마유라의 작품 중 유일하게 망한 작품이었다.

그럴 만했다. 로맨스라는 장르로 나왔지만, 그 소설에는 '사랑'이라는 단어가 단 한 번도 언급된 적이 없었다. 우울했고, 조용했고, 주인공인 1인칭 화자는 여성이 아닌 남성이었다.

주인공은 이웃에 사는 연상의 여자를 사랑했지만, 여자는 주인공이 아닌 자기 또래의 다른 누군가를 사랑했다. 그 사실을 알기 때문에 주인공은 제대로 마음을 고백하지조차 못했다. 결국 여자가 주인공의 마음을 눈치채지만, 그 마음에 부응하기로 결심했는지조차 알지 못한 채, 이야기의 끝에서 여자는 교통사고로 죽는다.

"어머니는 미혼모였어. 아버지가 버리고 떠났다나 봐. 그런데도 어머니는 언젠가 아버지가 돌아올 거라고 믿고 있는 것 같았어."

"아버님을 너무 많이 사랑해서?"

"사랑……. 모르겠다. 그런 걸 사랑이라고 하나."

율이 길게 한숨을 쉰 후 다시 담담하게 이야기를 이어갔다.

"살아생전 어머니는 나를 많이 사랑해주셨지만, 아마 나를 사랑하셨던 게 아니었을 거야. 내가 아버지를 꼭 닮았다는 이야기를 몇 번이나 하셨거든. 애들은 그런 데 민감한 법이잖아."

"어머니는 왜…… 돌아가신 거예요?"

"소설에서처럼, 교통사고. 흔하다면 흔한 이유."

픽 하고 율이 헛웃음을 삼켰다.

몰랐다. 소설을 재미있게 읽었지만, 그런 건 조금도 예상치 못했다.

사람들은 『시간 언덕』을 싫어했다. 우울했고 어두웠으니까. 마유라는 밝고 깨끗하고 경쾌한 사람이었고, 그런 글을 쓰는 작가였으니까. 다들 마유라가 변했다고 말했다. 모두들 마유라는 그런 글을 써서는 안 된다고 떠들어댔다.

당연하다.

그건 '마유라'의 이야기가 아니라, '서율'의 이야기였다.

율이, 자신에게 기댄 주희의 머리에 자신의 머리를 댔다. 서로에게 기댄 채로, 두 사람은 한참이나 말이 없었다.

주희는 이 사람과는 전혀 섞일 수 없다고 생각했었다.

자신을 좋아하는 이유 따위 믿을 수 없다며 잘라냈었다.

자신과 너무나 다른 인종이라고 여겨왔었다.

아니었구나. 사실은 이렇게나 닮은 사람이었는데.

사랑하는 사람에게 사랑받지 못해서 이렇게나 외로운…… 사람들이었는데.

"네가 그 이야기를 아름답다고 말해줘서, 기뻤어."

그에게는 주희의 비평문이, 마유라의 이름에 가려져 있던 '서율'이라는 존재를 제대로 봐준 것과 마찬가지였다. 어느 누구도 알아채지 못한 그의 진짜 모습을, 주희는 숨 쉬듯 당연하게 찾아냈던 것이다.

가볍고도 쉬운 마음으로 썼던 그 비평문이, 이 남자에게는 얼마나 무겁고 조심스러운 이야기였을까.

모르겠다. 그런 것은 감히 상상할 수도 없다. 그저 주희는, 너무나 담담하게 말하는 이 남자를 대신하듯 가슴이 무너질 것처럼 괴로울 뿐이었다.

이 남자는 자신을 필요로 해준다.

자신은 이 남자를 위로해주고 싶었다.

"나를 사랑해요?"

주희가 고갤 들어 물었다. 율과 눈이 마주쳤다. 율의 옆얼굴 위로 TV 화면에서 흘러나오는 빛이 비쳐 어른거렸다.

"모르겠어."

처음으로, 율의 목소리가 떨렸다.

"너를 향한 마음을 일개 단어로 묶어두는 건 너무 이상한 것 같아. 그저 네가 그립고, 간절하고, 보고 싶고 그래. 마음은 언제나 수만 가지의 색깔로 요동치는데, 그걸 정의할 단어가 '사랑'뿐이라면 그건 너무 아까워."

설명하고 싶지만, 어떤 언어로도 설명할 길이 없는 마음.

"네가 가르쳐줘. 이 마음은 뭐라고 불러야 좋은 것인지."

이 간절함을 '사랑'이라는 언어로 표현하기에는 부족하다. 아까웠다. 세상의 어떤 언어를 가져온다고 해도 이 감정을 다 표현할 수는 없을 것이다. 말로 가둘 수 없을 정도로, 율이 주희에게 쏟아붓는 마음은 하루가 다르게 커져가고 있었다.

그러니 부디 알아주기를. 이 마음이 진실이라는 것을. 간절하다는 것을. 쉬운 선택이 아니었다는 것을. 그만큼 그대를 원하고 있다는 사실을.

주희가 온몸을 던져 율을 끌어안았다. 심장에서, 귓가에서, 손끝에서 맥박이 거칠게 요동치는 것이 느껴졌다. 율의 떨림을 위로하듯, 주희는 그의 목을 있는 힘껏 끌어안았다. 울고 싶은 기분이 드는 것은 어째서일까.

고요하다. 어느새 영화도 끝나 있었다. 창문에서는 커튼 사이로 도시의 불빛이 새어 들어왔다. 세계에서 자신들 두 사람만 잘려나온 건 아닐까 하는 생각이 들었다.

그런 생각이 들 만큼, 주희는 지금 율밖에는 보이지 않았다.

"어째서 이렇게나 고독한 사람들인 걸까요. 당신도, 나도."

주희의 떨리는 목소리가 율의 귓가에 녹아내렸다. 율이 그런 주희의 어깨를 잡아, 그녀와 시선을 맞추었다.

너무나 달랐던 두 사람은, 지금 이 순간 너무나 닮은 짐승이 되어간다.

언어조차 없는 마음이 교차되듯, 율의 격렬하지만 다정한 키스가 주희를 집어삼켰다.

꿈을 꾼 것 같다. 노랫소리가 들렸다.

기교도 없이 서툰 어린 여자아이의 목소리였다. 한없이 밝은 가사에 비해 노랫소리는 어쩐지 서글펐다. 우울하고 안타깝다.

분명 어느 영화의 OST였을 거다. 제목은 기억나지 않는다. 아무래도 상관없을 것 같다. 주희는 눈을 감은 채, 그저 희미하게 흔들리는 노랫소리에 온 신경을 집중했다.

제목은 기억나지 않아도, 분명 어릴 적 동화책에서 읽었던 기억이 있다. 회오리바람에 날려 원하지 않았던 세계에 떨어지게 된 어느 어린 소녀의 꿈. 반복되는 일상에서 벗어나 무지개 너머 또 다른 세계를 꿈꾸는 소녀의 소망이, 가늘고 희미한 선율에 담겨 들려오고 있었다.

그곳은 아마도 양철 로봇과, 허수아비와, 겁쟁이 사자가 있는 그런 세계. 입 안에 가득 침이 고이게 만드는 새큼한 레몬 사탕처럼, 슬픔 따위 어느새 녹아 사라질 꿈만 같은 낙원.

노랫말 속 무지개 너머 그곳에 닿은 소녀는, 그곳에서 행복했을까.

'……잠든 모습, 처음 본다.'

어둠 속에서 주희는 눈을 떴다.

두 사람은 마주 본 채 소파에 누워 잠이 들었다. 켜놓은 TV에서는 잡음이 흘러나오고 있었다. 주희는 행여 율이 깰까 조금도 움직이지 못한 채, 그저 마주한 율의 얼굴을 하나하나 꼼꼼히 관찰했다. 영화의 소음이 오히려 주변을 더욱 고요하게 만든다.

'이 남자는 나를 좋아해.'

누군가에게 사랑받는다.

누군가에게 필요한 사람이 된다.

주희는 지금 그 사실이, 눈물이 날 만큼 기뻤다.

아무에게도 말하지 못했던 아픔을 공유하고 있다. 가장 감추고 싶었던 치부를 털어놓았다. 그리하여 결국, 자신들 둘 다 한없이 외롭고 너무나 나약한 사람이었음을 깨닫는다. 누군가를 갈구하고, 필요로 하는 사람이었음을 깨달았다.

"나는 이 사람을-"

이 사람을, 자신은 어떻게 하고 싶은 것일까.

"서율을……."

온주희는, 분명.

"좋아해."

그 말이 떨어지기 무섭게, 잠들었던 율이 눈을 반짝 떴다. 그러고는 흠칫 놀라는 주희를 끌어당겨 품에 꽉 끌어안았다.

주희는 숨을 죽인다. 시간조차 멈춘 듯했다. 들리는 것은 서로의 심장 소리뿐이다.

'아, 마치 메트로놈 같다.'

두근, 두근, 두근, 두근.

포개어지는 심장 소리에 기대어 주희는 다시 눈을 감았다.

멈춘 세계는 더없이 투명하고 황홀하다.

그토록 꿈꿔왔던 일곱 빛깔 무지개 저편의 세계.

아무도 보지 못했을 일곱 번째의 계절처럼.

8화. 개인의 사정

"출근, 꼭 해야 하는 건가?"

부스스한 몰골로 벽에 기대어 서서 율이 중얼거렸다. 구두를 신고 있던 주희는 그런 율을 얄밉다는 시선으로 노려보았다.

어제 밤을 꼴딱 새우느라 결국 아침까지 늦잠을 자고 말았다. 율이 주희를 가만 놔두질 않았다. 새벽에 집에 들러 옷을 갈아입고 갈 작정이었는데, 정말 말도 안 되게 야무진 생각이었지.

주희는 길게 한숨을 내쉬었다.

"나 잘리는 거 보고 싶어요?"

"병가 내, 병가. 술병 났다고 해. 허니 그놈도 양심 있으면 봐 주겠지."

순간 솔깃했다. 하지만 얼른 정신을 차린 주희는 큼큼, 헛기침을 하는 것으로 아쉬움을 표했다.

"밀린 일은 누가 대신 해주나, 뭐?"

"하아, 이래서 출퇴근하는 사람들은 문제가 많아."

"밤낮 바뀐 프리랜서가 할 소린 아니죠. 얄미워."

"이건 회사에 건의해야 해. 아침엔 일찍 출근하고, 밤엔 야근하고, 따로 불러내서 술 먹이고, 이거 이거, 회사가 영 직원 복지가 엉망이야."

"아이, 참. 들어가서 일이나 해요. 나, 가볼게요!"

구두를 겨우겨우 구겨 신고 막 현관문을 여는데.

"어이, 온주희."

"네? 왜……?"

율이 주희를 와락 끌어안고선 입술에 키스한다.

키스라고 하기엔 다소 포악하다. 주희가 율의 기세에 밀려, 비틀비틀 뒷걸음으로 문을 열고 나가서는 그만 복도 벽까지 내몰리고 말았다. 복도에 나온 사람이 없었으니 망정이지. 포식자의 기세로 주희를 먹어치운, 아니 키스한 이 남자는, 그제야 만족스러운 표정을 지어 보였다.

"돈 많이 벌어와."

쪽, 쪽 소리를 내어 주희의 뺨과 목덜미에 입술을 찍어대며 율이 말했다. 덕분에 주희는 정신이 다 혼미했다. 다리에 힘이 풀릴 지경이다. 출근할 사람을 이렇게 농락하다니, 괘씸하기 그지없다. 자신은 너무 놀라 다리가 후들거리는데, 얼굴 한가득 행복한 표정을 머금고 있는 율을 보니 주희는 부아가 치밀어 올랐다.

"그러는 선배야말로, 원고 진척 엄청 느린 거 알고 있죠?"

"그건 네 탓이지."

"네? 아니, 왜!"

"네가 하루 종일 머릿속에서 뛰어다니는데 내가 어떻게 일을 할 수 있겠어?"

능글능글 웃으며 율이 말했다. 그 말에 주희가 이를 드러내고 으르렁댔다.

"와, 안 되겠네, 이 사람. 오늘 적어도 2챕터까지는 다 써요. 그 전에는 전화도 문자도 금지야. 알겠어요?"

"그건 좀 심하지 않아?"

"대신 얌전히 원고 다 쓰면-"

"……?"

주희가 양손으로 율의 얼굴을 잡고, 까치발을 들어 입술에 쪽 하고 입을 맞췄다. 잡아먹을 기세이던 율과는 다르게 가벼운 키스로 작별 인사를 한다.

"포상이 있을지도요."

"……2챕터까지 말이지. 오전 중에 끝내줄게. 인간의 한계를 뛰어넘어주지."

"아이, 착해라."

덩치 산만 한 남자를 쥐락펴락하며, 주희는 생긋 미소를 지었다.

"어이, 아가씨! 1106호 아가씨!"

엘리베이터에서 내려 로비를 막 빠져나가려는데, 경비원이 주희를 불러 세웠다. 처음에는 자신을 부르는 줄 몰랐다가, 1106호라는 이야기를 듣고 나서야 '응?' 하고 고갤 돌렸다. 경비원이 우편함 쪽에 서서 주희를 향해 열심히 손을 흔들고 있었다.

주희가 그 곁으로 쭈뼛쭈뼛 다가가 섰다.

"무, 무슨 일이세요?"

"아가씨, 1106호 맞지? 대체 우편함은 언제 비울 생각이야?"

"네? 우편함이요?"

그제야 주희의 시선이 1106호 우편함으로 향했다. 우편함이 꽉꽉 차다 못해, 입구를 통해 도로 삐져나오고 있는 상황이었다. 으헉, 하고 저도 모르게 한탄이 터져 나왔다.

서율, 우편함 정리도 안 하는 건가, 설마.

"대체 몇 번이나 말 해? 저번에도 이렇게 채워놓고 사람 속을 썩이더니, 또 이러기야?"

"엇, 저기 그런데, 전 엄밀히 따지자면 1106호 사람이……."

"오늘은 꼭 비워! 두고 볼 거야, 내가!"

"네? 아니 저기, 아저씨? 아저씨!"

식식거리며 오피스텔을 나가는 경비 아저씨를 불러보았지만, 아저씨는 뒤도 돌아보지 않고 쌩하니 건물을 나가버리는 바람에, 주희는 닭 쫓는 개인 양 우두커니 그 자리에 서 있어야만 했다.

그나저나 자신을 1106호에 사는 사람으로 착각하다니, 그동안 자신은 이 집을 얼마나 많이 들락거렸다는 뜻인가.

'심지어 오늘은 자고 나오기까지 했으니, 오해를 사도 별수 없나.'

주희는 한숨을 내쉬었다. 별수 없이, 자신이 1106호 우편함을 직접 비우기로 결심했다.

'어차피 공과금 고지서나 쇼핑몰 홍보지 같은 거겠지.'

고급 오피스텔이라 그런지, 우편함에는 각각 비밀번호가 걸려 있었다. 주희는 잠시 멈칫했지만, 그건 금방 해결됐다. 0000을 눌렀더니 철컥 하고 열려버린 것이다. 혹시나 했는데 역시나였다.

우편함 문이 열리자마자, 꽉꽉 들어차 있던 우편물이 와르르 바닥으로 쏟아졌다.

"아앗!"

손으로 받으려 허공을 허우적댔지만, 그럴 수 있는 양이 아니었다. 결국 주희는 한숨을 쉬며 바닥에 쪼그려 앉아 우편물을 줍기 시작했다.

"아니, 이게 다 뭐야. 이 지경이 될 때까지 우편함을 한 번도 안 열어본 거야? 내 참."

그리고 우편물을 하나하나 줍기 시작하던 주희는, 뭔가 이상한 사실을 깨달았다.

우편물이 모두, 같은 규격의 편지 봉투였다. 색깔은 유치찬란할 정도로 다양한데 말이다. 어딘가의 단체나 상점, 공공기관에서 온 그런 종류의 우편이 아니다. 개인이 직접 손으로 쓰고 우표를 붙여 보낸 편지였다. 심지어 수신인은 '마유라'로 되어 있었다. 마유라가 이 오피스텔에 사는 건 출판사에서도 자신과 지헌, 현서를 제외하고는 아는 이가 없는 사실이었는데 말이다.

'이게…… 뭐지?'

호기심에 주희는 편지 봉투 중 하나의 발신인을 확인해보았다.

<스페이드A.>

이건 뭐지. 아이디? 펜네임? 분명 어디서 본 듯한…….

'……악플러.'

순간 뒷목이 서늘해지며 소름이 돋았다.

언젠가 영호가 보여주었던 마유라 블로그의 댓글이 기억 밑바닥에서 선명하게 되살아났다. 그, 온갖 입에 담지 못할 언어로 도배가 되어 있던 그 댓글 말이다.

'어라, 잠깐만.'

그다지 유쾌하지 않은 발신인에 당황하고 있던 사이, 주희는 다른 편지 봉투를 하나 더 집어 들었다. 봉투의 색깔만 다를 뿐, 같은 글씨체로 같은 발신인 이름이 적혀 있었다. 수신인 역시 '마유라 귀하'로 되어 있다. 그러나 확실히 다른 게 하나 있다.

처음 확인했던 편지 봉투는, 우표가 붙어 있지 않았다.

우표는커녕 소인도 찍혀 있지 않다.

이건 자기가 직접 이 우편함에 넣었다는 뜻이다.

주희는 고민할 것도 없이 앉은 자리에서 편지 봉투를 뜯어보았다. 안에는 곱게 세 번 접힌 A4 용지가 들어 있었다. 천천히 그것을 펼쳐 읽어본 주희는 저도 모르게 숨을 '흡' 하고 들이마셔야 했다.

"역시나……."

차마 입에 담을 수 없는 욕설과 비난.

일방적이라고밖엔 설명할 수 없는 구애와 집착.

그 두 가지가, 두서없이 뒤얽혀 있는 그런 편지였다.

주희는 다른 편지 봉투를 하나 더 뜯어보았다. 내용은 일반 다르지 않다.

왜 대답이 없느냐. 나를 무시하느냐. 너를 죽이겠다. 네 글은 쓰레기다. 나만 네 글을 이해한다. 나는 네 글에 숨은 의미를 알고 있다. 네가 먼저 나를 부른 것이다. 계속 무시하다가는 나도 무슨 짓을 할지 모른다. 너를 덮치고 찢어발길 것이다. 너는 더럽다. 고집

피우지 마라. 네 마음을 다 알고 있다. 더는 날 무시하지 마라. 언제까지 무시할 수 있을 것 같으냐.

손이 덜덜 떨릴 정도의 내용이 빼곡히 적힌 편지를 읽다가, 주희는 불현듯 피가 식어 내리는 듯한 어떤 사실을 떠올렸다.

율은.

이 편지를, 읽었을까?

"……!"

일순 등 뒤가 오싹해지는 느낌에, 주희는 파드득 자리에서 일어나 뒤를 돌아보았다. 출근 시간대가 미묘하게 지나 있어, 로비에는 주희 외엔 아무도 없었다. 우우웅 하고 엘리베이터가 움직이며 묵직한 기계음을 내고 있을 뿐, 사람의 그림자는 보이지 않았다.

'이딴 거…… 율 선배가 보게 해선 안 돼.'

아랫입술을 힘껏 깨물어, 아득해지는 정신을 가까스로 다잡았다. 몇 번이나 눈을 감았다가 떠보아도, 율이 이 편지를 읽을 때의 모습이 눈앞에 그려졌다. 이렇게까지 꽉 찬 악의와 독약 같은 저주가 '마유라'를, 자신을 향해 있다는 걸 알게 되면 그는 분명히 상처입고 절망할 것이다.

이런 건 모르는 것이 낫다. 보지 않는 편이 좋다. 절대로 율이 이런 악의를 알게 해서는 안 된다.

주희는 허둥지둥 편지를 그러모았다. 양이 꽤 된다.

그대로 오피스텔을 빠져나간 주희는, 근처의 분리수거함으로 달려갔다. 그리고 종이를 버리는 곳에 품에 안고 있던 편지 봉투를 와르르 다 쏟아버렸다. 그러고 나서도 한동안은 손끝이 벌벌 떨렸다.

살면서 그런 악독한 말을 들어본 적이 없었다. 자신에게 하는 말이 아님을 알면서도, 주희는 그 독기 어린 말들이 너무나 두렵고 무서웠다.

'율 선배는 모르게 하자. 말하지 말자. 우편함은…… 내가 정기적으로 비우면 되는 거니까.'

그렇게 결심하며, 주희는 손을 털고 몸을 일으켰다. 그리고 그 순간.

"……?"

등 뒤에서 느껴지는 오싹한 감각에, 주희는 파드득 몸을 떨며 뒤를 돌아보았다.

그러나 등 뒤로는 언덕 아래 큰 길로 길게 뻗은 텅 빈 길만 있을 뿐, 지나가는 개나 고양이 한 마리 보이지 않았다. 악의로 가득 찬 글을 읽고 나니, 온몸의 신경이 예민해진 탓일지도 모른다.

주희는 오한이 든 사람처럼 양팔을 감싸 쥐고 가볍게 몸을 떨었다. 현기증에 다리까지 후들거려, 회사까지 갈 길이 까마득하다.

"여기 오늘 분위기 왜 이래?"

아침 일찍 블루캣 사무실을 찾은 현서가 인상을 찌푸리며 그렇게 중얼거렸다.

어젯밤 지헌을 사무실 구석 소파에 내동댕이치고 돌아가놓고선, 오늘 아침에 상태를 보고 한껏 놀려주려고 온 길이었다. 이런 나야말로 이 시대의 진정한 CEO라 할 수 있지 자부하며 찾아왔는데, 사무실 분위기가 이렇게 뒤숭숭할 수가 없다. 대체 원인이 무언지 알 수가 없어 문 앞에 서 있는데, 현서를 발견한 영호가 어느

새 쪼르르 다가와 아는 체를 했다.

"앗, 대표님! 좋은 아침입니다!"

"야, 여기 분위기 오늘 왜 이러냐?"

"아, 그게…… 저도 아직 잘 모르겠는데요."

"네가 모르면 누가 알아?"

울프의 가장 가벼운 입, 구명용 마우스 신영호가 현서의 타박에 몸 둘 바를 몰라 했다. 모든 소문의 출발지인 영호로서는 어쩐지 책임감을 다잡게 되는 타박이었다.

"아니, 아침에 출근할 때부터 팀장님 분위기가 영 수상쩍더라고요. 요즘 묘하게 신경질적인 면도 보이시고, 예전 같지 않습니다. 저 꼴을 보십시오. 옷은 구겨지고 머리는 산발이고, 저의 차 팀장님은 저런 분이 아니셨다고요."

"차 팀장 어제 회사에서 밤 새워서 그래."

더 많은 진실은 지헌의 체면을 위해 묻어둔 채 현서는 그렇게 둘러댔다. 한편으로는 지헌의 불편한 심기에 대하여 '원인'을 짐작하고 있기에, 쯧 하고 혀를 찼다. 어제 이기지도 못할 술 퍼마시고 꽐라가 된 것도 뻔하다.

현서는 서로에게 의지해 나란히 앉아 있던 마유라와 온주희를 떠올렸다. 거기에서 소외되어 짐짝처럼 차 앞좌석에 널브러져 있던 지헌도.

"그런데 지금 이 분위기는 팀장님 한 명 때문만은 아닙니다."

"뭐? 그럼 또 누가 문제인데?"

"주희 씨도 오늘 여엉 수상쩍단 말이죠."

현서와 영호가 동시에 주희의 자리로 고갤 돌렸다. 원고의 윤색 작업에 열을 올리고 있는 그 뒷모습은 열심히 일하는 직장인의 그것이라 가히 칭찬할 만하다. 저게 어딜 봐서 수상쩍다는거야 하고 현서가 미간을 찌푸렸을 때.

"……과연, 수상쩍군."

주희가 일하다 말고 펜을 입에 물더니, 허공을 응시한 채 멍하니 넋을 놓는 것이 아닌가.

그 모습에 현서가 '으음' 하고 신음을 삼켰다.

곧 런칭인데. 총체적 난국이구나, 블루캣.

"주희 씨는 무슨 일이 있는지 대충 알 것도 같단 말이죠."

"무슨 일이 있는데?"

"남자 친구랑 뭔가 있었던 게 분명해요."

"남자 친구? 온편 남친을 네가 어떻게 알아?"

"저번에 회사에 데리러 오기까지 했다니까요? 뭐랄까, 본능에 충실한 짐승의 냄새가 풀풀 풍기는…… 아주아주 위험한 남친이 있어요."

마유라인가.

설마 회사에 오기까지 했던 건가. 이것들이 일을 하랬더니 사내 연애를 하고 있다.

"편집자가 편집을 해야지 왜 소설을 쓰고 있냐, 너는."

"크으, 제 말을 못 믿으시겠다 이거죠? 제가 입이 가벼운 거지, 절대 거짓 정보는 안 흘리거든요. 그리고 무엇보다 결정적인 증거가 딱 있다 이겁니다."

"결정적 증거?"

현서가 한쪽 눈썹을 으쓱 올리며 물었다. 그 역시 궁금증을 참을 수는 없었던 모양이다. 영호가 손짓으로 현서를 가까이 부른다. 그리고 현서에게만 들릴 정도의 작은 목소리로 속삭여 말했다.

"옷이…… 어제 입은 그 옷입니다!"

"……!"

설마, 그렇다면 설마, 어젯밤 헤어지고 나서……!

"저기, 죄송한데요. 여기서 이러시면 방해되거든요, 두 분 다?"

현서와 영호가 바보 같은 얼굴로 주희를 쳐다보고 서 있으니, 밖에서 들어오던 블루캣의 다른 팀원이 구박하듯 두 사람을 밀어냈다.

그러나 복도로 쫓겨난 후에도 현서와 영호는 저들 둘이서만 아는 눈빛을 교환하여 '오오오', '오오오오' 하는 감탄을 터뜨렸다. 덩치 산만 한 정장 남자와 조그마한 체구의 얍실한 남자의 부조화에, 복도를 오가는 다른 회사 사람들의 시선마저 강탈하면서.

회사 건물 옥상 휴게소.

주희는 난간에 기대어 서서, 폰으로 마유라의 블로그를 훑어보는 중이다. 마유라가 올린 글은 이미 꼬박꼬박 체크하고 있었지만, 그 글에 달린 댓글은 거의 확인했던 적이 없었다.

주희는 댓글을 일일이 확인하여, 문제의 '스페이드A'라는 닉네임을 단 악플러의 글을 찾아내 캡처를 했다.

이것이 무슨 소용이 있는지는 모르겠다. 고소를 한다고 한들, 도움이 될 수 있을는지도 모른다. 작가가 독자를 고소한다는 건, 작가의 잘못이 전혀 없다고 해도 오히려 작가 쪽에 치명적인 데미지를 남긴다. 으레 이런 악플러들은 무시하고 지나가는 것이 상책이었다.

'하지만 집에 직접 우편까지 보내는 건 아무리 생각해도 위험해.'

찰칵. 찰칵. 화면을 캡쳐하며, 주희는 아랫입술을 깨물었다.

'더구나 소인이 찍혀 있지 않던 그 우편은…… 그냥 간과할 수 없어.'

뭐래도 해야 했다. 자신이 할 수 있는 일이라면, 뭐라도.

"어제 무슨 일 있었어?"

그때 옆에서 들려오는 굵직한 남자의 목소리에, 주희는 화들짝 놀라 폰을 떨어뜨렸다. 한창 긴장한 채로 보기 싫은 글을 읽으며 캡처를 하고 있던 중이라, 겁에 질려 있던 상태였다.

현서가 주희 곁에 다가오더니, 떨어진 폰을 주워 주희에게 넘겨주며 말했다.

"마유라 블로그 사찰?"

"네. 좀…… 일이 있어서."

"연애도 좋지만 일도 착실하게 하면서 하는 거겠지."

"여, 여, 연애요?"

뜬금없이 허를 찌르고 들어온다. 주희가 얼굴이 새빨개져 말까지 더듬으며 물었더니, 현서가 천연덕스럽게 고갤 갸웃했다.

그 큰 덩치에 고개 갸웃이라니, 오히려 무섭다.

"당황하는 것 보니, 연애는 아직 아닌가? 썸?"

"아뇨, 그…… 연애 맞아요. ……아마도."

"아마도?"

"그러니까, 으음……. 무슨 볼일이세요?"

회사 대표에게 '편집자인 제가 담당 작가와 눈이 맞아 연애를 하고 있습니다'라는 문장을 어떻게 부드럽게 설명해야 할지 몰라, 주희는 대답을 얼버무리고 화제를 재빨리 돌려버렸다.

현서는 주머니에서 막대사탕 두 개를 꺼내, 하나는 본인이 물고 하나는 주희에게 건넸다.

"하나?"

"아……. 고맙습니다."

주니까 일단 받았다. 사장님이 주시는 걸 거절할 배짱은 없다.

어쩌다 보니 사장과 사원이 나란히 옥상에 서서 막대사탕을 쫍쫍 빨고 있는 웃지 못할 장면이 연출되고 말았다.

팔짱을 끼고 비장하게 막대사탕을 빨며 저 너머 어딘가를 응시하던 현서가 다시 입을 열었다.

"난 차 팀장이 자네에게 사심이 있는 줄 알았는데, 아니었던 모양이군."

"아하하, 그런가요? 팀장님은 누구한테나 친절하시잖아요."

"나한테는 안 친절하던데."

"그건, 음……. 죄송합니다."

아무리 머리를 굴려도 그럴싸하게 포장해줄 말이 떠오르지 않아 주희는 순순히 사과했다. 현서가 피식 웃으며 막대사탕을 입에서 빼어내 손가락 사이에 끼워 들었다.

"뭔가 문제가 있으면 말해. 누구한테든 도와달라고 해. 그게 현명한 거야. 차 팀장은 글렀어. 그게 안 되거든."

"팀장님이야 뭐, 워낙 혼자 잘하시니까……."

"인간이 왜 사회적 동물인 줄 아나? 내 부족한 부분을 타인이 채워주기 때문이야. 무리 지어 살 수밖에 없는 동물들이라는 거지. 혼자 다 잘난 놈은, 그게 인간이냐. 사이보그지."

"좀, 그렇죠. 팀장님이 그래서 인간미가 없나 보네요."

"차 팀장은 일이 곪아 썩어 들어갈 때까지 말 안 할 것 같으니까, 만약 무슨 일 생기면 자네라도 말해. 그렇게 꿍하고 입 다물고 사는 놈한텐 이제 질렸어."

"명심할게요."

달달한 사탕을 먹으니, 어쩐지 마음이 조금 진정되는 듯한 기분이 든다. 약간의 간격 후, 주희는 조금 긴장한 목소리로 현서에게 물었다.

"저기, 혹시 울프에서는 악플러에 시달리는 작가는 없었나요?"

현서가 무표정한 얼굴로 주희를 쳐다보았다.

"혹시 연재 사이트에서 판타지 소설 하나라도 읽어본 적 있어?"

"여성향 판타지라면……."

"그거 말고 남성향 말이야. 소설에 달린 댓글 보면 아주 난리도 아니야. 말 막하는 놈들이 꼭 하나 이상씩은 붙어 있거든. 여기서 오래 살아남는 놈은 글 잘 쓰는 놈이 아니야. 멘탈이 단단한 놈이지."

우와, 그렇구나. 몰랐던 일이다. 주희는 진심으로 놀랐다.

"엇, 그러면 혹시 스토커가 붙었던 작가는요?"

"스토커…… 까지는 모르겠군. 이쪽은 보통 작가도 독자도 남자 애들이니까. 남자 작가에게 남자 스토커가 붙어서 무슨 의미가 있겠어."

다시 막대사탕을 쫍쫍 소리 내어 빤다.

"혹시 마유라 작가한테 스토커 붙었어?"

"확실한 건 아니고요."

"정체를 들켰나?"

"그런 건 아닌 것 같아요."

"그럼 됐어. 어제 보니, 호락호락 당할 것 같이 생기진 않았던데. 오히려 걸렸을 때 스토커가 불쌍하면 불쌍했지."

철저하게 상대를 경계하고 서열을 논하려드는 그 시선을 떠올리며 현서가 생각했다. 아마 주희가 곁에 없었다면 더 노골적인 경계심을 보였으리라 생각한다.

"만약 그 스토커랑 정말 만나게 되면 뭘 어떻게 해야 할지 모르겠어요."

경찰에 신고를 해야 하는 건지, 법적으로 고소를 해야 하는 건지, 아니면 그냥 잘 설득하여 달래서 돌려보내야 하는 건지. 편집자로서의 입장과, 율을 걱정하는 연인으로서의 입장과, 단순히 불의에 속이 쓰린 일개 인간으로서의 입장이 충돌했다.

그러나 현서는 주희의 말뜻을 잘못 이해했는지, 엉뚱한 대답을 꺼냈다.

"눈."

"네?"

"눈을 찌르라고."

검지와 중지를 펼친 채 허공을 쿡쿡 찌르며 현서가 말했다. 그때까지도 주희는 그 말을 이해하지 못해 미간을 찡그린 채 고개를 갸웃했다.

"왜, 호신술이라고 가르쳐주는 거 많잖아. 그거 다 헛것이야. 잔재주 부려봐야 힘 차이가 심하면 별수 없거든. 그럴 땐 눈을 찔러. 파버리겠다는 심정으로."

주희는 이 순간 진심으로, 자기 회사 대표가 사실 아주 옛날에는 주먹계에서 한 가닥 하던 과거가 있었던 게 아닐까 하고 생각했다.

"음……. 아니, 사람을 골로 보낼 방법을 알려달라는 게 아닌데요."

"스토커를 만나면 무찌를 각오로 덤벼야지. 저쪽이 골로 안 가면 이쪽이 골로 가는데."

"대표님은 대체 얼마나 험한 세상에서 살아오셨던 건가요."

"자본주의 정글만큼 위험한 세상은 없어."

사뭇 비장한 목소리로 현서가 말했다. 꼭 무협지에 나오는 고수 같았다.

"그리고 어차피 눈 파내는 정도로는 골로 안 가. 특히 자네 파워면 눈깔 파낼 수준도 못 돼. 그러니까 마음 놓고 찔러. 혹시라도 상대가 죽어서 감옥 가게 되면, 그땐 내가 최대한 빨리 나올 수 있게 어떻게든 손써줄 테니까."

"감옥을 안 가게 만들어주세요."

"마유라 책 백만 부 넘게 팔면."

어디까지가 농담이고 어디까지가 진담인지 모를 소리와 함께, 대표와의 달달하고도 불편한 개인 면담은 끝이 났다.

주희는 사무실로 내려오고 나서야, 결국 어젯밤 주점에서의 일이 궁금했던 것뿐인가 하는 생각이 뒤늦게 들었다.

이제 와 진실은 알 수 없는 것이지만.

-와.

"네?"

단도직입적인 것도 정도가 있지.

그날 저녁 집으로 가는 길.

버스에서 내려 집까지 이어진 길을 따라 올라가는데, 율에게서 전화가 왔다. 주희가 '여보세요'를 말하기 전부터 율은 다급한 목소리로 재촉하듯 말했다.

-우리 집으로 오라고. 2챕터 다 끝났어.

"엇, 벌써?"

-오늘 내로 다 쓰고 전화하라면서? 다 쓰면 당연히 이리로 오는 거 아니었어?

"아니, 내 입으로 오늘 내로 쓰라고 한 건 맞는데요, 그게 그럴 분량이 아니었을 텐데……?"

-핫, 뭘 모르는군. 작가는 분량에 맞춰 글을 쓰지 않는다. 마감에 맞춰 글을 쓰지.

"되도 않는 소리로 허세 부리지 말아줄래요? 제대로 쓴 거 맞아요?"

-퀄리티는…… 직접 와서 확인하는 걸로.

"으으……. 수상쩍은데."

-날 의심하는 건가? 마유라의 소설이 읽고 싶지 않은가 보지?

"그럴 리가 없잖아요! 무슨 소릴 하는 거예요, 지금?"

-……나한테 화낼 건 아니잖아.

"으으, 부추기지 말라고요. 안 그래도 당장 보고 싶어 죽겠으니까."

-당장 오면 되잖아?

"안 돼요. 나 이미 집에 다 와서, 다시 못 돌아가요."

주희는 율과 통화를 하며 잠시 옆길로 새서 동네 놀이터로 향했다.

심야 시간이라 당연히 아이들은 한 명도 남아 있지 않다. 손바닥만 한 공간이라 질 나쁜 학생들도 잘 찾지 않는다. 주희는 흔들거리는 그네에 털썩 주저앉았다.

밤하늘이 굉장히 높다.

가볍게 발을 굴렀더니, 그네가 삐거덕거리는 소리를 내며 움직이기 시작했다. 그네 손잡이에 고개를 기댄 채, 주희는 수화기 너머 목소리에 더욱 귀를 기울였다.

"근데 지금은, 소설이 보고 싶은 건지 선배가 보고 싶은 건지 잘 모르겠어요."

-진심으로?

"응, 진심으로."

한참 대답이 돌아오지 않는다. 듣고 있는 건가 의심이 들 무렵에야, 간신히 다시 목소리가 들려왔다.

-난 너랑 처음 만난 이후로 매일 그렇게 힘들었어.

……그건 얼마나 아득하고 까마득한 감정일까.

그 서툰 고백에 담긴 진심의 농도가 너무나 짙어서, 주희는 뭐라 대답할 수가 없다.

자신을 대하며, 자신에게 말을 걸며, 자신과 부대끼며, 그는 매번 이렇게나 간절한 마음이었을까.

예전에는 몰랐다. 서로를 향한 마음의 거리가 너무나 까마득하여, 그의 진심을 눈치채기가 어려웠다. 그랬던 것이, 어두운 방에 불이 켜진 것처럼 이렇게 한순간 이해하고 공감하게 될 줄은 몰랐다.

-안고 싶다. 당장.

이렇게 달콤한 목소리를 가진 남자였던가.

사람의 마음이라는 것이, 이렇게 아리고 떨릴 수도 있는 것이었던가.

아마도 자신은, 지금껏 단 한 번도 누군가를 사랑해본 적이 없었던 모양이다. 그렇지 않고서는 율과 포개어지는 순간순간의 감정들이 이렇게나 낯설고 신기할 수가 없다.

모든 것이 처음이었다. 모든 것이 기쁘고, 모든 것이 설레었고, 그래서 더 두려웠다. 이 행복이 정말 자신의 손에 제대로 쥐어져 있는 것인지 의심하게 된다.

"보고 싶다, 나도."

울음 섞인 목소리가 주희의 입에서 새어 나갔다.

"나도, 선배 보고 싶어."

-응, 그래.

속삭이는 듯한 목소리의 대답.

"……엇, 선배?"

……전화가 끊겼다. 믿기지 않지만.

"헉, 뭐야, 이게! 갑자기 왜 끊는 건데!"

혹시 몰라 배터리를 확인해봤지만, 주희의 휴대폰은 배터리가 충분했다. 전파장애로 끊긴 건가 싶어 전화를 다시 걸어보았지만 받지 않는다. 대체 왜 끊겼는지도 모르겠다. 답답할 뿐이다.

설마 진짜 끊은 거야? 자기 할 말 다 끝났다고?

"개율, 진짜……!"

주희는 양손으로 휴대폰을 꽉 쥔 채, 닿지도 않을 원망을 입 밖으로 내뱉어버렸다. 부들부들 휴대폰을 쥔 손이 떨렸다.

그러나 끓어오른 화는 이내 체념으로 바뀌어 식어버린다.

"바보같이. 뭐야, 이게. 이런 인간인 거 몰랐던 것도 아니고. ……그런데도 난 왜 이 인간이 보고 싶냐고요."

기분이 붕 뜬 것 같다. 그를 생각하는 것만으로도 발이 땅에 닿지 않는 것 같은 부유감이 든다.

어쩐지 바로 집에 들어가기가 아쉬웠다. 주희는 열을 식힐 겸, 발을 굴러 그네를 좀 더 밀었다. 차가운 밤바람이 뺨을 스친다. 밤하늘이 가까워졌다가 멀어졌다가를 반복했다.

생각해보면 자신은 옛날부터 율에게만큼은 마음껏 화냈고, 싸웠고, 솔직했었다. 제멋대로인 그에게 지고 싶지 않아 오기를 부린 이유도 있었다. 그러나 한편으로는 알고 있었기 때문일 것이다. 자신보다 훨씬 키도 크고 힘도 센, 그 맹수의 눈빛을 가진 남자가, 제멋대로 굴지언정 자신을 해치지는 않을 거라는 것을 말이다.

대학 시절 내내 율에게 소리치고, 싸우고, 화냈지만 정작 율은 자신에게 한 번도 화를 냈던 적은 없었으니까.

"그렇구나. 그 사람, 사실은 처음부터 나한테 다정했었구나."

갑자기 바뀐 게 아니다. 갑자기 자신에게 친절해진 게 아니었다. 처음부터 그런 사람이었는데, 그저 서툴고 어설프다는 이유로 못 알아보았던 것뿐이다. 답답하고 눈치 없는 사람은 그가 아니라 자신 쪽이었다.

좀 더 일찍 알았으면 좋았을 뻔했다. 그랬다면 그가 그렇게 오랫동안 외롭고 힘들어하지 않았을 텐데.

밤하늘에 별이 가득하다. 밤공기는 피부에 스며들듯 가벼웠다. 어디선가 여름의 시작을 알리는 듯한 풀벌레 소리도 들려왔다. 언덕 아래로는 불야성의 도시가 유리 상자 속의 장난감처럼 반짝인다.

도시는 이렇게나 아름답다. 그리고 모든 것은 원래부터 거기에 있었다. 주희가 발견하기 전부터 계속 그대로였다. 미처 발견하지 못했던 아름다운 것들이 세상에 넘쳐났다. 길가의 꽃도, 모퉁이의 작고 아담한 가게도, 담벼락 위의 고양이도.

지금 눈앞에 서 있는, 당신도.

"……와아, 거짓말."

그네에서 일어나며 주희가 중얼거렸다. 그녀의 시선은 놀이터 앞에 우두커니 서 있는 율을 향해 있었다. 거친 숨을 내쉬며, 율은 비틀비틀 주희에게로 다가왔다.

"어, 어떻게……?"

"택시로."

"헉, 진짜요? 아니, 교통수단도 교통수단인데, 대체 이 밤중에 여긴 어떻게, 아니, 왜 온 거냐고요."

당황한 주희가 다그치듯 물었다.

그 물음에 당연한 것을 왜 묻냐는 듯, 율이 대답했다.

"네가 보고 싶다고 했으니까."

"……그게, 전부?"

"아니."

율이 미소 지으며 밤바람에 헝클어진 주희의 머리카락을 쓸어 넘겨주었다. 유리잔을 다루듯 한없이 조심스러운 손길이다.

"내가, 안아주고 싶었으니까."

……아아. 사랑받고 있다는 건, 이런 거구나.

슬프지도 않은데 눈물이 차올랐다. 목이 멘다. 애달픈 마음에 숨이 멎는다.

"어때? 약속한 포상은 없는 거야?"

율이 장난스럽게 말하자, 주희가 쿡쿡 작게 웃음을 터뜨렸다. 그리고 약속대로의 포상을 이행한다. 까치발을 들어 율에게 입을 맞췄다.

스치듯 닿았다가 떨어지는 입술에, 율이 눈을 감았다가 떴다.

눈이 마주쳤다. 주희는 빨려 들어갈 듯한 율의 갈색 눈동자를 한참이나 응시했다. 어둠 속에서도 그 색이 선명하다. 깊고, 깊고, 깊어서, 그 끝을 알 수 없는 눈동자.

이번엔 율이 키스했다. 그 손이 애타게 주희의 허리를 타고 올랐다. 주희 역시 의지하듯 율에게 매달렸다. 율의 힘에 밀려, 주희는 쓰러지듯 그네에 주저앉았으나, 율은 멈추지 않았다.

주희는 그네에 앉은 채, 율은 그녀를 감싸듯 선 채로, 두 사람은 오랫동안 서로를 갈구했다.

"이제는 안 놓아줄 거야."

율이 속삭였다. 그 말에 도발하듯, 주희가 율의 손바닥에 키스한다.

"내가 할 소리거든요."

……언젠가, 율은 주희가 자신을 사랑해주지 않아도 괜찮다고 생각했던 적이 있었다. 그저 보이는 곳에 있어주었으면 좋겠다. 말을 걸면 대답할 수 있는 곳에 있었으면 좋겠다. 그녀가 좋아하는 사람이 자신이 아니라 마유라라고 해도, 아니 설령 지헌이라고 해도, 그래도 괜찮다고 생각했었다.

좋아해주지 않아도 괜찮아. 사랑해주지 않아도 괜찮아.

수십 번씩 스스로에게 주문을 걸면서.

하지만 역시 틀렸어.

온주희, 나는 네가 나를 전력으로 사랑해주기를 원해.

"말해줘. 말로 해줘."

율이 잠긴 목소리로 말했다. 사랑을 애타게 조르는 어린애처럼. 주희는 무엇을, 이라고 되묻지 않았다. 되묻지 않아도 알 수 있을 것 같았다.

"좋아해요."

의지하고 싶다고 생각한다.

의지해도 좋다고 생각한다.

"정말 좋아해. 마유라 말고 서율을."

그리고 그 역시, 자신에게 의지해주면 좋겠다고 생각한다.

마음의 거리는 순식간에 좁혀진다. 행복이 형태로 존재한다면, 지금 이 순간 여기에 있는 모든 것들이 아닐까.

그렇게 생각하며 주희는 다시 눈을 감았다.

우우우웅, 하는 진동음에 주희는 잠에서 깼다.

낯익은 벽, 낯익은 천장. 익숙한 감촉의 이불과 베개의 향기. 부스럭거리며 몸을 뒤척여 돌아누웠을 때에야 비로소, 주희는 낯선 무언가를 발견하고는 비명을 삼켜야 했다.

……흐이이이익?

좁은 1인용 침대에 자신 외에 한 명이 더 누워 있다.

키가 커서 침대 밖으로 다리가 나가 있었다. 좁아서 불편할 법도 한데 주희의 허리를 잡은 채 새근새근 잘도 잔다.

'으……. 맞다, 어젯밤 내 방에서 잤지.'

잠이 확 달아난 후에야 주희는 차근차근 지난밤의 일을 떠올려 보았다.

나름 냉정하게 시간순으로 사건을 떠올려보는데, 생각할수록 그때의 감정과 감각이 되살아나 몸 둘 바를 모르겠다. 주희가 부끄러움에 몸부림치는 중에도, 테이블 위에서 휴대폰은 요란하게 진동하고 있었다

주희는 율이 깨지 않도록 조심해서 침대를 내려왔다. 율은 어젯밤 휴대폰을 집에 그냥 던져두고 뛰쳐나왔다고 하니, 지금 울리고 있는 저 폰은 보나마나 주희의 것이었다.

'또 광고전화이기만 해봐. 가만 안 둬.'

딱히 보복할 방법도 없으면서, 주희는 그렇게 생각하며 휴대폰을 집어 들었다.

다행히 무용한 보복 방법을 고민하지 않아도 됐다. 전화는 집에서 온 것이었다. 주희는 율이 깰까 조심조심 방에서 나온 후에야 전화를 받았다.

"여보세요?"

-여보세요? 주희니? 아니, 뭐 하느라 요즘엔 전화도 없어? 넌 맨날 내가 먼저 전화를 걸어야 하니? 참.

"아, 엄마. 그게 좀…… 회사 옮기고 이것저것 바빠서."

-아무리 바빠도 그렇지. 너 다음 주에 네 오빠 생일인 건 아니? 얘, 아무리 바빠도 그날에는 꼭 와야 한다? 식구라고 해도 끽해봐야 너랑 나, 네 오빠 셋인데, 생일 안 챙겨주면 서러워, 얘.

하하하. 이른 아침부터 전화를 한 이유가 있었구나.

허탈한 웃음이 비집고 나온다. 기운이 쭉 빠졌다.

"……알았어, 시간 내볼게요."

-그나저나 네 오빠 요즘 여자 만나는 거 같은데, 너 뭐 들은 거 없니? 나한테는 통 얘길 안 하니 말이야.

"글쎄, 모르겠는데."

-얘, 넌 네 하나뿐인 오빠 신경도 좀 쓰고 그래라.

살면서 모르는 척, 아프지 않은 척 넘겨왔던 것들이 너무나 많다. 엄마에게 버림받고 싶지 않았다. 이 집안에서 잘려나가게 될까 봐 두려웠다. 자신이 안 아픈 손가락이라는 걸 확인받게 될까 봐 단 한 번도 묻지 못했다. 그러나 상처가 깊어 곪아 들어가기 전에 물어봐야 했었던 걸지도 모른다.

주희는 아랫입술을 깨물었다.

"……엄마. 나도 내 생일 안 챙겨주면 서러워요."

-얘는 뜬금없이 무슨 소리야. 넌 네가 바빠서 못 챙긴 거지. 그렇게 서러웠으면 생일이라고 티도 좀 내고 그러지 그랬어.

"엄마, 나도 남자 생겼어. 오빠 말고 나."

-뭐? 남자? 세상에, 누군데? 같은 회사 사람이니? 어머, 얘, 주희

야! 넌 뭐 그런 얘기를 이렇게 전화로 갑자기 해?

"엄마."

아마도, 진작 했어야 했던 말.

"나도 엄마 자식이야. 나도 사랑받고 싶어."

-얘는 왜 이상한 소릴 하고 그래? 얘, 아무렴 내가-

말이 끝나기 전에 뚝, 하고 전화를 끊었다. 얼마 안 가 다시 전화가 걸려왔지만 받지 않았다. 받고 싶지 않았다.

우우웅, 우우웅, 하고 손 안에서 휴대폰이 요란하게 진동했다.

우두커니 서 있는 주희의 등 뒤로, 어느새 잠에서 깨어난 율이 다가와 그녀를 다정하게 끌어안았다. 등 뒤에서 느껴지는 율의 체온이, 눈물이 날 만큼 따뜻하다. 주희는 눈물을 참으려 눈을 감았다. 율이 주희의 목덜미에 고갤 파묻었다.

그도 자신도 무리에서 떨어져, 서로에게 의지하는 것 말고는 살길이 없는 존재들 같다고 주희는 생각했다. 서로의 체온을 확인하고 나서야 안도하는 그런 들짐승처럼.

율이 주희의 귀에 대고 속삭였다.

"울고 싶어?"

"왜요?"

"울면 안고 위로해주게."

"안 울어요."

목소리가 조금 울먹거렸지만, 간신히 삼킨다.

"……안 울 거지만, 위로는 해줘."

그 말에, 율이 주희를 돌려 세웠다. 자신과 마주 보게 주희의 고개를 잡아 든다. 눈물을 참으려 충혈된 주희의 눈을 보고 피식 웃더니, 다시 주희를 끌어안아주었다. 다정함보다는 절박함이 느껴질 만큼 힘껏.

율은 자신이 늘 주희에게 도움을 받아왔다고 생각했다.

주희가 의도한 것이었든 아니었든, 율이 주희에게 이끌리게 된 건 그녀로 인해 자신이 구원받았기 때문이었다.

그래서인지도 모르겠다. 율에게 주희는 언제나 강하고, 꼿꼿하고, 태풍 속에서도 쓰러지지 않을 것만 같은 여자였다. 그러나 서로 살을 부대끼며 엿보게 된 '마음의 뒷면'은 이렇게나 나약하고 조심스럽다.

깨지지 않도록 해주고 싶다. 자신이 할 수 있는 모든 것을 바쳐서라도 이 여자를 구원해주고 싶었다. 강하지 않아도, 꼿꼿하지 않아도, 태풍 속에서 결코 쓰러지지 않도록.

"우리 주말에 어디 놀러 가자."

율이 나지막한 목소리로 그렇게 말하자, 주희가 한참 골똘히 생각에 잠겼다.

"주말 근무 없으면요."

그 무드 없는 대답에 율의 미간이 눈에 띄게 찡그려졌다.

"그놈의 회사, 내가 폭파시켜버리든가 해야지."

"……후후."

주희는 율의 허리를 끌어안은 채 그의 가슴에 고개를 파묻고 한참을 기대어 서 있었다.

휴대폰이 계속 울려댔지만, 괜찮다. 괜찮은 기분이 든다.

사랑받고 있으니까. 그런 확신으로, 주희는 다시금 충만해졌다.

[그거 아냐. 주말 근무를 시키는 회사는 악덕 기업이야.]

"……무슨 소리야, 이게."

율에게서 도착한 문자를 확인하고 지헌은 혀를 찼다. 먼저 연락을 해오는 경우가 거의 없는 녀석이었다.

이 녀석이 자다가 일어나 잠꼬대라도 하는 건가 싶…… 을 리가 없지.

'설마 온주희랑 주말에 어디 가기로 한 건가, 이 자식.'

원래 무언가를 감추고 속이는 재주는 없는 놈이긴 했지만, 이건 과하다. 티를 내고 싶어서 작정을 한 것 같다.

율만이 아니다. 이쪽 사정도 만만치가 않다.

지헌은 파티션 너머, 1분마다 이유 없이 실실 웃고 있는 주희를 보며 얕은 한숨을 내쉬었다. 물을 것도 없이 둘 다 연애 초보다. 영호의 입을 빌리지 않아도 온 편집부 식구들이, 주희가 연애를 시작한 것 같다고 눈치챘을 정도니 말 다했다.

왜일까. 두 사람 모두 언제나 자신의 시야 안에 있었다. 그럼에도 자신은 눈치채지 못했다.

온주희를 향한 율의 마음은 마치 새가 알을 깨고 나와 처음 본 사람을 부모인 양 따르는 것과 같은 각인효과라고 생각했었다. 처음 『시간 언덕』으로 율이 좌절했을 때, 그 『시간 언덕』으로 비평문을 쓰면서까지 애정을 보인 주희가 그에게는 말도 못하게 커다란 존재감이었을 테니까. 그 한 번의 우연이 징크스처럼 남아, 이번에도 그가 재기할 수 있도록 도와줄 거라고 생각했고, 자신의 계획은 딱 거기까지였다.

그러나 율의 마음은 자신이 생각하는 것과는 완전히 달랐다. 무엇보다 설마 온주희가 율을 좋아하게 될 거라고는 생각 못했는데.

마음이라는 것은, 감정이라는 것은, 보이지 않는 곳에 숨어 알게 모르게 피어오르다가, 이렇게 갑자기 만개한 모습을 들이밀어 사람을 당혹스럽게 만드는 것일까.

모든 것이 자신의 통제에서 벗어난다.

자신이 설계했던 완벽하고도 안정된 세계가 어그러진다.

"팀장님. 홍보용 이미지, 필름 작업 끝났다고 인쇄소에서 연락 왔어요."

고갤 들어보니, 주희가 파티션 너머에 서 있다. 눈이 마주치니 눈썹을 으쓱한다. 어색함이 온 표정에 묻어 있었다.

지난번 함께 술을 마신 이후, 둘은 그 이상 이렇다 할 대화를 나누지 않았다. 마치 서로 '필름이 끊겼겠거니' 하고 체념하고 덮으려는 것처럼.

한참이 지나도 지헌에게서 대답이 없자, 주희가 어색하게 시선을 피하며 재차 재촉했다.

"어떻게 할까요?"

"뭘?"

"네? 그러니까, 인쇄요."

어쩐지 잔뜩 벼려진 지헌의 목소리에 주희가 당황하며 말했다. 그녀의 놀란 눈에, 지헌은 그제야 자신이 예민해져 있다는 걸 깨달는다. 몹쓸 노릇이다.

"음, 인쇄소는 제가 다녀올까요?"

지헌은 주희를 물끄러미 바라보았다.

대학 시절, 주희는 지헌에게 완전히 관심 밖의 인물이었다. 귀여운 후배 5번, 뭐 이런 느낌으로, 성이 특이해서 이름을 기억하고 있었던 것 외에는 오래 기억에 남지 않았다.

물론 편집자로서는 업무 잘하고, 눈치도 있고, 판단력도 빠른 점은 인정한다. 작품 보는 눈도 있고, 시장 분석력도 좋은 편이다. 마유라가 아니었더라도, 곁에 계속 두고 같이 일하고 싶다는 생각이 들 만큼 야문 부분이 있었다.

하지만 그게 전부잖아. 사람의 마음이라는 건 그런 나열된 '항목'만으로도 움직여지는 건가? 마치 게임의 점수판을 채우듯이?

"아냐, 같이 가자."

지헌이 겉옷을 집어 들고 자리에서 일어났다.

자신에게 무언가 따로 할 말이 있었던 것인가 주희는 생각했다. 그러나 인쇄소에 가는 중에도, 인쇄소에 도착해서도, 지헌은 주희에게 이렇다 할 말을 하지 않았다.

두 사람 모두 묵묵히 침묵만을 지킨 채 인쇄된 필름지만 몇 시간이고 하염없이 쳐다보았다. 지헌은 모르겠으나 주희는 그야말로 숨이 턱턱 막혀 죽을 지경이었다.

이럴 거면 뭐하러 함께 오자 했나 하는 생각이 들었다. 혼자 와도 상관 없을 정도의 단순 업무였을 뿐더러, 차라리 혼자 오는 게 낫겠다 싶을 만큼 공기가 무거웠다.

어쩌면 단순히 일을 일찍 끝내고 외근을 핑계로 빠른 퇴근을 하고 싶었던 것일지도 모르겠다, 라는 생각을, 주희는 일을 끝내고 인쇄소를 나서는 길에 떠올렸다. 결국에는 지헌의 의중을 헤아리길 체념해버렸다.

돌아가는 길. 차에 시동을 넣으며, 그때까지 침묵수행이라도 하는 듯 입을 꾹 다물고 있던 지헌이 드디어 주희에게 말을 걸었다.

“어디로 갈 거야? 집으로? 아니면 유라한테?”
“넷?”
“오늘 초고 피드백하기로 한 거 아니야?”
“아……. 그, 그쵸, 원고. 그럼, 율 선배네 집으로 부탁드립니다.”
은근히 떠보는 말에도 이렇게까지 화들짝 놀랄 줄이야. 둔함과 순진함 사이의 그 미묘함에 지헌은 웃었다. 주희의 대답이 떨어지자마자 차가 움직이기 시작했다.
“유라 원고, 주희가 보기에는 좀 어때?”
“음, 전작에 비해서 좀 무겁긴 해요. 소재 자체가 좀 그렇잖아요.”
“우리 레이블, 밝고 경쾌한 장르를 주류로 삼을 작정인데, 역시 그런 내용은 무리가 있지 않을까. 독자들도 별로 안 좋아할 것 같고.”
“레이블 바뀐 김에 안 하던 거 시도해보는 거죠. 대중성도 고려하고는 있어요.”
“응, 대중성 중요해. 걔 보기보다 멘탈 약해. ‘시간 언덕’ 같은 꼴은 면해야지.”
차가 사거리에서 신호를 받고 멈춰 섰다.
앞 유리 너머로 건널목을 건너는 사람들을 물끄러미 지켜보던 주희가 한참 만에 다시 입을 열었다.
“전에도 말한 것 같은데, 선배는 율 선배의 친구가 아니라 엄마 같아요.”
그 말에 지헌이 쓰게 웃었다. 아닌 게 아니라, 자신은 정말로 ‘어머니’의 역할을 해내고 싶은 것일지도 모른다.

"유라는 나한테 좀 특별해."

"엇……. 죄송합니다. 제가 브로맨스에는 면역이 좀 없어서."

"아니, 그런 의미가 아니라."

이것만큼은 평정심을 유지하기 어려웠는지, 지헌이 서둘러 고갤 저으며 부정했다. 하마터면 큰 오해를 살 뻔했다.

"어라, 아니에요?"

"왜 아쉬워하는 거야?"

"서로 호칭이 하도 닭살스러워서 혹시나 했죠. 유라니 허니니, 누가 들으면 둘이 사귀는 줄 알겠어. 참, 마유라라는 이름도 선배가 지어준 거라면서요?"

"그 이름을 쓰자고 권하긴 했지. 그런데 엄밀히 따지면 내가 지어준 건 아니고."

"엇, 그럼 누가?"

"유라 어머니가 자주 그렇게 부르셨거든. '인마, 율아!' 이렇게."

"인마, 율아……. 마, 유라, 그렇게 된 거라고요? 뭐야, 환상이 와장창 부서졌어!"

"하하핫."

옛날 일이 떠올라 지헌의 입가에 부드러운 미소가 번졌다.

확실히 율의 어머니는 호탕한 면이 있었다. 일가친척도 없이 여자 혼자 아들을 키우는 게 보통 일이 아니었을 텐데, 단 한 번도 힘들어하는 모습을 보였던 적이 없었다. 율의 친구였던 지헌마저 친아들처럼 보듬고 챙겨주었던 면만 보아도, 얼마나 대인배 같은 성격인지 알 수 있는 부분이었다.

활동적인 사람이었고, 행동도 털털했고, 말투도 거칠었다.

제 아들을 부를 때면 매번 밝고 큰 목소리로 그렇게 외쳤었다. '인마, 율아!' 하고.

"그래도 특별한 느낌이 들잖아. 어머니가 지어준 필명이라고 생각하면."

지헌의 말에, 주희가 어색한 표정으로 고갤 끄덕였다.

"아아, 하긴……. 율 선배 어머니라면 교통사고로 돌아가셨다던……."

"……응?"

신호를 보고 있던 지헌이 고갤 돌려 주희를 바라보았다. 그 커다래진 눈에, 주희는 일순 당황했다. 하면 안 될 말을 한 건가 싶었다. 지헌의 표정은 단순히 놀라움이나 당황이라기보다는…… 어딘가 초조하고 공격적이었다.

"네가 그걸 어떻게 알아?"

"율 선배가 알려줬는데요?"

"어디까지?"

어디까지…… 라니.

신호가 초록불로 바뀐 지 한참이 지나도 지헌은 액셀러레이터를 밟을 생각도 안 했다. 뒤차가 빵빵거리며 경적을 몇 번이나 울리고 나서야 주희에게서 시선을 거두고 다시 운전에 몰입했다. 주희는 어쩐지 불안한 기분에 휩싸여 입술을 깨물었다.

어디까지, 라고 물었다.

율과, 율의 어머니와, 지헌 세 사람 사이에, 자신이 아직 모르는 무언가가 더 있는 건가?

한참 동안 대화는 다시 이루어지지 않았다. 마치 처음부터 그런 대화를 나눈 적 없었던 양, 지헌은 다시 그 화제를 입에 올리지 않았고, 주희도 그랬다. 어쩐지 그래야 할 것 같았다.

세 번째 신호에 걸렸을 때, 분위기를 전환시키려는 듯 지헌이 다시 입을 열었다.

"주희는 확실히 편집자가 딱 맞는 것 같다. 작가 다루는 거 보면."

"에이, 그렇지도 않아요."

"유능하고, 일도 잘 하고, 귀엽고. 어디 하나 빠지는 게 없네. 역시 블루캣에 데려오기를 잘했어. 든든해."

'너 데려온 거, 좀 후회해, 지금.'

그날, 주점에서 했던 말은 정말 기억 못하는 걸까.

싱긋 미소 짓는 지헌의 얼굴을 보며 주희는 입 안이 까끌까끌한 느낌을 받았다. 설령 기억하지 못한다고 해도 분명 자신을 향한 진짜 속마음은 그날 그 주점에서 모두 쏟아냈을 터였다.

그럼에도 그는 후회 따윈 감히 해본 적도 없다는 듯, 자신에게 상냥한 목소리로 말을 걸며 따뜻한 미소를 보여주었다. 그를 아는 모든 사람이 알고 있는, 눈초리가 살짝 처진 그 미소 말이다.

그렇구나. 그건 모두에게 '공평한' 친절이었을 뿐이었다.

특별히 자신만을 위한 미소가 아니었던 거다. 그 미소에 어떤 의미도, 감정도, 진심도 담겨 있지 않다는 것을, 주희는 이제야 비로소 확실하게 깨달았다.

주희는 반박 대신 입을 다물었다.

"그런데 블루캣으로 온 거, 정말 순전히 마유라 때문만이었어?"

"아뇨, 월급 더 오를 거란 얘기도 한몫했는데요."

"하하, 그런 거 말고. 나 때문에 옮기고 싶다는 생각은 안 했어?"
그 말에 그제야 주희가 '아아' 하고 짧게 감탄사를 내뱉었다.
"했어요."
주희가 어쩐 일로 순순히 지헌의 말에 긍정했다. 심지어 놀라거나 당황하는 기색도 없이.
"저, 선배 엄청나게 동경했거든요. 되게 완벽하잖아요. 저런 사람이랑 잘 지내고 싶다, 같이 일하고 싶다, 그런 생각 왜 안 들겠어요? 이제 와 하는 말이지만, 좀 혹하긴 했죠."
"그래? 지금도 난 그런 이미지인가?"
"뭐, 대체로요. 아직 선배만큼 멋진 사람은 못 본 것 같아요."
"다행이네. 그러면 주희야, 나랑 사귈래?"
"네?"
"나랑 사귈까? 난 나쁘지 않은 것 같은데."
맥락도 없이 고백하는 게 요즘 트렌드인 건가.
주희는 그 언젠가 자신에게 단도직입적으로 고백하던 율을 떠올렸다. 그리고 그때보다 몇 배는 더 놀라 지헌을 쳐다보았다. 율이야 원래 가볍고 여과 없이 툭툭 말을 내뱉는 사람이었거니 쳐도, 진중한 타입인 지헌의 입에서 이런 말이 튀어나올 줄은 몰랐다.
지헌이 농인지 진담인지 모를 표정으로 말을 이었다.
"언젠가 네가 그런 말 했지. 내가 거리감 두는 성격이라고. 너도 그렇잖아. 우리, 하는 일도 같고, 닮은 점도 있고, 나는 꽤 잘 어울릴 거라고 생각해. 주희라면 잘 맞을 것 같아."
잘 맞을 것 같은 사람.
마치 진열대에 전시되어 있는 여러 물건 중 가장 기능 좋고 디자인 예쁜 물건을 고르는 사람 같다. 이만하면 괜찮겠지, 하는 느낌이었다. 주희는 말없이 지헌을 바라보다가, 이내 작게 웃었다. 당황한 기색은 사그라져 있었다.

"방금요, 블루캣 막 들어왔을 때 그 말 들었으면 어땠을까 생각해봤어요. 알죠, 선배. 저 사실 대학교 때부터 선배 짝사랑했다는 거."

알고 있다. 이미 눈치채고 있었다. 주희가 아니어도 대부분의 여자들이 지헌에게 호감을 갖는다. 지헌은 어떻게 해야 사랑받을 수 있는지를 잘 알고 있었으니까. 그러나 그런 속내를 감추고, 지헌은 매너 있고 속 깊은 사람의 미소를 머금었다.

"그래? 지금은 아니야? 이런, 그때 진작 고백했으면 받아줬으려나?"

"아뇨. 그때도 아마 망설이다가 끝내 거절했을 거예요."

주희가 정색하며 대답했다.

"선배, 저 안 좋아하시잖아요."

주희가 흔들림 없는 눈빛으로 지헌을 바라보았다. 어떤 확신에 찬 눈빛이었다.

이번에는 지헌이 당황할 차례였다.

지헌은 주희가 그리 싫지 않았다. 아니, 싫고 좋고를 논하자면 좋아하는 쪽이었다. 아마 정말로 함께 결혼하여 인생의 동반자로서 살아가게 된다면 나쁘지 않을 거라고 생각했던 적도 있었다. 잘 맞았을 거다. 평범한 부부처럼 지낼 수 있었을 거다. 모가 나지도, 특이하지도 않은, 그런 부부 말이다.

굳이 사랑하지 않아도, 사람은 함께 살아갈 수 있는 거니까.

그러나 지금 이 순간, 그 얄팍한 속내를 꿰뚫린 듯한 기분이 든다. 주희의 심미안이 깊어진 것인지, 완벽하다고 생각했던 자신의 가식에 틈이 있었던 것인지 알 수가 없다.

지헌은 씁쓸하게 웃었다.

"그러네, 정말."

아아, 그런가. 율과 자신의 차이는 그거였나.

지헌의 시선은 다시 앞을 향했다. 퇴근 시간이 겹쳐 차도 위는 차량들로 꽉 채워져 빈틈이 없다.

신호는 아직, 빨간색이다.

주말 아침.

'으으, 어색해…….'

주희는 생전 안 입던 원피스를 입고 집을 나섰다. 약속 장소에서서 율을 기다리는 동안, 가게의 유리창에 비친 자신의 모습을 보며 낮게 신음했다. 평소에 안 입던 옷이라 그런지, 어떤 자세를 취해도 어색해 보였다.

안 어울린다고 놀리면 어떻게 하지.

괜히 안 하던 짓을 한 게 아닌가 싶어, 주희는 조금 후회가 되었다. 예쁘게 보이고 싶은 마음에 과한 욕심을 부린 게 아닐까. 어쩐지 오가는 사람들이 자꾸만 자신을 흘끗흘끗 쳐다보는 것만 같다.

얼른 여기서 벗어나고 싶은데, 이 인간은 대체 왜 아직 안 오는 거야?

투덜거리며 고갤 든 순간.

"앗!"

저만치에서 율이 다가오고 있는 모습이 보였다.

시선이 마주치자, 율이 반갑게 손을 흔들었다. 어쩐지 사정없이 흔들리는 꼬리가 보이는 기분이 든다. 서둘러 달려오느라, 그 짧은 거리를 오면서도 두어 명과 어깨를 부딪쳤다. 자신만 쳐다보지 말고, 주위를 좀 둘러보라고 말해주고 싶다.

저 바보. 진짜 나 하나밖에 안 보이나 보네.

스스로 그렇게 생각하고, 스스로가 너무 부끄러워서 주희는 얼굴이 빨개졌다.

이런 생각을 하는 건, 너무 오만한 걸까.

어느새 주희의 앞에 도착한 율이, 덥석 하고 주희의 손을 낚아채듯 잡더니 어린애처럼 해사하게 미소를 지었다.

"잡았다."

주희는 잠시 넋을 놓고 그런 율을 쳐다보았다. 언제나 부스스한 머리에 옷은 대충 입고 다니던 사람이, 오늘은 어쩐 일인지 머리끝부터 발끝까지 말끔하다.

'세상에, 이 인간, 이렇게까지 멀쩡한 사람이었다니…….'

율의 등 뒤로, 몇 명의 여자가 굉장히 흡족한 표정으로 율을 쳐다보며 지나갔다. 뭐지, 이 묘한 패배감은.

"너무 눈부셔서 멀리에서도 한눈에 알아보겠던데. 과연 지구온난화. 빙하를 녹일 만해."

"놀리는 거죠?"

"응."

싱글싱글 웃으며 율이 대답했다. 주희는 저도 모르게 주먹에 힘이 불끈 들어갔다. 평소에는 눈치도 더럽게 없던 율이었건만, 어쩐

일인지 이번엔 양손으로 재빨리 주희의 주먹을 감싸 쥐었다. 아마도 생존본능 같은 것이 작동한 것이리라.

"놀린 건 맞는데, 거짓말은 안 했어. 그러니까 폭력은 금지."

"진짜?"

"응. 네가 내 여자 친구라 다행이야. 안 그랬으면 네 남자 친구는 내 손에 죽었어."

해맑게 웃으며 그런 무시무시한 얘길 한다. 주희가 같이 웃어줄 수 없는 건, 이 인간이 말하니까 농담처럼 들리지가 않아서다. 얼마 전, 지헌의 뜬금없는 고백이 불현듯 떠올랐다. 아무래도 자신은 지헌의 목숨을 살린 것 같다.

하여튼, 대체 뭐냐고요, 이 독점욕.

"그렇게 내가 좋은데 나 없는 동안은 어떻게 살았어요?"

"어떻게 살긴. 그냥 죽어 있었지."

온주희를 알게 되고, 만나고, 사랑하게 되어서 율은 처음으로 살아 있다는 느낌을 알았다. 온주희 때문에 초조하고, 기쁘고, 화가 나고, 슬프고, 벅차고, 괴롭고, 서글프고, 행복했다.

미뤄두었던 그 모든 감정이 한꺼번에 덮쳐와 숨을 쉬기 어려울 정도다. 어린아이가 걸음마를 배우듯 그 수많은 감정 하나하나를 삼키는 것만으로도 오랜 시간이 걸렸다. 아무도 가르쳐준 적 없던 마음의 술렁임에 이름표가 붙기 시작한다. 그녀와 헤어진 후 느꼈던 공허와 허탈이 '외로움'이었다는 것도, 이제는 안다.

자신은 그녀와 헤어져서, 그녀 때문에, 외로웠다.

"내가 지금 외롭지 않은 이유가 너라서 다행이야."

그러니까, 지금 온주희가 외롭지 않은 이유도 자신이 되었으면 좋겠다.

주희는 빙긋 웃었다. 율의 말이 쑥스러웠지만 한편 고맙기도 했다. 이 사람에게 자신이 필요한 존재라는 것. 그리고 자신에게 이 사람이 필요한 존재라는 것.

미움 받지 않기 위해 애쓰고 눈치 보지 않아도, 그저 솔직하게 모든 것을 털어놓아도 결코 손을 놓지 않아줄 사람이라는 것.

언제부터인가 포기하고 있었던 그런 관계가 지금 연결되어 빛을 발하고 있었다.

율이 주희의 손을 잡아끌어, 두 사람은 나란히 길을 걷기 시작했다. 발걸음이 가볍다.

"어디 가고 싶은 데 있어?"

"음, 아니요. 딱히 정하고 나온 건 아니라서."

"그래? 그럼 서점 갈까?"

"데이트에 서점?"

"일상의 모든 곳을 연애의 현장으로 만드는 게 로맨스 소설가의 할 일이라. 생각해보니, 서점을 배경으로 써본 적은 없는 것 같아서 말이야."

"윽, 오늘은 데이트지, 자료 조사가 아니거든요?"

"어차피 로맨스를 불태울 예정이라는 건 변함없잖아."

촉, 하고 소리 내어 잡은 주희의 손등에 입을 맞추며 율이 얄궂게 웃었다.

"그럼, 콜?"

"……으으, 콜."

주희가 약간 못마땅한 기분을 삼키며 그렇게 대답하니, 율의 표정이 어쩐지 신이 나 보인다. 영락없이 소풍 나온 어린애다. 들뜬 율을 바라보는 주희의 입가에도 어느새 미소가 번졌다. 주희의 시선을 느꼈는지, 율 역시 말없이 주희와 눈을 마주쳤다. 갈색 눈동자가 이른 시각의 햇빛을 받아 꿀이라도 떨어질 것처럼 윤기가 돌았다.

'나를 보는 눈이 따뜻해.'

이 사람의 본질은 맹수가 아니라 대형견…… 아니, 순한 양 같은 것이었는지도 모르겠다. 그래, 목자가 없으면 혼자서는 길을 잃고 헤매버릴 것 같은 그 삶이 딱 양이다.

조금 전, 주변은 전혀 돌아보지 않고 자신을 향해 직진으로 달려오던 모습이 겹쳐지며 그런 생각을 더욱 부추겼다.

손을 놓으면 정말 잃어버리게 될지도 모른다는 불안감에, 주희는 잡은 손에 힘을 주었다. 그리고 율을 꾹꾹 잡아당기며, 괜히 어리광도 한번 부려본다.

"저기요. 옷에 대해서는 한마디도 안 하는 거예요?"

"옷? 옷이 왜?"

순진하게 눈을 깜빡거리는 율을 보며 주희가 경악했다.

평소의 주희는 편한 청바지 차림이 대부분이었다. 그래도 데이트라고 하늘거리는 원피스를 골라 입고 나왔는데, 이렇게 센스 없는 대답이 돌아올 줄이야!

주희의 표정에, 율이 한쪽 눈썹을 찡그렸다. 주희의 반응이 이해하기 어려운 건 그쪽도 마찬가지인 모양이다.

"뭔가 정해진 대답을 했어야 할 타이밍이었나?"

"로맨스 소설가 맞아요? 첫 데이트에 여자애가 평소와 달리 예쁘게 입고 왔으면 뭐라고 칭찬을 해줘야죠!"

"그래, 평소와 달리 예쁠 때 말이지."

'이 인간이 진짜……!'

"넌 평소에도 예쁘잖아."

"……넵?"

"몰랐나 보지? 넌 아침에 퉁퉁 부은 얼굴도 귀여워."

주희는 얼굴이 확 달아올랐다. 귀가 간질거린다. 너무나 가벼운 이 대답이, 사실은 어떤 겉치레도 없는 이 사람의 진심이라고 생각하니 더욱 기쁘다.

쑥스러운 마음에, 주희는 괜히 퉁퉁거리며 대답했다.

"……로맨스 소설가, 맞긴 맞네."

"바보냐. 이런 얘기 소설에 쓰면 유치하다고 욕먹어."

율이 짓궂게 웃으며 주희의 어깨를 끌어당겨 감싸 안았다.

"너니까 하는 거지."

묘하게 쑥스러움이 묻어나는 그 말에, 주희는 결국 소리 내어 웃고 말았다.

9화. 사냥은 소리 없이

두 사람이 제일 먼저 향한 곳은 근처의 대형 서점이었다.

데이트 코스가 왜 하필 서점인가 싶지만, 몇 분 만에 주희는 서점이어서 다행이라고 인정하게 됐다. 편집자인 그녀와 소설가인 그에게 서점은 딱 안성맞춤인 장소였다. 가장 많은 이야기를 나눌 수 있었고, 가장 많은 공감을 나눌 수 있었으니까.

"이 책 말이야. 세계고전문학 시리즈에 끼어 있긴 한데, 과연 순문학으로 봐야 할까, 장르문학으로 봐야 할까?"

"세계 고전인데 당연히 순문학 아니에요?"

"그래? 스토리는 딱 아침 드라마 느낌의 치정 소설인데. 눈 밑에 점만 안 찍었지, 연속극의 복수극이랑 뭐가 달라?"

"엇, 으음……. 듣고 보니……."

"기준이 없어, 기준이. 봐라, 내 소설도 한 10년 후쯤에 청소년

권장 도서 같은 목록에 넣어두면 갑자기 순문학 소설로 탈바꿈할 걸."

쯧, 하고 혀를 차며, 율은 꺼내들었던 책을 다시 제자리에 꽂아 넣었다. 그 모습을 물끄러미 지켜보던 주희가 '쿡쿡' 하고 작게 웃음을 삼켰다. 율이 왜 웃는지 모르겠다는 얼굴로 주희를 쳐다봤다.

"아니……. 뭔가에 이렇게 열성적인 거 처음 본 것 같아서."

'걘 글만 있으면 돼.'

언젠가 술에 취해 지헌이 했던 말이 떠올랐다. 그 말이 어떤 의미였는지, 주희는 새삼 실감한다. 세상 모든 일에 무관심할 것만 같은 그가 글에 대해서만큼은 눈을 빛내며 열성적으로 의견을 내고 변호하고 토론한다.

그러나 한편으로는, 이렇게까지 열성적인 사람이 어째서 오로지 '글'에만 매달리게 되었는지도 의문이었다. 지헌은 하나에 몰두하면 다른 데 신경을 쓰지 않는 '천재'의 기질이라고 했지만, 주희는 그 의견에 반대하고 싶었다.

그는 제대로 평범하게 살아갈 수 있는 사람이다. 서툴지만 제대로 누군가를 좋아할 줄 알았고, 관심 가질 줄 알고, 기뻐하거나 슬퍼할 줄 안다.

이유가 뭘까. 그가 '마유라'를 내세우면서, 정작 자신은 세상과 단절되어버린 이유가.

책등을 손으로 쓸며, 주희는 책장 사이를 느긋한 걸음으로 걸었다. 끝도 없는 여유로움에, 여러 가지 생각이 어지럽게 떠올랐다가 가라앉았다.

걷다가 마음에 드는 제목이 있으면 잠시 멈춰 서서 책을 꺼냈다. 율은 그런 주희의 곁에 같이 머물며, 주희가 넘기는 책장을 함께 읽었다. 다정하게 서 있는 두 사람의 모습은 지나가는 사람들이 한 번씩 의식할 정도로 그림이 됐다. 나누는 대화는 데이트하는 남녀라고 생각할 만한 것이 아니었지만.

"아, 여기 오타."

"그런 것만 보여? 문장을 보라고, 문장. 이 수려한 표현들을."

"이거 조판이 좀…… 이렇게 줄 간격이 좁으면 가독성이 떨어지지 않아요?"

"페이지를 늘려 가격이 올라가면 독자가 떨어져나가겠지."

"와, 근데 표지 디자인은 되게 좋다. 어디 꺼지? 어때요? 우리 이번에 나오는 소설 표지, 이런 느낌이면."

"표지는 모르겠고, 종이 질은 좋은데. 이런 종이에 이 가격이 나올 수 있나?"

"그러게요. 알아볼까요?"

일을 하러 온 건지, 데이트를 온 건지, 대화는 자연스럽게 책에 대한 것으로만 흘러갔다. 그러나 주희도 율도 그것이 싫지는 않았다. 두 사람 모두 그것을 즐겼고, 즐거웠고, 재미있었으니까. 오히려 일의 영역 밖에서 누군가와 이런 이야기를 일상처럼 나눌 수 있다는 게 기뻤다.

그렇게 돌고 돌아, 두 사람은 한 가판대 앞에서 걸음을 멈췄다.

젊은 여성 두 명이 마침 가판대에서 마유라의 책을 손에 들고 저들끼리 이야기를 나누고 있는 게 포착됐다.

'와, 신경 쓰여.'

대체 무슨 대화를 나누는지, 주희는 신경이 쓰여 그 근처에서 벗어날 수가 없었다. 옆을 흘끗 쳐다보았더니, 율도 어느새 그 둘에게 시선이 고정되어 있었다. 주희는 율의 옆구리를 쿡쿡 찌른 후에 조그마한 목소리로 속삭였다.

"가까이 다가가볼까요?"

"……좋아. 잠입."

무슨 큰 작전이라도 펼치는 사람들처럼, 그들은 슬금슬금 그 두 사람의 곁으로 다가갔다. 출판사에서 행사를 진행하고 있는지, 가판대의 절반이 마유라의 책이었다.

두 사람의 대화가 들릴 정도의 지근거리까지 도착한 두 사람은, 어색하게 아무 책이나 손에 집어 들었다.

정체가 탄로 날까 봐 잔뜩 긴장한 두 사람의 걱정이 무색하게, 여자들은 저들끼리의 대화에 심취해 있었다.

"이거 봤어? 이 책 진짜 재미있어. 나 이거 읽다가 울었잖아."

"뭐야, 진작 읽었지. 그건 안 읽어본 사람 찾기가 더 힘들 거다, 아마. 그 책도 영화나 드라마로 만들면 좋을 텐데."

"맞아, 맞아. 장난 아니지? 나 이거, 드라마로 나오면 완전 본방사수."

"근데 이 작가는 왜 팬사인회 같은 거 안 해? 이렇게 인기가 많은데 말이야."

"애들 돌보느라 그런 거 할 시간이 없나 보지."

"어머, 기혼이래? 몰랐네."

"소문으로는 그렇대. 그래, 솔직히 어느 정도 나이가 있어야 이런 얘기도 쓰지. 깊이가 다르잖아, 깊이가. 중년 여성일 거야, 분명히. 애들 두셋은 키워본 그런 여자."

'깊이가 다른…… 애 두셋은 키워본…… 중년 여자라.'

웃음을 간신히 참으며, 주희는 옆에 서 있는 율에게 흘끗 시선을 보냈다. 율은 태연한 얼굴로 자기가 쓴 책의 책장을 휘릭휘릭 넘기고 서 있었다. 그나마 주희의 시선을 느낀 건지, 괜히 '흠흠' 하는 헛기침 소리를 냈다.

"어, 이것도 마유라 책이야? 이건 안 읽어본 거네. 이거 사야겠다."

여자 중 한 명이 가판대 위에서 마유라의 책 중 하나를 집어 들었다. 그러자 곁에 서 있는 다른 여자가 말리듯 책을 빼앗는다.

"아냐, 이건 읽지 마."

"응? 왜?"

"너 몰라? 마유라 작가 작품 중에 유일한 지뢰가 이거잖아. 완전 재미없어, 이거."

그러고는 그 책을 가판대 위에 도로 탁 하고 올려놓았다.

……『시간 언덕』.

쌓여 있는 마유라의 책 중에 가장 높게 쌓여 있는 책.

주희는 적잖은 충격을 받았다. 마유라에 대해 찬양 일색이던 여자들조차, 내용 한 번 훑어보지도 않고 『시간 언덕』을 다시 내려놓았다.

아마도 그가 쓴 것 중 유일한, '서율'에 대한 이야기는, 그렇게 사람들에게 거부당한 채 화석처럼 자리만 지키고 있을 뿐이었다.

여자들은 그 후에도 한동안 더 웃고 떠들고 하다가, 각자가 고른 마유라의 책을 하나씩 집어 들고 계산대로 사라졌다. 그 두 여자가 사라진 후에도, 주희와 율은 자리에 못 박힌 듯 서서 한참이나 아무런 대화를 나누지 않았다.

꽤 오랜 시간이 흐른 후에야, 주희는 여자들이 두고 간 『시간 언덕』을 손에 들었다. 그리고 천천히, 천천히 책장을 넘겨보았다.

자신은 이 소설을 이미 읽었다. 몇 번이나 거듭 읽었었다.

모두가 이 소설에 혹평을 달 때에도, 주희는 이 소설을 좋아했다. 주희는 이 소설을 읽으며 마치 사랑을 나누는 기분이었다. 여느 로맨스처럼 사랑을 부르짖는 내용이 아닐지라도, 주인공 남자의 절절하고 고요한 심정이 폭풍처럼 다가와, 몇 번이나 한숨을 내쉬며 읽었더랬다.

그의 이야기.

그의 마음.

그의 삶.

"울지 마. 책 위에 눈물 떨어지면 그거 사야 돼."

귓가에서 들려오는 율의 목소리에 주희는 고갤 들었다. 눈이 마주치자 율이 빙긋 미소 지었다. 가까이에서 마주 본 그의 눈동자에 주희의 울 것 같은 얼굴이 비치고 있었다.

"해피엔딩은 아니었지만, 그래도 슬프라고 쓴 얘기는 아니었는데."

"알아요. 담담하고 담백한 이야기였어요."

"근데 왜 울 것 같은 얼굴이야? 영 안 팔린 게 불쌍해서 동정하는 거야?"

"백만 부 넘게 팔린 작품만 몇 개씩이나 되는 작가가 뭐가 불쌍해서."

그렇게 중얼거리며 주희는 책을 덮었다. 오랫동안 팔리지 않은 책의 부석한 감촉이 손가락 끝에 닿았다.

"그냥…… 내가 선배를 너무 좋아해서 그런가 봐."

이제야 주희는 서율과 마유라가 완벽하게 포개어지는 듯한 느낌이 들었다.

이것은 율의 언어였고, 율의 마음이었으며, 율의 이야기였다. 이렇게 무감정한 사람에게서 이런 언어가 나올 수 없을 거라 생각했지만, 자신이 틀렸다.

모든 것이 이 사람에게서 나왔다.

이 이야기도. 따뜻한 언어도. 감정도. 사랑도.

마유라도.

가판대에 기대어 서 있던 율이 주희에게 가까이 다가왔다. 호흡이 닿을 정도로 얼굴을 맞댄 채, 그는 웃고 있었다. 주희는 이 농밀한 감정의 교환이 그의 책 앞에서 이루어지고 있다는 사실에 알 수 없는 배덕감을 느꼈다.

"공공장소에서 키스하지 말랬죠?"

"안 했잖아."

"혼나야 돼, 정말. 자기 책들 앞에서 이러고 싶을까?"

"음, 내가 너를 너무 좋아해서 그런가 보다."

주희의 말을 똑같이 받아치며 율이 웃었다.

"하여튼 공공장소에서는 안돼요. ……남들 안 보는 으슥한 곳이라면 모를까."

책을 내려놓으며 주희가 투덜거렸다. 약간은 도발해보려는 의도도 있었지만, 이 둔한 남자에게는 소용없는 말이긴 하다. 그러나 그런 주희의 생각을 배반하듯 그 말이 떨어지기 무섭게.

"가자. 으슥한 곳."

율이 주희의 손을 턱 하고 잡더니, 무서운 기세로 걸어가기 시작했다. 율의 속도에 질질 끌려가는 주희는 크게 당황했다. 이렇게까지 적극적인 반응이 돌아올 줄이야.

"왜 이럴 때는 눈치가 빠른 거예요, 진짜!"

"머릿속에 온통 너랑 이렇고 그렇고 한 생각밖에는 없는 사람이라, 내가."

"이, 이렇고 그렇고가 대체 뭔데?"

불길한 예감에, 주희가 버럭 소리를 내질렀다. 얼굴이 화륵 달아오른다. 서점 문에 다다랐을 때, 율이 걸음을 멈추고 주희를 돌아보더니 의기양양한 미소를 지었다. 얼굴에 생기가 가득 돈다. 이 인간이 이렇게까지 생기발랄한 모습을 보였던 적이 있었던가.

"입 밖으로 소리 내어 목록을 말해주길 원해?"

"……아뇨!"

"좋아. 가자."

아무래도 스위치를 잘못 누른 것 같다.

여태껏 해맑은 미소에 순한 양 같은 표정을 짓고 있었던 건 다 사기였어, 사기!

"정말이지, 이 늑대!"

흔해빠진 데이트를 했다고 생각한다.

남들 다 하는 그런 데이트. 너무 흔해서 소설 소재로도 못 쓰겠다며 율이 장난처럼 웃었다.

영화를 보고, 쇼핑을 하고, 밥을 먹고, 시끄러운 거리를 손잡고 걸어가는 그런 것들. 누군가에는 흔해빠진 일상이지만, 그럼에도 율에겐 그 모든 것이 새롭고 낯설다.

애초에 무엇을 하는지, 어디를 가는지는 그리 중요하지 않았는지도 모른다. 그냥, 곁에 주희가 있기만 하면 됐다. 그녀가 즐거워할 수 있는 걸 하면, 율은 그걸로 족했다.

두 사람은 하루 종일 지치지도 않고 시내 곳곳을 돌아다녔다. 언제 또 이렇게 여유롭게 데이트를 할 날이 생길지 알 수 없었으니까.

해가 저물고 공기가 차가워질 무렵에야 한적한 공원 벤치에 자리를 잡고 앉아 겨우 숨을 돌렸다. 깜빡거리는 가로등을 올려다보며, 율이 오늘 하루에 감상을 덧붙이듯 중얼거렸다.

"데이트라는 건 엄청나게 전투적인 거로구나. 그럼에도 지금 이 순간, 시간이 흘러가는 게 꼭 손가락 사이에서 모래가 빠져나가는 것처럼 아쉬워."

"로맨스 작가라면서 연애 초짜 같은 소릴 하네요."

"쓰는 것과 체험하는 건 다른 거니까. 유감스럽게도 살면서 사랑했던 사람이 온주희 한 명뿐이라."

"그러면 이게 서율 인생의 첫 데이트?"

"거의 모든 것을 너와 함께 처음으로 하고 있어, 나는."

거기까지 말한 율이, 스스로의 말이 우스운 듯 '하하' 하고 짧게 소리 내어 웃었다.

"생각해보니 너랑 다시 못 만났으면 큰일 날 뻔했군."

"뭐 또 큰일까지야. 나 말고 다른 사람과 다시 사랑했겠죠."

"너랑 만나기 전이었다면 그랬을지도 모르지."

불가능한 거야, 라고, 율의 눈빛이 단호하게 주희를 바라보았다.

"널 만난 이후의 모든 글은 네가 읽어주기를 바라면서 쓴 거야. 그 안에 담긴 모든 단어, 문장, 문단 하나하나 널 생각하면서 썼어. 그게 어떤 마음이었는지도 모르면서, 네가 읽고 좋아한다고 말해주면 좋겠다고 바라면서 말이지. 언젠가 네가 '시간 언덕'을 읽고 그렇게 말했던 것처럼."

말은 서툴고, 행동은 어긋난다.

사랑받고 싶은데, 사랑받을 수 없었다.

그래서 글을 썼다. 마음을 정제하여 가장 진심에 가까운 언어만을 선택했다. 그 안에 담긴 모든 사랑 이야기는, 온주희가 읽어주었으면 하는 자신의 마음이었다.

"……진짜?"

주희의 눈이 커졌다. 전혀 예상하지 못했다.

그가 예전부터 자신에게 마음이 있었고, 그 마음이 변함없이 지금까지 이어져왔다는 것. 알고는 있었지만, 그건 주희로서는 겪어본 적 없는 너무나 막연한 마음이었다.

그러나 지난 3년간 마유라의 책을 한 권도 빠짐없이 읽어왔던 주희는, 새삼 자신을 향한 그의 마음이 얼마나 신중하고 조심스러웠으며 깨끗했는가를 깨닫는다. 모를 수가 없었다. 누구보다 마유라의 소설을 제대로 읽고 있다고 자부하는 자신이니까.

결국 그의 소설이 온통 자신을 향한 고백문이었다고 생각하니, 주희는 호흡이 어려울 정도로 심장이 쿵쾅거렸다.

기쁘다. 너무 기뻐서 두려울 정도로.

미소를 짓고 있는 주희의 표정을, 율이 턱을 괸 채 물끄러미 바라본다.

"좋네, 온주희 웃는 거. 옛날엔 그렇게 보고 싶어 해도 나한텐 안 보여주더니."

"이제부터 보면 되죠."

주희가 율의 커다란 손 위에 자신의 손을 포개놓았다. 뼈마디를 훑듯이 손가락 끝으로 쓰다듬으며 깍지를 끼워 잡는다.

"글 안 써도 매일 보여줄게요. 그러니까 옆에 딱 붙어서 잘 봐요. 그리고 선배도 나한테 좀 보여줘봐요."

"뭘 말이야?"

"웃는 거요. 선배 웃는 거 보고 싶어."

그 말에 율의 입꼬리가 올라갔다. 막상 웃으니 사납던 인상이 순해졌다. 가로등 빛을 받은 갈색의 눈동자가 어딘지 서글프게 빛났다.

한때 주희는 웃을 때 처지는 지헌의 눈초리를 좋아했었다. 그러나 지금은 이 남자의, 이 날카로운 눈매와 어설픈 미소를 사랑하게 될 것 같다.

"웃으니까 잘생겼네, 내 남자."

주희가 말했다.

"온주희 명령은 잘 듣는 순한 양이라."

"거짓말. 내 이름도 제대로 못 외워서 아직도 지구온난화라고 놀리는 사람이?"

그 말에 율이 짧게 웃음을 터뜨렸다. 청량한 웃음소리에 주희도 눈매가 부드러워졌다. 둘 사이에 감도는 공기가 너무나 푸근했다.

율이 주희를 끌어당겨 품에 안았다. 주희의 작은 몸이 폭 하고 율의 품에 파묻혔다. 살과 살이 맞닿는 순간, 주희는 설명하기 어려운 기쁨에 전율했다. 차라리 지금 이 순간 세상이 무너져버렸으면 좋겠다는 불손한 생각이 들 정도로, 흘러가는 시간이 아깝기만 했다.

"어이, 온주희."

율이 나지막한 목소리로 주희에게 속삭였다. 주희는 귀가 뜨거워진다. 온몸의 신경이 온통 그에게로 쏠려 있었다. 잠시 잠깐 스치는 호흡만으로도 몸이 떨려왔다.

"아까워서 못 부르는 거야. 네가 내 옆에 있는 게 꿈 같아서, 깨버릴까 봐."

주희의 허리를 더욱 끌어안는 그의 손길은 지금이 꿈이 아닌 현실이라는 것을 확인받으려는 것만 같았다. 그와 맞닿아 있는 모든 곳이 뜨거워서, 주희는 저도 모르게 아랫입술을 깨물었다. 주변엔 사람 하나 없이 풀벌레 소리만 가득했고 희미하게 떨어지는 가로등 불빛마저도 꿈처럼 아득했다.

'어쩌지. 너무 행복해서 울 것 같아.'

놓치지 않으려는 듯 더욱 매달리며, 주희는 율의 어깨에 고갤 파묻었다.

"이래놓고 나중에 나 버리면…… 가만 안 둬요."

울먹이는 주희의 그 고백에, 율이 소리 내어 웃었다.

런칭이 초읽기에 들어간 이후, 편집부는 그야말로 뜨거운 불판 위에 놓여 있는 분위기였다. 자리에 진득하게 앉아 있는 사람이 부족할 정도로 다들 바쁘게 움직였다. 다른 파트마저 마감이 겹쳐, 모처럼 출판사 전체가 활발하게 움직이고 있었다.

"이거, 서점에 뿌릴 레이블 홍보용 책자예요."

오전 회의. 마케팅부의 민혁이 엄청난 높이의 소책자를 테이블 위에 쿵 하고 올려놓으며 그렇게 말했다. 준비 기간 내내 지헌과 으르렁대느라 항상 찡그린 얼굴이더니, 그래도 결과물이 나온 오늘은 꽤나 뿌듯한 얼굴을 하고 있다.

"넉넉하게 가져왔으니까, 작가들 하나씩 챙겨줘요."

민혁의 말이 떨어지기 무섭게 팀원들이 우루루 손을 뻗어 몇 부씩 챙겨 가기 시작했다. 주희도 재빨리 한 권을 챙겨 들었다.

후루룩 하고 페이지를 넘겨 마유라의 소설 광고가 실린 부분을 확인했다. 이미 자신의 손으로 확인하고 수정했던 시안이지만, 이렇게 인쇄되어 나온 것을 보는 건 또 색다른 기분이 든다.

'율 선배, 이거 보면 좋아하겠지, 분명히.'

소책자를 양손으로 꼬옥 쥐고선, 주희는 얼굴 한가득 감출 수 없는 미소를 지었다.

퇴근하자마자 율의 오피스텔로 향했다.

미리 연락도 안 했다. 그냥 얼른 홍보 책자를 보여주고 싶었다.

오피스텔 입구에 들어서자마자 경비 아저씨와 눈이 마주쳤다.

"아, 1106호 이제 와? 오늘은 이르네."

"네. 일찍 끝나서요."

변명하기도 귀찮아서 내버려뒀더니, 이제는 너무나 자연스럽게 인사를 주고받게 된다. 꾸벅 인사를 하고는, 주희는 서둘러 걸음을 재촉했다.

엘리베이터 앞에 서서 버튼을 누르고 잠시 기다리는데.

"……?"

낯선 남자가 곁에 나란히 섰다.

갑자기 옆에 크고 시커먼 무언가가 다가와, 주희는 무의식적으로 고갤 슬쩍 돌려 상대방을 확인했다. 키 큰 남자가 시커먼 후드티를 입고 있었다. 후드를 쓰고 있었기 때문에, 옆에서는 얼굴이 잘 보이지 않는다. 풍기는 분위기만으로는 나이가 많아 보이지는 않았다. 기껏해야 20대 후반 정도일까.

'우리 사장님만큼 크네.'

정장 차림에 표정도 날카로워서, 자칫 주먹계 사람으로 오인을 받는 현서만큼이나 덩치가 큰 남자였다.

현서와 이 남자 중 어느 쪽의 키가 더 클까 따위의 실없는 생각을 하다 보니, 어느새 엘리베이터가 1층에 도착했다. 문이 열리고 사람들이 내린 후, 주희가 먼저 엘리베이터에 올랐고 남자가 그 뒤를 따라 엘리베이터에 탑승했다.

주희는 먼저 11층 버튼을 누르고, 남자를 위하여 한 걸음 뒤로 물러났다. 하지만 남자는 문이 닫히고 엘리베이터가 움직일 때까지도 버튼을 누르지 않았다.

11층에 사는 사람?

주희는 다시 흘끗거리며 남자를 관찰하기 시작했다. 같은 층에서 내릴 사람이라고 생각하니 어쩐지 기분이 미묘하다. 정작 남자는 후드의 주머니에 손을 쿡 찔러 넣은 채 이쪽은 전연 관심조차 없는 것 같았지만 말이다.

'젊어 보이는데……. 이런 오피스텔에 혼자 사는 건가. 재벌집 아들, 뭐 그런 것?'

지은 지 오래되긴 했지만, 주희의 월급으로는 엄두도 못 낼 집

세였다. 율이야 백만 부를 찍는 소설가이니만큼 이런 오피스텔에서 사는 것쯤이야 아무것도 아니겠지만, 아직 20대인 남자가 스스로의 능력으로 집세를 감당하며 살기에는…….

……헉. 눈이 마주쳤다.

남자의 고개가 휙 하고 움직이더니, 정확히 주희를 노려보며 멈췄다. 눈이 마주친 순간 주희는 너무 놀라서 숨이 멎는 줄 알았다. 황급히 시선을 거두었지만, 심장이 쿵쾅쿵쾅 뛰었다.

너무 노골적으로 쳐다보았던 것일까. 기분 나빠하면 어떻게 하지. 혹시, 죄송하다고 사과를 했어야 했던 걸까.

온갖 생각이 머릿속에 떠올랐다가 사라졌다. 아직까지 남자가 자신을 쳐다보는지 확인하고 싶었지만, 막상 남자를 돌아봤을 때 남자가 여전히 자신을 쳐다보고 있으면 어떻게 대처해야 할지 자신이 없었다.

다행히 그사이 엘리베이터가 11층에 도착했다.

마른침을 삼키며, 주희가 먼저 내렸다. 뒤를 돌아보지는 않았지만, 괜히 등 뒤가 의식됐다. 남자가 약간의 간격을 두고 느릿느릿하게 엘리베이터에서 내리는 게 느껴졌다.

서둘러 걸음을 옮긴 주희는 1106호 앞에 섰다. 도어록 번호를 눌렀으나, 남자 때문에 긴장한 탓인지 첫 한 번은 실수를 하고 말았다.

띠띠띠- 하는 경고음과 함께 도어록 불빛이 다시 꺼졌다.

그동안 남자는 복도 저 끝에서부터 여전히 느릿한 걸음으로 이쪽을 향해 걸어왔다. 1101호를 지나고, 1102호를 지나고, 1103호를 지나고…… 그리고 주희의 등 뒤까지 다가와서는.

'……속도가, 느려졌어.'

남자는 분명하게 느껴질 정도로, 주희의 등 뒤에서 속도가 줄었다.

'뭐, 뭐야? 설마 도둑? 도어록 번호를 훔쳐보려고?'

움찔, 하고 어깨를 떨며 남자를 돌아보았다. 지나가려면 빨리 지나가라는 무언의 메시지를 전하기 위해서였다. 그리고 다시 한 번, 남자와 눈이 마주쳤다.

예상대로 상당히 앳된 얼굴의 남자였다. 무표정하다고 해야 할지, 부루퉁한 아랫입술 때문에 어딘가 뚱한 인상이 풍겼다. 남자의 시선이 도어록을 쥐고 있는 주희의 손에 잠시 머물렀다가, 주희의 얼굴을 확인한다. 그러고는 그 불쾌한 시선에 대한 사과의 의미인지, 고개를 꾸벅 하고는 다시 속도를 내어 주희를 지나쳐갔다. 묵례…… 라기에는 고갯짓이 꽤나 짧고 어설펐다.

어쩌면 그냥 이웃끼리 인사를 하고 싶었던 것일지도 모른다.

같이 인사를 했어야 했던 건가.

남자가 멈춰선 곳은 복도의 맨 끝, 1110호였다. 남자가 자기 집 문의 도어록을 누르는 것을 확인한 후, 주희는 얕은 한숨을 내쉬며 다시 도어록을 해제했다.

달칵, 하고 문 열리는 소리와 함께 1106호의 문이 손쉽게 열렸다. 거의 빨려 들어가듯, 주희는 재빨리 집안으로 들어가 문을 닫았다.

그리고 남자는.

잘못된 번호에 띠띠띠- 하고 경고음을 내는 1110호의 도어록에서 손을 뗐다.

열리지 않을 거라는 걸 이미 알고 있었다는 듯 당연스럽게.

집에 없다.

이 남자, 대체 어디로 간 거야. 어쩌다 보니 빈 집에 멋대로 들어오게 되어버렸다. 신발을 벗고 방 안에 들어선 주희는, 아무도 없는 빈 집을 천천히 휘둘러보았다.

이대로 계속 율을 기다릴지, 전화를 걸지, 갈등이 됐다. 몰래 깜짝 놀래켜주고 싶은 마음과, 1초라도 빨리 홍보물을 보여주고 싶은 마음이 이리저리 왔다 갔다 한다.

“으으, 참을성 부족.”

결국 전화를 거는 것으로 결론을 내렸다.

주희는 가방에서 휴대폰을 꺼내어 단축번호를 눌렀다. 통화 연결음이 몇 번 울리지 않아, 기다렸다는 듯 전화가 바로 연결되었다.

-왜? 어느새 또 내 목소리가 듣고 싶었어?

“지금 어디예요?”

-편의점인데.

오피스텔에서 멀지 않은 곳에 있는 편의점일 거다. 오는 길에 주의 깊게 볼걸.

“알았어요.”

-뭐? 무슨 일인데?

“그런 게 있어요. 끊어요.”

-왜 갑자기…….

뚝, 하고 재빨리 전화를 끊었다. 이러쿵저러쿵 설명하는 것보다,

빨리 뛰어나가서 율을 만나고 싶었다. 주희는 금방 벗었던 신발을 다시 신고 집을 나왔다.

엘리베이터 앞으로 되돌아오니, 뜻밖에 아까 만났던 그 검은 후드의 남자가 또 서 있었다.

'뭐야, 이 남자. 괜히 찜찜하게.'

또 같이 엘리베이터를 타야 하는 건가. 주희는 괜히 기분이 꺼림칙해졌다. 이번에는 엘리베이터에 다른 사람도 같이 탔으면 좋겠다고 생각하면서, 천천히 엘리베이터 문 앞으로 걸어갔다.

주희의 인기척을 느낀 남자가 주희를 쳐다보았다.

그러더니 어쩐 일로, 이번엔 알은체를 해왔다.

"어디 가세요?"

목소리는 생각보다 얇다. 말투도 그리 날카롭지 않았다. 그래서인지, 주희는 남자에 대해 경계가 조금 느슨해졌다.

"아……. 네."

"그렇군요."

대화는 그게 끝이었다.

남자가 내려가는 버튼을 눌렀고, 이윽고 엘리베이터가 도착했다. 이번엔 남자가 먼저 탔고, 그 다음 주희가 뒤따라 탔다. 다음 층에서 몇 사람이 더 탔기 때문에, 두 사람만 엘리베이터에 남겨지는 불상사는 더 이상 없었다. 더구나 남자는 그 이후로 주희에게는 아예 관심을 끈 채 층수가 내려가는 숫자만을 쳐다보고 있었을 뿐이었다.

'……내가 과민반응 한 건가.'

엘리베이터가 1층에 도착해서도 주희보다 남자가 먼저 내렸고,

그는 뒤도 돌아보지 않은 채 빠른 걸음으로 건물을 빠져나갔다. 주희는 그 뒷모습을 보다가, 괜히 자신이 알지도 못하는 사람을 꺼림칙하게 여겼던 게 아닌가 싶어 괜히 양심이 찔리고 말았다.

다음에 만나면 먼저 인사하자.

그렇게 생각하며 주희는 천천히 건물을 나섰다. 빠르지 않은 걸음걸이로 편의점까지 이어진 내리막길을 따라갔다. 뛰지 않은 건, 머릿속에 작은 조약돌이 굴러다니는 것처럼 거슬리는 기분 때문이었다.

뭘까. 뭔가 잊어버린 게 있는 것 같은데, 이 찜찜함은 대체 뭘까.

검은 후드, 큰 키. 어쩐지 낯이 익은 것 같기도 하고.

머릿속의 조각돌이 자각자각 소리를 내며 시끄럽게 굴러다닌다.

그리고 뒤늦게.

"……!"

주희는 걸음을 멈췄다. 조약돌의 소음이 일시에 소거된다. 동시에 온몸에 소름이 끼쳤다.

방금 자신이 깨달은 사실이 믿기지 않아, 저도 모르게 비명이 새어 나올 뻔한 입을 틀어막았다.

'버튼을…… 누르지 않고 서 있었어……!'

율의 집은 1106호였다.

주희가 그 집을 나와 1105호를 지나고 1104호를 지나고 1103호를 지나고 1102호를 지나고 1101호를 지나 엘리베이터가 있는 로비에 다다를 때까지 남자는 엘리베이터 앞에 서 있었을 것이다. 그러나 남자는 버튼을 누르지 않았었다. 주희가 오고 나서야 엘리베이터 버튼을 눌렀다.

마치 거기서 주희를 기다리고 서 있었던 것처럼.

"온주희!"

율이 저 멀리에서 주희를 불렀다. 주희는 하얗게 질린 얼굴로 간신히 고갤 들어 율을 바라보았지만, 그의 이름을 부르려 해도 목소리가 나오지 않았다. 다리가 후들거렸다. 율이 놀란 표정으로 자신에게 뛰어오는 것을 보며, 주희는 그 자리에 주저앉고 말았다.

후드의 남자가 사람들 틈을 헤쳐 걸어가며 욕지기를 내뱉었다.

"와아, 나쁜 년. 딴 남자랑 살림 차려놓고선 아무렇지 않은 얼굴로-"

손으로는 열심히 휴대폰을 조작하고 있었다. 마유라의 블로그에 글을 올리는 중이다. 그는 거의 매일 마유라의 블로그에서 댓글을 다는, 팬들 사이에서는 이미 명성이 높은 악플러였다. 물론, 본인 스스로는 악플러라고 전혀 생각하지 않았지만.

"더러운 년. 어떻게 날 못 알아볼 수가 있지? 내가 그렇게 편지를 보냈는데, 그렇게 신호를 보냈는데, 어떻게?"

연신 중얼대며 욕을 하더니 분에 못 이기겠는지 갑자기 제자리에서 펄쩍펄쩍 뛰며 소리를 내지르기 시작한다.

"아아악! 나쁜 년이! 내가 그런다고 모를까 봐! 모를 것 같아? 죽여버릴 거야, 아주! 죽여놓을 거야!"

사람들의 시선에도 아랑곳없이 한참 동안 괴성을 지르며 욕을 내뱉다가, 남자는, 다시 언제 그랬냐는 듯 차분한 무표정으로 돌변해 다시 길을 걷기 시작했다.

손에서는 절대로 휴대폰을 놓지 않는다. 키패드를 두드리는 엄지손가락의 움직임이 굉장히 빠르다. 장문의 글을 작성하고 나서야, 남자의 입가에는 흐뭇한 미소가 번졌다.
전송.
오늘도 남자는 마유라에게 악플이 아니라 사랑을 전했다.

오피스텔로 돌아온 후, 무슨 일이야? 라고 율이 수십 번도 넘게 물어보았지만 주희는 묵묵부답이었다. 말을 잃어버린 사람처럼 좀처럼 입을 떼지 않았다. 결국 율은 물어보기를 포기했다. 하지만 주희는 주희대로, 도무지 율에게 사실을 말할 수가 없었다.
그 사람은 분명 자신이 1106호에 들어가리라는 걸 알고 있었다. 그 남자가 마유라에게 편지를 보낸 스토커임에 틀림없었다. 마유라의 집 주변을 어슬렁거리며 마유라에게 해를 끼치려는 게 분명했다. 그런 존재를 율에게 알려줄 수는 없었다. 다른 거짓말로 둘러대려 해도, 지금은 능숙하게 거짓말을 할 자신이 없었다.
결국은 그저 함구하는 수밖에는 없다.
'율 선배는 모르게, 어떻게든 해결해야 해.'
편지에 적혀 있던 끔찍한 내용을 반추하며, 주희는 속으로 결심을 굳혔다. 무슨 일이 있어도 율에게 그 스토커의 정체를 말하지 않을 것이다. 그 스토커가 율과 직접 만나게 하지는 않을 것이다.
율은 주희의 굳은 표정에서 그 결심을 읽어냈다. 아무리 기다려도 주희가 진실을 말해주지 않을 것임을 깨달았다. 자신에게 의지하지 않으려 하는 주희의 태도에 서운하기는 해도, 그 서운함 이상으로 주희를 향한 걱정과 안타까움에 마음이 울렁였다.

어떻게든 해주고 싶다. 그녀의 문제를 해결해주고 싶었다.

결국 율은 재촉하여 대답을 구하는 대신, 그저 주희를 품에 끌어안아주었다. 그의 품 안에서 주희가 와들와들 떠는 것이 느껴졌다.

"말하기 싫으면 말 안 해도 돼. 더는 안 물을게."

어찌할 바를 모르던 주희는, 다정한 그 말에 저도 모르게 왈칵 눈물이 쏟아질 것만 같아, 율의 가슴팍에 고갤 파묻었다.

한쪽 귀에서 율의 심장 소리가 들렸다. 그 고동이, 반대편 귀에서 들리는 시계 초침 소리와 얽혀 들어간다. 온몸에 맥동하는 그 불협화음에, 주희는 조금씩 안정을 되찾아갔다.

"괜찮아, 온주희. 내가 옆에 있잖아."

율의 나직한 목소리가 주희의 귓가에 닿았다.

괜찮다. 그가 여기에 있다.

괜찮다. 자신이 그의 곁에 있다.

주희가 몸을 일으켜 율의 목에 팔을 감았다. 그의 실체를 확인하려는 것처럼 힘껏 매달려왔다. 괜찮다, 괜찮다, 괜찮다. 주문 같은 그 말을 몇 번이고 속으로 되뇌이면서.

율은 주희의 머리를 쓰다듬으며 그녀의 목덜미에 고갤 파묻었다. 옅은 샴푸 냄새가 초여름 안개처럼 번져와, 그녀가 자신의 품에 안겨 있다는 것이 비로소 실감이 났다.

그녀가 무엇 때문에 두려워하는지, 어째서 자신에게 털어놓지 못하는지, 그런 수많은 의문을 뒤로한 채, 그는 그저 한 가지 다짐만을 새겼다.

괜찮아. 내가 지켜줄게.

말로는 하지 못한 결심이 어둠 밑바닥으로 침전해간다.

그날 이후 며칠.

당장 폭풍이 몰아칠 것 같았던 예상과는 달리, 평온한 나날이 이어졌다. 주희는 주희대로, 그리고 그런 주희를 걱정하는 율은 율대로 한껏 곤두선 채 주변을 경계하고 의심했지만, 정작 그 검은 후드의 남자는 그날 이후 다시는 모습을 보이지 않았을뿐더러 편지도 더 이상 오지 않았다.

그렇다고 해도, 한동안 주희는 율의 오피스텔에 가지 않았다. 주희의 선택이었다기보다, 율의 고집이었다. 그날 이후, 율은 굳이 출판사 근처에서 기다렸다가 주희를 집에 데려다주는 수고를 하고 있었다.

모든 일이 일단락된 것일까 하는 주희의 안일한 희망과 달리, 정작 마유라의 블로그상에서는 '스페이드A'라는 닉네임의 악플러가 올리는 악플이 여전히 올라왔다.

'동일인물…… 이라는 확신이 아직 없어.'

지헌에게 상담을 해볼까 고민해보지 않은 건 아니었다.

주희는 갈등에 갈등을 거듭하며, 파티션 너머 지헌의 자리를 확인했다. 그는 누군가와 통화하느라 주희의 시선을 깨닫지 못하고 있었다. 그러나 한참 지헌을 쳐다보던 주희는 이내 고갤 저으며 얼굴을 감싸 쥐었다. 지난번 지헌의 저돌적인 고백 이후, 두 사람은 묘하게 서먹한 거리감을 유지하고 있었다. 둘 다 그때의 일을 새삼 꺼내지 않았고, 당시의 분위기도 장난처럼 흘러가는 듯했지만, 사실 마음속으로는 그렇지가 않았던 것이다.

'율 선배 일에 얽혀서 서먹해진 건데, 율 선배 얘기를 꺼내는 것도 웃기잖아.'

어떻게 해야 현명한 것일까.

머릿속 전선이 뒤엉키는 듯한 기분에 주희는 괴롭다.

"우웩, 이거 다 마 작가 블로그에 달린 글이에요?"

갑자기 옆에서 영호의 목소리가 들려, 주희는 화들짝 놀라며 고갤 들었다. 영호가 고개를 쑥 내밀고 주희의 모니터를 보며 혀를 내두르고 있었다.

"아, 이 인간? 고질병이네, 진짜. 이야, 역시 인기 작가, 악플 수준부터가 다르네. 이래서 SNS를 끊어야 해. 멘탈에 아주 안 좋아."

"영호 씨네 작가 중에는 이런 걸로 골치 아픈 사람 없어요?"

"지금은 없고…… 판타지 시절 작가 중엔 종종 있었어요. 근데 원래 남자 독자들이 말이 좀 거치니까, 어디까지가 흰소리고 어디까지가 악플인지 구분하기 좀 모호하죠."

"그러면 그런 건 어떻게 처리해요?"

"출판사에서 어떻게 처리하고 자시고 할 게 뭐 있나? 그냥 작가 혼자서 멘탈 추스르고 마는 거죠. 익숙해지든가, 못 버티면 그만두든가."

"둘 다 우울한 선택지네요."

"별수 없어요, 이런 건."

영호가 상큼한 표정과 전혀 어울리지 않는 단호한 말투로 잘라 말했다.

"자, 자, 그러니까 이런 건 안 보고 무시하는 게 정신 건강에 이

롭다니까요? 괜히 찾아보고 사서 열 받지 말고, 무시해요, 무시해."

"그래도……."

뒷말을 얼버무리며, 주희는 저도 모르게 지헌의 자리 쪽으로 시선을 옮겼다.

언제부터 이쪽을 보고 있었는지, 지헌의 시선이 자신을 향해 있다는 것을 그제야 깨달았다. 아마도 영호와 자신이 하는 이야기를 다 듣고 있었던 모양이었다.

주희는 그가 무언가 반응이라도 보여주길 기대했지만, 지헌은 다시 고갤 숙이고 일에 몰두하기 시작한다. 관여하지 않을 생각이다. 아마 영호와 같은 생각일 것이다.

'하지만, 정말 내버려둬도 괜찮은 건가?'

검은 후드의 남자와 마주치고 직접 대화까지 나누었던 그날.

온몸의 세포를 깨울 정도로 확신에 가득 찼던 그날과 달리, 시간이 흐를수록 기억을 의심하게 되고, 공포가 옅어질수록 방심하려는 마음이 차올랐다.

어쩌면 자신이 오해했던 것일 수도 있다. 착각일 수도 있다. 그날 하루만의 공포로 끝날 일을, 괜히 긁어 부스럼 만드는 일일 수도 있다. 그런 생각에 자꾸만 행동이 망설여졌다.

더구나 악플러를 고소하는 것도, 증거를 모으는 일도, 주희는 피해 당사자가 아니기 때문에 혼자 할 수 있는 한계가 있다.

역시 지금으로서는 율 선배 본인과 상의해보는 수밖엔 없겠어.

적어도 악플러의 독약 같은 말에 상처 입고 아파할 그에게, 당신 혼자 아픈 게 아니라는 마음만큼은 전해주고 싶다. 그를 지지해주고 싶었다.

그렇게 주희는 결심을 굳혔다.

자박, 하는 소리에 율은 저도 모르게 뒷걸음질을 쳤다.

발밑에 있던 컵 조각이 유리 부스러기를 흘리며 굴러갔다. 주희가 노란색이 귀엽다며 직접 골라 사 온 컵이었다.

컵뿐만이 아니다. 책상은 쓰러져 있었고, 책장의 책은 모조리 바닥에 쏟아져 있었다. 컴퓨터는 망가져서 구석에 처박혔고, 프린트해둔 원고는 커터로 마구 찢겨 있다. 쿠션도 갈가리 찢겨, 바닥에 솜이며 깃털이 어지럽게 널려 있었다. 살림살이가 제대로 남은 걸 찾기 어려울 정도다.

마트에 다녀오느라 고작 1시간 정도 집을 비웠을 뿐인데.

문 앞에 서서 엉망이 된 집안을 멍하니 바라보고 있던 율은, 어떻게든 차분하려 애쓰며 생각했다.

초고는 이미 웹하드에 올라갔으니까 됐고.

수정 중인 원고는…… 모르겠군. 하드디스크, 무사할까.

외장 디스크는…… 있다. 망가졌지만.

내용물, 봤을까. 미공개 원고도 있을 텐데.

괜찮아. 원고는 복구할 수 있어. 그거면 됐어.

생각을 정리한 후에야, 율은 마침표처럼 긴 한숨을 내쉬었다.

복도 저편에서부터 문이 열려 있다는 걸 보고 무슨 일인가 싶었는데, 들어와보니 이 지경이다. 대체 도어록 비밀번호는 어떻게 안 걸까.

어쨌든 주희가 지금 같이 없는 게 얼마나 다행인지 모르겠다.

생각을 정리한 후에야 율은 다시 집 안으로 들어섰다. 바닥에 깨진 유리가 널브러져 있어서 신발을 벗을 수가 없었다.

멀쩡한 게 없나 천천히 둘러보던 율은, 테이블 위에 엎어져 있는 액자를 발견했다. 이미 예전에 박살이 나서 유리가 없는 액자가, 책상 위에 아무렇게나 퍼져 있었다. 널브러진 물건들 사이에서 율이 조심스럽게 액자를 집어 들었다.

액자 속 사진에는 세 사람이 찍혀 있다.

율과, 율의 어머니와, 차지헌.

"엉망이군."

사진을 보며 율이 씁쓸하게 중얼거렸다.

범인이 누구인지는 짐작하고 있다. 다만, 의문은 있다. 대체 왜일까. 요 근래는 편지도 날아오지 않았었는데, 갑자기 왜.

"음……. 일단 오늘 밤은 호텔이라도 갈까."

율이 담담한 목소리로 그렇게 중얼거렸다.

이런 일 정도는 별것도 아니라는 듯이, 그렇게.

폭풍 전야는 끝났다.

이제, 폭풍이 다가올 시간이다.

10화. 상처투성이의 밤

'피곤하다.'

책상에 엎드려 있던 지헌이 부스스 일어나 컴퓨터 모니터에 떠오른 현재 시각을 확인했다. 5시가 조금 넘은 시각이다. 그런 것치고는 사무실 분위기가 어두웠다. 몸이 묵직해지는 공기가 흐른다. 무슨 일인가 싶은데, 등 뒤에서 쿠르릉- 하는 마른천둥 소리가 들려왔다.

고개를 돌려, 지헌은 창 너머를 확인했다. 블라인드를 치지 않은 창밖은 지금 시간대에 맞지 않게 어두웠다. 하늘에 꽉 낀 구름이 온통 검은색이다. 바람이 심상치 않다.

"한바탕 쏟아지겠는데."

잠긴 목소리로, 지헌이 중얼거렸다.

외근이 있던 날이라, 율에게 데리러 오지 말라는 문자를 보내두었다. 회사에 돌아오지 않고 바로 집에 갈 생각이었지만 예상보다 일이 일찍 끝났다. 이른 퇴근에, 주희는 집이 아니라 율의 집에 들르기로 했다.

핑계는 많다. 원고의 수정 상황을 체크하고 싶었고, 띠지에 들어갈 문구 등도 의논하고 싶었고, 표지 이미지도 함께 고르고 싶었고, 악플러에 대해서도 넌지시 물어보고 싶었고, 그리고 그냥, 보고 싶고, 목소리를 듣고 싶었으니까.

그러나 오피스텔까지 이어진 언덕길을 올라가며, 주희는 급격하게 어두워진 하늘에 조금 불안해졌다.

"음……. 그냥 집으로 돌아갈 걸 그랬나."

아무래도 낌새가 심상치 않았다. 한바탕 쏟아질 것 같다. 분명 일기예보에서는 다음 주나 되어야 장마가 시작된다고 했는데.

하긴, 일기예보를 믿은 게 잘못이었을지도.

그리 늦은 시각도 아니었는데, 주변은 한밤처럼 어두워졌다. 시야가 갑자기 좁아져서, 주희는 괜히 불안한 마음에 걸음을 재촉했다.

'선배한테 우산을 빌려서, 택시 타고 돌아가자.'

막 오피스텔 건물 안에 발을 내딛었을 때, 타이밍 좋게 와아악 하고 비가 쏟아지기 시작했다. 예고편도 없이 바로 장대비다. 하마터면 비에 쫄딱 맞을 뻔했던 주희가 쏟아지는 비를 보며 혀를 내둘렀다.

"우와, 진짜 구라청……."

기상청의 빗나간 예보를 탓하며, 주희는 우편함으로 걸어갔다.

이제는 습관이 된 듯 익숙하게 1106호의 우편함을 열었다. 혹시

나 하는 마음이었지만, 다행히도 안에 색색깔 봉투의 편지는 들어 있지 않았다. 지난번 주희가 검은 후드의 남자와 마주친 이후, 편지는 거짓말처럼 끊겨 있었다.

"포기한 건가. 그럼 좋을 텐데."

더 이상은 마음 졸이면서 우편함을 열어보지 않아도 되겠지.

주희는 우편함을 닫고 엘리베이터를 향해 걸음을 옮겼다.

그리고 율의 집 앞.

"엇? 왜 도어록 번호가 안 맞지?"

익숙하게 도어록의 번호를 눌러 문을 해제하려 했지만, 뜻밖에도 경고음만 돌아올 뿐 문은 열리지 않았다. 잘못 눌렀나 싶어서 천천히 꾹꾹 다시 눌러보아도, 문은 굳게 잠긴 채 주희를 들여보내 주지 않았다.

"으, 이게 뭐야. 번호 바꿨나?"

주희는 쾅쾅 문을 두드려 안에 사람이 있는 것을 확인해봤다.

"선배! 율 선배! 안에 있어요? 문 좀 열어주세요!"

그러나 반응이 없다.

또 편의점에 나간 걸지도 모른다. 우산은 챙겨들고 나갔을까. 그럴 리가 없을 듯싶다. 뭐, 편의점이라면 우산쯤이야 하나 사올 수도 있겠지만…….

'경비 아저씨에게 우산 빌려서 데리러 갈까.'

일단 주희는 율에게 전화부터 걸었다. 다행히 우산을 가지고 나갔을 수도 있겠지만, 도어록 번호도 물어보고 싶었으니까.

전화를 건 지 얼마 지나지 않아 율의 목소리가 들려왔다.

-여보세요?

전화를 받는 율의 목소리가 상당히 나른했다. 주변이 소란스럽지도 않다.

이상하네, 밖이 아닌가?

"선배, 비 많이 오는데, 지금 어디예요?"

-아, 일 끝났어? 데리러 갈까?

"아뇨, 그게 아니라, 선배 우산 갖고 나갔어요?"

-응? 그게 무슨 소리야.

"저 지금 오피스텔이에요. 그런데 도어록 번호도 바뀌었고, 선배도 없어서요."

주희의 말이 끝나자, 짧지만 기분 나쁜 침묵이 흘렀다. 주희가 이상한 느낌에 미간을 찌푸리며 복도의 창가 쪽으로 나와 섰다. 굉장히 먼 데서 천둥 치는 소리가 들려왔다.

-……주희야.

그가 이렇게 정확히 이름을 불러주는 건 굉장히 드문 일이라, 주희는 의아했다.

-내가 갈 테니까, 집에 들어가지 말고 경비실에 가 있어. 경비 아저씨랑 기다려.

"네? 그게 무슨 소리에요? 지금 선배 편의점 아니에요?"

-오피스텔 말이야, 누가 도어록을 해제하고 침입했었어.

"네? 설마 강도?"

-아직 몰라. 지금은 번호를 바꿔놓긴 했는데, 범인이 어떻게 번호를 해제하고 들어왔던 건지 모르니까 경비 아저씨랑 있어.

"……아."

그 순간 주희는 복도 저 끝에서 자신을 쳐다보고 있는 누군가의 시선을 느꼈다.

고개를 돌려 확인한 게 아니다. 곁눈으로 얼핏 보였다. 그게 검은 후드의 그 사람인지는 모르겠다. 도무지 고갤 돌려 확인할 용기가 안 났다. 하지만 확신이 들었다.

그 사람이다.

그 사람이, 엘리베이터로 이어진 복도 끝에 우두커니 서서 자신을 쳐다보고 있었다.

'어떻게 하지.'

자연스럽게 행동해야 한다. 그러나 엘리베이터를 타려면 남자를 지나쳐 가야만 했다. 그러다 문득 주희는, 복도의 반대편 끝에도 비상계단이 있다는 사실을 기억해냈다.

"……아, 아아~ 거기에 있단 말이죠."

주희는 전화에 집중하는 척하며, 남자가 서 있는 복도 반대편으로 걷기 시작했다. 상황을 알 리 없는 율은 황당하다는 목소리였지만.

-뭐? 무슨 소리야, 그게?

"으응~ 비상계단에~ 찾아볼게요~"

나도 내가 뭐라고 하는지 모르겠으니까, 묻지 말아요!

천천히 비상계단 쪽으로 걸으며 주희는 속으로 비명을 질렀다. 남자를 등지고 걷게 되니, 등 뒤가 불안해서 견딜 수가 없었다. 그렇다고 속도를 높이면 수상하게 볼 것이다. 어떻게든 자연스럽게, 자연스럽게.

비상계단 문 앞까지 도착한 주희가, 일부러 꾸민 밝은 목소리로 말했다.

“어머, 거의 다 왔다고요? 다행이어라! 하하!”

천천히 문을 열고 나간다.

-너, 무슨 일 있는 거냐?

비상계단 안쪽으로 발을 내딛었다.

문을 닫는 척, 뒤를 돌아보았다.

……이쪽으로 오고 있어.

남자다. 검은 후드의 남자였다. 그 남자가, 빠른 걸음으로 다가오는 게 보였다.

남자는, 웃고 있었다.

쾅, 하고 비상문 계단이 소리를 내며 닫혔다.

그리고 그 길로, 주희는 아직 끊어지지 않은 휴대폰을 주머니에 쑤셔 넣은 채 미친 듯이 1층을 향해 뛰어가기 시작했다.

몇 번씩이나 굴러 떨어질 뻔한 위기를 겪으며, 주희는 1층에 도착했다.

다리가 후들거리고 손발이 떨렸지만, 지금은 멈출 틈도, 생각할 여유도 없었다. 저 남자가 정말 마유라의 안티 팬일지, 그렇다면 왜 율이 아닌 자신을 뒤쫓아 오는지, 그런 걸 따져볼 여유가 없었다. 어찌 되었든 주희의 뒤를 따라 비상계단을 내려오는 남자의 발소리만으로도, 주희는 엄청난 공포에 시달려야만 했다.

1층에 도착하자마자 주희는 율의 말대로 곧장 경비실로 달려갔다.

“아저씨! 아저씨, 이상한 사람이……!”

……안 계셔? 순찰인가?

타이밍이 나쁘다. 나빠도 너무 나빴다.

'다, 다른 사람에게 도움을……!'

하지만 로비에는 아무도 없다. 일단 되돌아가 아무 문이나 두들겨볼까 생각했지만, 너무 복불복이다. 이런 주거형 오피스텔 건물은 늦게 퇴근하는 샐러리맨이 주로 거주하기 마련이다. 이 시간대면 비어 있는 집이 더 많을 것이다. 더구나 그 복불복에 기대고 싶어도…….

'벌써 따라왔어!'

어느덧 비상계단에서 모습을 드러낸 검은 후드의 남자를 보고 주희는 아연해졌다.

'일단 큰 길로……!'

장대비에도 아랑곳없이 주희는 건물 밖으로 뛰쳐나갔다. 어깨를 때리는 빗줄기가 아프다.

역시나, 타이밍이 나쁘다. 너무 나쁘다. 갑자기 쏟아지는 비에 길거리조차 사람이 하나도 없었다. 빗줄기에 가로등 불빛마저 잡아먹혀, 거리는 그야말로 칠흑이다. 한 치 앞도 안 보였지만, 주희는 일단 달렸다. 달리는 것 외에 다른 방도가 생각나지 않았다.

하지만.

"잡았다!"

"꺄악!"

남자의 속도를 이길 수 있을 리가 없다.

얼마 못 가 주희는 남자에게 뒷덜미를 잡히고 말았다. 남자는 조금의 사정도 봐주지 않고 주희를 바닥에 내팽개쳤고, 주희는 그대로 아스팔트 바닥을 굴러야 했다. 몸 여기저기가 바닥에 쓸려 상처가 났다.

후드 너머, 남자가 화를 내는 건지 웃는 건지 알 수 없는 표정으로 주희를 내려다본다.

"하, 정말. 왜 도망치는 거야? 이해할 수가 없네? 내가 나쁜 짓 했어? 응? 말해봐. 말해보라고!"

남자의 얇은 목소리가 쓰러진 주희의 머리 위에서 쏟아졌다.

주희는 다시 일어나려 했지만, 그 전에 남자가 주희의 멱살을 낚아챘다. 남자의 눈빛이 후드 안쪽, 어둠 속에서도 안광을 내뿜었다. 희열과 광기로 번뜩이고 있었다.

"죽을래? 어? 야, 너 내 편지 다 갖다 버렸지? 죽고 싶어? 분명히 경고했을 텐데? 무시하지 말라고 말이야! 멍청한 년! 깨끗한 척해봐야 난 다 알아! 네년의 실체를 다 알고 있다고! 널 가장 잘 아는 건 나밖에 없다고, 대체 몇 번을 말해야 알아먹어!"

"컥, 사, 살려……!"

"난 무시해놓고, 다른 놈이랑 놀아먹어? 그러고도 무사할 줄 알았어?"

난 마유라가 아니다.

그 말이 목구멍에 매달려 나오질 않았다. 자신의 목을 조르는 남자의 힘이 너무 강했다.

가라앉아가는 의식의 끝에서 주희를 일깨우듯 떠오른 것은 다름 아닌 현서의 말이었다.

'그럴 땐 눈을 찔러. 파버리겠다는 심정으로.'

별로 도움되지 않는 조언이라고 생각했던 바로 그 말.

'……망설이면 죽어!'

"너 오늘 여기서 아주…… 으아아악!"

주희는, 꽉 진 주먹에 손가락 두 개를 펼쳐 들고 남자의 눈을 향해 힘껏 내질렀다.

제대로 공격이 먹혔는지 가늠할 틈도 없었다. 그냥, 눈을 뽑아버리겠다는 의지로 남자의 얼굴을 향해 힘껏 손가락을 내질렀을 뿐이다. 얼마나 힘껏 찔렀는지, 검지가 어딘가에 걸려 부러질 것 같은 통증이 느껴질 정도였다.

눈을 정확히 찌르지는 못했지만 효과는 있었다. 남자가 주희의 멱살을 놓고선 자기 눈을 감싸 쥐고 엉덩방아를 찧었다. 그사이 주희는 바닥을 기어 남자의 손아귀에서 벗어난 후, 다시 달리기 시작했다. 구두가 벗겨졌지만 신경 쓸 겨를도 없었다.

'다리가…… 못 뛰겠어!'

하지만 넘어지며 접질린 다리가 생각보다 심한 통증을 호소했다.

대로변까지는 아직 까마득하고, 이대로라면 남자에게 다시 잡힐 것만 같았다. 갈등하던 주희는 방향을 틀어, 좁은 골목길로 들어섰다. 건물과 건물 틈, 가로등 불빛도 새어 들어가지 않는 그 사잇길로 몸을 구겨 넣어, 쌓여 있는 쓰레기봉투 사이에 웅크리고 앉았다.

숨소리로도 들킬까 봐, 주희는 양손으로 입을 틀어막았다. 헉헉거리며 차오른 숨을 억지로 삼키느라 목구멍이 따끔거렸다.

'무서워.'

겨우 숨 돌릴 틈이 되니, 그제야 미뤄놓았던 공포가 한꺼번에 밀려온다.

내가 왜 이런 일을 당해야 하지? 내가 도대체 왜?

뭔가 잘못한 게 있는 거야? 내 탓이야?

왜 이런 짓을 당하지 않으면 안 되는 거야?

발소리가 점점 다가왔다. 남자의 거친 욕설이 귓전을 때린다.

어릴 적 잠을 잘 때면 침대 밑에서 괴물이 나올 거라는 상상을 하곤 했었다. 그 공포가 지금 이 순간에 비할까.

“죽여버린다, 마유라! 마유라, 어디 있어!”

찢어지는 듯한 괴성과 함께 남자는 주희가 숨어 있는 골목을 지나쳐 내려갔다.

‘……겨, 경찰에 전화를 해야 해.’

남자가 자신을 발견하지 못했다고 판단한 주희는, 덜덜 떨리는 손으로 주머니에서 휴대폰을 찾아 꺼냈다. 남자가 다시 돌아오기 전에, 그래서 자신을 발견하기 전에, 누군가에게 어떻게든 도움을 청해야만 한다.

하지만, 그마저도 주희에게 운이 따라주지 않았다.

‘먹통?’

장대비에 물을 먹은 휴대폰은 전원이 나가서, 아무리 다시 켜 보려고 해도 켜지질 않았다.

정말이지 울고 싶었다.

‘안 돼. 켜져. 제발 켜져! 켜지라고!’

빗물을 옷으로 닦고 몇 번이나 전원 버튼을 눌러대며, 주희는 기도하듯이 마음속으로 그렇게 소리쳤다. 그리고 그 염원이 닿은 것일까, 드디어 액정에 반짝하고 불빛이 들어오며 전원이 켜졌다. 그제야 주희의 얼굴에 안도의 미소가 번졌다.

‘아, 드디어 됐……!’

"여기 숨었냐?"

"……!"

……틀렸다.

골목 입구에 서 있는 거대한 남자의 그림자를 본 주희는, 즉시 체념했다.

더는 도망갈 곳도, 도망갈 힘도 없다. 여기서 끝난 거다.

남자가 턱 밑으로 떨어지는 빗물을 손등으로 훔치며 주희에게 다가왔다. 다른 손으로는 가슴팍에 넣어둔 무언가를 꺼내 든다. 어둠 속에서 희미하게 그림자로 그 형태만이 간신히 보였지만, 주희는 그게 뭔지 단번에 알아챌 수 있었다.

식칼이다.

'……진짜, 미친 거 아니야?'

"하! 주제에 잔머리 쓰네."

"사, 사, 살려주세요……. 저는 마, 마유라가 아닙니다……."

"개수작 부리지 마. 네가 그 우편함 열고 내 편지 꺼내는 거, 그 편지 다 갖다 버리는 것도 이미 다 봤어. 출판사 들락거리는 것도 다 봤다고!"

팡, 하는 소리와 함께 남자가 쓰레기봉투 하나에 칼을 꽂았다가 뺐다. 흰 봉투가 찢겨 쓰레기가 튀어나온다. 왜 하필 배가 찢기고 내장이 튀어나오는 B급 호러 영화가 떠오르는 것일까. 주희는 끔찍한 생각을 털어내려는 듯이 머리를 저으며 짧게 비명을 질렀다.

"난 무시해놓고, 내 말엔 한마디 답변도 안 해주고, 어디서 거지 같은 놈팽이를 집에 끌어다놨더구만? 하! 집에 기둥서방 모셔두니까 좋냐?"

남자의 머릿속에 마유라는 '여자'다.

그 사실에 한 치 의심도 없다. 아마 그걸 의심해버리면, 자신이 그동안 해온 모든 일들이 무용지물이 되니, 무너져버릴 거다.

그러니 설령 그동안 의심해볼 일이 많이 있었다고 해도, 남자에게는 주희가 마유라였다. 아니면 안 된다. 마유라여야만 했다. 그리고 그 마유라는, 더럽혀진 자신의 마유라는 여기서 죽을 거다. 다른 남자의 손에서 더 더럽혀지기 전에. 그 더러운 몸으로 더러운 글을 써서, 그녀의 이력에 오점을 남기기 전에.

그러니 이것은 그녀를 위한 일이다.

그녀를 사랑한 자신을 위한 일이다, 그렇게 굳게 믿으며.

"그러게 왜 진작 내 말을 안 들어-!"

"꺄아아아악!"

자신을 향해 뻗어오는 칼끝을 보는 주희의 머릿속이 새하얗다.

그동안 주희는 언제나 혼자 어떻게든 해결해왔고, 누구에게도 의지하지 않으려 애써왔었다. 하지만 이 순간, 그녀는 자신이 할 수 있는 게 더 이상 없다는 것을 깨달았다.

혼자서 도저히 이겨낼 수 없는 순간이 오자, 그녀는 결국 한 사람을 떠올리고 만다.

'도와줘요, 율 선배!'

주희의 간절한 바람을 잘라내듯, 남자의 손에 든 식칼이 무서운 기세로 주희를 향해 내리 꽂혔다.

율에게 어머니는 지켜주어야 할 존재였다.

어머니가 자신을 버린 아버지를 못 잊고 그리워하는 것은, 자신이 의지할 만한 존재가 못 되어서라고 생각해왔다. 자신이 얼른 어른이 되어 어머니를 지켜줄 수 있다면, 언젠가 어머니가 '아버지를 닮은 서율'이 아닌 '서율'을 봐주지 않을까 생각했다.

아버지를 그리워하지 않아도 돼. 내가 있으니까. 내가 엄마를 지켜줄게.

언젠가 자신이 어머니를 행복하게 만들어주겠다고, 오로지 그것만을 위한 인생을 꿈꿔왔었다. 그게 가능하다고 생각했다.

하지만 어머니가 '그 사고'로 돌아가신 후.

죄책감에 골몰하던 율은 처음으로 다른 결론에 도달하게 되었다.

사실 처음부터 모든 불행의 씨앗은, 나였던가?

"율…… 선배……."

추적추적 내리는 빗소리에 귀가 먹먹할 정도였다.

주희는 가쁜 자신의 숨소리를 들으며 상황을 정리하려 애썼다.

눈앞에는 율이 서 있다. 남자가 내질렀던 칼은 그의 손에 쥐어져 있었다. 칼날이 손바닥에 깊이 박힌 채, 손에서는 빗물에 섞여 붉은 핏방울이 후두둑 떨어지고 있었다.

남자는 저만치 나동그라져 있다. 율에게 주먹으로 한 대 맞자마자 만화처럼 공중에 붕 떠오르더니 저만치 나가떨어졌다. 크게 다친 것은 아닌 듯, 남자는 신음하며 누운 자리에서 꿈틀거리고 있었다.

율은 남자를 향해 서 있었다. 주희가 주저앉은 곳에서는 율의 뒷모습밖에 보이지 않는다.

그럼에도 온몸이 찌릿찌릿할 정도로 느껴지는 이 위압감은…….

"온주희."

율이 돌아보지 않은 채 말했다. 주희는 제 이름이 불리는 것만으로도 온몸이 흠칫 떨렸다.

무서워…….

그 거대한 뒷모습만으로도, 주희는 숨이 멎을 만큼 두려웠다.

어째서 저 후드를 쓴 남자가 아닌 '서율'에게서 그런 두려움을 느끼는 것인지, 그녀 자신도 인지하지 못한 채.

"많이 다쳤어?"

목소리는 조용했으나, 분노를 꾹꾹 짓누른 것처럼 살벌했다. 지금 그가 어떤 표정을 짓고 있을지, 주희는 가늠조차 되지 않는다. 아니, 차라리 그가 지금 등을 돌리고 서 있어서 다행인 건지도 모른다. 그의 눈빛을 보고도 두려움을 참아낼 자신이 없었다.

자신이 지금 그를 두려워하고 있다는 걸, 그가 알아채게 하고 싶지 않다.

"괜찮…… 아, 요."

참아보려 해도, 목소리가 울먹거린다.

그러나 율은 그 점을 지적하지 않았다.

"응, 그래."

율이 말했다. 차분한 목소리로.

그리고 천천히, 남자에게 다가가 남자를 걷어찼다.

"……커헉!"

이내 퍽, 퍽, 퍽. 엄청난 소리와 함께, 남자의 몸이 이리저리 굴러다녔다. 어딘가 부러지는 섬뜩한 소리까지 들렸다. 남자의 비명과 신음이, 폭행의 투박한 효과음과 뒤엉켰다. 정작 율은 마치 룰대로 작업에 임하는 사람처럼 너무나 냉정하고도 정확하게 남자를 짓밟고 있었다.

남자는 가엾어질 정도로, 처참하게 유린당하고 짓밟힌다.

남자도 율만큼이나 덩치가 컸음에도, 아니, 율 이상으로 덩치가 큰데도 불구하고, 지금은 그저 율의 발아래 처참하게 망가지는 일개 초식동물 같았다. 먹이사슬 가장 꼭대기의 맹수 앞에 저항 한 번 못해본 채, 그저 빨리 숨이 끊어지기만을 비는 덩치만 큰 초식동물 말이다.

몇 번이나 남자를 걷어차고 짓밟던 율이, 겨우 숨을 돌리려는 듯 발길질을 멈췄다. 그리고 그때까지도 손에 쥐고 있던 칼을 바닥에 내던졌다. 손에서 피가 후두둑 떨어졌다.

거기서 끝…… 인 줄 알았는데.

"사, 살려주세요."

남자가 피와 침을 질질 흘리며 율에게 빌었다. 엉망이 된 남자는 주희를 공포에 밀어 넣던 그 기세는 온데간데없고, 영락없이 약해빠진 겁쟁이가 되어버렸다.

하지만 율은 전혀 들리지 않는 양, 남자의 멱살을 쥐고 벽에 몰아세웠다. 그 언젠가 주희에게 치근대며 성희롱 발언을 퍼뜨렸던 선배를 벽에 내팽개쳤을 때처럼 무자비하게.

그리고 다른 손으로 주먹을 쥐고선, 남자의 얼굴을 향해 힘껏-

"그, 그만해요!"

더는 지켜볼 수가 없어, 주희가 뛰어들었다.

다리에 힘이 풀려서 중간에 한 번 휘청거렸지만, 율이 남자를 때리기 전에 간신히 율을 붙잡을 수 있었다.

율이 주희를 돌아본다. 눈이 마주쳤다.

옅은 갈색의 눈동자가 어둠 속에서도 날카로운 빛을 머금고 있다. 건드리는 자는 그게 누구라도 물어뜯어버릴 것처럼.

무서워. 무서워. 무서워. 무서워. 잡아먹힌다.

조금의 의심도 없이, 붉은색의 경고음이 맹렬하게 머릿속을 가득 메운다. 그러나 주희는 간신히 용기를 내어 율에게 소리쳤다.

"그러다가 죽겠어요! 이제 그만해요!"

율이 주먹을 꽉 쥔 자세로 일시 정지한 채 주희를 쳐다보았다. 얼마나 힘껏 주먹을 쥐었는지, 손이 가늘게 떨리고 있었다.

지금의 그라면, 누구의 말도 귀에 들어올 것 같지 않았다. 한없이 냉정하고, 더없이 차갑고, 감정의 한 톨도 느껴지지 않았지만, 주희는 알 수 있었다. 그는 지금 제정신이 아닐 정도로 분노하고 있었다.

하지만 주희의 염려와 달리, 율은 천천히 주먹 쥔 손을 내려놓았다. 그리고 남자를 내던지듯 바닥에 던져버렸다.

철퍽, 하는 소리와 함께 남자가 물웅덩이 위로 쓰러졌다.

"……아?"

주희가 쓰러진 남자와 율을 번갈아 쳐다봤다. 무슨 짓을 해서든 율을 말릴 각오였는데, 이렇게 손쉽게 상황이 종료될 줄 몰랐다.

그런 주희를 보며, 율이 미간을 찌푸렸다.

"왜. 네가 그만하라며."

그렇긴 하지만, 이렇게까지 순순히…… 말을 들을 줄은.

주희가 황망한 표정으로 율을 쳐다보고 있으니, 주희의 표정을 오해한 율이 고갤 빼딱하게 기울이며 묻는다.

“아니야? 좀 더 패?”

“……하, 하하하.”

억지로 웃는 소리를 내며, 주희는 자리에 다시 주저앉았다. 갑자기 온몸에 기운이 훅 빠지는 기분이 들었다.

‘설마…… 내 말에 복종하라고 한 말 때문에?’

“온주희. 괜찮아? 업어줄까?”

율이 주희의 앞에 한쪽 무릎을 꿇고 앉으며 그렇게 물었다. 조금 전 야차 같던 표정은 어디로 가고, 지금은 주희를 걱정하는 표정으로 한가득이다. 행여나 주희가 어디 크게 다쳤나 싶어 어쩔 줄을 몰라 하는 모습이, 꼭 커다란-

‘……그래, 꼭 늑대 같다.’

처음 만났을 때부터 깨달았던 사실이었다.

그가 얼마나 길들여지지 않는 맹수 같은 사람인지. 그저 처음 눈빛을 마주 본 것만으로도, 자신은 그 사실을 알았더랬다. 아니, 그녀만이 아니다. 모두가 알고 있었다. 그게 인간의, 약자의 본능이라는 것이리라. 그에게 가까이 다가가면 위험하다고, 다들 그렇게 입을 모으지 않았던가. 그런 남자였다, 서율은.

그럼에도 그 사실을 이제 와 새삼 상기하게 되는 건, 결국 그동안 그가 자신에게 얼마나 부드럽고 상냥하게 대하려 애썼는지를 반증하는 것일 테다. 자신의 말을 들어주고, 배려해주었고, 따라주었다. 이 거대한 늑대가, 어울리지 않게 순한 양의 흉내를 내면서.

의심할 것 없는 그의 진심이었다.

응, 그러니까 됐어. 무섭지 않다.

당신은, 무서워해야 할 사람이 아니다.

"……선배. 나, 선배가 와줘서……."

너무 기뻤어요. 고마웠어요.

그저, 주희는 그 말을 전하고자 했다. 아직 몸에 떨림이 남아 있지만, 혼란스러웠지만, 무서웠지만, 그래도 그가 애써준 것만큼 자신도 힘내어 진심을 전하고 싶었다.

……그저, 그뿐이었는데.

"죽어버려어어어어!"

그때 바닥에 쓰러져 있던 남자가 어느새 자리에서 일어났다. 남자의 손에는 바닥에 굴러다니던 식칼이 들려 있었다. 칼날에 묻었던 피가 빗물에 채 씻겨 내려가지도 않은 칼.

율이 자리에서 일어남과 동시에, 남자와 율이 포개어졌다. 주희가 앉은 자리에서는 율의 뒷모습밖엔 보이지 않았다.

놀란 주희가 율의 이름을 불렀다. 대답 대신 율의 입에서 나직한 신음이 새어 나왔다. 남자가, 웃었다. 그러나 곧 율이 휘두른 주먹을 맞고 다시 나가떨어졌다. 바닥을 몇 번이나 굴러갈 정도로 센 펀치였다.

"선배! 선배, 괜찮아요? 선배!"

주희가 다급하게 자리에서 일어났다. 당황한 주희와는 달리, 돌아보는 율은 여전히 차분한 표정이었다. 주희는 율의 몸 여기저기를 만지며 다친 곳을 확인했다. 그런 주희를 보며, 율이 쓰게 웃는다.

주희의 젖은 머리카락을 쓸어 넘기며 율이 물었다.

"넌 괜찮아?"

"나 말고, 선배 괜찮냐고요, 선배!"

"넌 괜찮은 거지?"

"난 괜찮으니까, 좀……!"

질척-

율의 몸 여기저기를 더듬거리던 주희의 손에 무언가 이상한 것이 묻어났다. 빗물이라기에는 끈적하고 미끈거리는 액체였다.

주희는 온몸에 피가 식는 기분이 들었다. 손을 들어 확인해봤지만, 어둠 속이라 그게 뭐라고 딱 단정 지어 확인하기가 어려웠다. 그저 질척대는, 끈적하고 비릿한 액체.

주희가 고갤 들어 율의 얼굴을 본다. 눈이 마주쳤다. 주희의 한껏 확장된 동공에 비해, 율의 동공은 풀어져 있다.

눈이 마주친 순간, 율이 활짝 웃었다.

"어, 다행이다."

그 말을 마지막으로 율은 그대로 바닥에 쓰러졌다.

"선배!"

주희가 율을 애타게 불렀지만, 미동조차 없다.

멀리서 천둥이 친다. 빗줄기는 더욱 강해지고 있었다. 차가운 빗줄기가, 율의 허리에서 흘러나오는 피를 자꾸만 씻어 내려갔다.

주희의 외침에도, 율의 몸은 내리는 비에 점점 차갑게 식어가고 있었다.

사실 처음부터 불행의 씨앗은…… '나'였다

어머니가 자신 때문에 돌아가셨던 것처럼.

온주희가 자신 때문에 스토커에게 다칠 뻔한 것처럼.

그렇게 율은, 의식 저변에 묻어두었던 케케묵은 질문에 답한다.

온주희. 넌 나를 다시 만나서는 안 되는 거였어- 라고.

지헌이 연락을 받고 병원에 갔을 때, 주희는 수술실 앞 대기 의자에 앉아 멍하니 벽을 쳐다보고 있었다.

온몸이 쫄딱 젖어, 병원에서 준 것으로 보이는 수건을 머리에 뒤집어쓰고 있었다. 꼭 돌로 깎아 만든 조각처럼 미동도 없이 그렇게 앉아 있다. 지헌이 그녀의 시선을 따라가보았지만, 그 앞은 흰 벽뿐, 아무것도 없었다.

대체 그녀는 뭘 보고 있는 것일까.

"주희야."

지헌이 가까이 다가가 조심스럽게 주희의 이름을 불렀을 때에도, 주희는 지헌을 쳐다보지 않았다. 못 들어서는 아니었을 것이다. 지헌은 짧게 한숨을 쉬며 그 곁에 앉았다.

"괜찮아. 구급대원한테 들었는데, 목숨에 지장 있고 그렇지는 않을 거래."

대답이 없다. 지헌은 더 이상 말하기를 그만두고, 대신 주희의 발로 시선을 옮겼다. 구두를 어디에 벗어 던졌는지, 스타킹만 신은 맨발이다. 심지어 한쪽 다리는 퉁퉁 부어 있었다.

"주희야. 너, 응급실 가서 다리 진료부터 받자."

"……그 새끼."

"……응?"

"지금, 경찰서 가 있대요?"

여전히 벽을 응시한 채로 주희가 말했다. 멍한 표정에 비해 목소리는 또렷하다.

"그렇대. 일단 거긴 내가 가볼게. 넌 나중에……."

"같이 가요."

그제야 겨우 주희가 지헌을 돌아보았다. 신기할 정도로 표정도 목소리도 차분했다. 완전히 넋이 나가 있다고 생각했던 지헌은, 힘이 들어가 있는 주희의 눈빛에 잠시 말문이 막혔다.

뭐랄까, 차라리 울고불고 난리를 피우는 쪽이 더 나았을 것 같다.

"저도 좀 데리고 가줘요. 그 새끼 면상 좀 제대로 보게."

"……그래, 일단 다리 치료하고 나면."

지헌의 말에 주희가 자리에서 벌떡 일어났다. 그러고는 지헌의 도움도 없이 혼자 절뚝거리며 응급실로 향해 걸어간다.

주희를 부축하려 지헌이 서둘러 일어났지만, 이내 그러기를 그만뒀다. 지금은 내버려두는 편이 낫겠다 싶다. 대신 지헌은 뒤를 돌아 수술실 쪽을 바라보고 섰다.

수술실 문 위에 수술 중이라는 불빛이 반짝이고 있었다.

"……이번 일로 또 망가지면 진짜 곤란한데."

지헌이 혼잣말을 중얼거리며, 그 앞에서 걸음을 돌렸다.

경찰서로 이동하는 내내 주희는 말이 없었다. 그저 창밖만을 쳐다본 채 지헌과는 눈도 마주치지 않았다. 운전하던 지헌이 흘끗 조수석을 봤을 때, 유리창에 비친 주희의 무서우리만치 차갑고 냉정한 표정만 확인할 수 있었다. 분노했다는 느낌은 들지 않았다. 오히려 너무 차분해서 무서울 정도였다.

경찰서에 도착했을 때, 남자는 그때까지도 자리에 앉아 조사를 받고 있었다. 지헌이 경찰에게 자초지종을 설명하는 사이 주희는 천천한 걸음으로 남자 가까이 다가갔다.

후드를 벗고 밝은 빛 아래서 본 남자는 생각보다 더 어렸다. 20대일 거라고는 짐작했지만, 아직 초반 정도로밖엔 보이지 않는다. 생김새도 상당히 평범했다. 길거리에서 마주치면 시선 한 번 주지 않고 그냥 지나쳤을 정도로.

범죄자의 얼굴은 좀 더 무섭고 괴물 같고 흉폭할 거라 생각했다. 혹은 얍삽한 외모에 미친 사람의 눈 정도는 갖고 있을 줄 알았다. 퍼붓는 빗속에서 겁에 질려 쳐다보았던 남자의 얼굴은 그랬으니까. 그야말로 괴물 같았으니까.

설마 이렇게 멀쩡한 사람이 누군가에게 독약 같은 말을 쏟아붓고, 협박하고, 뒤를 캐고, 폭행하리라는 걸 누가 상상이나 할까.

"제가 좀…… 흥분했습니다. 그럴 생각은 아니었는데……."

남자는 어눌하고도 느릿한 목소리로 자신의 죄를 변명하고 있었다. 끔뻑거리는 눈과 잔뜩 겁먹은 표정으로.

흡사 피해자의 얼굴로 말이다.

"근데 진짜 스토커 같은 건 아니고요, 전 그냥 쭉 지켜만 봤고요. 그리고 사실 저도 속아서, 화가 나서, 우발적으로요. 네, 우발적으로 그런 거거든요."

변명에 사과나 죄책감은 단 한 조각도 서려 있지 않은 게 느껴졌다. 맞은편에 앉은 경찰도 피곤하다는 얼굴로 남자의 말을 듣고 있을 뿐, 이 쓰레기 같은 변명에 분노하는 기색 하나 없다.

아아. 화가 나 있는 건 자신뿐일까.

"전 그냥 마유라 님이랑 대화를 하려던 거였고요. 좀 가볍게 말

다툼을 한 것 말고는 진짜 문제없었는데요. 제가 마유라 님을 사랑하는 사람이라서, 절대 해코지하고, 그런 건 생각도 못했고요. 너무 사랑해서 그랬던 거고요."

소유욕과 통제욕을 사랑이라는 단어로 포장하는 남자의 변명에 역겨움이 밀려 올라왔다. 주희는 입술 안쪽을 피가 나게 깨물었다. 비릿한 맛이 입 안에 고인다.

"사실 피해자는 저거든요. 이거 안 보이시냐고요. 그 새끼가 갑자기 끼어들어서 사람을 막 패는데……. 우와……. 그거 살인미수예요, 살인미수. 네? 정확하게 적어주세요. 전 어디까지나 정당방위였습니다. 아니, 사람이 사람 좋아하는 게 죄인가요? 안 그렇습니까?"

"야."

듣다 못한 주희가 남자를 불렀다. 목소리가 갈라져 두 개 음으로 튀어나갔다.

남자가 인상을 쓰며 돌아보더니, 주희를 보고 표정이 확 풀어졌다.

"와아, 마유라 님! 역시 와주셨군요!"

그 머릿속에서 무슨 망상이 떠올랐는지는 궁금하지 않다.

터벅터벅, 주희는 남자에게 다가갔다. 자신의 코앞까지 다가온 주희를 올려다보며, 남자가 의기양양한 미소를 지어 보였다. 자신을 도와주기 위해 온 거라고 철석같이 믿는 표정이다.

주희는 남자를 한참 동안 쳐다보았다. 그 얼굴을 기억하려는 듯 한참. 그러고는 경찰 책상 위에서 아무거나 집히는 대로 집어 들어 남자의 얼굴을 가격하려는 순간, 주희의 등 뒤에서 주먹이 날아와 남자 얼굴에 꽂혔다.

퍼억, 하는 소리와 함께 남자가 의자째 뒤로 넘어갔다.

주희가 놀라 뒤를 돌아보니, 지헌이 인상을 찌푸린 채 손을 털고 있었다. 갑작스러운 사태에 경찰서 안에는 잠시 소란이 일었다. 지헌이 두 번째 주먹을 내지르려는 순간, 멍하니 건성으로 앉아 있던 경찰들이 우루루 달려들어 지헌을 붙잡아 말렸다.

"와아! 저 새끼, 봤죠! 봤죠! 이거 다 CCTV 찍혔죠? 내가 맞았어! 다들 봤냐고! 내가 맞았다고!"

남자가 퉁퉁 부어오르는 턱을 감싸 쥐고 악을 쓰기 시작했다. 깔깔대며 봤냐고 소리치는 모습에, 주희는 다시 울컥하고 화가 치밀어 올랐다. 결국엔 경찰들이 지헌에 매달려 방심하는 사이, 다시 남자에게 다가가, 머리카락을 휘어잡았다.

"악! 아아악, 이 미친년이! 이거 못 놔?"

남자가 악을 썼지만, 주희는 오히려 머리털을 뽑을 기세로 더욱 세게 남자를 쥐고 흔들어댔다.

"못 놔, 이 새끼야! 너 내 눈에 안 띄게 조심해! 죽여버릴 거야, 내가! 선배 조금이라도 잘못되면 너 내 손에 죽어, 이 새끼야!"

"으아악, 이년이 돌았나!"

생전 입에 담아본 적도 없는 욕설이 술술 튀어나갔다. 주희는 남자의 머리카락을 한 움큼씩 뽑아댔다. 자신이 이렇게 손아귀 힘이 셌던가, 스스로 놀랄 정도였다.

덕분에 경찰들은 혼이 빠지게 바빠졌다. 지헌에 이어 이번엔 주희에게까지 매달려 뜯어 말려야만 했다. 그러나 지헌과 달리 주희는 워낙 단단하게 남자의 머리카락을 움켜쥐고 있어서 떼어내기가 쉽지 않았다. 바닥에는 미용실 저리 가라 수준으로 남자의 머리카락이 수북했다.

한참 만에야 경찰들에게 끌려 나가며, 주희가 드디어 울었다.

비명처럼 울기 시작했다.

어쩌다 이렇게 됐지.

결국엔 경찰서 한 구석에 쭈그리고 앉은 신세가 된 지헌이 긴 한숨을 내쉬었다.

경찰서 내에서 벌인 소동과 폭력 사태로 두 사람은 경찰서 한쪽 구석에 대기 신세가 되고 말았다. 나이 많은 경찰이 두 사람에게, 공무집행방해죄의 무거움에 대해 몇십 분에 달하는 설교를 늘어놓았으나, 결국에는 조용히 처리될 것 같긴 하다.

남자 쪽이 흉기까지 휘둘렀을 만큼 중죄였고, 주희의 공포나 분노를 십분 이해하기 때문에 감안하여 눈감아주겠다, 뭐 그런 의미인 것 같았다. 지헌은 경찰에게 연신 고맙다고 인사를 했지만 주희는 무릎을 감싸 쥐고 고갤 파묻은 채 미동조차 없었다.

경찰이 돌아가고 나서도 두 사람은 한참 동안 의자에 앉아 있었다. 대화는 달리 오가지 않았다. 그 긴 침묵에, 지헌은 천천히 자신을 되돌아보는 시간을 가질 수 있었다.

자신은, 아무래도 화가 났던 것 같다.

'났던 것 같다'라는 애매한 결론인 것은, 살면서 그 정도로 화가 나거나 내본 적이 없었기 때문이다. 비교할 만한 일이 없으니 확신을 할 수가 없다. 아무리 화가 났다고 해도, 차지헌이라면 이성적으로 일을 해결했어야 했다. 대뜸 주먹을 휘두르는 건 차지헌이 할

짓이 아니었다.

그런데 자신은, 결국 그렇게 했다. 해버렸다.

이건 분명히 '실수'다. 이성적이지 못했다. 아무런 득이 없는 짓이었다. 그럼에도, 자신이 한 일 중에 가장 잘했다는 생각이 드는 이 후련함은 뭘까.

아직도 저릿저릿한 손을 접었다 폈다 하며 지헌은 생각했다.

"오늘, 고마웠어요."

곁에 앉아 있던 주희가 간신히 소리를 내어 말을 걸었다. 지헌이 주희를 쳐다보았지만, 주희는 여전히 고개를 파묻은 채 들지 않았다.

"아냐. 네가 고생했지."

지헌이 씁쓸하게 말했다.

주희는 오늘 용감하게 피의자의 머리채를 잡아 뜯었지만, 그게 공포의 소멸을 의미하는 것은 아니다.

이번 사건은 그녀에게 트라우마로 남을 것이다. 앞으로 그녀는 혼자 걷는 길을 두려워하게 될 것이다. 누군가로부터의 시선에 의심부터 하게 될 것이다. 잊고 살다가도 문득, 자신을 향해 칼을 휘두르던 어떤 미친 인간의 면상이 떠오를지도 모른다.

그 모든 것이, 어쩌면 마유라 때문일지도 모른다는 원망이 싹틀지도 모른다.

율을 볼 때마다 오늘 일이 떠오를 것이다. 분명히.

"죄송한데, 저 율 선배 병원에 다시 데려다주시면 안 될까요. 너무 깜깜해서…… 혼자서 돌아가기가 좀…… 무서워서……."

"아냐. 넌 그냥 집에…… 아니, 부모님댁 가서 자. 내일 병가해줄

게. 본가가 어디라고 했지? 내가 차로 데려다줄 테니까."

"아니에요. 병원에 돌아갈래요."

"거긴 내가 가 있을 테니까 내 말 들어. 너도 오늘 다치고 힘들었잖아."

지헌이 주희의 어깨에 손을 올렸다. 그제야 주희가 고갤 든다.

눈물이 멈추지 않아, 고장이라도 난 것처럼 눈에서 물이 줄줄 새어 나오듯 흐르고 있었다.

그저, 서러웠다. 슬펐다. 가슴이 먹먹했다. 이 모든 불행이 화가 난다.

"선배가 그랬죠. 율 선배가 글 쓰는 데 방해될 줄 알았으면 나, 블루캣에 안 데려왔을 거라고."

"그런 얘기는 왜 해? 오늘 일은 네 탓 아니야."

"맞아요. 내 탓 아니에요."

주희가 단호한 표정으로 지헌을 쳐다보며 대답했다. 지헌은 잠시 말문이 막혔다.

주희가 오늘 일로 당연히 자책하고 있을 거라고 생각했다.

애초에 주희가 없었다면 스토커가 주희를 마유라로 오해하지 않았을 것이다. 주희가 오늘 율의 집에 연락도 없이 찾아가지 않았다면, 이 상황은 벌어지지 않았을 것이다. 하다못해 주희가 율과 통화하지 않았더라도, 율은 다치지 않았을 거다.

그 모든 일을 주희가 자책하리라 생각했었다. 하지만 주희는 눈물을 뚝뚝 떨어뜨리면서도, 눈빛이 날카롭게 벼려져 있었다.

"다 저 쓰레기 같은 놈 탓이지, 내 탓은 아니죠."

"그건…… 그렇지."

"그러니까 선배, 나 때문에 마유라가 글을 못 쓰게 된다든가, 율 선배가 달라진다든가 해도, 나 율 선배 옆에서 떨어질 생각 없어요. 옆에 있을 거예요."

스스로에 대한 다짐처럼, 주희는 한 글자 한 글자 힘을 주어 또박또박 그렇게 선언했다. 지헌이 자신에 대해, 율에 대해 어떻게 생각하는지 잘 알고 있기에 굳이 말로 꺼낸 것이다.

그렇게 말하는 주희의 표정은 사뭇 도전적이기까지 하다.

"나, 그 사람에게 데려다주세요."

당신의 글을 사랑했다.

당신의 언어를 사랑했다.

얇은 책장 아래 물들은 듯 스며 있던 당신의 감성과, 비밀과, 가짜 이름으로 이루어진 그 모든 허망한 인생을 사랑했다.

누구에게도 배움 받지 못한 듯한 그 서툰 미소와 서툰 다정함을, 길들여지지 않아 거칠고 투박했던 진심을, 달콤했던 입술과, 부드러웠던 손길과, 속살거리던 목소리를.

그 따뜻했던 체온과 떨리던 호흡을.

당신의 사랑을 사랑했다.

당신을 사랑하고 있다.

주희는 지금, 그 어느 때보다 강한 확신으로 율을 사랑한다.

그렇게 길었던 밤은 지나고, 새벽이 찾아온다.

율은 어슴푸레하게 밝아오는 창문 너머로 고갤 돌렸다. 아직도 마취가 덜 깬 듯 머리가 아팠다. 온몸에 감각이 온전히 돌아오지 않아, 이것이 꿈인지 생시인지 알 길이 없었다.

침대에는 주희가 기대어 잠들어 있다. 한 손으로는 율의 손을 꼭 잡고 있었다. 잠이 든 상태에서도 잡은 손아귀의 힘이 대단하다. 엄마 손을 놓치지 않으려는 어린아이의 집념처럼 느껴졌다.

율은 엄지손가락으로 잡은 주희의 손등을 가만가만 쓸어보았다. 주희의 부드러운 살결이 둔한 감각을 조금씩 되살렸다.

잠든 주희의 모습이 너무나 평화로워 보여서 안심했다. 기뻤다. 그리고 뒤이어 그 모든 감정을 집어삼키듯, 미안함이 밀려왔다.

결국 자신은 그녀를 제대로 지켜주지 못했다. 자신 때문에 그녀가 무서운 일을 겪게 만들었다. 자칫 잘못했으면 또다시 사랑하는 누군가를 잃을 뻔했다.

그녀를 지켜주겠다니. 행복하게 해주겠다니.

어찌하여 자신은 그리도 오만했던가.

'……아프다.'

살아 있다는 것은 왜 이렇게 아픈 것일까.

그렇게 생각하며, 율은 다시 눈을 감았다.

상처밖에 남지 않은 밤이 끝나가고 있었다.

11화. 그대에게 내가 그리울 때

한 남자가 병원 복도를 걸어간다. 간호사들이 남자를 알아보고 반갑게 인사를 건네자, 그는 눈초리가 살짝 처진 눈웃음을 지어 보이며 화답했다.

남자가 이 입원 병동을 드나들기 시작한 건 이제 겨우 일주일째이지만, 병동 간호사들 사이에서는 이미 유명인이었다. 누군가는 그의 눈웃음이 귀엽다고 말했고, 누군가는 나긋한 말투가 취향이라고 말했고, 누군가는 슈트가 잘 어울릴 것 같은 그 체격이 마음에 든다고 했다.

정작 남자가 매일같이 병문안을 하는 1인실 환자는 이미지가 영 좋질 않았다. 처음에는 생긴 게 훤칠하여 친절하게 접근하는 간호사들이 몇몇 있었지만, 대개는 무뚝뚝한 반응과 차가운 눈빛만 받고 되돌아왔다. 사적인 질문이라도 할라 치면 아예 입을 다물어버리기 일쑤였다.

결국 이미지가 점점 나빠져, 심지어는 병원에 입원한 이유가 칼침을 맞아서 라더라 -틀린 건 아니지만-, 치정관계에 얽혔다더라 -그 역시 아예 틀린 건 아니지만-, 가명을 쓰고 살아야 하는 어둠의 인생이라더라 -역시나 전혀 틀린 건 아니지만-, 하는 소문이 왕왕 돌았다.

물론 이미지가 나빠지는 데 가장 일조한 일은 따로 있었다.

"……또 뭐 하냐, 너."

양지바른 곳의 1인 병실.

오늘도 어김없이 병문안을 하러 온 남자 지헌은, 숨바꼭질하듯 꼭꼭 숨은 이 병실의 환자인 율을 발견하고 혀를 찼다. 율은 병실 입구에서 잘 보이지 않는 구석에 숨어 있었다.

무릎 위에는 노트북이, 한쪽 옆에는 컵라면이 얌전하게 놓여 있다.

지헌에게 들키고 나니, 율이 '칫' 하고 혀를 찼다.

"유라 너, 컵라면 먹지 말랬지!"

"네가 병원 밥을 이틀만 먹어보면 그런 소릴 못 할 텐데."

"안 돼. 압수야, 압수."

율의 동정을 구하는 눈빛에도 지헌은 눈 하나 깜짝하지 않고 컵라면을 빼앗았다. 아직 상당한 양이 남아 있었지만, 조금의 고민도 없이 변기에 콸콸 붓고 내려버린다. 그걸 지켜보는 율의 표정이 상당히 고통스러워 보였다. 제 자식을 멀리 타국에 내보내는 부모보다도 안타까운 표정이다.

"큭, 그걸 내가 어떻게 공수해 온 건데……!"

변기물 내려가는 소리에 율이 부들부들 몸을 떨었다.

그러나 지헌은 거기서 끝나지 않았다. 율에게 다시 돌아오더니, 이번엔 율의 노트북을 빼앗아 든다.

"이것도 압수."

"뭣?"

"손 덧나면 어쩌려고 이렇게 말 안 듣는 거야?"

붕대를 감은 율의 오른손을 가리키며 지헌이 타박했다. 칼날이 깊게 박혔던 그의 손은 스무 바늘 이상 꿰매야만 했다. 처음에는 살짝 주먹만 쥐었다가 펴도 아파서 죽네 사네 하는 소릴 하더니, 이제 좀 나았다 싶으니까 아주 제멋대로다.

"제때 원고 수정이 끝나지 않으면 곤란한 건 너일 텐데."

"안 곤란해. 런칭 다음 달로 미뤘어. 입원 중에나 이렇게 상냥하게 대해주는 거지, 퇴원하자마자 넌 글 쓰는 노예야."

"피도 눈물도 없는 자식."

노트북까지 빼앗긴 율은 결국 불만 가득한 표정이 되어 자리를 털고 일어나야 했다. 몸을 일으키자 옆구리의 상처가 당기는지, 얼굴이 한껏 일그러진다. 율의 입에서 새어 나오는 낮은 신음 소리에, 노트북을 갈무리해두던 지헌이 걱정스러운 표정으로 그를 돌아보았다.

"상처 벌어진 거 아니야?"

"아냐. ……아마도."

"넌 하여튼, 얌전히 좀 쉬라는데 왜 이렇게 말을 안 듣냐? 그리고 아까 수간호사님께 물어보니까, 밥도 거의 남겼다면서. 병원 밥 제대로 안 먹고 라면으로 때우고 있는 거지, 너? 병원 밥이 맛은 없어도, 그게 다 영양의 균형을 생각해서 나오는 식단일 텐데……."

"야, 차지헌."

율이 침대에 걸터앉으며 인상을 잔뜩 찌푸린 채 쳐다보았다. 율을 따라다니며 끝나지 않을 것 같은 잔소리를 쏟아내던 지헌이 합하고 입을 닫는다.

율은 마치 일상의 대화를 이어가듯 담담한 목소리로 지헌에게 말했다.

"이제, 그만해도 돼."

"……뭘 말이야?"

"내 엄마 노릇 하려는 거."

뜻밖의 대답에 지헌은 잠시 말문이 막혔다. 너무 갑작스러웠다.

그러나 이내, 지헌은 별거 아니라는 듯이 '하!' 하고 웃음을 터뜨렸다.

"너까지 그 소리냐? 야, 말은 잘한다. 내가 없으면 혼자 제때 밥을 챙겨 먹기를 하냐, 공과금을 제때 챙겨 내기를 하냐?"

"그래도, 하지 마."

율이 재차 힘주어 말했다. 이쯤 되면 지헌도 장난스럽게 넘길 수가 없어진다.

"그만하자. 그만해도 돼."

"뭘 그만해도 돼? 누가 시켜서 억지로 하는 것도 아닌데."

"나, 그 정도로 눈치 없는 놈 아니야."

짧게 한숨을 내쉰 후 율이 다시 말을 이어갔다.

"우리 어머니 돌아가신 일, 그냥 사고였어. 네 잘못도, 내 잘못도 아니라. 그러니까 괜한 죄책감으로 네가 내 엄마 대신이 되어줄 필요는 없다는 얘기야."

지난 수십 년 동안 알면서도 모르는 척해왔던 진실을, 율은 오늘 드디어 들춰냈다.

사실, 처음부터 이랬어야 했다. 죄책감으로 이루어진 관계 같은 거, 시작도 하지 말았어야 했다. 그러나 '그 사고' 당시 율도 지헌도 옳은 판단을 내리기에는 너무 어렸다. 율은 기댈 어른이 하나 없어서 두려워했고, 지헌은 마음에 고인 죄책감을 해소할 길이 없어 불안해했다.

결국 지헌은 죄책감을 해결하고자 어머니 대신 율의 보호자가 되고자 했고, 불안정했던 율은 하나부터 열까지 자신을 챙기는 지헌에게 더더욱 의지했다. 그리고 지헌은 망가져가던 율이 자신에게 기대어 다시 살아가는 모습을 보며, 더욱 그를 뿌리칠 수 없게 됐다.

상처 입은 두 아이는 그렇게 서로가 서로에게 꽉 맞물려 기형적인 관계를 심화시켜갔다.

글에 틀어박혀 세상을 등진 채, 율은 더 이상 상처받지 않아도 되었고, 더는 상처받지 않는 율을 보며 지헌은 자신의 죄책감에 보상을 얻었다.

각자의 필요충분에 의해, 두 사람은 오랜 세월 함께 망가져가고 있었다. 그것이 정답이라고 두 사람 모두 굳게 믿은 채.

"온주희가 뭐라고 했냐?"

지헌은 의도치 않게 비꼬는 듯한 목소리를 내뱉어버렸다.

율의 말에 지헌은 마치 그에게 거부당한 기분이 들었다. 그리고 그런 기분을 느끼는 스스로에게 환멸이 들어 견딜 수가 없었다.

"걔가 뭘 알아. 걘 아무것도 몰라. 인마, 율아. 정신 차려. 널 가장 잘 아는 사람이 누구라고 생각하는 거야?"

"너겠지."

추궁하는 듯한 지헌의 말에 율이 담담하게 대답했다.

"앞으로도 너밖에 없겠지. 마유라가 앞으로 수천, 수만의 사람을 만나고 겪는다 해도, 서율의 세계엔 너밖에는 안 남을 거다. 앞으로는 더하겠지. 더 이상 밖으로 나설 이유가 없으니까. 그러니까 안 된다는 거다."

깨지고, 다치고, 망가지고, 절망하고, 때로는 다시 일어나기 힘들 정도로 괴로울 때도 있겠지만 살아 있다는 건, 결국 그런 거다. 아픈 거다. 세상에서 자기 자신을 지우고 숨기며 살아가는 이런 게 아니라.

"뭘 혼자서 다 이겨내고 성장했다는 식으로 말하냐. 재수 없게."

지헌이 율을 노골적으로 비웃으며 말했다.

경멸 어린 그 시선은 20년 넘게 그를 알아온 율도 처음 보는 표정이었다. 자신도 모르는 사이 감정의 가면은 깨지고 부서졌으나, 그럼에도 지헌은 아직 되돌릴 수 있을 거라고 믿고 있었다.

"나한테 죄책감 운운하지 마, 서율. 적어도 온주희한테 죄책감 느껴서 밀어내고 있는 너는 나에게 그런 말 할 자격 없으니까."

지헌의 비난에, 이번엔 율이 침묵했다. 아무런 대답 없이 그저 병실 바닥만 하염없이 쳐다보고 있었다.

폭풍과도 같았던 밤으로부터 일주일이 지났다.

많은 것이 변한 듯 변하지 않은 채, 그렇게 일주일이 흘러 있었다.

“그만두라고요?”

스토커 사건으로부터 일주일 후.

주희는 지헌에게, 마유라 담당에서 빠지라는 통보를 받았다. 그녀로서는 도무지 납득할 수 없는 내용이었다. 더군다나 지금 율의 상황과 자신들의 관계를 누구보다 잘 알고 이해한다고 생각한 지헌의 말이었기에 더욱 납득이 안 되었다.

“마유라 담당은 내가 맡기로 했어. 주희 씨는 언론 막는 것에 신경 써줘. 어제만도 잡지사인지 신문사인지에서 세 번이나 전화 왔다더라.”

“왜 이 시점에서 담당을 바꾸려는 거죠? 지금 마유라 작가에게는 제가 필요해요.”

“그건 주희 씨의 오만이고.”

지헌이 딱 잘라 말했다.

“말했잖아. 걘 글만 있으면 오케이야. 지금은 조용히 글에 집중하게 내버려둬.”

“인정할 수 없어요. 마유라 작가랑 직접 만나서 얘기하고 결정하겠습니다.”

주희는 즉시 지헌의 앞에서 등을 돌렸다. 당장이라도 율이 입원하고 있는 병원에 찾아가 자초지종을 묻고 일을 확실히 하겠다는 의지였다. 하지만 지헌의 다음 말은 그런 주희의 발을 붙잡았다.

“걔가 부탁한 거야.”

멈칫, 주희의 걸음이 멈춰 선다.

지헌의 말을 믿을 수 없다는 표정으로 돌아보았다.

"가도 안 만나줄 거야. 소용없는 짓 그만하고 일이나 해."

"갑자기 왜죠? 이유를 모르겠는데요."

"모르면 뭐 어때. 어차피 주희 씨는 마유라의 글이 보고 싶어서 이 회사로 온 거잖아? 걱정 마, 마유라 원고 나오면 제일 먼저 주희 씨에게도 보여줄게."

"그런 건 아무래도 좋아요!"

탕 하고 책상을 내리치며 주희가 언성을 높였다.

"글만 있으면 오케이라고요? 그럴 리가 없잖아요? 이런 시기에 그 사람 옆에 있어야 하는 건 '글'이 아니라 '사람'이에요!"

"그게 꼭 주희 씨일 필요는 없잖아?"

"왜 없죠? 저는 그 사람이랑……!"

거기까지 말한 후 주희는 잠시 입을 다물었다. 사무실 내 팀원들이 아닌 척하면서도 두 사람의 대화에 귀를 활짝 열고 있다는 걸 알고 있기 때문이었다. 서로 사랑하는 사이입니다, 같은 말을 할 수 있을 리가 없었다.

하지만 어떻게든 말하고 싶다. 지헌에게 확실하게 해두고 싶었다. 서율은 망가진 사람도, 사람 사이에서 살아갈 수 없는 성격도, 그렇게 홀로 세상에서 단절되어 살아도 되는 존재도 아니라는 것을.

"……그 사람이랑, 아, 아주 긴밀한 사이입니다!"

이런 순간에, 자신의 어휘력 부족에 정말이지 울고 싶어질 뿐이다.

팀원들만 없으면 속 시원하게 말해줄 텐데.

"……긴밀한 사이?"

지헌이 한쪽 눈썹을 올리며 되물었다. 주희는 창피함에 얼굴이 달아올랐지만, 멈추지 않고 다시 소리쳤다.

"그렇죠! 그거! 소울 메이트!"

"영혼의 친구?"

"서로 깊이 교감하고 이해하는…… 그런……!"

틀렸다. 말을 만들수록 점점 의미가 이상해지는 것만 같다. 이제 몰래 엿듣던 다른 팀원들마저, 저게 도대체 무슨 소리인가 싶어 슬금슬금 파티션 위로 고갤 내밀고 있었다. 꼭 미어캣들처럼.

그러나 주희의 노력에도, 지헌의 마음은 조금도 움직이지 않는 모양이었다.

"미안한데, 그것도 그냥 주희 씨 오만이야. 어쨌든 마유라가 주희 씨와 함께하지 않겠다고 했고, 그걸로 끝이야. 더 말할 게 남아 있나?"

평소의 친절하고 배려심 넘치던 지헌과는 전혀 다른 그 모습에, 주희는 물론 팀원들 사이에서도 싸늘한 분위기가 감돌았다.

결국 주희는 지헌에게 더 이상 반박을 할 수가 없었다.

별수 없이 주희는 사무실을 빠져나왔다. 지헌과 더 말다툼을 한다고 해도, 어차피 율이 자신을 거부한다면 소용없는 일이었다.

시간이 흐르고 율이 퇴원하게 되면 사건도 감정도 모두 수습될 수 있을 거라고 믿었다. 지금은 기다리는 것이 자신이 할 일이라 여겼다. 그런데 설마 편집자를 바꿀 줄은.

대체 왜였을까.

자신들이 겪은 일이 작은 사건이라고는 생각하지 않지만, 겨우 연결된 마음을 접어야 할 정도의 큰일은 아니라고 생각했는데.

어떻게 해야 할지를 모르겠다. 자신이 뭘 해야 할지 막막했다. 끓어오른 감정을 가라앉히려 복도를 한참이나 서성이던 주희는, 오랜 시간이 흐른 후에야 복도 끝에서 걸음을 멈춰 서서 휴대폰을 꺼내 들었다.

[언제쯤 퇴원해요?]

[퇴원할 때 데리러 갈까요?]

[상처는 이제 괜찮아요?]

다급한 손놀림이 휴대폰 액정 위에 문자를 찍어냈다. 벌써 며칠째 수십 통의 메시지를 보내고 있지만, 답변은 돌아오지 않고 있다. 답변은커녕, 읽음 표시조차 떠오르지 않는다. 전화가 연결되지 않는 건 말할 것도 없다. 전원이 꺼져 있는 것도 아닌데, 좀처럼 전화를 받지 않았다.

일부러 피하고 있다는 걸 눈치채지 못할 정도로 주희는 둔한 사람이 아니었다. 어쩌면 율은 이번 일을 계기로 자신과의 관계를 완전히 끊어버리려는 것일지도 모른다. 이유는 알 것 같다. 어렴풋하지만. 이해할 수도 있다. 납득할 수는 없지만.

마유라를 해치려던 스토커는 주희를 마유라로 오인하여 습격했다. 그 사실이 율의 마음에 부채로 남아 있을 것이다. 하지만 그 일이 어쨌단 말인가. 그 일에서 서율과 온주희는 어디까지나 피해자이다. 서율이 온주희에게 죄책감을 느낄 필요도, 그 반대의 경우도 필요 없었다.

어쨌든 이런 식으로 끝내는 건 싫다.

[나 오늘 병원에 가도 돼요?]

용기를 내어 다시 메시지를 전송했다. 그다지 대답을 기대하고 보낸 메시지는 아니었다. 예상대로 기다려봐야 반응은 돌아오지…… 아니, 돌아왔다.

정말 한참 만에 메시지가 '읽음'으로 표시되더니, 또 그만큼의 시간을 기다려 답변이 돌아왔다.

[안 돼.]

"……이 와중에 성실도 하셔라."

차단을 한 건 아니었구나.

부정적인 대답이 돌아왔는데도, 단지 그 사실을 알게 된 것만으로도 주희는 괜히 안심이 된다. 포기할까. 그만둘까. 점점 용기가 사라져가는 중에 그깟 '안 돼' 하는 메시지 하나가 뭐라고, 오히려 다시 의욕이 솟아오른다.

누가 이대로 얌전히 물러설 줄 알아.

"유라에게 연락하는 거야?"

등 뒤에서 지헌의 목소리가 들려, 주희는 뒤를 돌아보았다.

회사 복도 저쪽에 지헌이 우두커니 서서 주희를 쳐다보고 있었다. 그의 무표정과 낮은 목소리는 어쩐지 마주할 때마다 낯설기만 했다.

주희는 자기 손에 쥐고 있던 휴대폰을 확인한 후, 가볍게 흔들어 보이며 그의 말에 긍정했다.

"연락 안 받네요."

"그럴 거라고 했잖아."

"매번 이런 식으로 극복해왔나요?"

주희가 싸늘한 목소리로 질문했다. 그 말의 의미를 몰라, 지헌은 미간을 찌푸린다.

"싫은 일에는 눈을 돌리고, 상처 입으면 더 깊은 동굴에 들어가 틀어박히고. 늘 그런 식으로 덮고 회피하면서 그걸 '극복했다'라고 생각하며 살아왔나 봐요, 둘 다?"

"……둘 다?"

"공범이잖아요, '허니'도. '마유라는 글만 쓸 수 있으면 된다'라고 말했잖아요."

"그럼, 아니야?"

"네, 아니에요."

1초의 망설임도 없이, 주희는 단호하게 대답했다. 눈빛에 흔들림이 없다. 오히려 지헌이 할 말을 잃을 정도로.

지헌이 더 이상 대답이 없자, 주희는 사무실로 걸음을 옮겼다. 바닥에 박힌 것처럼 우두커니 서 있는 지헌의 곁을 막 지나쳐 갈 때, 지헌이 다시 주희를 돌아보며 질문을 던졌다.

"그래서 넌 뭐 어떻게 할 건데. 걔한테 네가 뭘 어떻게 해줄 수 있는데?"

당연한 걸 왜 묻느냐는 눈으로, 주희가 지헌을 돌아보았다.

"해주긴 뭘 해줘요. 멱살 잡고 끌어낼 건데."

완전히 예상을 빗나간 대답에 지헌이 얼빠진 표정을 지어 보였지만, 주희는 그런 지헌을 무시한 채 다시 등을 돌려 제 갈 길을 가 버렸다.

……그렇게, 호기롭게 선언한 것까지는 좋았는데.

율의 병실 앞.

주희가 그 앞에 서 있은 지 벌써 10분째였다. 그 10분 동안 주희는 문손잡이에조차 손을 올리지 못했다. 잡으려고 손을 들어 올리기만 수십 번, 결국에는 다시 내리기를 반복했다.

'정말 들어가도 좋은 건지 모르겠네.'

오지 말라는 메시지에도 무작정 찾아온 율의 병실.

어떻게든 율의 마음을 돌리고 싶은 심정으로 온 것이지만, 이게 과연 올바른 선택인 건지 사실 주희도 자신이 없었다. 오히려 율이 자신에게 질려버리는 건 아닐까 겁도 났다.

'아냐, 그래도 어떻게든 만나서 얘길 해야…….'

간신히 결심한 주희가 입을 꾹 다문 채 고갤 끄덕였다. 스스로에게 용기를 불어넣듯 크게 심호흡을 했다.

'좋아. 열고 들어간다. 하나, 둘, 세…….'

숫자를 다 세기도 전에, 드르륵 하는 소리와 함께 먼저 문이 열렸다. 당황하여 고갤 들어보니, 코앞에 율이 우두커니 서 있는 게 보였다. 율 역시 주희를 발견하고는 놀란 표정이었다.

"아."

일주일 만이었다. 얼굴이 조금 마른 것 같다. 병원복을 입고 있어서 그렇게 보이는 것일지도 모른다. 부스스한 머리카락은 여전했다. 자신을 바라보는 갈색의 눈동자도 여전히, 아름다웠다.

"……칫."

주희가 짧은 감격에 벅차오르는 사이, 율은 재빨리 상황을 판단하고는 서둘러 문을 다시 닫았다. 그러나 주희도 재빨랐다. 얼른 정신을 차리고는, 양손으로 문을 닫지 못하게 콱 움켜잡았다.

감격의 재회는커녕, 순식간에 분위기가 반전됐다. 문을 닫으려는 자와 문을 열려는 자의 팽팽한 신경전이 시작되고 말았다.

"뭐야, 사람 봐놓고 왜 닫는 건데?"

"내가 오지 말랬잖아!"

"뭐래? 자기가 편집자로 불러다놓고, 이제 와서 토사구팽 하는 거예요? 야, 이 개율아!"

"뭐야? 그게 하늘 같은 선배한테 할 소리냐!"

"하늘 같은 선배 좋아하네! 이러고 혼자 궁상떨고 있으면서 무슨 하늘 같은- 으아악!"

온갖 막말이 오가는 와중, 율이 문에서 손을 놓아버렸다. 그 탓에 문을 열려고 발버둥 치던 주희가 그 힘에 못 이겨 병원 복도 바닥에 내동댕이쳐졌다.

두 사람의 말싸움으로 주변에 몰려들었던 사람들이, 넘어지는 주희를 보고선 '아이고오' 하는 안타까운 탄성을 내질렀다. 물론, 가서 일으켜주는 사람은 한 명도 없었지만.

율이 쓰러진 주희를 보고 미간을 찌푸렸다. 저도 모르게 '칫' 하고 혀를 찬다. 당장이라도 가서 주희를 일으켜 세워주고 싶었으나, 어떻게든 참아냈다.

지금 그녀를 일으켜주겠다고 다가가면, 지금껏 애써 버티고 참으며 밀어냈던 시간이 모두 허사가 되어버린다. 때문에 율은 주희가 일어나기 전에 재빨리 병실에 들어가 문을 걸어 잠가버렸다.

"아, 진짜! 이 인간이!"

넘어진 것도 서러운데, 일으켜주지도 않고 홀랑 문을 걸어 잠가?

이젠 주희도 독이 오를 대로 오르고 말았다. 자리에서 벌떡 일어난 주희가 다시 문으로 달려갔다. 어떻게든 문을 열고자 했지만, 문은 덜컥덜컥 소리만 요란하게 낼 뿐 굳게 잠겨 열릴 기색이 없었다. 화가 머리끝까지 난 주희가 결국 구둣발로 문을 쾅 하고 걷어찼다.

"안 나와?"

대답이 없다. 구경하던 사람들만이 흥미진진한 표정으로 '오오' 하고 소리를 냈을 뿐이다.

주희는 문에 매달리듯 붙어서 닫힌 문 안쪽을 향해 소리쳤다.

"내 말에 무조건 복종하기로 했잖아요? 이러면 안 되지! 룰 위반이지!"

쾅쾅쾅 문을 두드리며 고래고래 소리를 질렀다. 뭐든 대답이 돌아오면 좋으련만, 문 너머에 있을 율은 아예 묵비권을 행사하고 있었다.

"그깟 스토커 좀 만난 게 뭐 대수인데! 당신 탓도 내 탓도 아닌데, 왜 우리가 이렇게 구질구질한 상황에 놓여야 하는 거냐고요! 대체 왜!"

주희의 고성방가에, 결국 간호사들까지 출동했다. 여기서 이러시면 안 된다며, 간호사들이 주희의 팔을 강하게 잡고 끌어내기 시작했다. 소란을 피울 작정은 아니었던지라 순순히 물러나긴 했지만, 아무런 대답도, 변명도, 설명도 돌아오지 않는 문 너머를 향한 야속함은 좀처럼 사그라들지를 않았다.

"대체 왜냐고!"

왜냐니, 그걸 몰라서 묻는 건가.

어두운 병실 안.

굳게 잠긴 문에 기대어 서 있던 율은, 멀어지는 주희의 고함 소리를 꼭꼭 씹어 삼키며 몇 번이고 되새겼다. 울분에 찬 주희의 목소리가 귓가에 달라붙어 떨어지지 않는다.

그 목소리를 듣는 것도, 그 얼굴을 보는 것도, 그 다채롭고 극단적인 표정 변화를 보는 것도 일주일 만이었다. 천 년 같은 일주일 만의, 꿈만 같은 한순간이었다. 비록 자신에게 화내는 모습뿐이었다고 해도.

솔직히, 안고 싶었다. 당장 품에 꽉 끌어안고 싶은 충동이 일었다. 너무 그리웠고, 보고 싶었고, 기뻤다. 그리고…… 그녀가 자신을 탓하지 않는다는 사실이 너무나 괴로웠다.

"내가 다 망쳤어."

율이 어둠 속에서 홀로 중얼거린다. 그의 말을 들어야 할 상대는 여기에 없는데도.

"마유라도, 서율도, 널 지켜주기는커녕 널 다치게 만들었어. 어느 쪽도 쓸모가 없었다고. 그런데 내가 어떻게…… 너를 계속 붙잡아둘 수 있어?"

그녀의 말이 맞다. 자신은, 자신들은 피해자였다.

악당을 물리쳤으니 이제는 행복한 미래만 설계하면 그만이다. 하지만 율에게는 그럴 만한 면역이 없었다. 한 번 겪은 불행이 불안을 낳았고, 두 번 겪은 불행은 확신을 낳았다.

율의 머릿속에 그려지는 건, 세 번째 불행뿐이다.

그 스토커의 편지는 몇 년 동안이나 계속 자신을 괴롭혀왔다. 괴로웠지만, 견디기 어려울 만큼 힘든 일은 아니었다. 그 증오가 '마유라'를 향해 있다고 생각했고, 허상을 향한 증오는 허상밖에 상처 입히지 못할 거라 생각했었다. 그러나 자신이 틀렸다.

자신이 '마유라'의 삶을 포기하지 않는 이상, 또 언제고 주희가 이런 위험에 빠지지 않으리라는 법이 없었다. 이번에 잡힌 스토커가 아니어도, 마유라의 안티 팬은 존재한다.

유명해질수록, 작품을 더 만들어낼수록, 마유라의 이름이 빛날수록 그림자는 짙어지기 마련이니까.

"미안. 미안하다, 온주희. 정말 미안. 미안합니다……."

온주희를 만나고 율은 자신이 바뀌었다고 생각했다. 과거를 극복했다고 자신했다. 앞으로 나아갈 수 있을 줄 알았다. 제대로 사랑하고, 사랑받을 수 있을 줄 알았다. 그러나 그것은 자신의 착각이었을 뿐이다.

과거는.

기억은.

이제는 다 지난 일이라고 방심하는 순간, 결정적인 때를 노려 발목을 붙잡는다. 피를 흘리며 죽어가던 어머니의 모습이, 빗속에서 겁에 질려 떨고 있던 온주희의 모습과 자꾸만 겹쳐지고 만다.

'너도 뭔가 사람답게 살 수 있을 것 같아? 뭐 좀 바꿀 수 있을까 봐? 야, 꿈 깨. 아무리 발버둥 쳐도 넌 그냥 글 쓰는 것밖에 모르는 사회 부적응자야.'

자신에게 비난과 악의를 쏟아내던 두원의 말이 귓가에 쟁쟁하게 울렸다. 자신은 그 의견을 거부했다. 그래도 발버둥 치면, 노력하면, 바뀔 수 있을 거라고 생각했다.

깨지고, 넘어지고, 망가져도, 지금보다는 조금 더 나아질 수 있을 거라고. 뭔가 변할 거라고. 하지만.

"나는…… 제대로 된 인간이 되지 못했어."

잔뜩 잠긴 목소리가 어느 때보다 간절하다.

율은 기대어선 병실 문에 머리를 대고 눈을 감았다.

새까만 눈꺼풀 위로 어른거리며 얼룩이 번졌다. 어릴 적 눈앞에서 차에 치인 어머니의 몸에서 쏟아져 나오던 피처럼, 얼룩은 점점 커져 시야를 완전히 잡아먹었다.

울부짖고, 상처입고, 괴로워하고.

율과 주희가 주변 사람들의 시선은 아랑곳없이 자신들의 감정에 매몰되어가는 그때, 지헌 역시 그곳에 있었다. 두 사람 모두 눈치채지 못했으나, 지헌은 처음부터 구경하는 사람들 사이에 서서 그 모든 광경을 묵묵히 지켜보았다.

그리고 그는, 간호사들에게 끌려 나가는 주희의 모습까지 확인한 후, 그대로 말없이 병원을 빠져나갔다.

"술 마셨냐?"

그늘이 져서 고갤 들어보니 눈앞에 현서가 서 있었다.

"이게 이제 아주 사장을 자기 마음대로 오라 가라 해."

"딸기 프라푸치노 주문해놓았는데요."

"그래, 또 무슨 일인데."

그 말에 현서가 냉큼 태도를 달리하며 맞은편에 앉았다. 지헌이 쿡쿡 하고 소리를 낮춰 웃었다.

"저도 회사 밖에서 대표님 얼굴 보는 거 별로 유쾌하지 않습다."

"죽고 싶냐."

"그런데, 연락할 사람이 진짜…… 진짜 한 명도 없었어요."

"그래, 모든 인간은 이렇게 아픔을 겪으며 자신을 되돌아보고 한 단계 성장하는 법이지. 그런 네 녀석을 아직까지 데리고 있어주는 이 사장님께 존경심이 마구 들지 않냐."

"울프 이만큼 큰 거, 솔직히 저 없었으면 불가능했을 텐데."

"뻔뻔한 새끼."

그래도 아니라고는 말 못한다. 현서는 정장 안주머니에서 막대사탕을 꺼내, 신경질적으로 껍질을 까고 입 안에 집어넣었다.

술기운에 꿈뻑꿈뻑한 눈으로 그걸 물끄러미 지켜보던 지헌이 간신히 다시 입을 열었다.

"제가 그렇게 잘못 살았습니까?"

"그걸 왜 나한테 물어."

"전 모르겠습니다, 이제. 모두 계획대로 착착 잘 진행되어왔는데, 뭐 하나 잘못된 거 없이 잘 살아온 인생인데……. 유라도, 유라는, 유라한테는, 달리 제가 뭘 어떻게 했어야 했다는 겁니까, 예?"

"……술 깨고 와서 떠들어대면 안 되겠니, 차 팀장아."

"전 최선을 다했어요. 최선을 다했다고요. 제가 유라한테 글을 쓰라고 하지 않았으면, 이 바닥으로 끌고 오지 않았으면, 걘 그때 벌써 죽었을 겁니다. 그런데도 제 잘못입니까?"

푸하, 하고 지헌이 큰 한숨을 내쉬었다. 술 냄새가 팍 하고 풍겨, 현서는 노골적으로 인상을 찌푸렸다.

"마유라 입원한 것 때문에 그래? 아니면 온주희랑 마유라 문제 때문이야?"

"온주희……!"

텅, 하고 테이블을 내리치며 지헌이 소리쳤다.

"나 좋아한다더니, 무슨 마음이 그렇게 갈대야? 내가 이렇게 될 줄 알았습다! 경고했는데! 분명히 경고했는데, 결국 이게 뭐냐고요!"

"야, 쪽팔리니까 좀 조용히 해."

"내 말대로 했으면 됐잖아. 내 말대로, 각자 일이나 제대로 했으면 됐잖아……. 좋아해? 사랑해? 그딴 게 다 뭔데. 아, 정말 거지 같아서-"

거지 같다. 그리고 그중 가장 거지같은 건 자신이다.

지헌은 '하하' 하고 허탈하게 자조를 내뱉었다.

더 이상 엄마 노릇을 할 필요 없다는 율의 말을 들었을 때, 지헌은 발밑이 무너지는 듯한 상실감을 느꼈다. 그것은 자신이 모든 것을 쏟아부었던 것에 대한 거절이었다. 이상한 일이다. 율에게서 벗어나게 되면 분명 홀가분할 줄 알았는데.

죄책감에 얽매여 있었다고 생각했던 그 비정상적인 관계는, 사실 자기만족에 불과했다는 걸, 이런 식으로 깨닫고 싶지 않았다.

"대표님……. 제가, 용기가 좀 필요함다……."

"종업원한테 빈 용기 하나 달라고 할까."

"그 용기 말고요……. 아, 진짜 분위기 파악 못하고……."

사실 지헌은 주희가 이번 사건에 죄책감을 느끼며 조용히 물러나주길 바랐다. 자신 때문에 율이 다쳤다며 죄책감에 무너져주길 바랐다. 그렇게 그녀가 무대에서 사라진다면, 시간은 조금 걸리겠지만 다시 예전으로 돌아갈 수 있을 거라고 생각했다.

율은 그가 좋아하는 글을 쓰며 세상에 상처받지 않는 그대로, 자신은 그런 율을 돌봐주며 마음에 찌꺼기처럼 남아 있는 죄책감을 지워가는 그대로.

하지만 다시 돌아간다고 해도, 그 장면에 누구 하나 행복한 사람은 없다. 행복한 척하는 사람들만 있을 뿐이다. 완벽하다고 착각하는 좁은 세계 속에 갇혀서.

지금껏 자신이 살아왔던 인생과 같이.

얼마 지나지 않아 종업원이 음료수를 들고 자리를 찾아왔다. 현서의 앞에 특대 사이즈의 딸기 프라푸치노가 올라왔다. 컵 표면에 몽글몽글 맺힌 물방울을 물끄러미 쳐다보다가, 현서는 안주머니에서 막대사탕을 하나 더 꺼내 부스럭거리며 껍질을 벗기기 시작했다.

입에 사탕을 물고 있으면서 저건 왜 또 까고 있는 걸까 싶어 지헌이 고개를 들자, 현서는 급습하듯 지헌의 입에 사탕을 꽂아 넣었다.

"……?"

"먹어. 내가 엄청나게 아껴둔 스트로베리 믹스야."

험악한 인상과 달리 큐트한 취향을 선언하며 현서가 말했다.

"완벽하려고 애쓰지 마. 넌 그게 문제야. 사탕도 너무 많이 먹으면 이 상하고 텁텁해지거든. 기억해라. 인생이라는 건 말이야, 딱 그 정도의 달달함이 맞는 법이다."

멍하니 있던 지헌이, 입에 물려 있던 막대사탕을 꺼내 확인했다. 붉은색과 미색이 뒤섞인, 알맞게 달달한 인생의 맛.

그것을 기억하려는 듯 다시 입에 문다. 한쪽 뺨이 볼록해졌다.

다 큰 남자 둘이 카페 창가 자리에 앉아 막대사탕을 빨고 있는 웃지 못할 장면이 펼쳐졌다.

"방금 그 말, 되게 오글거렸던 거 아시죠?"

"뭐 인마?"

그래, 이 부끄러운 상황을 감수할 정도의 용기가 있으면 뭐든 할 수 있을지도.

지헌은 체념하듯 그렇게 생각했다.

그러니까 율의 말대로, 그만하자.

죄책감 위에 쌓아올렸던, 어그러지고 망가진 관계를.

내일 차지헌은 온주희를 만날 것이다. 만나서 모든 것을 털어놓을 예정이다. 그리고 끝내는 거다. 이 우스꽝스러운 행복의 연기를.

이튿날. 졸업 후 3년 만에 처음 만났던 그 술집에서, 지헌과 주희는 다시 마주 앉았다.

그때의 설렘과 기대는 온데간데없었다. 불과 몇 달 전의 일인데, 꼭 몇십 년은 더 전의 일 같았다. 짧은 시간 동안 너무나 많은 일들이 있었다.

지헌이 주희의 소주잔과 자신의 소주잔에 차례로 소주를 채웠다. 그리고 건배 없이 첫 잔을 벌컥 하고 들이켰다. 주희가 그런 지헌을 걱정스럽다는 표정으로 쳐다본다.

"선배, 술도 잘 못하면서 그렇게 마시면 취해요."

"괜찮아. 요즘 꽤 마셨더니, 술도 나름 는 것 같더라고."

지헌이 피식 웃으며 농담을 건넸다. 그 미소에 주희도 씁쓸하게 웃었다.

"술까지 마셔가면서 할 얘기가 뭐예요? 율 선배 얘기예요?"

주희의 담담한 질문에 지헌의 손이 멈칫했다. 그러나 곧 다시 자연스럽게 소주병을 집어 들어, 다시 자신의 잔에 술을 채웠다.

벌컥. 두 번째 잔이 안주도 없이 또 들어간다.

연거푸 두 잔이나 들이켜고 나니 거짓말처럼 취기가 올라왔다. 원래 술을 잘 못 마시기도 했지만, 분위기도 한몫한 것 같았다. 지헌은 세 번째 잔을 채워놓고 마시지 않은 채, 잔 입구를 손가락으로 훑듯이 만지작거렸다.

"어떻게 보면 내 이야기이기도 하고."

뒤늦게 주희의 질문에 대한 대답이 돌아왔다. 주희는 무슨 의미인가 싶어서 미간을 슬쩍 찌푸렸다.

"유라 어머니 교통사고로 돌아가신 거, 율한테 들었다고 했지?"

"네."

"유라에게 어머니가 어떤 사람이었는지는 알아?"

"선배 어머니께서, 자기 버리고 떠난 선배 아버지를 못 잊어 했다고……."

"진짜 다 얘기했구나, 걔가."

거기까지 말한 후 지헌은 용기를 조금 더 불어넣듯 찰랑거리던 세 번째 잔을 입 안에 털어 넣었다. 얼굴 근육을 총동원하여 그 쓴맛을 표현하더니, 약간 둔해진 말투로 입을 연다.

"유라네 어머니, 좋은 분이야. 나는 부모님이 맞벌이셨고, 두 분 다 일을 더 사랑하는 분들이라, 거의 매일 걔네 집에서 보냈어. 그런데도 나 역시 친아들처럼 아껴주셨거든. 정말 좋은 분이었어."

사랑이 넘치는 사람이었다. 아름다운 사람이었고, 상냥했고, 따뜻했다. 분명 떠난 남편을 그리워하긴 했지만, 그것과 별개로 자기 자식에게도 충실한 사람이었다.

"사람에 따라, 보는 방향에 따라서, 같은 그림도 다르게 보일 때가 있잖아. 난 유라 어머니가 유라를 사랑하지 않으셨다고는 생각 안 했거든. 진짜 좋은 분이었어. 진짜. 그러니 내가 보기엔 딱 배부른 소리 같았어, 솔직히."

그렇게 말한 지헌이 '흐흐' 하고 실없이 웃더니 검지를 입술에 가져다 댔다.

"아, 이 얘기는 유라한테는 비밀. 걔 되게 잘 삐쳐."

율이 잘 삐치는 건 모르겠지만, 지헌이 정말 빨리 취한다는 건 알겠다. 그렇게 생각하며, 주희는 말없이 그저 마주 웃어 주었다.

자신의 말에 긍정한 것이라고 생각하는 것인지, 지헌은 자연스레 말을 이어갔다.

"사실 난 유라가 마냥 부러웠어. 유라 어머니가 내 어머니였으면 좋겠다고 몇 번이나 생각했을 정도로. 어쨌든 우리 셋은 꽤 행복하게 잘 지냈어. 한 가족처럼, 그렇게 말이지."

하지만 그 행복은 오래가지 못했다.

"그러다가 어느 날 유라가…… 그냥 갑자기, 뜬금없이 말이야. 원래 애들은 이상한 짓 잘하잖아. 어쨌든 어머니가 우리 중 누굴 더 사랑하는지 테스트를 해보자고 했어. 걘 어머니가 자길 얼마나 사랑하는지 확인하고 싶어 했거든."

"무슨 테스트였어요?"

"그냥 간단한 거. 건널목의 양 끄트머리에 서서, 어머니가 건널목을 건너서 누구한테 먼저 오나 확인해보자, 그런 거."

그녀는 퇴근하던 길이었다. 두 아이는 언제나처럼 마중을 나갔었다. 그날은 퇴근이 평소보다 늦었고, 그 여유분의 시간에 아이들은 엉뚱한 생각을 하게 되었다.

그녀가 누굴 더 사랑하는지 보자.

사실 해볼 것도 없는 게임이었다. 아무리 공평하게 두 아이를 사랑한다고 해도, 결국은 자기 자식을 더 사랑하는 게 당연한 법이니까.

그런데 지헌은 그때 그걸 몰랐다. 어쨌든 자신은 '생판 남'에 불과하다는 걸, 그땐 인정할 수가 없었다.

당연히 그녀가 무뚝뚝한 율보다는 자신을 더 사랑할 거라고 확신을 했고, 그래서 그 유치한 게임에 자신만만하게 응했다. 그런데 그녀가 자신이 아닌 율에게 먼저 다가간 순간, 어린 지헌은 무언가 알 수 없는 분노 같은 게 끓어올라 주체할 수가 없었다.

"결과는 뻔하지. 어머니는 유라에게 먼저 다가갔어. 근데 내가 그걸 인정할 수가 없었어. 너무 화가 났고, 부끄러웠고, 그래서 어떻게든 두 사람 앞에서 빨리 없어져버리고 싶은 마음에 신호를 기다리지 않고 건널목을 건너갔지."

거기까지 말한 후 지헌이 훗, 하고 짧게 웃었다. 허탈함과 피로가 묻어나는 웃음이다.

"……어머니께서 뒤따라 가셨나요?"

지헌이 차마 말하지 못한 뒷말을 주희가 덧붙였다.

지헌은 침묵으로 그 말을 긍정했다.

"즉사였어. 뭐 어떻게 손쓸 방도도 없었어. 뭐가 어떻게 된 건지도 몰랐어. 우리는 울면서 경찰에게 자초지종을 말했는데, 경찰이 그러더라고. '너희들 잘못이 아니다'라고 말이야."

그리고 그 말을 들은 순간 두 아이는 깨달은 것이다.

아, 이것은 우리의 잘못이구나, 하고.

지헌이 네 번째 잔을 따랐다. 이미 취했는지, 잔에 따른 술이 조금 넘쳤다. 기껏 술을 따라놓고 이번에도 마시지 않은 채, 지헌이 둔해진 말투로 더듬더듬 다시 입을 열었다.

"유라는 이번 일로 그때 일을 다시 떠올린 거겠지."

자신이 가장 사랑하던 사람을 자기 손으로 죽음에 이르게 했다. 자신의 유치하고 옹졸한 마음이 이 사태를 불러일으켰다.

율에게는 평생 벗어날 수 없는 트라우마였고, 족쇄였고, 저주였다.

그 후 그는 죄책감에 하루하루 죽어갔다. 밖을 나가 다른 누군가를 만나면, 자신이 또 그 누군가를 죽게 할지도 모른다고 생각했다. 고약한 정신병이 그를 침식해갔다. 어떻게든 그를 살려야 했기 때문에, 어린 지헌은 고심 끝에 제안했다.

그러면 '서율' 대신 다른 존재를 만들어내자. 실체도 없고 감정도 없는 가짜를 만들자. 그 가짜에게 '서율' 대신 살아달라고 하자.

그렇게 해서 태어난 것이 '마유라'였다.

"그 스토커는 '마유라'를 공격할 작정이었어. 그런데 네가 휘말려든 거지. 그 녀석은 그게 자기 탓이라고 생각하는 거야. 어릴 적 어머니의 사고처럼."

지헌은 거기까지 말하고 입을 굳게 다물었다.

주희는 분위기를 환기시키려 무언가 아무 말이라도 해야겠다고 생각했지만, 결국 아무 말도 꺼내지 못했다.

솔직히 지헌의 이 고해는 너무 갑작스러웠고, 놀라웠다. 자신이 생각했던 것보다 무겁고 어두운 과거가 답답하게 가슴을 짓눌렀다.

결국 주희도 그 답답한 마음을 달랠 길이 없어 자기 앞의 소주잔을 들었다. 연거푸 두 잔을 마신 후에야, 주희는 겨우 신중하게 말을 꺼냈다.

"……제가 꽃을 한 송이 키운단 말이에요."

"……?"

"그런데 내가 아무리 노력을 기울이고 애정을 쏟아부어도 꽃은 결국 시들고 말 거거든요. 그건 기정사실이고, 내가 무슨 짓을 해도 못 바꿔요. 앤 기껏해야 1년 지나면 시들어요. 그건 누구나 다 아는 사실이잖아요?"

"꽃?"

"예를 들어서 말이에요, 예를 들어서."

손사래를 치며 주희가 다시 말을 이었다.

"그러면 선배, 내가 그 꽃을 키우지 않는 게 맞다고 생각해요?"

소중한 것을 지키고 싶으니까 소중한 것을 만들지 않는다.

너무 사랑하니까 곁에서 떠내보낸다.

또다시 본인 탓에 사랑하는 사람을 잃게 될까 봐, 또다시 세상에서 등을 돌린다.

그게 지금껏 서율이라는 인간이 살아온 방식. 온주희가 찾아냈어야 할, 그를 이루고 있는 퍼즐의 마지막 조각.

"아니 무슨 중2병이냐고요. 서른 살씩이나 먹어서 이 무슨 유치한 짓이야, 이게."

"너는 몰라. 그때 그 사고는 떠올리는 것만으로도……."

"괴롭겠죠. 힘들겠죠. 당연히 난 모르지. 내가 신도 아니고. 그렇지만 선배들도 내가 어떤 일로 괴로워하는지, 힘들어하는지, 하나도 모르잖아요."

상처받지 않고 살아가는 인간은 한 명도 없다. 결국 살아 있는 모두는 어딘가 결여되고 망가지고 상처 입은 존재들이다.

주희가 워낙 단호한 태도를 보이니, 지헌은 어쩐지 억울한 양 목소리를 높였다.

"넌 괜찮을 것 같아? 앞으로 유라를 볼 때마다 그 스토커와 만났던 일이 떠오를 텐데?"

"그러겠죠, 지금도 꿈에 나올 정도인데. 지금도 그것 때문에 힘들어요. 언젠가는 그 일 때문에 너무 괴로워서, 그 괴로움을 감당하기가 어려워서 율 선배랑 헤어질 수도 있겠죠. 근데 그게 지금은 아니지. 내가 괜찮다는데, 선배들이 설레발치면 곤란하죠."

거기까지 말한 후, 주희는 소주잔에 남은 소주를 완전히 비워버렸다. 탈탈 털어 마신 후에, 미련 없이 자리에서 일어났다. 가방을 어깨에 메며 주희는 단호하고 확고한 목소리로 지헌에게 말했다.

"서율은 천재도 아니고, 글만 쓰고도 살 수 있는 인간도 아니에요. 사회에 나가면 부적응자로 전락할 것처럼 말하지 마세요. 충분히 다른 사람을 배려할 줄 알고, 절제할 줄도 알고, 제대로 사람을 좋아할 줄도 알아요."

거기까지 말한 후, 주희는 꾸벅 허리를 숙여 지헌에게 인사했다. 그러고는 뒤도 돌아보지 않고 성큼성큼 가게를 나가버렸다.

지헌은 차마 뒤따라갈 생각도 못한 채 입을 벌리고 그녀의 뒷모습을 물끄러미 지켜보았다.

주희와 이 가게에서 만났던 몇 달 전.

지헌에게 그녀는 그저 속내를 감추는 데 서툴고, 잘 웃고, 나긋한 목소리로 말하며, 쉽게 뜻대로 움직일 수 있는 그런 사람이었다.

『시간 언덕』의 부진으로 절망하던 율에게 그녀가 다시 글 쓸 힘을 불어넣어주었던 것처럼, 이전 출판사의 배신으로 절망하던 그에게 다시 약간의 용기만 불어넣어주면 되었다. 지헌에게 그녀는, 그 정도의 역할이면 충분했다. 몇 달 전의 그녀라면 말이다.

이런 애였던가. 이렇게 신념이 확고하고 흔들리지 않는…… 아니면 온주희도 변한 건가. 서율처럼 그녀도, 혹은 서율 때문에 그녀도.

"……후배한테 훈계나 듣고. 나도 이제 끝장이구만."

빈 소주잔을 내려다보며, 지헌이 소주보다도 쓰게 웃었다.

누군가에게 필요한 사람이 되고 싶었다.

그래야 사랑받을 수 있다고 생각했다. 오빠에게 의지하는 어머니를 보며, 이 집안에 필요한 사람이 되지 못하면 언제든 버려질 수 있다고 생각했다.

그 두려움이 얼마나 보잘 것 없는지 가르쳐준 것이 율이었다.

실로 절실하게, 필요한 사람이라고 생각했다.

그에게 자신이 아니라, 자신에게 그가.

율은 병원 로비에 앉아 있었다.

몇 개의 조명이 드문드문 꺼져 로비는 어두웠다. 사람이라고는 율 한 명뿐이었기 때문에, 인기척이 전혀 없었다. 정면에 있는 대형 TV에서 흘러나오는 소음만 차갑게 바닥에 쌓여갔다.

마치 물속에 있는 것처럼 모든 것이 고요했다. 마음마저 적막한 새벽. 시간이 베어져버린 것 같은 자리에, 어느새 온주희가 그림자처럼 다가와 곁에 앉는다.

율은 그녀가 꿈이나 환상일 수도 있겠다고 생각했다. 너무 보고 싶어서 꿈을 꾸는 걸 거라고.

그만큼 현실감이 부족했다. 도망가지도, 모르는 척하지도 못한 건 그런 이유였다.

"넌 진짜 끈질기구나."

잔뜩 잠긴 목소리로 율이 꿈에 말을 걸듯 말을 꺼냈다.

자기 손끝만 내려다보고 있던 주희가 그제야 고갤 들어 율을 쳐다보았다.

"'시간 언덕' 마지막 문장 말이에요. '그는 울지 않는 것으로 복수하기로 했다'라는 거요. 처음 소설을 읽었을 땐, 그 말이 자신을 사랑해주지 않은 죽은 여자에게 복수한다는 의미인 줄 알았어요."

뜬금없이 무슨 이야기인가 싶어 율이 미간을 찌푸렸다. 주희가 그런 율을 향해 고개를 살짝 갸웃했다. 취기에 뺨이 붉다.

"그게 아니었던 거죠? 그는 울지 않는 것으로 자기 자신에게 복수한 거야."

『시간 언덕』은 서율의 이야기였다.

사랑하는 사람을 자신 때문에 떠나보냈다. 그 죄책감에서 율은 벗어나지 못했다. 울지 않는다는 건, 사랑하는 사람을 잃고도 마음껏 슬퍼할 수 없었다는 의미였다. 그렇게 율은 자기 자신을 상처 입히고 망가뜨리면서 스스로에게 복수했다.

같은 거라고 생각한다.

온주희를 곁에서 잘라내는 것으로, 그는 주희를 위험에 빠뜨리고 만 스스로에게 복수하고 있었다. 지헌은 주희가 사라지면 율이 다시 회복될 거라고 믿고 있었지만, 그저 감정을 버리고 스스로를 깎아내며 죽어가고 있었을 뿐이다.

그는 언젠가, 온주희가 없던 시간을 '그냥 죽어 있었다'라고 말했었다. 깊은 물속에 끝없이 끝없이 가라앉아가듯, 그는 그렇게 죽어가고 있었을 뿐이었다.

그런 그가 지금, 다시금 '살아갈 이유'인 온주희를 잘라내고 그 깊은 물속으로 가라앉으려 하고 있다. 그렇다면 그 손을 잡고 물 밖으로 끌어내주는 것이 바로 자신이 해야 할 일이라고, 온주희는 그렇게 확신했다.

"그만해도 돼요. 그 복수. 내가 용서해줄 테니까."

율은 무표정한 얼굴로 주희를 바라보았다.

무기질의 눈빛이 어둠 속에서 희미하게 빛을 머금고 있었다. 어딘가 한없이 애처롭다.

"이제 그만 아파요. 그리고 내 옆에 있어주세요. 선배도 내가 그리웠잖아요."

그리웠다.

누군가의 시와 같이, 곁에 있어도 그녀가 그리웠다.

그러나 율은 눈을 질끈 감아버린다.

"마유라 때문에 네가 죽을 뻔했어."

"알아요."
"다시는 그럴 일이 없을 거라는 보장도 없어."
"알아요."
"그런데도 나한테서 도망치지 않겠다고? 지금 도망치지 않으면, 다음엔 널 보내줄 자신이 없어. 네가 나 때문에 괴롭고 힘들다고 울부짖어도 널 못 놓아줘."
"놓아줄 생각 없는 건 내 쪽이거든요."
그렇게 말하며 주희는 율에게 다가가 그를 끌어안았다.
오랜만에 닿는 살결과 뒤섞이는 체온이, 귓가에 가라앉는 호흡과 뒤얽히는 맥박이, 주희는 너무나 고맙고 기뻤다. 희미해져가던 '서율'이라는 존재가, 다시금 차곡차곡 쌓아 올라가고 있었다.
그가 여기에 있다.
그가, 살아 있다.
"내가 필요해서 안 놓아주는 거예요. 내가 당신이 필요해서."
누군가에게 필요한 사람이 되고 싶었다.
누군가가 필요하다고 생각해본 적이 없었다.
그러나 지금 주희는 간절히 율을 원했다. 그 어떤 대가를 치르더라도 그를 붙잡고 싶었다.
율은 한참을 망설였다. 한 번 그녀를 끌어안으면 되돌릴 방법이 없을 것 같아 두려웠다. 그러나 오기는 오래가지 못했다. 그 역시 누구보다 강하게 그녀를 원하고 있었으니까.
결국 율은 떨리는 팔을 들어 그녀를 천천히, 그러나 강하게 끌어안았다. 율의 떨리는 호흡이 주희의 목덜미 위에서 사그라든다.
"가르쳐달라고 했죠. 선배의 그 마음, 뭐라고 불러야 좋을지."

언어로도 만들 수 없어 전하지 못했던 마음.

두 사람의 마음은 거리도 속도도 너무나 달랐다. 율이 주희를 향해 하염없이 다가갈 때, 주희는 율을 제대로 봐주지 못했다. 그는 그녀의 인생에 오점이었고, 최악의 남자였고, 가장 얽히고 싶지 않은 인물 1위였으니까. 아무리 애를 써도 마음의 거리가 같아지리라고는 생각해본 적 없었다.

그러나 주희는 지금 이 순간, 이제는 그와 자신의 마음이 똑같이 포개어져 있음을 절실하게 깨닫는다.

“언어로 전할 수 없다면 다른 모든 것으로 가르쳐줄게요.”

율의 얼굴을 쓰다듬으며 주희가 웃었다. 그 미소에, 비로소 율도 웃는다.

TV의 소음만 가득한 병원 로비. 어두운 물속 같은 그곳에서, 두 사람은 확인과도 같은 키스를 나누었다.

상처입지 않는 방법은 없겠지만 상처마저 감수할 소중한 무언가가 있다. 그것이 이렇게나 기쁘고 행복한 일이로구나.

율은 주희의 모든 것을 자신의 안에 새겨갔다.

결코 지워지지 않을 각인처럼.

에필로그. 늑대들에게 안녕을

"드릴 말씀이 있습니다."

텅, 하고 책상을 내리치는 소리에 서류 확인을 하던 지헌이 흠칫 어깨를 떨었다. 주희가 지헌의 책상 앞에 서서 한껏 패기 있는 눈빛을 보내고 있었다.

그녀가 그런 표정이면 지헌은 살이 떨린다. 꼭 기함할 만한 내용을 갖고 오기 때문이다.

"뭘까? 적장의 목이라도 딸 기세로 찾아와서, 할 말이라는 게."

"이번에 마유라 소설 대만판 만들 때, '시간 언덕'도 포함시켜주세요."

"응?"

부탁이나 건의라기보다는 협박에 가까운 어투였다. 이 흥미진진한 안건에, 사무실을 가득 메웠던 키보드 소리가 일시에 끊겼다.

모두 두 사람의 대화에 집중하고 있다는 의미다.

"문제될 거 없지 않나요? '시간 언덕', RT랑 맺은 출판권은 진작 끝났잖아요?"

"그게 문제가 아니라……. 음, 내 입으로 말하기는 그렇지만, 하필 폭망한 작품을 굳이……?"

"해외 독자들은 마유라에 대한 선입견이 없어요. 한국과는 다른 반응일 거예요, 분명히. 해외에서 반응이 좋으면, 역으로 재조명되어 다시 한국에서 재판도 가능하잖아요?"

"그래도 너무 모험 아니야? 검증된 다른 작품도 많은데……."

"팀장님."

터엉. 주희가 다시 책상을 내리쳤다. 지헌은 물론, 거북목을 빼고 파티션 너머로 둘을 구경하던 팀원들까지 흠칫하고 놀랐다.

"이번 마유라 소설이 몇 번이나 증쇄를 했는지 아시죠?"

"……알지."

"그야말로 블루캣 먹여 살리는 간판이라는 것도 인정하시죠?"

"……인정하지."

"그 대업을 누가 이루었는지 아시죠?"

"……알고 있습니다."

주희가 보내오는 압박감이 너무나 강력해서, 마지막에는 저도 모르게 존댓말까지 튀어 나가버렸다.

주희는 힘겨웠던 지난날을 반추하듯, 불끈 쥔 주먹을 부르르 떨며 연설하듯 말했다.

"그 대책 없는 인간 설득하고, 협박하고, 먹여 살려가며 나온 소설입니다, 그 소설이. 노는 데 정신이 팔려 마감을 미루려는 작가를 채찍질해가며 나온 작품이라고요. 더구나 대표님도 팀장님도, 그렇게 무거운 내용으로는 안 팔릴 거라고 반대했을 때, 과감하게 밀어붙이자고 주장했던 게 누구였습니까."

할 말이 없어진다.

확실히 마유라의 원고를 보았을 땐 다들 반신반의했었다. 그동안 마유라의 원고와 달리 어둡고 무거웠기 때문이다. 소재 자체가 배덕감 있는 내용이긴 했지만, 예상했던 범위를 넘어섰다. 더구나 무거운 소설로 망한 적이 있는 전적도 있고 하여, 현서도 지헌도 그 원고를 달가워하지 않았다.

좀 더 가볍고 밝게 수정하자는 쪽으로 의견이 모아졌을 때, 믿고 맡겨달라며 그 원고를 사수했던 것이 바로 주희였다.

"음, 다 인정하는데 말이야. 그런데 마유라가 노는 데 정신 팔려 마감을 미루게 된 건 주희 씨에게도 어느 정도 책임이……."

"네? 아니 그러면 힘들게 야근까지 하고 겨우 퇴근했는데, 남자 친구랑 데이트도 마음대로 못하나요?"

다른 팀원들에게 들리지 않게 조용한 목소리로 주희가 속삭였다. 입매는 올라가 있는데, 눈이 전혀 웃고 있지를 않다. 그 '야근'의 짐을 안겨주고 있는 지헌은 합 하고 입을 닫았다.

"그럴 리가. 데이트, 중요하지. 아주 중요하지."

"저 억지 부리는 거 아니에요. 가능성이 충분하다고 생각해서 드리는 말씀이에요. '시간 언덕', 살릴 수 있어요. 제 안목 아시잖아요."

"뭐, 일단 대표님께 말씀은 드려보겠지만……."

"말씀을 드리는 걸로는 안 되고, 강력하게 주장해주세요."

지헌이 난감하게 웃었더니, 주희가 생긋 미소 지으며 양 주먹을 꽉 하고 쥐어 보였다.

"팀장님, 힘내세요! 나가자, 싸우자, 이기자! 파이팅!"

"파, 파이팅……."

지헌에게 다짐을 받고 나서야, 주희는 만족스러운 미소를 지으며 제자리로 돌아갔다. 팀원들이 사무실을 가로질러 가는 주희를 보며 '오오-' 하는 은근한 환호를 보내왔다.

블루캣 런칭 세 달째.

등장 초반부터 마유라의 작품이 대성공을 이루며, 사람들에게 레이블을 알리고 각인시키는 데 성공했다. 그 기세를 몰아 현재 블루캣은 자리매김을 위하여 총력을 기울이고 있는 상태. 후속작을 빨리 이어가기 위해 작가도 편집자도 야근에 야근을 더하는 일상이 이어지고 있었다.

야근에 찌든 중에도, 팀원들의 표정은 밝았다. 다들 반신반의했던 '블루캣'이 시장에서 기대 이상의 성과를 올리면서, 사무실 분위기는 굉장히 들떠 있었다.

마유라의 소설은 평소와 그 색이 다른 소설이었음에도 반응이 좋았다. 아니, 좋은 정도가 아니라 가히 폭발적이었다. 출판사를 바꾼 후 첫 작품이라 독자들에게는 '새로운 변신'이라는 뉘앙스로 받아들여진 모양이었다. 언론에서는 마유라의 글이 한층 더 다채로워졌다며 호평을 쏟아냈다.

'뭐, 스토커 사건의 영향도 아주 없었다고는 말 못하지.'

인터넷 커뮤니티를 확인하며, 주희는 생각했다.

인터넷에서는 어떤 스토커가 마유라를 공격했고, 그 탓에 마유라가 크게 다쳤다는 소문이 암암리에 퍼져 나갔다. 마유라의 정체가 사실은 남자라는 데까지는 소문이 돌지 않았으니 다행한 일이다. 긴가민가하며 퍼져나가던 그 소문은, 블루캣 런칭이 홍보 일자보다 늦게 시작되며 거의 확정시됐다.

그리고 그 사건에 겹쳐, 평소 마유라의 작품보다 어둡고 끈적끈적한 내용의 신작은 스토커 사건의 영향을 받았다는 인식이 더해져, 아무도 모르는 마유라의 사생활을 간접적으로나마 향유하고 싶은 독자들에 의해 그야말로 불티나게 팔려나간 것이다.

"이것이 다 나의 유능함 덕분이겠지."

영화관의 대기 의자에 앉아, 율이 빨대로 콜라를 빨아 마시며 그렇게 중얼거렸다. 후루루루룩 하는 소리와 함께 음료가 그의 입 안으로 빨려 들어갔다.

곁에 앉아 팸플랫을 확인하던 주희가 환하게 웃으며 율에게 말했다.

"하하하, 입 다물어요."

"남자 친구에게 하는 말투가 상당히 거칠군."

"써야 할 문장이 생각나지 않는다고 징징대며 사람 피를 말렸던 게 누군데."

"하루 종일 네 생각 하다가 잠깐 짬 내서 글 쓰려니까 집중이 안 되잖아."

"반대가 되어야 하는 거 아니냐고요! 생업에 좀 충실해욧!"

어린애 놀리듯, 주희의 뺨을 양손으로 잡고 문질문질하며 율이 짓궂게 미소 지었다.

"누가 이렇게 사랑스러우랬나."

"……어휴, 능구렁이."

주희가 흥 하고 콧방귀를 뀌면서 율의 허벅지를 아프지 않게 찰싹 때린다. 하하, 하고 웃으며 율은 주희의 곁에 더욱 바짝 다가가 앉았다.

"그나저나 아까부터 뭘 그렇게 보는 거야? 이건 우리가 볼 영화도 아닌데."

"아, 이거요? 다음 달에 개봉하는 거래요. 재미있을 것 같아서 가져왔는데……. 근데, 여기 봐요. 띄어쓰기 안 되어 있어요."

"그렇군. 음, 여기도 들여쓰기가 안 되어 있고."

"줄 간격을 좀 더 붙이는 게 가독성이 높아질 것 같지 않아요?"

"줄 간격보다는 폰트 문제 아니야?"

"폰트야 뭐, 영화의 특성을 살리기 위해 선택한 종류라면 이해가 가니까."

"흐음. 그래도 이 문장은 마음에 드는데."

"엇, 진짜? 완전 닳고 닳은 클리셰인데도?"

"그래도 어느 부분에 끼워 넣느냐에 따라 또 참신한 맛이 있…… 긴 한데, 대체 왜 데이트 나와서까지 직업 정신을 발휘하고 계신가, 온 편집자."

뒤늦게 정신을 차린 율이 주희의 손에서 팸플릿을 휙 하고 빼앗아 가버렸다. 주희가 '아앗!' 하고 짧게 비명을 질렀지만, 그녀 역시 문득 도져버린 자신의 직업병에 민망하여 돌려달라는 말은 차마 하지 못했다.

"너, 자꾸 밖에 나와서까지 윤색할래?"

"눈에 띄는 걸 어떻게 해요. 그러는 자기도 들여쓰기 지적해놓고선?"

볼을 잔뜩 부풀린 채 불만을 표시하는 주희를 보며, 율의 표정은 되려 싸늘하게 굳어갔다. 그 표정에 주희는 괜히 움찔하게 되고 만다. 뭐야, 이 분위기는. 화내는 건가? 대체 방금의 대화 어느 부분에 화낼 건덕지가 있었던 건데?

그러나 주희의 판단은 완벽한 오산이었다. 율은 화내는 것이 아니라, 참고 있는 것뿐이었다. 그나마도 끈기는 없었지만.

"……흐으, 넌 왜 이렇게 귀여운 거냐."

싸늘하게 굳어가던 표정은, 꾹꾹 참던 감정이 해체되자마자 흐물흐물 풀어져버렸다. 율은 그대로 주희를 품 안에 와락 끌어안는다. 율의 커다란 가슴팍에 폭 하고 안겨버린 주희가, 크게 당황하여 그 품에서 빠져나오려고 발버둥 쳤다.

"바, 밖에서 뭐 하는 거예요!"

"방심한 네 잘못이야."

"이거 안 놔? 안 놔?"

"안 놔. 절대로 안 놔줄…… 아얏!"

안 놔주기는 개뿔.

옆구리를 꼬집히자마자, 율이 파드득 몸을 떨며 주희를 품에서 놓아주었다. 최근 터득하게 된 주희의 필살기였다. 시도 때도 없고 장소도 가리지 않고 기습 포옹과 기습 키스를 해오는 이 남자를 얌전하게 만드는 방법.

"내가 공공장소에서는 이러는 거 아니라고 했어요, 안 했어요?"

"……잘못했습니다."

눈에 보일 리 없는 귀와 꼬리가 축 하고 처진 것만 같다. 덩치 큰 남자가 한껏 시무룩한 표정이 된 것을 보니, 주희는 또 괜히 짠하고 가엾다.

왜냐고요. 키워본 적도 없는 대형견주의 마음을 알 것 같은 이 기분은…….

"……조금만이에요. 자."

탁탁, 자기 옆자리를 두드리며 주희가 조용히 말했다. 그 말에, 언제 시무룩했었냐는 듯 율이 눈빛을 반짝거렸다. 그러고는 1초의 망설임도 없이 주희에게 반짝 다가가서는, 그 허리를 꽉 끌어안고 몸을 밀착시켰다.

왜 이런 걸로 행복해하는 거야. 막는 사람 죄책감 들게.

언젠가는 식겠지. 언젠가는 무뎌지겠지. 율을 만나기 전 주희가 이해하고 있던 '사랑'이라는 건, 그런 것이었다. 누군가 자신을 사랑해준다는 것은 너무나 불안하고 의심스러운 일이었다. 그러나 주희의 불안을 불식시키듯, 율의 태도는 한결같았다. 그 태도는 주희의 나약했던 마음을 끝없이 안심시킨다.

……한결같이 저돌적이라는 건 좀 문제가 있기는 하지만.

이 인간이 타인의 시선을 신경 쓸 리가 없으니, 주희가 두 배로 신경을 써야만 했다. 그래도 주희에게만큼은 순한 양이라, 어떻게든 주희의 말은 따른다는 게 기특한 일이었다. 물론 그 옆은 눈동자로 그렁그렁하게 주희를 올려다보며 '키스하면 안 돼?', '안으면 안 돼?', '뽀뽀도 하면 안 돼?' 하는 시선을 보낼 때는 주희도 지금처럼 패배를 선언할 수밖에 없다.

지금 이런 자신의 모습을 엄마가 보면 기겁하지 않을까.

그런 생각에 쓴웃음이 다 나온다.

"……그러고 보니 걱정되네."

"응? 뭐가?"

"주말에 같이 우리 집 식구들 만나기로 한 거요. 엄마랑 오빠 앞에서도 이렇게 달라붙으면 곤란한데."

"금슬이 좋구나 하고 의외로 좋아하시지 않을까."

"퍽이나."

엄마와 전화 통화를 하던 때를 떠올리며 주희가 혀를 찼다.

남자 친구가 있다는 얘기는 일전에도 하기는 했었다. 그때 분위기가 별로 좋지 못했고, 주희 쪽에서 통보하듯 말하고는 전화를 뚝 끊어버려서, 이후에 그 일로 굉장한 잔소리를 들었었다. 결국 그 정도의 소심한 반항으로는 자신의 마음이 하나도 전해지지 않는구나 하고 체념했을 때, 그녀의 엄마가 화를 내듯이 말했다.

'네 남자 친구랑 한 번 밥이나 먹자. 데리고 나와.'

……전혀 예상치 못한 말이어서, 말문이 막혔었다.

"아무렇지 않아요? 난 심란해 죽겠는데. 옛날에 사귄 남자 친구들도 엄마한테 보여준 적 없는데, 걱정되어 죽겠다고요."

"그거 듣던 중 반가운 소리군. 그 말은 즉, 어머님께는 내가 온 주희의 첫 남자라는 뜻인가?"

"그게 뭐 중요해요?"

"중요하지. 난 네가 뭐든 다 처음인데, 나도 하나쯤은 네 처음이어야지."

"걱정 마요. 다른 건 몰라도 내 모든 마지막은 다 당신과 함께일 테니까."

율이 말문이 막힌 얼굴로 주희를 바라보았다.

그 놀란 표정만 봐도, 그가 얼마나 감격하고 있는지를 알 수 있다. 이젠, 알 수 있게 됐다. 그의 눈빛만 봐도, 미묘한 표정 변화만으로도, 억양만으로도, 그가 무슨 생각을 하고 어떤 기분을 갖고 있는지.

분명히 지금 그는-

"……그거 멋지다. 적어두자."

지극히 소설가다운 생각을 하고 있다. 하아…….

율이 주머니에서 휴대폰을 꺼내더니, 방금 주희가 한 말을 재빨리 메모하기 시작했다. 로맨스 소설가 주제에 로맨스라고는 쥐뿔도 모르는 눈치 없는 남자 같으니.

주희는 얄미운 마음에 율의 등을 찰싹 하고 때렸다.

"아야, 왜 때려?"

"이 상황에 메모나 할 생각이 나냐고, 진짜!"

"그럼 대사가 멋진 걸 어떻게 하라고! 이런 대사를 그냥 버리는 건 우주적 낭비야! 그리고 너도 생각해봐. 본인의 대사가 마유라의 소설에 나오게 되는 거잖아. 그것도 지금 쓰고 있는 원고에 말이야. 남자 주인공의 감정이 고조되는 장면에서 여자를 붙잡으며 이런 대사 날린다고 생각해보라고."

지금 그가 쓰고 있는 원고라면 주희도 이미 시놉시스를 읽어 알고 있다. 당연하다. 그녀가 담당 편집자니까. 그러나 주희의 화난 얼굴은 좀처럼 사그라들 생각을 하지 않았다.

당장이라도 버럭 소리를 지를 것 같은 표정의 주희는, 한참이나 율과 눈싸움을 했다. 그러고는 무언가 떠오른 듯, 손가락으로 휴대폰 메모장을 가리키며 진지하게 대답했다.

"……비 맞는 장면에서가 좋겠어요. 슬픔이 반전되는 느낌으로요."

"비라. 좋아, 좋은 클리셰군. 역시 내 여자의 안목."

"격정적으로."

"훌륭한 지적이야."

어느새 두 사람은 대사 한 줄에 심취하여, 머리를 맞대고 메모 삼매경에 빠져버렸다. 전광판에서 두 사람이 봐야 할 영화 입장을 알리는 멘트가 반짝거리고 있는 것도 모른 채.

그리고 다가온 주말. 달리 말하면 결전의 날.

시내 어느 호텔의 한식당. 미리 예약된 방 앞에 서서, 주희는 당장이라도 숨이 멎기 직전의 환자처럼 불안한 심호흡을 거듭하고 있었다.

"후……. 하……. 후우……. 하……. 어, 어떻게 해요? 나, 나, 지금 좀 무서운데."

"야, 너네 식구들 만나러 가면서 네가 더 떨면 난 어쩌라고."

정장 차림의 율이 미간을 살짝 찌푸리며 그렇게 되물었다. 겉으로는 평온한 모습의 그였으나, 사실 그의 머릿속도 지금 하얀 도화지와 같은 상태였다.

여자 친구의 가족과 만난다. 한 번도 생각해본 적 없던 일이었다. 주희를 좋아했지만 말 그대로 주희만 좋아했지, 그 외의 것들에 대해 고민해본 적이 단 한 번도 없었다.

물론 남의 시선 따위 일절 신경도 쓰지 않는 마이웨이 서율이었으나, 지금은 상황이 다르다.

사랑하는 여자 친구의 가족이다. 어떻게든 믿음직스러운 모습을 보여줘야 하다는 강박관념에 그도 한껏 긴장해 있었다.

주희가 덜덜 떨리는 손으로 율과 팔짱을 꼈다.

"청심원 하나 더 먹고 올걸……!"

"더 먹으면 죽어."

"괘, 괜찮아요. 엄마가 선배 싫다고 하면 같이 야반도주해요, 우리."

이미 '싫어한다'로 결정된 건가. 주희 안에서 자신의 수준이 어느 정도인지 새삼 확인하는 순간이다. 와중에도 절대 안 버리겠다는 그 결연함이 웃프다. 율은 헛웃음을 터뜨렸다.

"어이, 온주희."

"네?"

율의 부름에 주희가 화들짝 놀라 고갤 든 순간, 율이 주희의 콧잔등에 입을 맞췄다. 짧은 입맞춤에 주희는 한순간 긴장이 깨져 머릿속이 멍해졌다.

"내가 사랑하는 온주희. 정신 좀 차리라고."

"……아아."

내가 사랑하는 온주희.

그 말에, 한껏 휘저어져 있던 주희의 마음이 착 가라앉았다.

그래, 맞다. 자신을 사랑하는 서율이 함께 있다.

주희는 율의 팔을 잡고 있던 손아귀에 더욱 힘을 주었다.

"……들어갑시다."

전투의 시작을 선언하는 장군과 같이 비장한 목소리로 선언하며, 주희가 드디어 문을 열었다.

닮았다.

바로 앞에 앉은 중년 여성을 본 율의 첫 소감이었다.

주희의 어머니와 주희는 닮아 있었다. 모녀지간이니 당연한 소리겠지만, 예로 길거리에서 우연히 그 어머니와 따로 마주쳤다면 분명 '주희의 어머님이다'라고 확신했을 수준으로 닮아 있었다. 그것 하나만으로도, 율의 긴장감은 조금 사그라들었다.

"사귄 지는 얼마나 됐어?"

통성명 이후 코스의 두 번째 음식이 나올 때까지 아무런 대화도 오가지 않던 침묵의 자리에서, 주희의 앞자리에 앉아 있던 남자, 그녀의 오빠가 가까스로 대화의 첫 포문을 열었다.

잔뜩 진장했던 주희가 구원받은 표정으로 활짝 미소 지었다.

"응, 아직 1년도 안 됐어. 나 이직하고 나서부터."

"뭐야, 이직 직후면 그래도 꽤 오래됐잖아. 진작 말 좀 하지."

"그냥 바빠서……. 바쁘니까 그랬지."

어색하게 웃으며 주희가 변명했다. 말도 안 되는 변명이라는 걸 그 자리에 있던 모두가 느꼈지만, 아무도 지적하지는 않았다.

오빠와의 대화로 조금 용기를 얻은 주희가 웃으며 엄마에게도 말을 걸었다.

"엄마는 이 사람 보고 뭐 할 말 없어?"

"할 말?"

"응, 뭐 그런 거 있잖아. 딸을 잘 부탁한다든지, 그런 말."

조금은 들뜬 주희의 말에, 그 어머니가 물 잔을 들며 심드렁하게 대꾸했다.

"그런 말 할 게 뭐 있어. 네 일은 늘 네가 알아서 했잖니."

"그래도 얼굴 보자고 불러낸 거잖아."

"말 그대로 얼굴이나 보자고 불러낸 거지. 네가 남자 친구 얘기 한 건 처음이니까."

못할 말은 아니었다고 생각한다. 말투도 부드럽고 조심스러웠다. 딸을 굳게 믿는 어머니의 마음, 정도로 해석할 여지도 충분한 그런 말이었다. 그러나 주희에게는 그렇게 받아들여지지 않았을 것이다.

율은 옆자리의 주희를 흘끗 확인했다. 웃고 있었지만, 표정이 미묘했다. 이 이상 관심을 갈구하면 안 된다는 걸 직감적으로 깨달은 표정이다. 어릴 때, 미움 받지 않으려고 필사적으로 '자기 일은 자기가 알아서 하는 애'가 되었던 것처럼.

그러나 주희의 그런 미묘한 변화를 눈앞의 모자는 전혀 깨닫지 못한다. 어머니는 제 아들의 밥그릇 위에 고기반찬을 집어 올려주며 타박했다.

"얘, 너는 뭐 밥을 그렇게 깨작깨작 먹니? 이것도 좀 먹어."

"아, 됐어요. 이런 자리에서까지 쪽팔리게 왜 이래."

"주희가 남자 친구 떡하니 데려올 동안 넌 뭐 하니? 언제 데려올 건데, 네 여자 친구."

"데려올게요. 오늘 주희 남자 친구 만나는 자리인데 그 얘기는 왜 또 해, 내 참."

……이런 분위기였겠구나.

아웅다웅하는 모자를 두고 율은 주희를 바라보았다. 그녀는 아무렇지 않은 얼굴로 씩씩하게 밥을 먹고 있었다. 이런 상황쯤은 이미 익숙하다는 듯이.

그래서 율은 자리에서 일어나 고기반찬의 그릇을 들어 주희의 앞에 옮겨다놓았다. 아웅다웅하던 모자의 시선이 고기 그릇을 따라 이동하더니, 이윽고 황당하다는 표정을 감추지 않은 채 율을 쳐다보았다. 물론 온주희의 경악하는 표정도 포함해서.

율은 왜 그렇게 쳐다보느냐고 되묻는 듯한 무표정으로 대답했다.

"우리 주희가 좋아합니다. 고기반찬."

모두가 할 말을 잃었다. 그중에서도 주희의 표정이 가장 복잡했다. 이걸 어떻게 수습해야 할지 과부하가 걸릴 것 같은 얼굴이다.

그나마 가장 어른이어서인지, 셋 중에 가장 먼저 상황을 파악하고 정신을 차린 건 어머니 쪽이었다.

주희는 자신의 어머니가 불쾌해하거나, 불같이 화를 내거나, 뭐 이런 놈이랑 사귀냐고 한소리 할 거라고 생각했다. 그러나 '으음' 하고 신음 소리를 내던 어머니는, 말없이 자리에서 일어나더니 생선 그릇을 집어 들어 주희의 앞에 내려놓았다.

그러고는 율을 향해 차분한 목소리로 말했다.

"주희는 구운 생선을 제일 좋아해요. 뼈 발라내는 게 귀찮아서 잘 안 먹긴 하지만. 서율 씨 아직 우리 딸 더 알아야겠네."

"……어, 엄마가 어떻게 알아?"

주희가 얼빠진 얼굴로 어머니를 쳐다보았다.

주희는 단 한 번도 입 밖으로 말해본 적 없었다. 더구나 뼈를 발라내기 귀찮아서 먹는 걸 포기한 적이 많은 것도 사실이었다. 그 탓에 모르는 사람이 보기에는 생선을 그다지 좋아하지 않는 것처럼 보일 정도였다.

어머니가 침착한 얼굴을 주희에게 향했다.

"그럼 내 배 아파서 낳은 내 새끼가 뭐 좋아하는지도 모를 줄 알았니?"

율은 말없이 주희의 앞에 놓인 생선을 바라보았다. 생선은 언제 뼈가 발라졌는지, 산산이 해체되어 있었다.

그녀의 어머니는, 어쩌면 그녀를 가장 사랑하지 않았을지도 모른다. 그래도 사랑하지 않았던 건 아니다.

"서율 씨, 혼자 산댔죠? 언제 한번 우리 집에 와요. 반찬 좀 챙겨주게. 우리 딸이 좋아하는 사람인데, 당연히 챙겨줘야지."

자리에 앉으며 어머니가 말했다. 조금 전의 어색했던 공기를 한 번에 불식시키는 능숙함으로. 율은 가볍게 고갤 끄덕이며 그러겠다고 대답해, 그 분위기를 이어받았다.

주희는 그저 코를 빠뜨릴 기세로 고갤 숙인 채, 꾸역꾸역 밥을 먹고 있을 뿐이었다.

식사를 마치고 돌아가는 길.

택시 뒷자리에 앉은 주희는 피곤한 듯 율의 어깨에 기대 눈을 감았다. 식당을 나선 이후, 그녀는 내내 통 말이 없었다. 자신이 또 뭔가 눈치 없는 짓을 했던 건가 율은 안절부절못하다, 결국은 먼저 입을 열었다.

"내가 뭔가 실수한 건가?"

"왜요?"

"네가 말이 없으면 불안해지거든."

주희는 율의 어깨에서 고갤 들지 않은 채 대화를 이어갔다.

"솔직히 말해봐요. 지금 좀 찔리는 거 있죠?"

"……고기반찬 네 앞에 가져다놓은 거?"

"잘 아네."

"어떻게 하면 용서해줄 건데?"

화낼 거라고 짐작하고 저지른 일이었다. 어쩌면 버릇없고 분위기 파악 못하는 짓이었을지도 모른다. 그렇지만 율은 확실하게 보여주고 싶었다. 주희에게도 주희를 가장 사랑하는 사람이 존재한다는 것을 말이다. 그 두 사람만이 아니라 주희에게도, 알아주었으면 했다. 그러니 비참해지지 말라고 전하고 싶었다.

한참 만에야 주희가 다시 입을 열었다.

"아무것도 안 해도 돼요. 용서할 것도 없으니까. 솔직히 그때 좀…… 통쾌했거든."

"정말?"

"응, 정말로."

율의 마음은 확실하게 주희에게 닿았다.

주희는 그 순간 율이 야속했고, 동시에 너무나 고마웠다. 어쨌든 그가 곁에 있다면, 다른 사람들이 자신을 얼마나 사랑하는지는 더 이상 중요하지 않을 것 같았다. 엄마가 자신을 얼마나 사랑하느냐가 더 이상 별 의미 없는 일이 되어버린 듯했다.

주희가 자신에게 화나지 않았다는 확인을 받은 율이, 조금 풀어진 얼굴로 자랑하듯 주희에게 말했다.

"앞으로 내가 생선 뼈 다 발라줄게."

"진짜?"

"당연하지."

"와아, 이렇게 착한 남자가 대체 누구 거람?"

그제야 주희가 고갤 들어 율과 눈을 마주쳤다. 얼굴에 번지는 잔잔한 미소가 오늘 하루의 피로를 조금씩 몰아낸다. 그 미소에 율도 마주 웃었다. 주희의 웃는 얼굴을 보면 그 역시 따라 웃게 됐다, 이제는.

"뻔한 걸 뭘 묻나. 온주희 거지."

율의 잔잔한 목소리에, 주희가 율의 목을 와락 끌어안았다. 그의 심장 소리를 조금 더 가까이 느끼려는 듯이.

"으흑……. 어떻게 이런……."

늦은 밤, 율의 오피스텔.

주희의 울음소리가 고요한 방 안에 가득하다. 율은 그런 주희의 울음에 '쯧' 하고 혀를 찼다.

"그만 좀 울어."

"너무해……. 진짜 너무해요……!"

"어쩔 수 없잖아. 나도 정말 고민 많이 했다고."

"믿을 수 없어……. 흑흑흑……. 어쩜 이런……!"

주희가 몸을 부르르 떨면서까지 눈물을 삼키다가, 이내 폭발하듯 소리쳤다.

"어떻게 남자 주인공을 이렇게까지 궁지에 몰아넣을 수 있냐 말이에요!"

활자로 빼곡한 A4용지를 잡고 흔들며 버럭 소리를 내지르는 주희.

그렇다. 그녀가 울고 있는 이유.

마유라의 차기작 원고를 읽다가 감정에 복받친 탓이었다.

"후반부의 포텐을 위해 어쩔 수 없다고."

"아무리 그래도 그렇지……. 캐릭터들이 너무 가엾어……!"

"어이, 정신 차려. 그렇게 감정적으로 원고 읽으면서 대체 그동안 일을 어떻게 했어?"

"로맨스에서 이렇게 눈물 짜는 경우가 얼마나 있다고……. 아아, 하여튼 정말 너무해! 그런데 수정은 못하겠어! 하이라이트에서 얻게 될 카타르시스를 포기할 수가 없어!"

크윽, 하고 바닥에 머리를 박은 채 주희가 괴로워했다. 대체 이렇게까지 이입하면서 글을 읽는 독자가 몇 명이나 될까 싶다.

더구나 주희와 사랑을 나누고 싶은 율은, 그녀가 대체 저놈의 원고를 언제쯤 손에서 놓을지만이 초미의 관심사였다. 지금은 명백히 따지자면 업무 시간도 아닌데, 대체 왜 온주희는 남자 친구를 옆에 앉혀두고 원고를 읽으며 눈물을 짜는 건지 이해할 수가 없었다.

이 여자는 자신과 사귀고 있는 것인가, 자신의 원고와 사귀고 있는 것인가. 살다 살다 자신의 창작품을 질투해야 하는 순간이 올 줄은.

결국 참다 못한 율이 주희를 바닥에 쓰러뜨리고 그 위에 누운 채, 주희의 목덜미를 덥석 물어버렸다.

"아야! 아, 진짜!"

"캐릭터만 불쌍해? 캐릭터만 불쌍하냐고. 난 안 불쌍해?"

주희의 목덜미에 얼굴을 부벼대며 율이 어리광을 부렸다. 그러나 주희는 그 와중에도 손에서 원고를 놓지 않는다. 코를 훌쩍거리며 꿋꿋하게 원고를 읽는다. 다른 한 손으로는 능숙하게 율의 머리를 쓰다듬어주면서.

그야말로 어리광 부리는 대형견을 다루는 베테랑 견주의 솜씨가 아닐 수 없다.

"그런데 이 문장……. 너무 호흡이 길지 않아요? 끊어가는 쪽이 작품 전체 밸런스에도 맞지 싶은데."

"……."

"하아, 그렇지만 여기 이 문단은 정말 레전드네요. 어쩜 단어 한 자 한 자 이렇게 달콤할까. 마유라의 언어는 정말 최고예요. 대체 무슨 생각을 하면서 이런 문장을 만든 걸까?"

"네 생각."

"큰일이네. 내 생각 적당히 하고 마감 좀 지켜요."

"무리한 요구 하지 마."

몸을 일으킨 율이, 결국 주희의 손에 쥐어져 있던 원고를 빼앗아 들더니 휙 하고 저편으로 던져버렸다. 주희가 '아앗!' 하며 일어나 원고를 가지러 가려 했으나, 율이 주희의 양손을 제압하여 못 가게 막는다.

"이제 나에게 집중 좀 하시지, 온주희?"

"할게요. 딱 10페이지만 더 읽고."

"기각."

주희의 부탁을 딱 잘라 거절한 후, 율은 바닥에 누운 주희에게 키스한다. 이마에, 눈꺼풀 위에, 콧등에, 뺨에, 그리고 입술에. 그 간질거리는 키스에 주희가 짧게 웃음을 터뜨렸다. 목덜미와 가슴팍까지 입술이 타고 내려가자, 주희가 율의 고개를 손으로 잡아끌어 그 입술을 살짝 깨문다.

"으휴, 이 늑대."

"남자는 원래 다 늑대야."

"그래요? 그럼 서율 씨는 언제부터 날 호시탐탐 노렸어요?"

도발하듯 주희가 고개를 갸우뚱하며 웃었다. 눈매가 살짝 휜다. 율을 바라보는 눈빛이 그저 사랑스러웠다. 덥석 하고 먹어 치워버리고 싶을 정도로.

"맞춰봐, 한번."

율이 짓궂은 미소와 함께 주희의 귓가에 속삭였다.

남자는, 모두가 떠난 학교 복도에 쪼그리고 앉아 그 레포트를 읽고 있다.

창문을 통해 들어오는 저녁노을의 붉은빛이 복도 바닥에 천천히 침전되고 있었다. 공기 중에 부유하는 먼지가 빛을 받아 반짝거린다. 굉장히 먼 곳에서부터 들려오는 바람 소리가 귓가에 흘러간다. 페이지를 넘길 때마다 바스락거리는 종이의 소리와 심지어 자신의 규칙적인 숨소리마저, 남자는 마치 지금 이 순간 처음으로 세상에 태어난 것처럼 모든 것이 새롭고 신비롭게 느껴졌다.

레포트를 끝까지 읽은 남자가 다시 표지를 확인했다.

"온주희."

조용히, 표지에 적힌 이름 석 자를 읊어보았다. 그것만으로도 남자는 벅차오른다.

남자는, 그대로 레포트에 얼굴을 묻은 채 한참을 울었다.

내 글을. 내 이야기를. 내 인생을.

나를.

누군가가 '아름답다'고 말해준다.

제대로 사랑받고 있다는 감각이 충만해진다.

친구가 되돌아올 때까지, 남자는 그 기쁨에 전율했다. 부끄러운 줄도 모르고 소리 내어 울었다. 이윽고 그 친구가 돌아왔을 때, 남자는 환희에 찬 목소리로 말했다.

글을 쓰고 싶어.

계속해서 글을 쓸 거야. 글을 써야 할 이유가 생겼어.

나는 이 아이에게 사랑받고 싶어.

그렇게 남자는 사랑을 시작한다.

-마침-

작가 후기

『양 같은 늑대』를 구입해주신 모든 독자 여러분께 감사드립니다. 안녕하세요, 서소요입니다.

플롯이 있는 이야기를 쓰는 것보다 후기를 쓰는 것이 언제나 더 힘들게 느껴집니다. 무슨 이야기를 해야 할지 잘 모르겠습니다. '양늑대'가 나오기까지 거의 1년이란 시간이 걸렸는데, 이럴 줄 알았으면 쓰는 중간중간 '후기엔 이런 이야기를 써야지' 하고 미리 메모라도 해둘 걸 그랬나 봅니다. 설마 후기가 붙을 줄은 몰랐거든요.

저의 출판물 중에 사람이 죽지 않은 소설은 현재까지 '양늑대'가 유일합니다. 여러분, '양늑대'가 이렇게나 평화로운 소설입니다. 혹 후기를 먼저 읽으시는 독자분이 계시다면, 부디 안심하고 본편을 읽어주시길 바랍니다.

사실 '양늑대'가 무사히 나올 수 있었던 것은 마감을 미루고 미루는 비양심 작가를 내치지 않고 끝까지 끌고 와준 편집자분들이 계셨기 때문입니다. 지금도 저의 후기 원고를 애타게 기다리고 계시겠죠. 그 기대에 부응할 수 있도록 멋진 후기를 남겨야 할 것 같은 압박이 느껴집니다.

글을 통하여 결여된 사람들의 이야기를 쓰고 싶었습니다. 평생의 과제입니다. 결여된 부분이 있기에 비로소 인간은 타인과 함께 살아갈 수 있는 존재라고 생각합니다. 때문에 저에게 율은 부족한 그대로 이미 완벽한 한 명의 인간입니다.

부디 독자분들도 따뜻한 시선으로 그를, 그들을, 이 결여된 자들을 지켜봐주시고 오랫동안 기억해주셨으면 좋겠습니다.

율과 주희, 지헌의 이야기는 여기까지입니다. 그러나 저는 언젠가 '서소요'라는 이름으로 또다시 여러분과 만나뵐 수 있었으면 좋겠습니다.

저 역시 그날을 고대하며, 멈추지 않고 사람이 사랑하며 살아가는 이야기를 써나가겠습니다.

다시 만날 때까지, 이만 총총.

-서소요 드림.